# 弯道超越

杨晓升◎主编



线装書局

**图书在版编目（CIP）数据**

弯道超越 / 杨晓升主编. —北京：线装书局，2013.1
ISBN 978-7-5120-0851-9

Ⅰ. ①弯… Ⅱ. ①杨… Ⅲ. ①短篇小说—小说集—中国—当代 Ⅳ. ①I247.7

中国版本图书馆CIP数据核字（2013）第004638号

**弯道超越**

---

**主　　编：** 杨晓升
**责任编辑：** 曹胜利　程俊蓉
**装帧设计：** 王　新
**出版发行：** 线装书局
　　地　址：北京市西城区鼓楼西大街41号（100009）
　　电　话：010-64045283　64041012
　　网　址：www.xzhbc.com
**经　　销：** 新华书店
**印　　制：** 北京市德美印刷厂
**开　　本：** 710毫米×1000毫米　16开
**印　　张：** 19.5
**字　　数：** 253千字
**版　　次：** 2013年2月第1版第1次印刷
**印　　数：** 00001—10000

---

**定　　价：** 33.80元

# 读精彩小说 观世象人生

杨晓升

这是一本浓缩政界风云、聚焦世象人生的精彩小说读本。

“学而优则仕”是中国传统文化中根深蒂固的一种价值取向。古往今来，做官自然也成为许多中国人光宗耀祖的一种人生追求。

中国数千年历史积淀而成的官场文化，早已经成为众所周知的一道独特景观。置身此景观中的人，大都知道有明规则和潜规则，从政为官，你想立足，你既要遵守明规则，也得心照不宣地遵守潜规则，否则你可能就四处碰壁、一事无成。当然，这也是一个独特的人生舞台，不同出身，不同阅历，不同性格，不同追求的各色人等，在这个独特的人生舞台中展示着属于自己的人生，或浑浑沌沌唯唯诺诺，或战战兢兢如履薄冰，或潇潇洒洒呼风唤雨，或无所作为或政绩显赫。成与败，得与失，苦与乐，相互交织，变幻莫测，纷纭复杂。最终是否能真有所作为，有所收获，不仅仅取决于你自己的本事和能力，还有除此之外的许许多多复杂因素。

许多人感慨为身在官场者不能充分彰显个性，难以活得自由活得真实，只能谨小慎微唯命是从唯唯诺诺，更难有所作为。这可能是这道独特景观中的一种现实，同时也不尽然。同样是为官从政，纵横驰骋大显身手的人也大有人在。官场中人心态放松与否，心灵自由与否，关键取决于你从政为官的基本态度和人生准则。

最根本的问题是：当官为什么？从政又什么？问问自己，或许就不难分出无为与有为的界线。如果当官只是为光宗耀祖、谋一己之私利，为摆阔气图享受，当然不但难有真正作为，还可能成为人格的侏儒、心灵的沼泽；相反，如果你是以天下为己任，思百姓之所思想百姓之所想，为广大人民群众谋利益图幸福，就可能大显身手，对应自如，最终成就功业并取信于民。所谓“心底无私天地宽”，说的大概就是这个道理。有如此使命的人，即使为此也会经历挫折、遭受委屈甚至失败，也一定会为民称道、流芳百世。

这本精彩的小说集，荟萃了近年中国文坛中描写官场人生世象的小说中的精品。除了杨少衡是官场小说名家，作者郑局廷、宗利华、老滕、曾瓶、翟永刚、陈斌先、北狼等人，名声或许没有一些著名作家那样显赫，却都是近年活跃于文坛的小说新锐，而且创作实力强大。因为他们都生活在基层，不少还都有官场经历或今天仍然置身于官场，他们对当代中国官场的现状不但熟悉，而且都有切肤的体验和各自的独特观察，他们笔下的官场生活更加直接更加真切，因而也更具感染力。本书入选的作品都具有强烈的现实观照和鲜明的时代色彩，故事又都独特生动甚至惊心动魄。纵观本书入选的所有小说，虽然故事不同，人物命运各异，但都精彩好读，引人入胜，耐人寻味。

杨少衡的《黄金圈》，通过外商行贿收买当地官员事件，深刻揭示利益攻势面前人性的软肋和现行官场体制的软肋。黄金圈其实是利益圈、腐败圈，诱人的金黄光环背后，却是祸福相倚，对身陷其中的官员来说更是前程难料。同样是写官场腐败，翟永刚的《噩缘》描写组织部门面对不断被糖衣炮弹击倒的官员，在继续选拔继任者上所面临的困惑，而这其实也是对现行干部选拔体制的困惑。李林的《权力周边》，讲述权力与女人的关系，官员因握有权力使女人趋之若鹜，女人则以色相为代价获得官员欢心。两者各取所需，臭味相投，最终可能毁掉自己的前程和人生。

官员升迁，既是官场最值得关注的焦点，也是官场小说最易出彩的看点。郑局廷的《弯道超越》，将一位美女镇长置于官场升迁争斗惊心动魄的风口浪尖之上，面对流言与政敌，美女镇长的智慧、强悍及一系列举动都令人惊讶、叹服。

老滕在《换届》中描写一位镇党委书记一上任就面临镇人大换届的问题：三个副镇长只有两个名额，谁去谁留？造纸厂污染严重，必须关门，然而厂长却是镇长的亲信，如何处理这复杂的人际关系？

经济体制改革，是官场小说的另一大舞台。曾瓶的《改制》围绕某县电力公司改制事件，描写县长、常务副县长、觊觎电力公司的高官儿子和电力公司职工之间错综复杂的利益之争，斗争尖锐得犹如在悬崖上走钢丝。这场斗争，到底谁胜谁负？

《吸引力》这篇小说，或展现女人在官场中无所不能的神秘周旋，或揭示媒体在体制和权力夹缝中恪守正义与良知的艰难，读来都饶有兴趣，读后又令人久久回味。

中国的官场和官场文化，一直以来是作家创作的关注点，也是中国读者百看不厌的舞台。

好的小说，常常是让人在如痴如醉的阅读中享受艺术，思考社会，品味生活，感悟人生。从这个意义上讲，现在奉献给读者的这本小说精品，应该不会让读者失望。

2012年12月10日

# 目录



---

---

# 弯道超越

郑局廷

官场斗争就像赛车的弯道超越，经常有出人意料之举。大学毕业没几年，美女江小柔意外地脱颖而出，当上了镇长。流言蜚语顿起，四面是敌。新官上任，第一把火该怎么烧？如何才能在强劲的男对手中间站稳脚跟？美女镇长的一系列举动都令人惊讶、叹服……

## 一

江小柔觉得自己称得上是“淑女版”的女孩。论身段，一米六六稍稍冒点，在内地应该算是高挑的；论体重，刚好一百斤还不旺秤，有那么一点骨感美人的架势。窈窕惹火亭亭玉立的魔鬼身材，加上那双扑闪扑闪的黑葡萄般的大眼睛和白白净净的皮肤，还有抿着嘴儿一笑现出的特有韵味的两个小酒窝，活脱脱一副现代版淑女形象，不说人见人追，但也人见人爱。

江小柔站在镜子面前猫猫脸，摆摆腰，夸张地耸耸肩，不经意地捋捋披肩长发，除了胸脯略显小巧外，无论怎么看，浑身上下都洋溢出一种青春逼人的优雅和娴静淑慧的淡定。

望着镜子里的自己，江小柔像端详一张光彩照人的新照片。这是我江小柔吗？她在心里发出这样的疑问。她不知道自己是怎么跨入选调生的行列，是怎么被派到兰高镇，是怎么在四年的时间一飞冲天坐上镇长宝座的。一切恍如梦境，一切有如神助。她自己都不知道是怎么回事，呼啦啦就上去了。连她的男友，那位在北京大学攻读博士自视清高的林清华对她的这种火箭般的进步速度，也感到不可思议，问，你江小柔说话脸羞红，声音像蚊嗡，手无缚鸡力，怎么能当上十万人口大镇的镇长？话语中流露出那种极端的不信任，言外之意除说她无法适应这个“能力席位”外，更影射她在工作中动用了女人的暧昧。而她的大学同室密友，现在省城一高校做教师的何智琳对她的快速升迁不以为然，用一种同情的怜悯的语调说，江小柔，按你的潜质发展，你应该是某大集团公司坐豪华办公室的白领，至少也应该是重点高校的讲师，你说你沉沦到社会最底层——乡镇，何日能爬出苦海哟？

大学毕业和研究生毕业后就业，是人生的又一次“脱胎”，只不过第一次出自母体，而这一次来自母校。福命好的会托生在北京，可以每天手持鲜花满面笑容站在长安大街旁欢迎高鼻梁蓝眼睛的外国政要和黑不溜秋的非洲首脑；而福命不好的却只能降生在穷山恶水的大山沟子里，满眼是光秃秃的石头，飞鸟都难见一只。按照室友何智琳的观点，江小柔现在就托生到了峋嶙陡峭的山洼之中，受苦遭罪没有尽头。

几年前，大学生就业形势没这么严峻。江小柔攻读的是管理学专业的硕士研究生，师从比较管理学知名教授王品轩博士。那也是一位典型的中年版淑女，真正做到笑不露齿怒不蹙眉衣不露臂裙不露踝。夏天，一件白绸衬衣配一袭没地黑裙，连领口也扣得严严实实；冬天，则是一件淡乳色风衣配黑色长裤。导师戴一副眼镜，走的是细碎步，那身装束配上那份优雅比修女还修女，已经定格成为学院一道独特的风景。

江小柔是导师的得意门生，更被导师相中为嫡门弟子，读完硕士，导师让她继续攻读博士，但她放弃了。放弃的原因是在导师和男朋友之间，她别无选择。当时，林清华几乎是以分手相要挟，说，江小柔，你再跟王导师几年，不是一个装在套子里的人，就是一个与世隔绝的人，全世界都会跟着你俩变得神神叨叨。男友说得未免有些过头，但不无道理，再跟导师几年，她都要被导师的严谨、正统和一些莫名其妙的礼数而变得面目全非丧失自我。她下了很大决心准备跟导师摊牌。她可以想象到导师听到她的抉择那种会很失望很沮丧很不可理喻的神情。但是，当她当面向导师提出这个问题时，导师开始表现出的是一种惊诧，继而莞尔一笑，非常理解地说，女大不由娘，毛干鸽子飞。虽然你是最能继承我衣钵的弟子，定力最强，潜质最好，但既然你心有他属，我不强求你继续在这条道上孤寂前行。但是，你的分配去向，必须接受我的安排！导师的眼里有晶莹的泪花在闪烁，揪得她的心一阵紧似一阵，这个时候，导师即便让她上刀山入火海她只得绝对服从，哪里还能有狡辩推托的余地。她赶紧应承道，我一切听从导师安排！导师摘下眼镜，背过身轻轻擦拭去泪水，顿了一会，轻声说，我一生有一个遗憾，未能在政界出人头地，因为我丈夫活跃政坛，夺走了我从政的机会。我的心里早就埋有一个愿望：淑女从政仁德治国。我要你从最基层的乡镇干部做起，从镇长到县长，从县长到市长，从市长到省长，一步一个脚印地干起来。你有信心吗？导师的眼里充满鼓励充满交付重托的庄严，让她好比特殊使命上身有如千斤重担压肩。她自信地点了点头。导师很满意，说，你参加今年省里招考选调生的考试，要力争进入三甲。有关你仕途的外部环境我会想方设法为你创造和铺就。

她谢绝了一家著名高校的邀请，拒辞了一家颇有实力的国企的盛邀加盟，懵懵懂懂地走上了导师安排的人生之旅。她的心里很清楚，自己已经成为导师抛出“淑女从政仁德治国”论点需要寻求论据和论证的试验品。她很乐意去迎接这份新的挑战。

咚咚咚，稍显急促的敲门声响起，江小柔走出洗漱间，隔着门问道，谁呀？门边传进通信员小波的声音：江镇长，市委黄书记的秘书打来电话，让我通知您，一刻钟后，黄书记到镇上调研，请您接待。她说，好，我知道了。

电视上正在播放“传奇车王”舒马赫的六大经典比赛的画面，这在她出差时专门购买的光碟里，已经看过无数遍了，但她总是百看不厌，每天早上第一件事就是打开电视和CD，观一节舒马赫的比赛画面。1992年，斯帕赛道，比利时大奖赛。雨下得很大，比赛继续进行，舒马赫和队友几乎是并驾齐驱，一个意外，让他的赛车不慎滑出弯道，瞬间被队友布伦德超越。细心的他注意到队友的轮胎严重磨损，遂立即停站更换雨胎。跑过两圈，队友布伦德的赛车轮胎爆裂，他顺利超越队友，获得冠军。应该说，在正确的时机作出正确的决定帮助舒马赫赢得了比赛。

她喜欢赛车，那种风驰电掣般的尖啸声音带给人刺激，那种万箭齐发的壮观场面让人心跳。一位淑女喜欢赛车，喜欢这种飘忽，狂放的运动，可能更痴迷的是驾驶赛车的那个人。她崇拜舒马赫，喜欢他红色的车手服装以及那俊朗的面容和临危不乱的镇定。她当时之所以和林清华谈朋友，是因为林清华长着一张和舒马赫同样俊朗的脸庞。

她依依不舍地关掉CD机和电视机。

重新走进洗漱间，随随便便洗了一把，搽过面霜揉过脸部，描过淡眉涂过口红，拿过梳子梳理了黑瀑布一般的披肩长发，用黑绸布包裹的橡皮筋绾着。收拾停妥，她有点急急慌慌地走下楼，来到镇政府大楼门前的广场上，恭敬地迎候着黄书记的光临。按照官场惯例，她应该是到镇域边界去迎接，以显尊重和恭敬，但今天秘书通知迟了，她只能笔挺地站在镇政府大门口恭候。

双休日早上，黄书记突然造访兰高，一定是为了解镇上120家无纺布制品厂的生产经营情况而来。其实前几天，黄书记在省里开会，就打电话问过她120家无纺布制品厂的生产经营状况，关闭了几家？停产了几家？她都如实作了回答。黄书记到底还是不放心，今天亲自前来调研。毕竟兰高是他的联系点，毕竟兰高镇的无纺布制品在国内无论从规模还是效益可以和D省的黄金镇、G省的马良镇三分天下，毕竟兰高镇的无纺布制品厂左右全市的税收收入和出口创汇业绩乃至GDP的升降。更重要的是，黄书记不希望中国纺织协会授予兰高镇的“全国无纺布制品生产大镇”的头衔在他手上因为金融危机的影响而断送。

想到这里，江小柔感到浑身发紧，心上有如磨盘沉压。

黑色“天籁”悄无声息地驶进镇政府大院，在政府大楼台阶前停下，黄书记走下车，江小柔迎上去，面带笑意地说，黄书记好。两个人握手寒暄，一起走向二楼会议室。

甫一坐定，黄书记开门见山地问道，截至昨日，倒闭几家？停产几家？半停产几家？黄书记脸色严峻，语调严肃，让人从心底里肃然起敬。

倒闭三家，停产九家，半停产十四家。她很顺溜地说出了三个数字。

分析深层次原因了吗？黄书记点燃一支烟，猛地吸了一口，问道。烟圈环绕在黄书记的头上，使他的脸显得更加肃穆。

倒闭的三家都是规模不大的小厂，犯了同样一个毛病：把外贸单做砸了。镇上像这类情况每年都会倒闭几家。停产的九家和半停产的十四家全是受金融危机的冲击，在流动资金上出现“断档”。她如实客观地说道，也不知道自己对原因分析得透不透准不准，心里完全没底，只能怔怔地望着黄书记。

黄书记又吸了一口烟，把烧了半截的白色烟灰弹进烟缸里，语气缓缓地问，对停产的和半停产的23家企业，你们镇政府准备如何应对？

这个问题提得突如其来，她曾想过，但从未往深处想，因为她觉得适者生存不适者淘汰，这是颠扑不破的规律，何况金融危机来临，全国关闭的停产的企业多如牛毛，政府能有法子应对得过来吗？再说，我们一而再再而三地强调，要通过结构调整，淘汰那些浪费资源工艺落后竞争力不强的企业，这不正是天赐良机吗？心里这么想，但她没敢如是说，因为她还未能揣摩出书记大人的真实意图。

咱们是在研讨这个问题，你不要拘谨，有什么观点可以尽量发表。黄书记露出难得的一笑，用鼓励的眼神望着她。

得到黄书记的准允，她的胆儿大了些，望着黄书记笑了一笑，脸上现出两个可爱的小酒窝，柔柔地说，我们一再强调要提高企业在市场上的核心竞争力，何不借助金融危机的扫荡，彻底淘汰一批传统的、落后的、缺乏技术含量的、和大企业争抢资源扰乱市场秩序的小企业？从而纯洁净化我们的企业队伍，使这些企业今后能经得起风浪和磕碰，可以立于不败！

黄书记沉吟地点了点头，突然问道，23家企业停产或半停产，共有多少名工人失业？

2158名。她脱口而出，面色有些得意，庆幸昨天留了个心，把23家企业的基本情况都记在心头，不然，黄书记问起这个问题要是答不上来，那可出尽洋相啦。

面对金融危机，我们政府最需要做的工作是什么？黄书记又问。

提振士气，增加投入。她想了一会儿，说。

没错。黄书记赞赏地点点头，接着话锋一转，冷峻地说，小柔同志，如果不发生这一场金融危机，我们的中小企业在激烈的市场竞争中优胜劣汰，企业业主无话可说，职工也没什么话说，因为那是残酷的市场规则。但是，在金融危机之中，全球企业都面临着严峻挑战和生存危机，如果我们听凭他们关门停产而置之不理，那是我们政府的严重失职！要是2158名失业职工到我们政府上访静坐找我们要事做要饭吃，我们该如何面对呢？

书记毕竟是书记，在大是大非问题上，想得深琢磨得透，让她从内心深处折服，这些问题是她没有想到过的。但是，她还是感到一头雾水，网上报道沿海地区已经关停企业近十万家，当地政府听之任之，并没有施以援手呀。她以请教的口吻问道，黄书记，在这危机四伏的当口，请您明确指示，指点迷津。

黄书记把抽完的烟蒂狠狠地掐在烟缸之中，说，危机危机，危中有机，危中寻机。政府的作为就体现于此了。“用短跑的速度参与长跑，用汽车的马力跑出火箭的速度，并且力求在弯道超越，”这是省领导讲话的核心内容。你们当务之急要做的工作，想方设法筹资借钱，为企业注入资金，解决他们迫在眉睫的现实难题，让他们迅速启动生产。这是最好的提振士气。

她若有所思地点着头，睁着那双清澈明亮的大眼睛望着黄书记，就像一个碰到难题的小学生在老师耐心辅导后似懂非懂还不能单独解题一样，国有商业银行辅强不辅弱，借贷不出半分钱。那么怎样筹资？向谁借钱？她觉得一片茫然，只能望着黄书记，似乎要从黄书记的表情中寻到破解危机的金钥匙。

江小柔，120家无纺布制品企业每年向国家上缴税金一个多亿，解决了将近5万人就业，镇里每年可得分成3000多万。在银行对这些企业冻结贷款之时，他们面临着生存困境，我们镇里该做什么怎么去做，你应该明白吧。黄书记循循善诱道。

哦。她恍然大悟道，我知道怎么做了。

黄书记的脸上终现和悦之色，他站起身，谆谆提醒道，你镇上的那位一把手万书记在省肿瘤医院住院，一时半会儿好不了。一个年轻女孩，在这么大的镇里代理一把手，工作压力会很大，但切忌瞻前顾后谨小慎微，危急时刻，还得靠敢闯敢冒锐意进取。多上医院向一把手讨教，多依靠全体班子成员，没有解不了的难过不了的坎。

黄书记说完，和她握手道别，那双温暖厚实的大手捏着她圆润细巧的秀手，不是那种礼节性地一握而过，而是掌心贴掌心手指绕手指地握有几秒钟工夫。放开瞬间，黄书记还稍稍使了点劲儿，她觉得全身上下传感到了一股信心一种力量。

送走黄书记，她觉得心里没多大的底，感到有点使不上劲儿。走进办公室，她用座机打通了导师家里的电话。双休日上午，导师一般在家里做太极操，电话铃响了几下，导师便接了电话。她先甜甜地向导师和导师的爱人问了安，接着把市委黄书记亲临兰高调研所提的要求向导师作了报告。导师问道，你是在征询我的意见吗？她说，大的决策前，想听听您的指导。导师不容置疑地说，筹资救援企业不仅要做，还必须马上动手，这是你培养工作能力积攒政治资本的绝佳时机。她的心里有了谱，但她还是追问了一句，导师就没有什么教言吗？导师顿了顿，说，筹资会牵动很多人的利益，阻力会很大，但你要切记我常给你说的那句话：以仁爱之心待人，以贤德之量容人。这是淑女当政的法宝。她豁然开朗地说，我知道了。

## 二

放下电话，她让通信员通知镇财所所长彭前进迅速到镇里来。一会儿工夫，彭前进风风火火赶来。她把彭前进拉进“帕萨特”，直奔省城而去。

彭所长，镇财政今年还有多少可用资金？靠在车后座椅背上，她问坐在副驾位置上的彭前进。

彭前进在心里谋算片刻，转过头，说，不到400万。

我让你在一个星期之内给我筹资800万，你能办得到吗？她紧紧地叮了一句。

办当然办得到，可是有难度。彭前进心里一紧，不知道江镇长突然提出筹资800万有什么用途，所以回答时有些模棱两可疑疑惑惑。

你得想方设法给我筹到！江小柔表情严肃带着命令的口吻说，与她平时说话表露出来的温柔判若两人。

江镇长要采取什么重大行动吗？彭前进探询地问道。

对！我要实施企业拯救计划。她一字一句地答道。

太好了！彭前进难掩心中的喜悦，兴奋地说，只要是筹资救援企业，您让我上天下海，我心甘情愿！一星期之内，我动用全部社会关系，保证800万资金筹集到位。

好。江小柔很高兴，因为在她的拯救计划中，已经找到了一位可靠的“盟友”。财所所长就是镇上的大管家，大管家的思想通了，办事可就顺畅多了。高兴之余，她提出了更加严峻的问题，800万不能解决全部问题。我测算过了，没有1500万打不住。我想通过机关干部及镇直单位职工和教师全员集资募得700万。

1500万不是一个小数目，从这位乳毛未干的女镇长的口里轻描淡写地说出来，彭前进不得不刮目相看，但他不无担忧地说，在镇直单位和教师中集资好比牛口抠草，难度很大呀！

如果我们拿出教徒信奉上帝的那份虔诚，这件事情还会有难度吗？她带着一种修女的优雅，斯文地问道。

当然，我们镇里干部吃的用的工资开销全部都是镇上的无纺布企业提供税收得到的分成。企业是我们的衣食父母，更是我们供奉心中的上帝。当父母有难上帝碰坎之时，我们应该义无反顾伸手援救。前几天，有几家停产企业的厂长找过我，让我为他们筹点资，不让企业停产，但我笑着拒绝了，因为我没有得到明确的指示。我觉得自己打了他们的脸伤了他们的自尊，心里一直感到过意不去。江镇长今天提出这种救援行动，我打心眼里高兴，只是我认为集资可能会遇到强大阻力，您可得作好充分的思想准备。彭前进打开话匣子，道出心中肺腑之言。

如果都有你这种觉悟就好了。难度肯定有，我现在考虑的是如何“黄金切入”，尽量消除阻力减少震荡。她神色庄重地说，额头皱成一朵小小的野菊花，那双漂亮的大眼睛里满含肃穆和严峻。

一个来小时，小车驶进省肿瘤医院，下车前，她从手提袋里掏出200元钱，递给彭前进说，这是我的一份心意，你凑1000元包个信封，等会儿塞给万书记。彭前进接过钱，说，我也出200元，还有600元我弄个单据报了。她点点头。万书记住院将近三个月，她每半个月来看一次，每次她都要掏200元，让随行的同志补足1000元塞给万书记。因为万书记患的是肝癌，做过一次换肝手术，但没成功，迄今为止，耗去医药费50多万，而医保只能报销一半。她把这个情况给市里反映，市里准允镇里报销剩余部分，可万书记死活不同意，说那样会坏了镇上的规矩。万书记的行动让她深受感动，因此每次来探视万书记，她都这样做，想通过这种方式暗中帮助一下万书记。

下了车，她来到医院门边的花店，女主人看到她，热情地招呼道，又来买百合吧，马上给您包好。

女店主忙不迭地去包花了。

她的心里发出一片感叹，人呀人，只要和疾病沾上边儿，就是人生噩梦的开始。想想几个月前，万书记正值英年，体格健壮，能吃能喝，能睡能做，强壮得像头豹，工作起来像头牛，用他自己的话说扛得动石磙打得死老虎，可病来如山倒，并且病得无药可治。人呀，在大自然里，有时脆弱得无话可说。

万书记是她从政后的第一位良师，也是有恩于她的一位好兄长。2003 年，她被选调到市里，市委组织部把她安排在兰高镇做镇长助理，当时万书记就是镇长。第一次见到他，她感觉到他很严肃很难接近，长得粗粗蛮蛮，黑黑黝黝，胡子拉碴不修边幅，一脸横肉几乎每个细胞都胀满着严厉。但是一接触，她感到他是一个面恶心善的人，待人很实诚很热情。对基层她一无所知，对行政她一窍不通，万书记像老师教学生一样细致周到，像父亲育女儿一样贴心贴意。她第一次跟着万镇长骑车到片里去督导农业产业化工作，十几个村支书坐在会议室里，各自汇报了村里的情况，最后，万镇长让她作总结讲话。众目睽睽之下，她羞红着脸，不知从何讲起，村支书用看笑话的眼光望着她。万镇长小声鼓励道，想到哪儿讲到哪儿，不用怕，没有第一次失败，哪有后边的成功！在万镇长的鼓动撺掇下，在村支书们的阵阵掌声中，她结结巴巴地讲了一通，连她自己都不知道讲了些什么，反正是声音如蚊蝇嗡嗡，七扯八拉，词不达意，最后只能仓促收场。十几个村支书哄堂大笑，调侃的、讥消的、嘲弄的话弥漫在整个小会议室里，让她如坐针毡极不自在。万镇长把桌子一拍，厉声道，江助理是省城大学攻读管理的研究生，人家读的书堆起来比你们人还高，只是声音小，但讲的道理深奥玄妙，你们听得懂吗？我点一个人上来，你给我把江助理的讲话复述出来，看你们有没有这个水平？万镇长严厉的目光扫过众人，大家敛住笑容埋下头去，生怕被万镇长点名上台。在返回的路上，万镇长说，小江，其实你今天头次登台讲话，讲得很好，比我第一次讲得强多了。她知道这是万镇长在宽她的心，便故意气他道，您不要宠我了，再这样宠下去，我成不了大器的。万镇长笑笑说，谁叫你和我女儿一般大小呢？小江，做行政干部要具备三有：一是有心，就是要有一颗善心，这是根本，心善才能为老百姓服好务办好事。二是有律，当干部的前提就是行动有约束，不能违法乱纪。三是有能，这是当干部的基础，就是要有表达能力、协调能力、应变能力。看上去你是一位淑女，心很善良，行为举止很有教养，也就是说，你具备了当好干部的前两条基本要素，至于能力培养，非一朝一夕之事，得长时间磨砺和多方面历练。我相信你的潜质，我也会把你朝这个方向培养。

他是这么说的，也是这么做的，无论下村入厂，他都带着她，总要在别人面前隆重推介她，推介的口气不乏钦佩和恭维。下边的人都是看眼色行事，见到万镇长都这么抬举她恭维她，因而在态度上对她也不马虎，表现得很尊重。

双休日是选调生最难过的日子。选调生都不是本地人，又没成家，本地干部都各自回家了，选调生无处可去，孤身一人很是落寞，无聊得只想撞墙。每逢双休日，万镇长就带着她逐厂逐厂进行调研，让她从深层次了解企业的经营情况。到了中午，业主就会留他们吃饭，一般都是在他们的内部食堂，既卫生且方便。吃过饭后，业主便留他们在厂里招待客户的“内招”里打麻将，五元钱的晃晃，输赢一两百元钱。她不会抹牌，就坐在万镇长后面看着他抹。打到下午六点钟，就吃晚饭。万镇长喜欢喝酒，喝个半斤八两不在话下，用他自己的话说，喝得醉醺醺的，可以回家倒头睡觉，不为失眠发愁。

这种日子持续一段时间后，万镇长劝她上阵凑脚打麻将，她笑着推托不会。万镇长很严肃地说，你是选调生，在人们的印象中是“飞鸽牌”的，而你要想在行政上有所作为，必须同当地人打成一片，用一句俗话叫“生鸡来要伙鸡生人来要合群”，只要这样，才能赢得人气挣到尊重。不然，如果你自视清高，似乎与他们格格不入，那他们会排斥你，臭屁不理你。那么你的干部就当到了头。

应该说万镇长的话切中要害看到本质，因为和她一同分到其他乡镇的几个选调生，人认识不到几个，事没做成一桩，在镇里被当作“眼屎”，让党委书记很犯难，给事管吧，他管不好，不给管吧，让他闲着怕人家说不重视培养青年干部，所以，选调生成了名副其实的“会代表”和百事不管的“大闲人”。有一个男选调生，人老实，不大爱说话，镇上不重视他，没让他分管某项具体工作，他也眼高手低，适应能力差，久而久之便患上了抑郁症，最后关在自己宿舍里服毒自杀，尸体臭了才被发现。想到这些事，她觉得万镇长是为她好，当即采纳了他的建议，放下淑女的架子，在双休日和企业的厂长经理们喝喝小酒打打小牌，增进了解加强交流，完全把导师谆谆告诫的那句“打牌的女人是俗女而非淑女”的话抛置脑后。在同他们的娱情之中，她真真切切地感受到了一种阖家取乐般的亲情和一种无拘无束的怡然。

万镇长面对面的言传和手把手的身教，让她眼界大开见识大增，可随之而来的是一些流言蜚语。机关里有些人看她的眼色观她的表情表现出一种异样，她没多在乎这些，因为她觉得自己身正影直无私无欲，没必要为闲言碎语而影响自己的心情。一位淑女，到人生地不熟的地方任职，没有一点付出能成吗？你除了有一张在乡下人认为无关紧要的高文凭外，讲资历没资历，讲能力不越群，讲政绩不突出，选调生所分管的工作都是边缘化的工作，怎么能实现超强的工作能力和政绩呢？在这样一种环境之中，要想脱颖而出有所发展，只能充分利用自身漂亮的资源，周旋于男人之中，四面乖巧八面玲珑，让男人心甘情愿为你服务。当然，你得摸准这个男人的企图，他如果图情，你要把握住不让他滥情；他如果图色，你要时时提防坚守底线；他如果只是图一种男人占点女人的小便宜，你大可不必森严壁垒刀枪不入。倘若他不经意地挨挨你的身子，摸摸你的手，捋捋你的头发，你切莫生气，都什么时代了，还那么老土刻板，不与时俱进，不被时代淘汰才怪咧。只要他不挤眉弄眼地公然挑逗，不没个正经地公开勾引，你就不必过多担忧，因为男人也长着一张脸，他们也有自尊，你只要把住大节，他们也不敢轻举妄动。

在交往中，你如果能用眼神给些暗示，无意识地撒撒娇，有时嗲声嗲气地装出一种需要保护的弱者形象，男人们会悲壮慷慨地做你的“保护神”。她觉得自己对男人的了解和利用到了淋漓尽致的地步，有些暗自得意。直到有一天，镇机关里有一位年近五旬的霍大姐摸到她的办公室给她说了一些情况，才引起她的警觉。霍大姐十几年前曾经也是镇里的党委班子成员，当时长得标致水灵，脸上一掐可以捏出水来，是班子里唯一的女同志，每每开会前的“轻松五分钟”，一伙男人总要拿她开玩笑说事取乐，那些笑话荤得让猫咪都要搔痒痒，让人脸羞得红到肚脐窝。这个时候，她总是缄口不言，一笑而过，时间久了玩笑开多了，耳朵起茧，听起来也就无所谓了。可让人不可容忍的是镇上的头儿打起她的歪主意，在年底干部调整前，把她叫到办公室，说，都说班子里的女干部是一把手喂的鱼花，喂好了可以喂成一条大鱼，喂不好恐怕要——我也想把你喂成一条大鱼，这就要看你的主动配合程度了。头儿眼神色色的，赤裸裸提出交换条件，只要她肯上床，年底就提她为副书记。她想都没想当场拒绝，愤而逃出头儿的办公室。年底调整，她被踢出党委班子，理由是工作不大胆无作为，取而代之的是镇上的民政助理员，那个主动投怀送抱的“小骚货”。霍大姐最后说，根据我的情况，镇上的人编出了两句经典语录：“女干部不好当，和一把手关系搞不好，他让你穿小鞋；和一把手关系搞好了，他让你生小孩。”把握这个度太难太难了。你各方面素质都不错，是我们女人中的佼佼者，我得尽一个老大姐的责任提醒你，万镇长迟早要当上家，他现在庇护你推举你，也不全安的好心。他家老婆是农村来的，和他隔着几个档次，家里从未和睦过，你如果插进去，那是伸着指头往别人嘴里塞，让别人咬。

霍大姐的善意提醒让她多了个心眼，她能避尽量避着万镇长，尤其是人多眼杂的时候，避免和他单独外出，平常保持和万镇长拉开一点点距离，但距离又不能太大，太大就会出现疏远，一旦疏远再想拉近就非常困难，起码目前自己还需要他的荫庇和呵护，需要他的赏识和提携。

几年在官场上摸爬滚打，她看透了：是金子总要闪光的，这话不错；但金子太多，该有多少被掩埋被遗弃，该有多少没有闪出光来。在镇里，没有人赏识，没有人提携，你撅着屁股做死也是白搭。自己是个女性，黄金年段就那么几年，如不把握，稍纵即逝。为此，她费了很多心思，来处理和万镇长的关系。

万镇长却毫不知情似的，一如既往地给她关爱和支持。在万镇长的极力举荐下，两年后，她被提拔为镇委副书记，迈上了从政的关键一个台阶，成为镇委核心领导成员。在副书记位置上只干了一年，适逢乡镇换届选举，原书记提拔为副市长，万镇长由镇长升任书记。按常理，镇长应该由摆在原镇长后边的副书记顺着上。当时镇里有两位副书记，朱定华副书记是三把手，兼任着镇人大主任，摆在她的前面。朱书记是市长的舅老表，从别的乡镇调到兰高担任副书记足满六年。其间，要提拔他到别的乡镇担任镇长，他都没去。他有自己的考虑，兰高是全市第一大镇第一强镇，当上兰高镇长后再接任书记，今后可以顺顺当当地进市里班子，所以朱书记宁可呆在兰高不动，也不将就其他乡镇的镇长职位，可见他的执着和韧劲，也可见他得到了市里主要领导的暗许，不然，他也没那份赌劲和胆量。

朱书记在镇里分管工业和招商引资，没有到企业规规矩矩去调研一天，成天在外疯跑，和各部门的关系处理得很融洽，被称作镇上的“关系大王”。同时，他也是兰高酒坛一霸，他到底能喝多少酒，别人摸不准，连他自己也不知道，所以被兰高人取了个外号叫“下水道”，喝多少酒到肚里都像倒进下水道一样流走了。兰高来的客商多，很多人都是慕朱定华之名而来，在酒桌上一比试，也都甘拜下风。兰高镇的人谁都认为镇长非朱定华莫属，顺乎民意顺理成章。在市委组织部到兰高进行换届考察前，万书记召开党委会统一思想，让大家在民主推荐时尽量集中票数，不要东填西写，更不要在个别座谈时捕风捉影无事生非影响干部的提拔重用。市委组织部在考察中举行了民主推荐，朱书记得了超过六成的票，她只得了三成多的票，考察呈一边倒的趋势。市委搭配乡镇班子，从镇长到下边的副职配备，一般要征询党委书记意见，万书记也力荐朱书记，用党性担保，起用朱定华不会有任何问题。明眼人一看就知道，朱定华和万书记关系特铁，他似乎早就预料到万要当上一把手似的，平时在工作上很捧万的台，党委会上议事也是尽量顺着万的观点说，半点也不走样，让人感到两人好像合穿一条裤子共一个鼻孔出气。考察组走后，万书记跑到市长那里又专门把朱定华狠狠地保举一番，说得市长心花怒放。他还特批镇烟草办拿出十条好烟，让朱定华到市里打点打点。朱定华跑到市里活动一天，走了很多门道找了很多关系，个个表态表得钉梆硬。事已至此，朱定华升任镇长应该是板上钉钉了。

三天之后，乡镇班子揭盖子，让所有人大吃一惊，兰高镇长的桂冠砸到了她的头上。她成了只参加四年工作就升任正科实职的选调生。从推荐票数到考察结果及最近些天的舆论风向，都认为朱定华提拔当镇长铁定无疑，何况他还有市长这么强大的后台，市里怎么“下跳棋”“打吊炮”突然变化了呢？突如其来的任命，让她猝不及防，让她难以置信，让她匪夷所思。市委任用干部，一般都会论资排辈顺着上，像她这种“拔苗”似的提拔，要么是政绩显赫，要么是后台强硬。她在心里反复掂量，感到自己要政绩没突出政绩，要后台，也从未公开过导师和导师的爱人这层关系。思来想去，她还是认为与导师有关系，便急不可待地给导师打通电话，从侧面问了问情况，导师木然不觉浑然不知。如果是导师做了手脚打了招呼，她会顶撞导师几句，因为她不愿不明不白地卡别人的队抢别人的先，去当什么镇长而成为众矢之的，成为别人攻击的“靶心”。然而导师并不知情，难道冥冥之中上天真的会掉馅饼儿吗？

在激动过后恍惚过后，她的心里涌出的是强烈的内疚和不安：自己是欢喜了，自己是风光了，自己是出头了，而那个苦守六年满怀希望志在必得镇长职位（据传在非正式场合已经默认并请过客）的朱定华在希望幻灭之后，该是何等沮丧何等惆怅啊！她都有点怨恨那个提拔她的人，不按常理出牌，打破官场规则，把自己硬生生地推进那抢班夺权的“阶级敌人”阵营，人人唾骂，个个鄙弃。她仿佛觉得自己就像一个偷天神盗窃取了别人的职位，心里怎么也轻松不起来。一贯心底无私光明磊落坦坦荡荡的，把镇长一当，倒变得畏畏缩缩战战兢兢极不自在，见到朱定华连正眼都怕瞧他，心里真好像捣了什么鬼似的。

迅即社会上传言纷飞，有说“江小柔是省委组织部某部长的亲戚”的，有说“朱定华包养小蜜被江小柔举报”的，有说“江小柔在召开常委会讨论干部的前一夜主动躺到了市委书记的床上”的……各种预测满天飞，各种谣言耳边灌，沸沸扬扬，不绝于耳。虽然很刺耳虽然很伤人，她没多去计较，只是付之一笑，因为她深知，女人从政，难免绯闻环绕；漂亮女人从政，必定绯闻缠身。

几天以后，镇上流行一种版本，说她晚上到市委黄书记办公室去告朱定华欲行不轨强暴未遂，她把身体献给了黄书记，黄书记把镇长职位许给了她。传得活灵活现有鼻子有眼的，好像都亲眼所见亲耳所闻。朱定华更是抓住这点恶毒攻击。她也没多在意，在她看来，坚守六年的朱书记没能提成镇长，心有怨愤口出责难是人之常情。但是，机关干部却被这种谣言所蛊惑，看她的眼神有点不怀好意怪里怪气。她有些沉不住气了，关在办公室里连门都不敢出。这个时候，霍大姐找到她的办公室，盯着她问，江镇长，镇上的传闻是真的吗？她坦坦荡荡地反问道，如果是真的，那叫传闻吗？她用纯净的眼神望着霍大姐，那眼神像那清澈见底的深潭之水，洁净而不含半点杂质。霍大姐从她的眼神中读懂了一切，叹息道，舆论对你不利呀！在人们惯常的思维当中，论资历你没有朱定华深，论政绩你并不比他突出，论后台你也不见得比他硬，朱应该提拔却没被提拔，你不该提拔却被提拔，一个弱女子有什么能耐把这件事情搞定，让人自然而然地会想到你只有靠出卖自己的灵肉才能换取这种结果。听到这里，她心里很窝火，本想大声申辩几句发一通脾气，但一想到霍大姐是在真心实意帮她，便按捺下那股邪火，征询道，我这清白之身，被屎盆子扣在头上，该如何洗耻昭雪哟？霍大姐想了好大一会儿，才说，隐忍不发，让时间冲淡。她接受了霍大姐的劝导。

当上镇长，在朱定华眼里成了敌人。她用沉默和宽容，坐以观之，并没有换来朱定华的理解和收敛，却招致他更加恶毒更加肆无忌惮的人身攻击，只要是有人群聚集，只要是有机会，他就会亮开他的粗嗓门敞开他的高音量大放厥词恶意中伤，那些话挑不上筷子。她觉得自己再也不能退让，一味地退让会被对手认为软弱，他还真以为你耍了什么诡计用了什么花招走了什么后门，他还真以为掐了你的七寸捏了你的疼脚，他还会变本加厉地诋毁和污蔑。她下了好大好大的决心，只身来到朱定华的办公室。她不是想去申辩什么，她只是要去堂堂正正地面对，向他展示自己的坦荡和无邪。她轻柔地叫了一声：朱书记。友好的称呼并没换回善意的应答，敌意很快从他的脸上表露出来，他口带讥诮地说，小丫头片子，看似涉世不深，实则阴险狡诈，不仅会告刁状，床上功课也做得挺扎实，了得了得呀！而对他的无礼和羞辱，她不急不躁，嫣然一笑，口气平静地说，朱书记，你误会了，我的人格不允许我做出你想象中的下作之事。朱定华从鼻腔里发出一声重重的蔑视，怨气冲天粗话连篇地说，你别在这儿扮什么清纯装什么无辜，这世道还讲他妈的什么人格呀尊严吗？男的瞎爱，女的岔卖，已经成为这个时代的主旋律。眼泪顺着她的面颊缓缓滑落，她强忍着没有发出哽咽之声，她轻轻地质问道，朱书记，要是站在你面前的是你妹妹或者女儿，你会这样粗言相向恶语辱没吗？“啪”，朱定华抬起右手，狠狠地向她的左脸颊上抽了一记耳光，解恨泄愤地说，你是个什么东西？我的妹妹才不会像你这么下贱，我的女儿才不像你这般无耻。一种火辣辣的疼痛感烧灼着她的神经，她只想抚脸痛哭一场。她忍着，忍着，直到忍不住了，她才转过身，捂着有着五个血红印记的脸颊，逃出了朱定华的办公室，低垂着头抽泣着向自己的宿舍奔去。

万书记站在自己办公室门前，似乎早就料到她会经过一样，顺势把她拉进门，口气淡淡地问，又受朱的欺侮了？她靠着万书记厚实的胸脯，呜呜地大声哭了，一边哭一边诉说，像一个遭受邻家男孩欺负的小女生靠在大人的怀里倾诉委屈一般：我从来没想过当上这个镇长，从来没去找什么人，也不曾想到通过走捷径绕偏门而提升，可是没人相信，您应该为我作证为我澄清为我做主。万书记的手在她的背上摩挲，轻轻地，慢慢地，过了一会儿，他才劝慰道，我会的，但你要学会忍耐！她抬起头，张着满是泪水的脸说，我忍耐得还不够吗？我宁愿不当这个镇长，也不愿遭受这种轻慢和侮辱，我的人格被践踏名声被诋毁品德被质疑，我这个镇长当得有什么意义？万书记从荷包里掏出纸巾，轻轻地揩去她脸上的泪水，说，这是市委的任命，更是历史对你的选择！说着，万书记拍着她的后背，轻轻地拥住了她。

她知道这个拥抱迟早会来的，只是未曾想到来得这般妥帖，顺水推舟，一点也不鲁莽，恰到好处地瓜熟蒂落。她静静地偎依在他的怀里，她能感受到面前这个男人有力的心跳，他那温热而有些急促的呼吸，一阵阵地，像夏日的熏风吹抚着她的额头，恍惚间，她竟有些晕了，如果时光能停留在这一刻该多好。她害怕他会提出那种过分的要求，因为自己欠他的太多了，她不知道该如何去拒绝。唯有这种暧昧的拥抱，才能弥补心中对这个男人的亏欠，才能报答这个男人的一片赤诚之心。

要不是他办公桌上的电话铃声骤响，她会躲藏在那个拥抱之中慢慢修复自己那颗受伤的心灵。

您的花篮扎好了。女店主笑吟吟地说，把一篮插着九朵百合配之以许多绿柏的花篮放在她的面前。她赶紧回过神来，掏出 30 元钱递给女店主，说了声谢谢，提着花篮匆匆向病房走去。

住院部 308 房，是一间单人病房，这是她托关系专门为万书记找的。万书记斜躺在病床上，微闭着眼睛，正在打点滴。她柔柔地叫了一声：万书记。把花篮摆放在病床边上的床头柜上，彭前进也顺手将装着

1000 元钱现金的信封放进床头柜抽屉里。万书记的妻子从病房内的洗手间走出来，向他俩点了个头，算是打过招呼。彭前进叫上万书记的妻子，退到病房外去聊天了。

她把市委黄书记造访兰高镇提的要求以及她准备筹资 1500 万救援企业的具体安排给万书记作了详细汇报，她真心诚意地说，万书记，这件事难度很大，所以专程来听听您的意见，讨得一出破题高招。

万书记脸上的微笑凝固了，使得他黑黝黝的脸变得乌紫乌紫的，过了好大一会儿，他才小声地问，这件事不做不行吗？

为什么？她疑惑不解地问道。

他的头在枕头上轻轻地摇着，似乎有难言之隐。缓了一会儿，他说，小柔，把镇长当稳当吧，我的寿辰已经可用天来数了。当稳了顺理成章接手。

万书记，不说我已经在黄书记面前立下军令状，就是当个镇长在这种危难时刻也应该有所作为，而不应该坐视不管。我资历浅薄，手无寸功，坐在镇长位置上，再不干出点实事，何以服众？再说，我不希望看到历届党委政府悉心培育的“全国无纺布制品大镇”的荣誉葬送在我的手上。她有些激动，说话声音很小，但语气中张扬着一股自信和豪迈。

你有这些想法我很高兴。但是，你要考虑到你的处境，代理一把手，不尴不尬的，很难搞事。万书记说。

处境再难，我也要干！她坚定地说。

既然你心意已决，我只能全力支持你。万书记的脸上终于露出笑意，思忖片刻后，万书记建议道，回去后，先召开党委会统一思想。开会前和分管财经的副镇长以及各位委员通个气，寻求他们在会上对你的支持，不至于你的会开到中途因出现反对之声而让决策搁浅。开会时，请彭前进列席会议，让他把咱们镇的财政形势向大家报告一番。咱们给企业筹资 1500 万，即便企业不还，镇财所也能负担，打消掉大家担心今后开不出工资的顾虑。这个会开好后，再召开镇直单位一把手会议，主要是消除杂音，形成共识。召开党委会前，你让彭前进通知我一声。

她不住地点头，内心里充满着那种决胜千里的挑战和渴望。

## 三

省城。香格里拉大酒店一楼斯巴克咖啡屋。江小柔坐在僻静的一隅，等待着迈克·何从楼上下来。

迈克·何是一位美籍华人，从他家祖父开始移民美国，他的父亲在改革开放之初专门负责采购中国的廉价商品出口到美国，发了一笔小财。他的父亲退出江湖后，迈克·何接手公司，彻底改变他父亲在贸易上“胡子头发一把抓”的营销政策，什么都做，什么都没做大，什么都做，什么都没做精。为此，迈克·何就专门做起了无纺布制品这单贸易，通过几年时间苦心经营，他的公司成为全球最大的无纺布制品销售企业。应该说，兰高镇的120家无纺布企业是他的生产基地，成就了他的宏伟霸业。同时，他的“无处不在无人不用”的销售理念让兰高的无纺布制品走向世界走进寻常百姓之家，销售规模达到两亿美元之多。

迈克·何有三分之一时间是在国外，三分之一时间在休假娱乐，三分之一时间在国内。金融危机来临之时，他跑了一趟美国，在总部处理了一些事务，昨天才赶回国内。从万书记病房出来，她给他打电话邀约见面，是想听一听他的意见，探询一下无纺布制品的市场走向，为自己决策的救援计划寻找一种市场支撑。没想到他接到电话后很惊奇很兴奋，竟然说，江小姐，我正拿起手机准备给你打电话咧，难道咱们有心灵感应吗？她笑笑说，敏感时刻共度时艰，心有感应也很正常嘛。也是，也是。他说，约她在斯巴克咖啡屋见面再谈。

一杯柠檬刚呷一口，迈克·何西装革履春风满面而来，全身洋溢着一种蓬勃向上的昂扬之气。她赶紧起身，迎过去，伸出手，他没握她的手，而是从上到下端详着她，继而张开双臂，献给她一个热烈的拥抱。

两人面对面坐下，他向服务生点了两杯蓝山咖啡。

两个月不见，你长得愈发漂亮了，东方美女的特质素养和灵性在你身上体现得完美无缺。迈克·何深情地盯着她，忘我地赞美道。她被他无所顾忌的注视弄得很不好意思，脸色变得有些酡红，更给她娇羞的脸上平添一股妩媚。他感叹道，上次见到你，你好似一只清纯的苹果，而今天，你又仿佛变成一颗熟透的人见人爱的小蜜桃。我真的怕是爱上你了！

他的语调有那种美国似的夸张，他的用语直白露骨让人有些肉麻，但作为一个女人，她听了心里感觉非常受用。她微微笑着说，别灌我的洋迷魂汤了，我已经有男朋友了。

但是，你应该给我一次公平竞争的机会，不然，我不亏死了？他耸耸肩有些滑稽地说。

如果需要决斗，你有这份胆量吗？她索性顺着他的话向下追问道。

怎么不敢？人拼死拼命工作为什么？还不是为那一个死去活来的字：爱。只要爱过，毁灭自己又何妨？他正儿八经地说，慎重得像一个小学生在回答老师提出的问题。

你别“雷”人，让我找不着北。像你这样的“钻石王老五”，身边蛰伏着多少不同肤色不同品位不同层次的美女，挑花了眼睛来穷开我的心，不太地道吧。她故意沉下脸，说。

你得理解我！我是真心的。他表白道，脸上立刻显现出一种遭受委屈的灰晦。

行了，言归正传吧。你不正要找我吗？大老远从美国赶过来，有什么事？她问道。

不对吧，是你先约的我，应该是你说有什么事，我可不能反客为主哟。他说，什么时候，他的那颗智慧的头颅都保持着高度的清醒和警觉，从不输人一招。

金融危机来临，我们的一部分无纺布制品企业被迫停产半停产，作为镇政府，我们应该支持一把。我想向你探询：无纺布制品到底有多大的市场前景。她用柔柔的语调郑重其事地请教道。

你打算救援企业，太好了！我代表兰高的120家无纺布制品企业给你叩首致谢。他双手合十，作了一揖，说，实话告诉你，从我得知的信息，另外两大无纺布制造基地已经有差不多三分之一的企业关闭停产。你在这个时刻及时救援，让所有企业不掉链，那么兰高将一举成为全国最大的无纺布制品加工基地。原来是三足鼎立，今后将会是一枝独秀。

我不需要你的恭维，我要的是你的市场预测。她有些急不可耐地说。

金融危机对我们国家影响最大的是房地产以及那些传统的制造业和纺织行业，而无纺布制品是一次性消耗品，每天都用，每人都用，市场不会有任何影响。你别看目前出货不畅，那只是在银行汇兑方面出了点小问题，过不久就会正常。所以说，无纺布制品的市场问题，你大可放心，你生产多少，我给你出口多少。他充满信心满打包票地说。

既然市场没有问题，那另外两个基地的企业为何关闭呢？她追问道。

因为他们的资金链断了，政府不救援，银行不提供贷款，当然只能关门。我可警示你，在这种时候，只要不亏本，我们的企业即便只是保本生产也得维持下来。无纺布制品企业，都是劳动密集型企业，女工多，一旦关门停产，女工走掉，招回很困难。同时，停产后带来的货源断档，将是企业最大的危机。他耐心地解释道。

哦，我懂了。她恍然大悟道，终于从胸中吁出一口长气，因为她为自己的救援计划找到了充分的市场依据，胆儿更大，底气儿更足。

说完你的事，再说我的事吧。先喝口咖啡。他说，很绅士地请她喝咖啡，自己则拿起汤匙，很优雅地往嘴里送了一口，又拾起白色的纸巾，轻轻地在嘴边蘸了几下。

说吧，我听着咧。她很淑女地望着他一笑，脸上的两个小酒窝很灿烂。

我的仓库里口罩几近断货，想请你动用行政手段，让一部分企业给我生产两亿片口罩，时间在两个月以内。他坦诚地望着她说。

要这么多？她随口而问，心里却嘀咕开了：现在的无纺布制品企业基本不生产口罩，因为生产口罩工艺繁琐，利润微薄，做一只口罩只赚几厘钱。无纺布企业都转而生产手术服、防护衣等高档无纺布面料的产品，附加值高，一件衣服要赚上几角钱，口罩的生产基本由那些作坊式的家庭小厂来做。两个月一口气做两亿片口罩，不说是天方夜谭，起码也是白日做梦，难度实在太大了。

有点为难你了吧？他很理解地问道。

相当为难。你给我半年时间，兴许我能为你完成这项艰巨任务。她说。

他脸色严峻，摇了摇头，好像在自言自语：时间等不得。

难道他又预判到什么了吗？她的心里滑过这个问题，立马联想到面前这个男人有着非同寻常的洞悉市场的能力。“非典”时期，当广东刚刚爆出这种病毒之时，他就大肆收购口罩和防护服，花的价钱很低廉，等到别人都醒悟时，口罩和防护服都已经炒到了很高的价位，并且高价难求。那一场瘟疫，他赚了将近一个亿人民币。未必他那比猫还灵敏的鼻子又闻到了腥味？她警惕地问，你又嗅到了什么吗？

他正埋头喝着咖啡，听到她的问话，抬起头，淡然一笑，略作沉思状说，有种直觉有种预感而已。五至八年，全球必将有一次新的病毒肆虐人类，口罩是必备之物，有备无患嘛。

不得不佩服他的精明和睿智以及一个优秀企业家独有的未卜先知的预判才能，她用一种充满钦佩的眼神望着他，说，如果你能付一部分订金，我愿意为你去组织生产。其实她在心里早就谋划好了：只要他付一部分订金，她就连同镇里筹集的1500万资金一同打到23家停产或半停产的企业的账上，组织他们专门生产口罩，让这些企业重新启动。有活做总比没活做好，虽然利润微薄得可怜，但只要企业能正常生产，职工有事做有工资领，企业有税缴有保险费交，社会舆论就不会有什么负面影响，稳定的压力会减轻许多。更为重要的是，那些目前还在拼命维持的企业不会因为有破产关闭企业影响士气变得人心惶惶军心动摇。

如果有钱付订金，还需要给你说好话吗？我可以找用耙子搭的企业。他话语中有一种居高临下的狷狂。

但是，你没有我们这种规模化的生产，也不可能保证口罩的质量完全达标。她胸有成竹地说，对于这个年轻气盛精明过人的业界大佬，既不能得罪他，也不能娇宠他，要拿捏住他的内心世界，让他知道这个世界上不只有他一个聪明人。

我现在手头很紧，根本腾不出钱。他无可奈何地说，一副毫无办法的样子。

手头再紧也不能空手套白狼。我给你组织生产的是两亿片口罩，几千万啦，万一你中途抽桥，我到哪里求爹喊娘去找你的人，那开的可是国际玩笑。她嬉嬉笑笑地说，但话语中却蕴含着警省和提示。

你再考虑考虑，不行就算了。他很不高兴地说，站起身来握手道别。话不投机，再说多余。她心里亮堂得很，所谓考虑考虑是他掩饰尴尬的托词，因为他压根儿没想到她会坚持要付订金。他以为她会很爽快地答应，金融危机时刻，送来大笔订单等于送来一片生机啦。他把自己看成兰高无纺布制品的“救世主”，以为兰高的无纺布制品只有依赖他才能销往全球各国。但是，他就没有想到，兰高这些稳定成熟的生产企业，有一流的工艺一流的技术人员一流的质量体系，还有诚信守时的交货观念，是很多出口贸易经营商人梦寐以求希望得到的货源基地。她深信，不出两天，他会再打电话给自己。

星期一早上八点钟，刚在办公桌前坐下，机要员递给她市委办的传真，通知分管工业的副书记星期二参加全市半年经济工作形势分析会。她拿起笔来迅速签批了“请朱书记参会”的字样。机要员拿起传真，她的心里突然一动，闪过一阵欣喜：何不把党委会定于明天上午召开，这样党委会上通过救援方案会顺畅许多。她现在都有点神经质地惧怕参加党委会。万书记主政几个月，召开过四次党委例会，每次例会上，她作为政府一把手总要说些观点谈些措施，只要她开口说，朱定华就要驳斥就要反对，有时甚至起哄，弄得她处境尴尬很没面子。你说你驳斥吧，他声粗嗓大，涎沫子喷得满天飞，无理似乎变得有理；你说和他讲道理吧，他要横枪说横话搭横耙，根本讲不通。记得是在第三次党委会上，针对一季度税收有些掉坎的问题，万书记让她谈应对的想法，她思索片刻后，说了两点意见：一是分期分批把企业欠交的税收补交；二是堵塞征管漏洞，杜绝有些中小企业偷税漏税的问题。她的话还没说完，朱定华霍地站起来，亮开他的大嗓门，满嘴粗话道，真是不办企业不知艰辛，不生娃不晓得逼疼，对企业又是补征又是强收，企业还能活命吗？金融危机时刻，对企业只能“放水养鱼”，不然只有死路一条。企业都搞死了，今后恐怕连毛都收不到一根。当着一个还未出阁的大闺女说出那么粗野、低俗的话，比扇她几个大耳光还要让人难受，真是太欺侮人了，真是太放肆了，然而没一个人出来拦他。眼泪在眼眶中打转，她眼巴巴地祈望着万书记，希望万书记出面主持公道，调停几句，哪怕只要轻描淡写地说他一句，起码是对他的嚣张气焰的一种打压和制止，她的心里也许会好受许多。但是万书记面无表情坐着，不偏不倚没发表任何意见，平静得好像没发生任何事情一样，其他党委成员虽然心有鄙夷，但没谁吃了得罪人的药出面说几句公道话而顶撞他，也都见怪不怪似的闭口不语。她感到委屈，她感到无望，她感到这个世界在毫不留情地把她抛弃。

散会后，她关在宿舍里，趴在床上痛哭一场，眼泪洇湿了枕头。她恨朱定华粗鄙，她怪万书记怯懦，她怒所有的人势利媚俗，没有半点正气和正义。仇恨之火在胸中熊熊燃起，烧灼得她蹦天落地恨不得提刀杀人。激愤过后，静下心来，导师的告诫响彻耳边：以仁爱之心待人，以贤德之量容人。简直就似一罐干粉灭火剂，一枪击来便浇灭了那团火焰。痛定思痛后，她逐渐悟出一些道理，你朱定华那么粗野那么张狂那么目空一切那么盛气凌人，不就是仗着市长做后台当撑棍吗？你万书记面对邪气不予制止不吭一声不明态度，不就是忌讳权势碍于情面吗？哼，你们欺侮咱淑女，欺负咱是外乡人，欺负咱没有政治背景，咱就露一脸让你们看看，搬一尊大菩萨出来让你们睁眼瞧瞧，咱不是那随意让人揉捏的软柿饼。

党办主任通知她参加第四次党委会的时间后，她关在办公室里，很隐秘地给省委组织部的一位男同学打了电话。导师的爱人在省委组织部任常务副部长，她要借助导师的爱人的势来为自己壮胆撑腰。她把自己的想法和计谋给那位男同学说了，让他在下午三点钟务必打电话到党办。

党委例会下午两点半准时开始，万书记传达完市里的稳定工作会议精神后，接下来就是讨论。万书记让她先说说，她清了清嗓子，端坐在会议桌前，刚开口说话，党办主任推门而入，打断她说，江镇长，请您到党办接电话。她问，谁的电话？党办主任说，省委组织部，唐副部长的，说有重要事情找您。党办主任说话声音不大，但围坐在一块儿的党委班子成员个个听得真真切切。她装着不太情愿的样子，说，你去给我伯父耐心地解释一下，就说我开会走不开，让他晚上打我的手机。

党办主任走出会议室，聚焦在她身上的目光充满惊奇充满诧异充满惶惑：难怪一个只参加四年工作的丫头片子能压倒朱定华而坐上镇长宝座，原来她有一位当组织部常务副部长的伯父，深藏不露不可小视呀！她斜睨一下朱定华，那颗长期高昂着的头颅终于耷拉下来，脸上尽显尴尬和窘相。连万书记也改变了态度，在她讲完后，及时地充分地肯定了她的观点。那个平时总爱发难总要驳斥的朱定华，虽然含沙射影敲言搭语地说了几句，但再也没有那种明目张胆的攻势，再也没有那种癫狂变态的语言。

万书记住院两个月，她只单独主持召开过一次党委会，研究“七一”活动安排及通过表彰对象和纳新名单。那天，朱定华陪几个客商喝酒喝高了，开会时几乎在昏昏欲睡，因而会上未提任何反对意见，会议很顺利地完成了各项议程。会一开完，她的两个腋窝里冷汗涔涔，扑扑鼓动的心儿才算安宁下来。她当时就想：要是今后每次的党委会上他都这样昏睡该多好该多省力省时呀。

又到了需要召开党委例会的时间，集体讨论通过救援方案。如果没有朱定华参加会议，只要开会前先单独找其他几名党委成员通个气，会上不会有什么杂音，方案会通过得很迅捷。然而，朱定华不参加会议定夺，他如果在背后唱反调拉反纤，那工作不是更被动吗？再说，一个代理一把手连召开党委会都瞻前顾后悚人惧事，今后还能理直气壮地担起一把手这副重任吗？

她决定把会提前到下午召开。她给万书记通了话，告诉了他开会时间，也简要地报告了会上她要陈述救援企业的理由。万书记听完，没说别的，只是说你开吧，语调有气无力的。

利用上午的时间，她分头把纪委书记、组织委员、宣传委员找到办公室，向他们通报了下午召开党委会的意图及讨论决定事项，三个人听完，一致说好，没提什么不同意见。

她的心里又增加了一层信心。她把分管财经的常务副镇长老关找到办公室，只是轻轻点了一下，老关是何等聪明之人，立马献真情表忠心地说，江镇长，你是外地人，能够这样顶压力下深水为企业解困，我十分敬重和钦佩。没说的，我全力支持你！老关是本地人，在兰高根基牢关系广，到集镇上随便摸一个人，可能就是老关的拉角亲戚扯角朋友，加上他这个人敢于说几句真话，因而，老关在集镇上威信高号召力强。有他的鼎力相助，她感到救援方案通过基本已成定局。她感激地望着老关，拿起救援计划书，递给他，说，会上，我想请你公布方案。老关接过计划书，大包大揽地说，没问题，你让我上刀山咱也上！说完，笑着走出了她的办公室。

她把会议时间定为下午三点钟，三点钟离五点半下班只有两个半小时，万一不顺，至少可以减少半个小时的对峙。开这样的会，最好速战速决形成决议，最怕疑疑悔悔搓来搓去，一个问题扯上一天半夜也不能形成共识，那种马拉松式的会议冗长而沉闷，让人有窒息之感。

会议下午三点准时开始，她讲了个开场白，副镇长老关宣读救援方案。他拉长声调扬高语气几乎是一字一句在慢读细念，让人有思考咀嚼的时间和空间。老关读完，她让会场出现短暂的静默，接着，她双肘伏桌，正襟危坐，用那悦耳动听的女中音柔声柔气地讲了救援三大理由：一是上至中央下到市里有明确要求，二是大部分企业有强烈呼声，三是镇政府工作要有所作为。她讲得简明扼要道理充分。老关第一个表态坚决拥护，组纪宣三位委员纷纷附和表示同意，朱定华双手托腮凝眸深思。她环视一周，正要总结陈词宣布通过，朱定华开口了，他尽量想压住他的高嗓门，说，江镇长制订的救援计划听起来可谓细致周到无懈可击呀。说着，他看了大家一眼，脸上露出一笑，阴阴的，怪怪的。她想，完了，完了，他的阴笑背后一定藏着让人不可预测的狡黠和凶险。她集中心思等着他的反击。然而，他一反常规，慢慢悠悠地问道，请问江镇长和在座的各位，救援方案是以镇财政的名义向企业投放 1500 万，并且投放的这些企业规模比较小实力比较弱，我们是想为他们救急解难，可企业以为是政府的钱，不用白不用，今后赖着不还，或者说今后没钱还，1500 万将是肉包子打狗子有去无回。1500 万，不是个小数字，我们坐在这儿的几个人有权力决定这么大的事儿吗？

党委会有权力决定这个事儿。她接过朱定华的话，十分肯定地说，何况我们的救援方案是经过市委黄书记同意的。

1500 万投进枯井，扑通一声不冒一泡，我们全镇几百名干部教师的工资谁开？到时他们一窝蛤蟆乱叫闹起事来，这个责任谁负？你江镇长得了荣耀屁股一拍随时上调，这个烂摊子谁来收拾？朱定华提高声调，咄咄逼人地一口气抛出几个质问。

有几个委员被朱定华的质问问得蒙头蒙脑，神色肃穆陷入思考之中。

朱书记的质问是建立在救援企业的1500万元收不回的前提之下。我想，我们只要把借贷手续办好并经过司法公正，应该不存在多大问题。老关很有把握地说，紧接着，他又作了最坏的预测，即便1500万企业一分不还，我们也无须紧张无须着急，我镇每年从市财政分成3000多万，扣除干部教师的工资两千万，尚有1000多万的可用资金，我们每年把日子稍稍过紧点，挤出个几百万不成问题，1500万用两三年时间可以全部消化掉。我现在最担心的是如果我们不赶紧救援企业，企业关门停产无税可交，那我们全镇干部职工只能张着口喝西北风了。

老关的发言条分缕析，实实在在，给大家吃了一颗定心丸，稳住了稍稍有点躁动的会场。

我们的决策应该是科学决策民主决策，不然要坏大事。我兼任镇人大主席团主席，我提议先征求人大代表对这件事的意见。如果人大代表同意，我们再定夺也不迟。朱定华一计不成又生一计。

她知道这是他情急之下无计可施的缓兵之计，一边拖可以一边思忖对策实施阻拦，最终达到让你的救援计划胎死腹中的目的。识破了他的用心，她的回答就直截了当，朱书记，一个乡镇，只有乡镇党委会才能形成决策决议决定。

既然乡镇党委可以决策决定，那么，党委书记都不在家里，我们的决策能算数吗？朱定华大声地问道，发出的声音把窗棂震得咚咚直响。

列席会议一直未吭声的财所彭前进所长听不过耳，说，这件事情江镇长请示过万书记，是万书记委托江镇长召开党委会的。

这么大的事情，他万书记不参加拍板定夺，是不是太不慎重了？你江小柔一个镇长越俎代庖，是不是手伸得太长？再说，你负得起这个责吗？

我宁愿负这个责，也负得起这个责！她倏地站起身，凛然而立，郑重其事地说。

你负得起我们也不能让你负，我们不能害你们这类“稀缺干部”。我提议，请万书记回来召开党委会，如果万书记下不了床，我们可以集体乘车到他的病房去开会。他俨然成了会议的召集者，摇身一变而成为一锤定音的主持人。

我不同意！老关站起来，公开地反对道，江镇长兼任党委副书记，在书记缺席之时，有权召集党委会。再说，筹资的事搁不住拖了，我们拖得起，但企业却拖不起！

我也是副书记，我认为这么重大的决策万书记必须到场！朱定华咬住这点就是不松口，霸里霸气地说。

会场被搅乱，决议被搅黄。她此时才真切地感到自己的稚嫩和弱小，在老到、狡诈的朱定华面前，自己就像一只小鸡面对强大的老鹰，只能是无助而哀鸣。她绝望得直想地上裂条缝隙钻进去，不为事扰不为人烦。此时，她恨自己太淑女太书卷，恨自己太懦弱太无能，恨自己的仁爱之心明珠暗投，恨自己的贤德之量遭受浩劫。为什么自己就讲不出狠呢？要是自己能像那披头散发青面獠牙的女山鬼一样能吓唬人或者像那能撒泼能闹场的悍妇一样能镇住人该多好呀！十个朱定华也不在话下，然而自己为淑女所累，拉不下架子翻不了脸。她几次试图开口让会场安静下来，可喉咙里像被什么东西卡住一样，半个字儿也吐不出来。

会场陷入一种呆滞僵持之中。她的大脑有如一片空白，不知道如何收场。

五点半钟，机关下班铃声响了。

六点钟，会议室里光线逐渐暗淡下来。

正当她束手无策之时，会议室的大门打开，万书记在妻子的搀扶下，站在门口。骨瘦如柴的万书记透了一口气，非常严肃地说，企业是我们的上帝，纳税人是我们的再生父母，在这个特殊时期，拯救上帝孝敬父母是我们的第一责任。是我委托江小柔同志召开的党委会。江小柔同志是一个外地人，为了救援企业，顶着压力集资筹款，这是需要勇气需要魄力支撑的壮举。如果我们不全力支持配合而故意捣乱，那是在捣我们兰高自己的乱！说完这席话，万书记很感吃力，重重地喘着粗气。他妻子把一个黑色塑料袋搁在桌上，说，这是我们家老万集资的五万块钱，请你们收下。

万书记被他妻子搀扶着走了。她靠在椅背上，任凭泪水稀里哗啦汹涌下流。

**四**

院子里种满了栀子树。

初夏的早晨，沾满露珠的栀子花绽放出浓郁的芳香，从窗户、门缝间钻进卧室，溢满了整个屋子。她爬起床，打开电视和CD遥控器，电视画面上立刻出现“传奇车王”舒马赫的“六场经典比赛”画面：西班牙大奖赛，加泰罗尼亚赛道上。大雨之中，代表法拉利车队的舒马赫，虽然不是首发，但他善于弯道超越，逢弯道他就超车，几十部赛车竟然都被他套圈……望着身着红色赛车服的舒马赫，她在心里别有感慨。俊朗帅气的舒马赫，不仅有强健的体魄和优于常人的体能状态，更有一颗沉着冷静的大脑，在过弯时面临强大的离心力，而他却能轻而易举地实施超越，可见他的坚韧他的超常他的伟大。这些经典比赛场面，她看了无数次，但却常看常新，百看不厌。

看到舒马赫，她就会想到男朋友林清华。舒马赫在驾驶赛车比赛时的专注模样，和林清华深夜灯下苦读的神态不差毫厘。今年这几个月，林清华很反常，好像变了个人。春节期间，他们在一起时那么缠绵那么黏糊，他对她是那样的猴急猴相那样难离一刻。可当上镇长后，他的态度陡变，原来是两天一个电话三天一次上网聊天，而今十天半月也不主动来次电话。由于公务繁忙，她也懒得搭理，关系弄得别别扭扭的。她不知道他们之间到底出了什么问题。

起床后，她随便梳理一番，来到楼下，徜徉在栀子树间，穿行在栀子花中，像一只快乐的花蝴蝶恋花舔蕊。倒卵形的树冠，浓绿的叶片，洁白的花瓣，散发出阵阵袭人的馥香。她贪婪地猛吸几口这暖呼呼香喷喷的气息，感觉到生活充满了甜蜜温馨的味道。她到机关食堂里取出一只盘子，在里边装上少许的水，从花树上摘下朵朵栀子花，码成圆拱形。她把盘子端到宿舍里，搁在办公桌上，瞬间，屋子里芳香四溢。

栀子花对二氧化硫有抗性，并可吸硫净化大气，果实根部还可入药，有清热解毒功效。今后完全可以把它立为“镇花”，让兰高田头地边房前屋后全部栽种，到那个时候，放眼望去，将是一片无比纯洁的白花花的世界。

七点钟，她来到机关食堂，碰到了老关。老关是在机关里呆得最多的人，他早上最早来，晚上最迟离开，一双眼睛总是盯着机关事务。两人打过招呼，便舀了稀饭，端上味碟，让大师傅捡了一盘馒头搁到桌上，两人坐下来吃起早餐。

筹资之事进展顺利吗？需不需要我出面去督办几个地方？她关切地问道，手拿馒头，送往嘴里，慢慢咀嚼着，眼睛望着老关。

老关正埋头喝粥，听到她的问话，赶紧抬起头，咽下口中的粥，说，进展出奇的顺利。班子成员每人 5 万，11 位成员已于昨日全部到位；机关干部每人 3 万，47 人已经到位 45 人，还有两人今明两天到位；镇直部门 90 名干部和 160 名教师每人两万，到昨天已经到位 230 人，到位率超过 80%。本星期内可以大头朝上。就目前的工作进度，还不需要请你这尊大菩萨出马。

这么顺利，没什么玄机吧？她又问道，事情超乎预想地顺利，不得不让她多了个心眼。

应该没啥玄机。我琢磨这次筹资行动如此快捷，完全是镇委镇政府的筹资动员大会别出心裁。你江镇长用漂亮女人的风情和无坚不摧的真情打动了与会者，感动了筹集对象。你“一个目的两个事例三条理由四十分钟的讲话”征服了会场的所有人。哎呀，这是我参加的最简短最生动最富成效的动员大会。老关不住地感叹道。他是个实诚人，还带那么一点木讷，口里从来不直面轻易夸赞别人，今天能一口气说出这番话来，让她感到很受用很熨帖。

四天前的动员大会，她的确花费了一定的心血。

在穿着上，她颇费了一些心思。她上着白色雪纺的蕾丝衬衣，下边搭配暗纹花边长裙，好似一朵春天绽放的带雨梨花。平日里头发随便披着，那天她把头发卷好扎成一只漂亮乖顺的松鼠尾巴，别上一朵紫红色发饰。那身装扮将女性的风情、妩媚不经意地演绎出来，让人眼前为之一亮，过目难忘。

动员大会在镇小礼堂召开，三百多人把礼堂挤得满满当当，主席台上只立着一只麦克风，没摆桌子和椅子。她和另外八名党委班子成员成“一”字站在主席台上，这一举动表明镇委镇政府开短会开有成效会的决心，让人耳目一新。

老关主持会议宣布大会开始，朱定华宣读了镇委镇政府关于筹资救援企业的方案，然后轮到她讲话。她跨前一步，站在麦克风前，没用讲稿，而讲述的内容已经烂熟于心。简单的几句开场白后，她通过讲述发生在身边的两个真实的故事而切入正题。第一个故事，她讲了恒兴无纺布厂厂长赵天明，女儿身患白血病在上海住院，找好了配型准备做手术，但赵天明放弃了，他把为女儿救命的 60 万元钱拿回来投进厂里，让工厂继续生产不致停产。他说，我这样做，痛苦的是我一个人，而让工厂停产，痛苦的却是全厂两百人。厂里的职工闻听到赵厂长的举动后，踊跃捐款、集资几十万，让赵厂长的女儿重新进行了手术。第二个故事，她讲了万书记撑着病体，在妻子的搀扶之下到镇里第一个交筹资款的事例。在最需要钱治病的时候，万书记想到的是企业。为了省下这 5 万元钱，他从条件较好的病房搬进集体病房，把化疗次数减了又减，把口服抗癌药从进口的换成国产的，效果大打折扣……

讲到这里，她泪流满面，无语凝咽。台下很多人深受感染抹起眼泪。

江镇长，你说镇上的人怎么夸你？说你是我们兰高镇的“形象大使”“爱心大使”“煽情大使”。看来美女主政优势多多呀。老关嘻嘻笑着说，打断了她的思绪。

你别埋汰我了，我一个弱女子何德何能？重要的是我们兰高镇的干部职工从赵厂长和万书记的事迹中唤回了“救赎企业就是救赎我们自己”的责任意识。她谦逊地笑笑说。

江镇长，您走的是“玉女路线”，那出悲情剧演绎到了极致，流露出的是那种仁德之光人性之美，让人为之动容永志难忘。旁边的一位中层干部插进来说。

难怪说群众的眼睛是雪亮的，自己在工作中运用一点小技巧也没逃出他们的火眼金睛。

吃过早餐，来到办公室，接到了迈克·何的电话，说已经从省城出发，一个半小时到镇里，让她在镇里等他。

看来自己的坚守起到了效果，迈克·何终于坐不住了，火急火燎地从省城赶往兰高，肯定是要兰高为他批量生产口罩，得逼他预付 500 万订金。如果他能打出 500 万订金，那么镇里就可筹资 2000 万，23 家停产半停产企业，每家可得到救援资金 90 万元。不仅可以重新启动生产，并还有足够的订单保证。

她的心里涌出一缕成功的快感，口里得意地哼起了歌儿，身子轻快得直想摆动。

财所所长彭前进匆匆走进办公室，呈给她救援企业资金分配表和与企业的借款合同书，让她审查定夺。

资金分配表她没细看，但《合同书》她认真看了，尤其是违约责任，写得很硬，让她很满意。只是对收息一项她提出了异议，她说既然我们是救援企业，有必要收取利息吗？再说，我们不是金融机构，有权力收息吗？彭前进解释道，我们从干部职工手里集资，本身就付了息，放给企业如果不收息的话，镇里得拿出一笔很大的资金贴进去。更为重要的是，如果我们无偿借给这些企业钱，那还有更多的正在生产的企业就会一起来向我们借钱，哪家企业不希望得到无息借款啊？

想一想彭前进说得也有道理，但付息很敏感，她说，把息改为占用费也许更好吧。

彭前进恭维道，还是江镇长考虑得周全细致。说着，拿起笔在合同书上修改过来。

回头你把合同书的正式文本拿给镇里的法律顾问和市公证处的律师认真审一审，看有无疏漏和违法的地方。她慎重地叮嘱道。

好的。彭前进答道，拿起那摞材料，风风火火而去。

得赶紧下厂或到村里去转转，不然屁股搁在椅子上，像焊在上面，再也不能挪窝了，讨债的，要钱的，上访的，咨询的……各路人马轮番而来鱼贯而入源源不断，好心情会变糟好脾气会变躁好德性会变坏。尤其是处理好了姚学兰的上访问题，让她成为一些老上访的“救星”和老百姓心目中的“青天”。姚学兰八年如一日，每天到镇里上访，别人接待还不依，专要当时的镇长老万接待，今天提个要求明天又提个想法，几乎每天都有新要求。镇里谁都认为她是一个无理取闹的缠访户，一个间歇发作的精神病。那天，万镇长要到市里去开会，姚学兰趴在小车头盖上死活不松手，硬要万镇长答应为她办低保，给她出钱建房子。僵持之间，她走过来，笑脸相迎轻言慢语劝开了姚学兰。有那么一个月时间，她每天上姚学兰的门，变姚“上访”为她“下访”。通过接触了解，她得知她的丈夫十年前不辞而别不知去向，留下两个孩子，过重的生活负担让她心力交瘁，脑子时常犯点糊涂。听到她的遭遇，她没有嫌弃她，而是尽量消除隔阂拉近和她的心理距离，用情同手足的姊妹之情温暖她感化她。那天，吃过晚饭，她步行走到姚学兰的住所，只见姚学兰发着高烧，躺在床上不能动弹，她把她送到医院，医生诊断是急性肺炎，她陪她打点滴，眼皮没眨地守护了她一夜。从此以后，她和她成了无话不谈的知心朋友。她为她申请了低保，并介绍她到一家无纺布制品厂上长白班。感化了姚学兰，万镇长逢会必讲，表扬她的这次转化是新时期信访工作的典范。她也知道，她能从镇长助理脱颖而出被提拔为副书记，与这件成功的上访转化有很大关系，现在讲和谐社会，稳定是第一责任，党委班子很稀缺这种细心细腻细致地做信访工作的同志。

她的这次成功转化更是被兰高镇的老百姓传为佳话，她的名字被大家争相传唱，随之而来是胡梢上身麻烦不断。“一人饱暖千家怨”，你一人又得荣誉又被提拔又赢口碑，好事不会让你一个人占尽。麻烦事来了，不管是不是你管的，都归你迎难而上，谁让你出尽风头呢？那些草根阶层的枯老百姓找到镇里，一定要见到她，好像她是那无所不能的“上帝”或是那点石成金的“天使”。起初她尚能应付，可是时间一长，她也感到力不从心感到无可奈何，因为有些找来的人所谈的事完全让她哭笑不得手足无措。前不久有两个年轻人来镇里找到她，一开口让她赔20万，说是他们的母亲在放鸭子时滑到沟里淹死了，要政府负责任！她说，你们的老娘淹死了，与镇里何干呢？两兄弟异口同声地说，镇里不把河坡打上水泥护坡，就不会很滑，我家老娘就不会滚进沟里溺死。她本想发几句脾气，但考虑到人家家里出了惨事，便按住了，继续好言相劝。弟兄俩听不进去，扬言说如果镇里不处理，就抬尸游街。最后，她只得打电话找来派出所所长，由他们出面训诫，这件事才得以平息。还有的丢了一只鸡死了一条狗也跑来镇里找歪，揩镇里的鼻涕。这些事真是让她应接不暇难以应对。

拉开门正要出去，黄杨村的那位妇女堵在门口。她把她让进屋，给她倒了一杯水。这位妇女姓杨，已经来镇里找过她两次，其原因是她的丈夫前不久在骑摩托卖蘑菇时被汽车撞死，肇事司机逃逸，丢下了她和一双孩子。她上访的理由很简单：是镇里发动他们家种蘑菇，才发生这种事故。如果镇里不号召种蘑菇，她的丈夫就不会买摩托，更不会骑摩托去卖蘑菇。她要镇里担负起她的两个孩子的抚养费用。杨姓妇女接过水杯，一口气喝光，搁下杯子，说，江镇长，你不答应给我解决问题，我就到市到省去上访。她耐着性子说，你就是到国务院去访，也访不出名堂。我好心提醒你，你这是无理取闹。杨姓女人哭着说，人都死了，还没理呀？我来了这么多次，你总得拿点东西安抚我呀。村上人都说，只要找那个女镇长，一定会得到一点甜头。她苦笑一阵，不知说什么好，心里又好气又好怄。看到杨姓妇女可怜巴巴的样子，怎么也不忍心赶她走，让她满心希望扑空，最后她说，好吧，你只要保证不再上访，我让镇民政办给你造点救济。反正她的情况比较特殊，符合救济的条件，民政救济给谁都一样。杨姓女人感激涕零地说，我答应你，保证不再上访。她抓起座机，给民政办主任打了电话，作了一番交代。放下电话，她让杨姓女人到民政办公室去领款。

送走杨姓女人，党办主任来到门前，说，江镇长，廖常委快到挖口村，让您马上赶过去。她说，知道了。心里却咯噔开了，廖常委的到来与迈克·何的造访发生冲突，必须舍弃一头。舍弃谁呢？她有点拿不定主意。权衡再三，她决定还是赶到挖口村去接待廖常委。她给朱书记打了电话，让他十点钟在镇里接待迈克·何。

她到镜子前看了一眼，又梳理了一下头发，打开香奈儿香水盒盖，在两边腋窝喷洒了点，拎上手提袋，向楼下走去。小车停在大楼门前，她跨上车，对司机说，快点，赶到挖口村。

廖常委是市委分管农业农村工作的常委，主抓全市新农村建设工作。和众多部门一样，把新农村建设的试点村放在兰高挖口村。兰高因为工业经济比较发达，财政形势相对宽余，因而，市里各个部门都把试点放在兰高，其目的是让兰高投钱办点。办别的试点投的钱不太多，可以立竿见影办出成效，但办新农村的试点就大为不同了，不仅投进去的钱多，而且还看不出什么成效来。去年，镇里的书记为了升迁，一味迎合廖常委，不声不响砸进去几十万，挖口村根本看不出什么改观。今年廖常委说了多次，让她继续往里投钱，但她很审慎，没轻易表态投钱，因为她的思想深处就没过关。按常理，一项工程建设应该有长远规划有短期部署，而挖口村的新农村试点工程既没长期规划也无短期安排，由领导信口而说，想到哪儿做到哪儿。一条排水渠两旁护坡硬化花了一百多万，老百姓说，这是把钱往水里扔，除了美观之外，屁用都没有，如果把这钱支持我们发展一下生产该多实用呀。最让人啼笑皆非的是让老百姓建沼气池，建一口池市里补贴两千元，但老百姓也不愿建。江汉平原地下水位高，建的池很难防渗漏。但是为了“形象”工程，廖常委下令，让镇里每户再补一千。老百姓被逼无奈，只得建池，建起的池子多数不能用，为应付检查，他们只得把煤气罐放进池里，接上气阀。有人参观的时候，老百姓打开开关，火烧得旺旺旺，灯点得亮亮亮，老百姓心里汪汪汪，参观的人齐说好好好。但老百姓却在背地里骂道，真是劳民伤财，扎扎实实搞形式，热热闹闹挣面子。

一项工程，老百姓不热心参与还极力抵触，这项工作肯定难得推开。再说，这种培植“盆景”式的试点对面上又有多大的指导意义呢？其他村学得起吗？生活刚解决温饱，生产尚没发展起来，一哄而上去建设新农村，不等于是无源之水无本之木吗？她从内心深处十分反感这种做法，但又不能明顶，只能暗拖。这一招她是从曾国藩从政九经中学得的一条：沉默是一种态度，拖也是一种工作方法。当廖常委逼她往挖口村投钱时，她就含笑不语。逼急了，她就说镇上没钱得等段时间。

廖常委再次亲临挖口村督办，一定是为扎竹篱和装水泥垃圾桶的事而来。年初，廖常委到省领导办的新农村试点上专程学过几天，回来后就让挖口村全套照搬不走样。湾子前面的路在廖常委的亲自督导下，只花半个月时间全部铺成了水泥路。接着，廖常委又在几户门前的路边装上水泥垃圾箱，门前的菜地上箍起约半米高的竹篱笆。老百姓说，弄这玩意儿，鸡子可以钻进去，猪子可以拱进去，拦什么呀？除了整齐划一美观好看外，没有半点益处。但廖常委热衷于这种模式，让全村迅速铺开，责令镇里投入近30万到厂家去购买水泥垃圾箱，投入20多万到山区去购竹竿回来统一制作竹篱笆，已经给她说了两次，她都支吾过去了。今天碰到廖常委，一定会被他猛批一顿。她做好了充分的思想准备，批就批吧，为了50万元钱不瞎投，受点批还是值得的，用农村的土话说，50万元钱啦，可以走好大一截路，该能为老百姓办多少救急的事哟。至关重要的是，她不希望建设这种“形象工程”和“面子工程”而滋长形式主义的歪风，让老百姓在背地里嬉笑怒骂我们的干部是那种不切实际容易被哄的“大傻帽”。

小车在挖口村部停下，走下车，她看到廖常委的“本田”车停在那儿，她知道廖常委已经奔点上去了，正迈步准备往那儿赶，却远远看到廖常委带着新农办主任疾步而来。廖常委是新近班子里的属35岁以下的“少壮派”，年轻得志，敢闯敢干，总希望在新农村建设上快速突破、政绩卓著，为自己今后更好更快地仕进捞取一些政治资本，因而在工作中多了一份浮躁，少了一些实在。

她赶紧迎上去，柔柔地甜甜地叫了一声：廖常委。

廖常委脸色铁青地点了一下头，径直走进村部试点指挥部。一坐下来，他就急问道，江镇长，你让我还要说几遍，才把垃圾箱装起来，把竹篱笆扎起来？看得出，他克制着内心的不满和怨愤，尽量把语调放得平和。

对不起，廖常委。她笑着赔着小心，说，前几天黄书记到镇里来，明确指示要我们筹资救援停产企业，这几天被这件事忙糊涂了。她之所以搬出市委黄书记，实际上是给音廖常委，我江小柔在干着市委一把手交办的更加迫在眉睫的工作。

江镇长，兰高镇是黄书记驻的点，10万人的大镇，5万工人5万农民，黄书记没让你只抓工业发展不抓新农村建设吧？廖常委不紧不慢地诘问道。

当然。新农村建设和工业发展同等重要，只是我这个人代理一把手，缺少经验缺乏统筹顾此失彼，把新农村建设这件大事儿给忽略了，是我的不对，我给您作检讨。她打起低把式，诚心诚意地反省道。

你都检讨几次了，有什么用？江镇长，你很年轻，但却学会了看菩萨点颜料，这对你的成长很不利！廖常委语重心长地说，话中有批评更有警示。

人家有您说得那么势利吗？她嗲声嗲气地说，带着一股撒娇的口气。

如果不是势利，那请你迅速把真金白银投到点上。等到下次来看的时候，我希望垃圾箱装起来竹篱笆扎起来，点上出现明显的改观。廖常委公事公办地说，站起身，走出村部，面色肃然地坐上车，向她挥了挥手。没等她"留吃午饭"的客套话说出口，小车冒着一缕青烟绝尘而去。

被廖常委抵到门角，犟不脱身，只能违心地投钱，如若再不投钱，廖常委真的要拉下面皮大发雷霆了，可一想到50多万投进一项毫无作用的项目之中，她的心里感到一种切切的痛。她只能自己安慰自己，算了，别较真了，为公家的事得罪冒犯市委领导，让领导对自己产生不好的印象和看法，值不值呀？镇里每年为"领导工程"投入的瞎钱该有多少哟。

赶到镇里会议室，朱定华和迈克·何的合同已经拟好。她接过合同，认真地看起来，迈克·何愿意预付300万元订金，兰高镇必须在三个月内为他组织生产两亿片口罩，口罩每片定价为0.12元。这些条款她比较满意，但在违约责任中，她蹙起了眉头，因为合同中只提及兰高方三个月内逾期不能交货每天处以百分之一的罚款，而对迈克·何方没有半点约束。假如口罩生产出来，迈克·何不提货呢？那可是一大灾难呀。朱定华分管工业五六年，不会连这点起码的常识都忽略，难道……

她不敢往下想了。

她抬起头，迈克·何笑着问，没问题吧，应该可签字了。她轻轻摇了摇头。

朱定华走出去上洗手间了，她急问道，迈克，合同是不是只对单方违约进行约束？迈克·何尴尬地笑了笑，说，我早知道你会看出来的，对不起，我加上就是了。江小姐，你的处境很微妙啦！

## 五

吃过早餐，她叫上常务副镇长老关，一起来到镇财政所，听取筹资情况和资金发放情况汇报。彭前进喜滋滋地报告道，财政所筹款 800 万全部到位，迈克·何的 300 万订金已入账，全镇干部职工集资 690 万，唯有五名老师没有交款。1790 万已向 23 家停产或半停产企业拨出 1771 万，厂均 77 万，23 家企业全部启动生产。

对五名没有交款的老师，我上午准备找他们的校长再去督办一次，明天是我们筹资的截止日期，力争不差一人全部到位！老关补充道，狠狠地捏了捏拳头。

行！这次筹资行动时间紧任务重阻力大，你们作风扎实工作细致，攻坚克难成效显著，我发自肺腑地感谢你们，那些企业会记着你们！她用柔柔的语调动情地说，在她内心深处除了感激还是感激，毕竟在她主政之下完成了一件可以载入兰高史册的惊天动地的壮举。一个星期，筹资将近 1500 万，在一个乡镇，可以说是想都不敢想的事，而他们却让这种梦想变为现实。当一件十分艰难的事情超乎寻常地顺利完成时，有时都让人怀疑它的真实，宛如梦境一般，转而就会不由自主地考虑到这件事情会不会有什么隐忧和麻烦。她接着说，这件事做得很完美，那五个没交款的老师，如果情况特殊，就免了吧。她不希望节外生枝，突然之间冒出事端。

江镇长，只有五个人全部交了集资款才算完美，缺一个人就会留下遗憾。其一，会对交了款的人产生心理影响，中国人不患寡只患不均。其二，会对我们镇政府的执行力有影响，说明镇政府的执行力没有达到说一不二的境地。所以，我必须要把五个老师的集资款一分不少地督促到账。老关说，话语中透着一股认真劲。

好吧，注意方式方法，切忌搞出事端。她嘱咐道，站起身，准备花大半天时间到重新启动生产的企业去走一走看一看，了解一些情况。

下午，她在宏翔厂和厂长老林座谈，突然接到老关的电话，老关语气急促地让她速回镇里。她的心里突地向下一沉，有种大祸临头的感觉，赶忙让宏翔厂的车把她送回镇上。

老关在镇政府门口转圈，见她回来，赶紧迎过来，压低声音说，江镇长，镇二中出了大事。今天下午两点钟，校长在初二年级办公室，找到没交款的名叫马汉昌的老师，督促他交款。马汉昌态度恶劣地说，我没钱，拿什么交？谁都知道他有钱，他是故意不交，旁边的一位老师说，马老师，你表弟还是镇里管工业的副书记，这个桩你都不抬呀。马汉昌说，我表弟才不会作这种瞎鸡巴决策咧，妇人当道，必有大难。校长说，马老师，我认为镇里的决策十分英明十分及时。我们的工资由镇财政开，镇财政的钱来自企业交税的分成，当企业有难之时，我们不帮谁帮？何况我们只是把钱取出来借给镇财政，人家还付五点的息咧，对我们来说是毫发无损。马汉昌不耐烦地打断道，你别讲这些不着边际的大道理，我们领的是国家给的工资，不是镇里的。我看你完全被镇里策反了。我丑话说在前头，打死我也没钱交。校长厉声道，没钱交，就别上课，把钱筹齐再说。马汉昌听到要停他的课，气得不行，一口气上不来，轰然倒地。送到医院，就没气了，医生说是大面积心肌梗塞。

赶快找朱书记，让他出面去做安抚工作。她从老关的口里清楚事情的大致经过后，当即决断道。

朱书记中午酒喝多了，不知躲在哪儿睡觉，手机怎么打也不接。老关焦急地说。

找到了朱定华，他能真心去做工作吗？他现在看戏不怕台高，正巴望不得出点事才高兴呢。自己怎么搬得动朱定华呢？要拿捏住朱定华，只能求助市里的书记市长，请他们向他施压。想到这里，她觉得处理这件事有了明确的方向。她冷静地对老关说，这件事要谨防借机生事小题大做。你带一班人赶到马家，稳住他们家人的情绪。我马上给派出所长打电话，让他派人守住路口，防止他家里人抬尸游行。我现在立马就到市里找黄书记，请他明示朱书记出来做工作。多管齐下，应该不会有事的。她口里在安慰老关，其实心里没有半点底，怦怦直跳像鼓槌击胸。

在黄书记办公室，她将事情的梗概原原本本作了汇报，最后祈求黄书记大驾出面平息事态。

黄书记对她的政治敏锐性大加赞赏，说我们有些地方本来很小的事情，由于不及时介入而酿成大的事端甚至无法收拾，而有些大的事端只要我们及时介入，就会大事化小。他对秘书说，给我接通朱定华的手机。

过了一会儿，秘书把接通的手机递给黄书记。黄书记问，是朱定华吗？她可以想见朱定华唯唯诺诺的样子。黄书记接着说，我听教育局反映，你们兰高镇二中下午有一位教师心肌梗塞致死，据说与镇里的集资扯上了关系。我明确告诉你，你们镇政府集资救援企业的方案是经过我同意的，集资救援企业没有任何错。我还听说那位死去的教师是你亲表哥，目前家属情绪有些失控，准备借机大闹，万书记住院去了，江镇长很年轻，处理这类事情经验不很足，所以我思来想去只能全权委托给你处理。你是老同志，威信高，经验足，处理下来不会有问题吧？朱定华在电话中可能故意叫难，黄书记严厉地说，你不要叫什么困难了，这件事就交给你，拱破天眼想尽良方也要把这件事压下来，不能出现任何过激行为和造成任何不良影响。这是市委考验你的时候。有什么动态及时向我报告。她的耳边仿佛听到朱定华拍胸捣拳指天发誓的豪言壮语。

老辣深邃的黄书记说话滴水不漏暗藏机锋，让她见识不少。首先，黄书记阐明是市教育局报告的这件事，把她开脱在外。接着又揽过集资之责，即便死者之死与集资有关，但大大地淡化了镇政府的集资责任。再接着又给朱定华把高帽儿戴上，狠狠地飘扬一番，让他深感宠信倍增压力，最后把全部责任压给他，让他没有退路，只能全力以赴去做工作。

黄书记收了线，她感激地说，谢谢您了！

还用谢吗？这也是我分内的工作，出了乱子闹出事端我也逃不脱干系。黄书记爽朗而笑，豁达的情绪深深地感染了她。黄书记端起茶杯，喝了一大口，茶杯里只剩一半，她赶忙提起开水瓶，启开瓶塞，轻手轻脚地在杯子里续上水。

企业都启动了吧？黄书记问道。

一个星期我们筹资 1790 万，现已全部启动生产，120 家无纺布制品企业无一掉下，都在满负荷生产。她平静地汇报道。

好！黄书记充分肯定道，我们就是要创造出这种奇迹。金融危机是毁灭性的灾难，对另外两个无纺布生产基地影响很大，我从网上看了，关停了许多家。我们要抓住时机，危中寻机，弯道超越，实现对其他两个无纺布制品基地生产规模品类效益的全面超越，真正让兰高镇奠定全国无纺布制品第一大镇的地位。有了这块金字招牌，我们企业的规模会越做越大，产业链会越拉越长，吸引的客商会越来越多。今后再要撼动我们，就不那么容易了。

她不停地点头，为黄书记的睿智分析和充满信心的憧憬。突然之间，她想到了迈克·何，她说，黄书记，迈克·何是全球最大的无纺布制品销售商，前几天他要我们镇为他组织生产两亿片口罩。我有一种预感。

什么预感呢？黄书记沉思须臾，问道。

精明透顶的迈克·何通过“非典”赚得盆满钵满。我预感到人类将又面临一次大的病毒蔓延和流行。我想请黄书记出面给市投资担保公司打个招呼，为我们几家大无纺布制品企业担保贷款1000万。

你要囤积一部分口罩。黄书记很快猜透了她的心思，说，我也似乎嗅到了一种气息，跟着迈克·何干，我支持你！

她的眼里溢满感激的神光，柔柔地定定地望着黄书记，她要让黄书记感受到此时无声胜有声的精神力量。

省委组织部唐副部长和你是什么关系？黄书记突兀地问道。

没什么关系。她一口否认道。

不会吧？前几天到省里开会，唐副部长专门把我拉到一边，详细地询问了你的情况，一再叮嘱我要爱护你关照你。黄书记说。

那他可能是希望您对女干部高看一眼厚爱一层吧。她用平常的语气说。她很想挑明，她深知"有后台成功像是坐电梯，无后台成功就是在爬楼梯"的蕴意，但她终于忍住没有挑明。她觉得挑明了就失去韵味和余香了。还是这样朦朦胧胧好，起码让黄书记有思索遐想的余地。再说唐副部长既然直白地说了，黄书记心里已经有谱，绝对不会亏待她，肯定会另眼相看。她有这个把握，因为中国有句老话叫"官大一级压死人"，何况这个官身居要害部门，是直接左右别人政治命运的管官的官呢。

从黄书记办公室出来，她让司机把她送到"丸美美容美体馆"。近段时间，精神紧张神经紧绷面部肌肉紧缩毛细血管紧闭，身子像被千万根绳索绑住，硬硬的，僵僵的，脸上像有一层油霾蒙盖，紧紧的，涩涩的。她要到"丸美"彻底放松一下。

躺上按摩床，脸上敷上厚厚的面膜，身体接受着服务员的轻柔按摩，人渐渐放松下来，一会儿工夫，便沉睡过去。

手提包里的手机不住地振动像锯板机发出的"呜——""呜——"的声响，服务员在她耳边小声说，有电话了。她翻过身，微闭双眼摸索着拎过手提包，取出手机，睁眼一看，手机上有六个未接电话，全部用镇党办的座机打过来的。她马上回复过去，座机只响了一声铃，就有人接了，电话那头传来了老关急促的声音，江镇长，出大拐了，马汉昌家已经网罗乡下亲戚一百多人准备晚上打着灯笼举着火把，抬尸游行，进驻镇政府，并要在镇里停尸三日，全镇祭拜。还放话说你是集资的罪魁祸首，让你三跪九拜披麻戴孝为马守灵。她心里一惊，陷入一片茫然，难道黄书记的话朱定华也敢不听吗？不会呀。细细想过，她很快镇定下来，问，朱书记呢？老关气哼哼地说，他只到马汉昌家打了一个照面，就不见了。指望他做工作，不拉反纤就烧高香了。她说，你不要慌乱，咱们内紧外松，密切关注动向，作好应急反应。说过之后，心里略感坦然，但还是难得完全踏实下来，总像有块石头在心里摇来荡去硌肝顶胃不舒服。

美容的后续程序难以继续，只能让服务员草草收场，走出“丸美”跨上车，小车像箭一般驶往镇里。

镇政府大门已锁上，四名保安全副武装呆在门卫室里，老关拉着派出所长商议着事儿，见她回来，低沉地说，江镇长，我担心朱定华借题发挥冲你撒气，和所长商议接你到派出所去回避一阵。她摇摇头，说，不必了，天要下雨娘要嫁人，是福不用躲，是祸躲不脱。老关特别强调说，你一个弱女子，又是外乡人，朱这个人有时丧心病狂，什么绝事都干得出来的。她勉强一笑，说，你要相信共产党是有王法的。其实她的心里还是有些惧怕和胆怯的，但一想到黄书记给朱打电话时的交代，心里便有底气了。派出所长接着说，关镇长，让江镇长在关键时刻躲避传出去不好，等一会儿，我派几个干警过来，身着便衣，暗中保护江镇长。老关还想争辩，但苦于没有其他良方，只能点头同意。

一切安排妥当，她到机关食堂吃了晚餐，便回到楼上办公室，桌上堆放着十几个天蓝色的文件夹，内面净是一些亟待处理的函件和文件。她打开文件夹，一边阅读一边签批，但始终心神难定思绪难安，脑子里总会冒出马家一百多人抬尸硬闯镇政府的场面。她索性停住笔抬起头靠在椅背上闭目养起神来。

晚上八点钟，喧闹声争吵声把她吵醒，她警惕地走到南边窗户前，透过窗玻璃看到镇政府大门口围着一大堆人，一条黑布白字的横幅横在门前，上面的字清晰可见："女镇长胆大妄为非法集资，老教师无钱交款被逼猝死"，人群中央是装着马汉昌遗体的冰棺。因为大门紧闭，所以那些人在门口干吼乱叫，只动口不动手。

老关敲开她办公室的门，问她要不要通知市里出动警力平息。她制止道，万万使不得，那样会恶化局势。看他们的阵势，不是想真闹只是想造势而已。老关不解地问，何以见得？她说：一百多人要是真的闹腾起来，你的大门早就被他们砸开，尸体恐怕早就摊在镇政府大院里了。老关更加疑惑地问，把一具尸体腾来挪去，人死都不得安生，他们是不是疯了？她苦笑了笑，说，居心叵测呀。其一，他们通过这种形式公开出我的丑造我的谣。其二，谁也劝不走他们，等会儿只有朱书记出面劝走他们，无形之中在人们心目中树起一种舍我其谁的权威。其三，兵临城下大兵压境，而朱书记却能力挽狂澜化解危机，这不正是他可以到黄书记那儿邀功请赏的重要佐证吗？一切尽在他的算计之中，你不必着急，不出一刻钟，朱书记就会出面，大手一挥，粗言一骂，众人会乖乖顺顺地抬尸回家。老关眨巴着眼睛望着她，简直像在听天书一样。

事态的发展尽在她的预料之中，20 分钟后，朱定华气喘吁吁地赶到镇政府大门口，操骂老子地大发雷霆，吼叫的声音方圆五里都能听见。那些人只踯躅片刻，便抬上尸体有序撤退而去。

然而，有一点令她始料不及，两天后，省内最大的网站"南湖"上挂出马家抬棺游行的照片，那黑布白字的横幅赫然可见特别醒目，照片下面的文字叙述，把她描写成为一个不懂法乱作为的基层官员。下手真快真狠，一下子就动用了最新型的告状方式——网上告状，真的让人防不胜防。她从心里感到胆寒。

当天下午，跟帖的博客铺天盖地，有愤怒声讨的，有无情鞭挞的，有深刻揭露的，有冷静反思的，还有强烈要求追究责任的。点击数一下超过 10 万人次。博客中，没有片言只语向着她，全部是恶批猛斥她的战斗檄文。

她处在马汉昌猝死事件的漩涡之中，成为舆论关注的焦点，老百姓议论的热点。社会上传言她是致死马汉昌的元凶，是害死马汉昌的杀手，矛头直指向她。这个时候，她才领悟到“舆论杀人”的威力。她懊悔，懊悔自己轻看了朱定华小视了朱定华，只被他组织人员抬棺游行镇政府的表象所迷惑，未曾想到他会巧妙地运用这一场景，移植到舆论的前沿阵地，让舆论的力量来鞭挞来声讨来谴责来批判，让你良心不安寝食不定难有宁日。看一看，人家下棋下一着想三步，暗藏杀机，步步为营，杀得你没招架之功更没防守之力，只能落得个片甲不留的悲惨境地。这样看来自己真的很幼稚很被动，在健壮强大的击打者面前，自己成为一尊任人打揍的沙袋。

她再也坐不住了，她决定去找黄书记。打通黄书记秘书的手机，秘书告诉她，黄书记到中央党校培训三个月，是那种提拔前的轮训。她收了线，立即打消了这个念头。

她努力让自己忘记，努力让自己平静，可是，粘附在大脑里的那些博客尖酸而刻薄，伤心刺肺，一时半会儿怎能从记忆之中抹去？这招不行，她就自己安慰自己，自己给自己打气，自己给自己开脱：筹资救援企业虽是政府行为，但拿到市委黄书记的尚方宝剑，党委会亦开会研究通过，自己至多是个执行者，何罪之有？筹资救援企业让二十多家企业起死回生，社会效益经济效益不可估量，何错之有？政府集资筹款有那么一点踩线违规的嫌疑，但出发点是好的，收效是明显的，只是学校在操作过程当中方法欠妥言语欠细，才导致马汉昌猝死，自己何责之有？

这么一想，心里稍感平和，但镇上谣言甚嚣尘上，简直要把她掩埋。万般无奈之下，她想打电话向大学同室密友何智琳吐吐苦水，电话打通了，但她迅即按下了。何本来对自己从政就不理解不赞同，现在把电话打给她，除了讨得几句廉价的同情，又能得到什么实质性的帮助呢？

最终她把电话打给了导师。导师听完她的诉说，不急不忙地安慰道，从政总要碰到坎，你也不要紧张，我会动用各种关系到“南湖网”上把照片和告状文字撤下来。

导师向来做事雷厉风行，晚上，“南湖网”上撤下了让她胆战心惊的照片和文字，她吁了一口长气。然而，从市里传来消息，说省里主要领导已经发话，让市里成立联合调查组，彻查兰高镇违规集资致人猝死的问题。这些小道消息像长了脚一样，迅速传遍兰高的各个角落，传得有模有样，好像真的一样。她打电话到市纪委找她的那位同学询问，同学说可能有这事，让她从头凉到了脚。她几近崩溃几近疯狂，每过一天就是在经受刀割般的痛苦，每过一夜就像是在遭遇炼狱般的煎熬。

她无助地拨通了男友林清华的手机，想在他那儿寻找一点慰藉和支撑，然而他正潜心他的学术专著，对她的态度爱理不理，语调十分冷淡，就像在对一个极不熟识的陌生人讲话一样。他说，最近几天我回省城，如果得空，我顺便到兰高去一下。“顺便”一词让她倍感失望，比热恋中的女孩在情人节那天没收到男友的“玫瑰礼物”还要让人失望。只是几个月不见，怎么他会变得如此冷漠呢？

有什么事你就直说，别这样不冷不热好不好？她心烦意乱地说。

你自己做了什么心里不清楚吗？林清华反问道。

我问心无愧！她干脆利落地说。

哼！林清华冷笑道，仕途女人，谁保洁身自好？哪一个身上不是趴满“咸猪手”的印记。

你——你——她深感愤怒，气得说不出话。

电话里出现了静默，仿佛时间凝固一般，终于，她听到林清华冰冷而绝情的声音：我们分手吧。

她紧咬嘴唇没让自己哭出声音，轻轻地合上电话。相恋六年的男友，去年差点走进婚姻殿堂成为自己丈夫的人，轻飘飘一句分手就分了。自己做了对不起他的事吗？没有。自己做错了什么吗？没有。要是自己去年不被他的花言巧语蒙蔽，不被他的死皮赖脸纠缠，失去女人那可贵的贞操，现在自己就可以堂而皇之地去找他验明正身，要吐他一脸唾沫，问他几个喷嚏。然而那片东西被他无情地揭走了，就像被买主打了腚子而不要的西瓜，再也说不起话，也卖不出好价钱了。

夜阑人静，头痛欲裂，泪雨滂沱，难以入眠。她翻身起床，坐在沙发上，看到桌上的香烟，她像抓住救命稻草一般，抖抖索索地拆开锡纸，掏出一支烟，点燃，猛地吸了一口，烟雾涌进喉管，呛得她咳嗽不止。从未抽烟的她今儿个把烟一抽，倒觉得别有滋味特别过瘾。什么淑女什么优雅都见他娘的鬼去吧，咱现在要的只是一种镇定一种刺激。

早上六点钟，刚迷迷糊糊过去一阵子，院子后边林子里的布谷鸟叽叽喳喳的欢叫声吵醒了她。她坐起来，靠在床背上，拿起遥控器打开电视和 CD 机，荧屏上立即出现了舒马赫的“三大糟糕比赛”画面：欧洲大奖赛，赫雷斯赛道，舒马赫试图将对手雅克·维伦纽夫撞出赛道，两车相撞，但维伦纽夫早有防备，他谨慎驾驶，最终获得冠军。舒马赫偷鸡不成反蚀一把米，全年的积分被取消。

是呀，“纪录之王”舒马赫也有倒霉背运的时候。

她爬起床，顶着有点昏昏沉沉的脑袋走到洗手间，从镜子里一瞧，连自己也吓一大跳，眼圈泛青，头泡脸肿。她用青瓜洗面奶在脸上涂抹一层，待瓜汁慢慢沁进皮肤，她才洗净脸，在眼窝处涂上淡淡的调色粉，让眼睛的神采表现出来。一个美容专家说，如果想让面容更靓丽，千万不要浓妆艳抹，淡扫蛾眉是最秀丽的妆容。她严格按照这条美容法则在妆扮自己。

收拾停妥，她走下楼坐上“帕萨特”，让司机驶向镇区。她要去看看万书记，同时把市里成立调查组的事向万书记通报，向他借计问策。她本来不想烦扰万书记的，省医院让万书记回家，其实是宣告医院无治，在这种时候给一个生命垂危的病人汇报这种坏消息，不啻是把他往绝路上猛推一把，既不人道亦不合时宜，但是，自己又有什么法子呢？朱定华一而再再而三地频出恶招置自己于死地，社会舆论对自己瓢泼桶倒地污蔑和攻击，男友莫名其妙地提出分手。自己实在是撑不住了，柔弱的肩背难以承载这超重的压力。至关重要的是，市里的调查组来了，该怎么回答，必须得给一把手汇报，让他定出基调。

她在一家花店买了一篮花，自己准备了一个红包，来到万书记家。后边的厨房飘来一阵阵中药的苦味，万书记一个人躺在前房的床上，微闭着眼睛，无情的癌病比那嗜血的魔鬼还要残忍，把一具有棱有角血肉丰满膀粗腰圆的活生生的躯体变得轻飘得像那干枯的桑叶标本。眼泪簌簌直掉，她轻轻叫了一声，万书记。万书记艰难地睁开眼，惨白的脸上淡然一笑，说，你终于来了。好像他等了很久似的。她坐在旁边的椅子上，百感交加，不知从何说起，只一个劲地掉泪。

镇里发生的情况我听别人说了，挺挺就会过去，我会支持你！万书记说，那声音好像从深陡的枯井里传出来的，空洞而苍白。他抬起右手，抖抖地伸过来，她把那只手捧在手里。

我想吻你一下。他侧过头，望着她，祈求道。

记忆之中的那一幕清晰地浮现在脑际：

那天中午，他和她一同陪一客商吃饭，他的豪爽劲儿上来，陪客商喝多了酒，在踉踉跄跄地走上楼梯时，差点跌倒。她赶忙扶住他，把他送到办公室。

就在进门的一刹那，毫无预兆地，他从后面紧紧地箍住了她，他那双大手兜住了她的胸部，紧紧地捂在那柔软厚实的胸罩之上，他的嘴附在她的耳边深情地说，小柔，我想吻你一下。她未置可否，其实她在心里是有些喜欢这个男人的，这个时时处处都悉心为自己营造保护圈的男人，他是那么好，好得无懈可击，他舍得在自己身上花那么多心思，他图的哪门子呢，不就是想从你的身上找到日思夜想的那一口吗？她也知道这个男人不敢鲁莽不敢造次，不会强求地征服她，倒不是惧怕她什么，而是胆寒她后台站着的一个人，那个能左右他政治命运的常务副部长。她觉得自己欠他的情太多了，情债只能用情来还啦！这是人之常理，她不想让自己的心里永远留下一种亏欠，可能这种偿还不那么磊落，但毕竟是还了，只要还了，心就安了。谁叫你是女人呢？谁叫你是从政女人呢？

想到这里，她闭上眼睛，等待着这个男人的吻，等待那一阵海浪般汹涌的潮汐，她的身子不由得紧张起来，身板绷得直直的，脸上显得肃穆而悲壮，一副大义凛然的样子，女人的妩媚和风情荡然无存，那个柔气温顺的小柔不见了。万书记是何等精明之人，看到她的样子，突然松开手，凝视着她的眼睛很认真地说，小柔，给我时间，我一定会让你心甘情愿地答应我。

今天不正是自己还愿偿债的绝好日子吗？她抓住他枯瘦如槁的手，贴上脸颊，试图向这个濒临死亡的人传递一份温暖。之后，她把脸凑过去，闭上眼睛，等着他在脸颊上亲一口。然而，他只抓住她的手，印上了轻轻的一个吻。

他笑了，很苍白，但是绝对是那种发自心底带着满足的笑。

前天省医院丢手不治，让我回家等死，路过市里，我去找了市纪委领导，把该说的该做的都说了也做了，你不会有任何麻烦的，为了兰高，放手去干吧！他说，接着抖抖索索地从枕头底下掏出一个信封，递给她，说，昨天喝了一副民间老中医开的偏方，精神气见好，强撑着给你写了一封信。在我归天之后，才允许你拆开看。

她点点头，慎重地接过信，捧在胸前，心里盛满着对这位即将死去的兄长的尊敬和爱恋。

两天后，市里联合调查组到兰高，把她找去谈话。带队的是纪委的一位副书记。他开诚布公直说来意：根据网上举报和省主要领导批示，我们市成立联合调查组，已经进行了几天的调查走访，今天专门找你，给你通个气。上星期万书记撑着病体找到我们，详谈了兰高集资救助企业是根据市主要领导的要求而为，同时也揽下了兰高集资的全部责任，还说是他第一个交的集资款。根据他所说的情况，我们进行外围调查，认为他说的全是实情。马汉昌的死属自然死亡，没有任何人为因素。其实，集资虽然违规，但集资救助企业没错，能让几十家企业重新启动生产，很不简单啦，这是带动生产力发展的有力举措，值得推广。我们纪委和检察院是为经济建设保驾护航的，将如实向上级报告情况。

她总算吃了一颗定心丸。

一个星期之后，万书记病逝，享年42岁。她组织镇干部为万书记举行了隆重的葬礼。当天晚上，她拆开信，急不可耐地看起来：

小柔，是我害了你。

换届选举市里召开常委会讨论干部的前一夜，我以你的名义炮制了一篇告状信，摸黑拿到黄书记办公室，告朱定华非礼强暴你。那个关键时刻，只有这个理由，才能把朱定华的提名镇长候选人的资格取消。朱定华崇尚空谈极不务实，兰高今后由他主宰将是一种灾难。由于我的力荐，当晚黄书记和组织部长商定把你作为镇长提名候选人提出来交常委会讨论通过。

我的第一位行政老师曾给我说，你今后当一把手，一定要在副手中寻找一对矛盾，这样你从中平衡，可以掌控整个班子。于是我在班子里故意把你和朱的关系弄得紧紧张张无法调和。让你受尽朱定华的酸气。同时，我用一个很隐秘的手机每月给你的男友林清华发一条制造你绯闻的短信，一共发了四条。我的目的是离间你们。我估摸他已经提出和你分手。

在我的谋划中，我要从工作上让你感觉到不顺心不如意，在感情上无寄托无依靠，逼你走进我掘好的“陷阱”，最终乖乖地成为我的“猎物”。

我之所以这么做，是因为我很喜爱你。你随和而不随便，放松而不放纵，敬业而不疏业，靓丽而不艳丽，时而娇羞万千，时而如水温柔，时而风趣盎然，时而清纯可爱，简直就是我心中的“女神”。我自知高攀不上，只能绞尽脑汁剑走偏锋要尽伎俩，便于自己乘虚而入。我很小人很猥琐很无耻，患上绝症正是老天对我干了龌龊勾当的惩罚。

给你写信的同时，我也给你男友林清华写了一封信，向他作了死一般的忏悔。我估计不出几天他就会来找你。但愿我在天堂能够听到你们海枯石烂般的婚誓。

……

她看不下去了，眼泪像决堤洪水漫过眼眶潸然而下，心里被爱恨情仇搅得翻腾不已。

年底，市委黄书记提拔调走，原市长接任市委书记，自然对乡镇和科局班子进行一次大调整。廖常委兼任兰高镇党委书记，江小柔调任市妇联主席，朱定华接任兰高镇镇长。市委书记单独找她谈话，当然是一番赞扬和肯定，什么工作需要呀信任呀重用呀，说了很多很多，但她全然没有听进去。从书记办公室出来，她的心里酸酸的，有一种无以言表的失落和惆怅，总觉得明升暗降把自己调到这种部门对自己很不公。她到底心有不甘，便拿出手机给导师打通了电话。导师乐滋滋地问，对履新任命满意吧？她满口牢骚地说，我才不愿调到这种“两清”（清闲单位、清水衙门）部门去慢性自杀咧，我的舞台在乡镇，我热爱那地方。导师说，你不能在乡镇滚一辈子吧，女孩子只要有在基层的经历就足够了。市妇联主席是最佳的仕进平台，只需两年，你就可以提拔进班子。你唐伯父说了，在中国提拔干部，鲜少看政绩，更看重的是你在你的岗位上平平稳稳不出岔子，在妇联工作最平稳。她本想反驳几句，但最终没有说出口，因为她认为既然市委定了就得无条件服从，在导师这儿狡辩只会让导师更加心焦。没办法，认命了。

送她的那天，正逢全国纺织协会高峰论坛在兰高举行。在五楼会议室里，近百名专家、学者、官员济济一堂，聆听着镇长朱定华催人奋进的工作业绩报告：2008 年，兰高镇的 120 家无纺布制品企业无一停产无一关闭，完成出口创汇 1 亿美金，上缴税金 1. 5 亿人民币，对比上年净增 50%和 48%。在金融危机的大背景下，兰高无纺布制品行业能弯道超越逆势上扬，主要是……

她收拾好行装，通信员小波和几名机关干部争相替她把行李搬到车上。她的眼里潮潮的，泪水差点滚落出来，她忍住泪坐上车。小车驶出镇政府大门，透过车窗她看到了姚学兰，看到了杨姓妇女，看到了好多好多的老百姓站在路边，深情款款地望着她。她乘坐的小车刚上路，后边有一百多辆小车有序跟进，形成了车的长龙。

她靠在车座背上，泪水止不住地直往下掉。

次年“五一”，她和林清华在省城香格里拉饭店举行婚礼。迈克·何从国外赶来祝贺，见到她，恭喜话还没说，就扯起了生意上的事。他说，江小姐，你够狠的，我让你为我组织生产两亿片口罩，你也在暗中让那些大无纺布制品企业囤积口罩。今年甲型 H1N1 流感爆发，我本可以赚个 3000 万，但兰高的口罩调节市场，我只赚了 1000 万，另外的让兰高的老板赚走了。兰高的那些无纺布制品企业的老板真该把你供奉起来。

金钱是赚不完的，感情却是永恒的！她笑着说，脸上的两个小酒窝显得格外美丽。

# 权力周边

李　林

被任命为省引松水利枢纽工程管理局局长后，严珂的身边围拢了形形色色的漂亮女人。这些女人各施各的手段，千方百计缠住严珂。严珂不由自主陷进了有夫之妇雅雯的情网中，甜蜜与痛苦交织之中，他明白爱情有求有弃，政治也有进有退。他到底该何去何从?

# 一

刚刚被任命为省引松水利枢纽工程管理局局长的严珂，就职演说仅用了二十分钟，可会场的掌声就炸开了三次。严珂一边讲话，一边用目光在座无虚席的会议大厅里无意地扫来扫去，蓦然，有三位靓女撞进了严珂的眼帘。

吃过晚饭，为送严珂上任的省水利厅长肖仁和几位随行人员，就匆匆赶回省城了。

引松局常务副局长郑志客气地对严珂说，今天太晚了，您也累了，早点休息吧。

晚上九点多，严珂回到办公室。办公室是个大套间，里面是卧室，外面是办公室，很宽敞很气魄很干净。茶几上摆了几盘苹果、香蕉、西瓜等各式水果。还有两铁盒大红袍茶叶，两条大中华香烟，严珂看了，皱了下眉头，刚想喊把这些撤下去，可一想，都下班了，没人了。他从自己的衣袋里摸出了一盒烟，点了一支，往里间卧室走去，一抬眼，却倏地一惊——这不正是在会场上好险没站起来鼓掌的那位女子吗？那女子正在给严珂铺被褥，一见严珂，就像花蕾刚刚绽放，笑得又饱满又热烈。虽然初次见面，却没有拘泥，没有矜持，仿佛和严珂早已是亲朋故交了。她说，严局，被褥铺好了，我再给您倒茶去。说完，又风摆杨柳般地走到外屋，须臾，又飘然返回，端来一杯浓茶，轻轻地放在茶几上。说，严局，累了一天了，喝点茶，养养神吧，我再给您打洗脚水去。不一会儿，又从外屋端进来一大盆洗脚水，声音柔柔地说，严局，趁热洗吧。她把热水盆放在严珂脚下，然后，站在对面，情色迷迷地看着严珂。

这时，严珂也打量了一眼女人。女人很性感，有一种成熟美，浑身上下像逶迤的山脉，该凸的凸，该凹的凹。不知严珂揣摩到了什么，突然问，你叫什么名字？女人从容答道，我叫宋莉莉。严珂一惊，叫什么？女人又重复回答，我叫宋莉莉。严珂犹如惊鹿撞怀，一下子张开了嘴，半天才合上。问，谁让你来的？宋莉莉还是笑眯眯地说，郑副局呀，怎么了？严珂渐渐地冷静下来，心想，真是她。便缓缓地说，啊，没事，今天挺晚了，你回去休息吧。宋莉莉说，严局，你家属没过来，个人生活不方便，我在办公室管后勤这块，今后，我一定经常来照顾你，把你的生活调理好。啊，对了，我再给你削个苹果。削完苹果，宋莉莉伸出纤细的手指，缓缓地递到严珂的手上，递苹果时，宋莉莉的手触摸到了严珂的手，嘴也伸到了严珂的鼻子底下，一股女人的气味喷到了严珂的口腔内，严珂的身子不为人知地往旁边闪了一下，又一次果断地说，谢谢，你回去吧。

宋莉莉恋恋不舍地走了。

严珂有点恨郑志，他早就听说过，宋莉莉是前任一把手邹肖的“老铁”。你郑志把她派来伺候我，什么意思？

严珂回忆宋莉莉走路的姿势，袅袅娜娜的，好像走台的模特，还迈猫步呢，禁不住在胸腔里笑了一下。他想起来了，他在省厅任工管处处长时，工管处的一位副处长到引松管理局检查工程管理情况，回到厅里惟妙惟肖地向他描述前任一把手邹肖和宋莉莉的丑闻。副处长说，晚上开联欢会，宋莉莉请邹肖跳舞，不请别人专请邹肖，一曲不落地请。宋莉莉喜欢跳舞，尤善非洲拉丁舞之类，一跳起来，提臀劈胯，那两瓣的屁股，上下左右一掰一掰的，把邹肖看得直流口水，宋莉莉前面那两座大山包，总往邹肖身上蹭。邹肖那张大嘴就总张着，就像吃啥总也没吃够似的。场外有几个起哄的小伙子，叽咕叽咕地说，邹局长小时候家里困难，缺奶啊！周围的人哄然大笑。

宋莉莉饱尝了当皇后的甜滋味。可邹肖突然转走了，宋莉莉就郁闷了，她真的想当武则天，既能给李世民当才人，又能给李治当皇后，所以严珂一来到引松，一看“李治”比“李世民”可年轻多了，就千方百计往上贴。第二天晚上，宋莉莉又来了，这次穿的是低开领晚妆，袒胸露背裸肩，展示得明明白白，又隐隐约约，让你浮想联翩。宋莉莉说，严局，一楼有间浴室，是专供局领导用的，我先给你把热水放好，等会儿你过去，我等你，浴衣也在下面，我都给你准备好了。严珂想，这哪是后勤人员照顾领导啊，这几乎是老婆伺候老公了，就冷冷地说，宋莉莉，谢谢你，你请回吧，今天不洗了，我要赶写一个材料。宋莉莉又劝，又去拽严珂，严珂的脸色更冷了，说，宋莉莉，我这么大的人，生活能自理。不要你们费心了，你回去吧。这次没说谢谢，宋莉莉翻了他一眼，心里说，我还没见过不犯腥的猫哪，你就装吧！哼！两瓣的屁股一扭，忘了猫步，腾腾地走了。

宋莉莉走后，严珂进了一楼浴室。他放大水龙头的水流，滚烫的流水，热腾腾的雾气，使严珂浑身燥热，头脑眩晕。他慢慢地坐下来，迷蒙的雾气中，一张女人憔悴的面庞，慢慢清晰起来——那是半年前因肝癌过早夭折的妻子黄煜。

黄煜走了，严珂的魂儿也没了。半年来，严珂几乎每天都呆呆地在窗前向远处张望，仿佛在守望着一种希冀。可他什么都没看见，眼神空空落落的，却又储满了阴郁、苍凉和无助。

## 二

那是一年前，也就是 1994 年春的事儿。

严珂当时任省银河水库管理处处长。有一天，他正坐在办公室看材料，忽然有人敲门，原来是副处长领进一位年轻的女子。严处，这是刚从兰西所调上来的工程师春梦，她要见见领导。副处长说完就出去了。

严珂想起来了，是从下面调上来一名干部充实到工程科。严珂知道她是省水利学院水工系毕业的高才生，分配到兰西所一年多，表现非常突出，严珂还记得厅办副主任介绍过她。严珂看到她第一眼就一愣神，一边打量一边问，怎么，你是学水工的？是啊，那女子大大方方地回答。严珂想，学水利的女孩子大多数是农村去的，没有几个漂亮的，怎么就出了这么一个天仙哪？严珂又看了春梦一眼，只见她足有一米七零的个头，顾盼生辉的眼睛，毛茸茸的睫毛，润泽的双唇，尤其是她的身材，分明是舞蹈演员的好材料啊！心里这么一想，嘴就说出来了，你不该学水工。为什么？天仙歪着头看，还莞尔一笑。

在一个夏日的黄昏，严珂到水库边垂柳园散步，走着走着，在清风疏影中，出现了一个女人的身影，再一细看，站在眼前的竟然是天仙春梦。严珂一阵心跳，有点慌乱地说，你来干什么？春梦说，这是公共场所，谁都可以来呀！严珂手足无措地说，虽然……虽然……春梦看到严珂的慌乱，却抿着嘴笑了，那笑，有点洋洋得意的意味，说，没想到严处那么有魄力，却在女人面前这么胆小啊。严珂说，这让别人看到，容易……没等严珂说完，春梦却一下子扑到严珂怀里。然后就把湿润香甜的朱唇印在了他的嘴上，严珂先是躲闪了一下，但无法挣脱，两个人便亲在了一起。

在以后的日子里，春梦被提拔为副科长、科长，不全是照顾，主要是她自己干得好。但她始终没结婚，也没什么绯闻。她像一颗星星，每天每夜都眨着眼看着严珂。严珂觉得，春梦近在眼前，可又好像远在天边。春梦像一个梦，香甜却缥缈。再以后，严珂就真的当成了梦。

千百年来人们都知道一见钟情，可这世上竟然还有没见面就相思的——春梦就是一个。

那是严珂调到银河水库前夕，春梦去省城姐姐家，春梦的姐夫是省水利厅办公室副主任兼汽车队队长，他告诉春梦，他的姑表妹夫严珂马上调到银河水库当处长。姐夫想和严珂说说，让他关照一下春梦。可春梦不同意，说，谢谢姐夫，我要靠自己。姐夫笑了，随即却叹了一口气说，唉，可惜严珂了。春梦问，怎么了？姐夫就把他姑表妹黄煜两个月前发现肝癌的事，对春梦说了。姐夫又叹了口气，双眉紧蹙凄惶地说，唉，黄煜没命啊，下辈子再也找不到严珂这样优秀的了……

春梦从姐夫嘴里知道严珂是个非常出众的人才，纯净的少女心田，播下的第一粒种子，竟然会膨胀起来。严珂转到银河水库，春梦看到他的第一眼，惊鸿一瞥之中，心，就被严珂虏走了。

可是，1995 年初，严珂却突然调回水利厅，时间不长又转到省引松管理局任局长。临走的前天晚上，春梦约严珂到水库边垂柳园谈了一次话，她又一次对严珂郑重表白，你具备娶我的时候，就开着彩车来接我。严珂还是懵懂，说，你是说梦话还是笑话呀？我和黄煜好好的怎么……春梦却一本正经地回答说，不是梦话也不是笑话，是真话，到时候你就知道了。只要你爱我，我就一直等你。

春梦如一只雏燕在电闪雷鸣中盘旋着，像一棵枝干脆弱的小树在骤雨狂风中颤抖着。春梦病了，从市医院转到了省医院。

其实，这时的严珂离“具备娶她”已经不远了。只是严珂自己不知道。

## 三

严珂来到引松局的第三天，上午召开了班子会，听取了班子成员对引松局的情况汇报。下午准备去各分局和分局所属各站考察。利用暂短的空闲，严珂想把上任以来的旅差费等票据去财务处报销。

严珂刚走进财务处，一位清清爽爽的年轻女子，马上站了起来，严珂一看，这正是手拍得最响的那位。就问，在哪儿报？那女子又甜甜地说，我叫叶梅，是出纳员，在我这儿报。严珂笨手笨脚地填单子，叶梅贴上来，又是甜甜地说，严局，我给你填。严珂无意中扫视了一眼，但只见，这女子长得皮肤细腻，娇嫩的小圆脸上，一对媚气的杏核眼，尤其那对小巧的嘴，总是有点矜持的抿着，说话声音柔柔的，像春风拂面般让人舒服。当了十几年的领导，手下从几百人到几千人，可谓阅女无数，严珂的眼光平静地移开了。叶梅却说话了，严局，再以后报销给我打个电话，我给你填，把钱给你送上去，不用你总上下跑。严珂笑一笑，点点头。严珂刚转身往外走，只听她轻轻地说，严局，你的气质真好，第一眼看到你就知道你是当大官的，有官相福相，谁见了都会喜欢的。说完，有点羞涩地看着严珂，可那羞涩中，分明漾出一种甜蜜，一种风情，传递出一抹炫目的信息。严珂当官后，经常遇到女人的赞美，可这么突然的还是第一次，他真的不好回答，便像毫不在意的样子，可从他那有点发窘的神态中，却让叶梅窃喜。

严珂报销完了，刚要转身出门，叶梅又说话了，严局，我们可把你盼来了，原来那位老邹局长可把引松局坑苦了。怎么坑苦了？严珂似笑非笑地问。叶梅很激动，说话还带着手势：他拍拍屁股走了，我们可半年没开支了！她又接着说，引松局 2100 人，年收水费 8000 多万元，号称大安地区的“小香港”，按财务计划，应该年盈余资金 2000 多万元，可是，到年末决算，全局亏损 3000 多万元，把一个最富的单位活活地造穷了。严局呀，你可来了，我高兴得几宿都没睡好了。严珂看到她手舞足蹈的样子，觉得挺有意思，就说，能那么严重吗？叶梅却声音低下来，幽幽怨怨地说，当然了，因为看到严局那么帅气，高兴的呗。叶梅说完，眼皮一撩窥视严珂。严珂一听，这话有点不走正道，没法接茬，就说，我走了。严珂的一只脚，已经迈过门槛，叶梅又凑到严珂身边，嘴巴贴到严珂的耳边，神神秘秘地说，严局，邹肖在账面上有三十多万不合法的票据，将来有时间我详细和你汇报。严珂没说话，没表情，叶梅睁大眼睛看严珂。严珂走后，叶梅怎么也想不起来——严局是说话了，还是没说话呢？

严珂到任一周后，郑志副局长陪同严珂下各分局考察，还有一名办公室主任。严珂坐到副驾上回头一看，除了郑志和办公室主任，还有一位女士。再一细看，又是那位宋莉莉。严珂问，宋莉莉坐车上哪儿去？宋莉莉娇媚地说，领导下各分局，我是管后勤的，我得为首长的工作生活负责啊。严珂转向郑志，郑局，这是什么时候的规矩？郑志有点语塞，结结巴巴地说，过去，过去邹局长在时，都是这样的。宋莉莉情绪有点提升起来，声音也大了些，说，对，这是咱们局多少年的规矩了。严珂把脸放下来，又觉得空气过于紧张，说话的口气也放缓了一点，还笑了一下，说，郑局，让宋莉莉下去吧。咱们都几十岁的人了，下分局工作还需要专人照顾生活吗？严珂说话的声音不大，但让人听起来就是不容讨价还价的命令——有一种霸气。郑志把脸转向宋莉莉，宋莉莉，那你就先回办公室吧。宋莉莉滞滞扭扭地不想下车，严珂回头看一眼，两道寒光扎在宋莉莉的脸上，宋莉莉的身子一颤，乖乖地下去了。

汽车启动了，宋莉莉怒目圆睁地看着轿车扬起的一缕细雾，眼里分明喷着的是火。可，坐在车里的郑志却露出了鲜为人知的一丝狡黠的笑。

引松，即松花江引水工程。是为十三个市县供水的。局机关坐落在距省城一百多公里的大安市。下设十三个分局，分局下有五十八个管理站。十三个分局按照供水干渠的走向，分别设在十三个市县内。

严珂一行，利用二十天的时间，考察完十二个分局。这一天，来到了最后一个分局——大元分局。考察了一天，吃过晚饭，副局长郑志和办公室主任，有急事先行回局。严珂和大元分局长尤大田唠了一会儿，让他回家休息。

严珂想利用这一晚上的清静，深层次地思索一些问题。他还想在晚上把内衣洗洗。他坐在办公桌前，刚刚展开笔记本，倏然间，随着两声轻轻的敲门声，一位靓女端庄地站在了眼前。瞬间的一怔，严珂认出来了，这正是那位笑靥妩媚的靓女。严珂的眼光删繁就简地在靓女身上快速浏览一遍，那目光，那神态，像领导巡视，像首长检阅，有点居高临下，有点漫不经心。可女人却在他那眉毛的倏然一耸中，看到了他内心的波澜。严珂真的很惊讶，平心而论，这女子太漂亮了！严珂的心，像被人偷偷地拎了一下，你……你……有事？严珂知道这双眼睛，但没正式认识过，只好当作不认识。这是我的家呀！啊，我娘家。她告诉严珂，她姓尤叫雅雯，在引松局宣传部工作，大元分局局长尤大田是她父亲，今天是周末，她回来看看。方才听她父亲说，严局已下来二十多天，衣服肯定需要洗了。听了雅雯的话，他低下头，下意识地翕动了一下鼻翼，真的嗅到了身上一股难闻的味道，他知道自己连洗澡都忘了，快捂馊了。雅雯好像早有准备，从提兜里一件一件地拿出一套衬衣一套外衣，连裤头都准备好了。奇怪的是规格大小和严珂的衣服几乎一模一样。没等严珂脸上的惊疑散去，雅雯就笑着说：这是我爸的新衣服，还没穿过，不埋汰，是我爸让我给你送来的。严珂一听是分局长送来的，就到卧室换了。雅雯又说，把换下的衣服给我，我给你洗。严珂有点不好意思，雅雯就进屋把衣服拿出来，装进兜子里说，我回去洗，明早送来。一边说一边拿出一沓纸递给严珂，说，严局，这是我写的一篇散文，我知道领导既是清华大学水电学院的高才生，又是有名的大才子，水利厅的笔杆子，我今天斗胆，敬请赐教，帮我修改修改，好吗？雅雯走时，把一抹笑容，递给了严珂，那笑，灿烂，柔美，还有点朦胧，有点意味深长。晚上，严珂躺下不久，却全身燥热，用手一抹，脸上身上一层水珠，翻过来倒过去睡不着，索性起来，走到窗前，夏日的夜空，湛蓝深邃，皓月当空，繁星闪烁。这时，他看到一颗流星划过夜空，陡的，他想起了雅雯那双明亮的眼睛，还有方才看过的那篇散文。她在文章中是这样描写严珂的：原来，很多人传颂他的传奇故事，那时，他在我的梦中，现在，他就坐在主席台上，可谓近在咫尺，可我总觉得离我太遥远，因为，他的思想他的学识，他身上所有宝贵的东西，我有点可望不可及……严珂一边看一边想，这是一篇散文，确切点说可谓一篇散文信吧，似乎是专门为他写的，隐含着一种窥探一种期许。严珂躺在床上，毫无睡意，月光溶溶泻泻地洒进来。

## 四

考察回来后，严珂没休息，召开了一个座谈会，走访了三位老同志。严珂回到办公室，随手开了灯，太累了，刚想坐下来休息一会儿，哐！门突然被推开，扑噔！一位老太太泪流满面地跪在了跟前，严珂一惊，干什么？快起来！你是谁呀？严珂一边问一边拉她起来。老太太不起，严珂费了不少劲，才把她拽起来。给老人倒了一杯水，说，你喝口水，有啥事慢慢说。老太太刚说出，我儿子——随着哐当一声门响，闯进来一个小伙子，像头牛，像阵风，径直走到老太太身边，拽起老太太就往外走。老太太的身子往下沉，说，你回去，你回去！小伙子却大声吼叫，妈，咱们没钱有志气，不找这些贪官污吏，咱们走！两个人拖拖拽拽地走了。严珂却有点蒙了。他仰进沙发，慢悠悠地点燃一棵烟，瞪大眼睛，思考着方才的一幕。蓦然，一位女人的身影，在缭绕的雾气中轻盈地飘进屋来，定睛一看，是雅雯。雅雯方才在家属区大院散步，（家属区在办公大楼后院）看见娘儿俩一前一后，一个悲悲切切一个气势汹汹，直奔严珂办公室而去，雅雯就知道了事由，她抿了一下嘴，等待着下文。不一会儿，又看见二人哭哭啼啼往家走，就有点糊涂了。她想，难道严珂也和前任邹肖一样——没钱办不了事？她的心颤了一下，一股温软的潮水漫过心头，一种说不清的担心和焦虑，像一双大手推着她，走进了严珂的办公室。她到底是为那母子俩焦躁还是为严珂担心呢？抑或是兼而有之吧。可是，当她见到严珂时，她的眼神，像一对出笼的鸟，喊不回抓不住了，一下子喷洒出两道强光，那光，太温暖，太热辣，像夏日中午的日头。严珂的目光杵过来，一下子又跳开了——就像一个行人快速躲闪对面飞驰而来的汽车。严珂微笑着说，雅雯来了，坐！雅雯也收拢了眼睛的光度，变得郑重起来。严珂忙问，有事吗？雅雯就把母子俩的事一一地说给了严珂。原来，那小伙子叫丁平，父亲原本是引松老职工，在前年大洪水抢险中因公牺牲。丁平去年转业，引松局有八个安置指标，丁平想，肯定有自己，每天脸上都挂着笑，等着好消息。可是，等到八个人都上班了，他还在家傻等呢，原来这八个人都不是引松局的职工子弟，他们的指标都是用八万至十万元买的，这是丁平的一个战友告诉他的。丁平去找邹肖讲理，说着说着就吵起来了，结果，邹肖找来保卫科的人把丁平送到公安局拘留起来了。丁平和雅雯家住对面屋，有一天，雅雯听到对面屋大声吵闹，赶紧敲门进去，一看，丁平手里拿一把刀，老太太正拼力往下抢，他要和邹肖拼命，雅雯费了好大劲才把事态平息。严珂听了，两道浓眉紧紧地锁在了一起，沉默片刻，他站起来感激地注视着雅雯，雅雯应视着，感觉有一汪热流扑到脸上，瞬间，全身便鼓燥起来。雅雯想，和严珂接触几次了，头一次享受到了这样的眼光，她的脸上绽开了一片淡淡的红晕，心却咚咚地跳了两下，瞬时的惶遽间，她又听到了一个磁性的声音，雅雯，谢谢你！严珂边说边向前迈了两大步，又把雅雯的手紧紧地握在了手中，神情凝重地接着说，谢谢你提供这个情况！严珂的声音有点微颤，那双手又使劲地握了一下。

叶梅真可谓耳聪目明，每当严珂外出回来，往往第一时间上来的就是她。不管严珂的报销票据弄得如何凌乱，叶梅很快就能整理得板板整整，然后拿来让严珂签字，报销完了再把钱送来。一来二去叶梅和严珂熟悉了。有一天，她约严珂去她家，严珂不可能随便去一个女人的家，可叶梅说她父亲来了，说有要事非要见严局。严珂问，有什么事？叶梅说，我也不知道。严珂说，到我办公室谈吧。叶梅为难地说，我父亲腿脚不好，走路不方便。

下班后，严珂走进了叶梅的家。一进门，香味扑鼻，再一看，满桌酒席。你爸呢？严珂的目光满屋搜寻，叶梅的脸，像个粉红的鲜橘，那对杏核眼一闪一闪的，闪出了无数个柔情蜜意，她对着严珂，悄声细语地说，严局，你千万别生气，我怕请不来你，就撒个谎，其实，我就想请你喝酒，严局，能赏脸吗？不会让我难堪吧？叶梅的身子紧贴着严珂的胸脯，一股年轻女人的清新气味，飘进严珂的鼻腔内，严珂的身体微微一凛，但他的头脑十分清醒，两道浓眉使劲一拧，有点愠怒，说道，叶梅，这样不好，你……嘀，正在这时来了个救命的电话，是郑志的电话，没等郑志说两句话，严珂就大声说，好，我就回去。严珂借机有急事，说声对不起，一转身闪出了门外。

又过些天，已经下班很长时间了，严珂还在伏案写东西，他似乎已经忘了吃饭。这时，门轻轻地开了，严珂很惊诧，任何人不敢不敲门随便进他的办公室，谁这么大胆？一张甜甜的脸半遮半掩地一探，严珂知道，叶梅来了。叶梅穿得很露，一件薄如蝉翼般的内衣，让她的酥胸裸露，释放出了勾魂摄魄的诱惑。叶梅动情地说，严局，我一宿一宿地失眠，我要不把自己交给你，这一生就算白活。我，真的喜欢你。我已经和我爱人说了，他同意我和你相处，这是他的保证书。说着就把保证书递给了严珂，严珂睥睨了一眼，便看清了上面的一句话。我同意你和严局长相处，我决不干扰。下面是叶梅丈夫的签字和手印。严珂如同吃了一个死苍蝇，又像得了心绞痛，半天缓不过劲来。

## 五

每天晚上，严珂的办公室都不断人。这一天，严珂奔波一天有点乏困了，刚想要上床休息，雅雯的爱人娄权来了。跟来一位水灵灵的大姑娘。娄权介绍说，这是他姑的女儿，叫豆花。严珂搭眼一看，豆花真如一棵顶露滴水的小苗，鲜嫩的青春气息，从她那发育良好的身躯内向外流淌。严珂客气地让座。闲聊了几句，娄权对严珂说，严局，我看你一个人住单身太困难了，你也不会照顾自己，从明天起，每天早晚，让豆花过来帮助你洗洗衣服被褥什么的，有些零活让豆花帮你做，不要工资，反正豆花大学毕业后还没分配，在家呆着也没啥事，就算我和雅雯的一点心意吧，严局你千万别客气。

正在这时郑志进来了。

听了娄权的话，严珂翕动了一下鼻翼，似乎在嗅一种味道，略一思索，笑着对娄权说，不用了，也没什么活儿，要是洗衣服拿你那里，让雅雯给洗就行了。

娄权赶紧又和郑志打招呼又介绍豆花。娄权走时，郑志送出挺远，探寻的目光半天才收回来……

娄权走后，郑志拉严珂去吃宵夜。严珂也觉得肚子饿了，就说，找个快餐店，简单吃点。

郑志领着严珂走进了名人大酒家。饭店豪华宽敞漂亮，房间有一流音响，严珂说，咱们用不着到这样高档饭店哪。郑志说，老人家早都说了，既来之，则安之。造吧。郑志把严珂让到正位，二人刚坐下，不一会儿，房间的门开了，严珂的眼睛被一片光亮晃了一下，一抬头，两个摩登时尚女子，款款走了进来。郑志从座位上弹起来，笑着给双方介绍，那位高个的叫宋白，市歌舞团舞蹈演员。严珂像例行公事似的瞄了一眼，但见她，魔鬼的身材，明星的脸蛋，会说话的眼睛放着强电，那是一般男人很难招架住的魅力四射，一看就知道，这是那种进攻性很强的女人。郑志说，宋白呀，你一定陪好严局。郑志又介绍另一位，说，这是我的朋友小纪。宋白补充说，我俩一个单位。宋白站起来，给严珂满酒，小纪给郑志倒酒，四个人碰杯，干！两位女士笑得星光灿烂，一会儿站起一会儿坐下，一会儿倒酒一会儿干杯，没话找话说，有话说得幽默些，似乎是两个肩负使命的人。严珂的身体有点热，脸皮有点紧，好像血压上来那种感觉。郑志喝出了兴致，摸起麦克就吼，吼了一会儿，搂着小纪就跳起来。宋白也站起来请严珂跳舞。严珂摆手说我不会，宋白就硬把他拽了起来。开始两人还保持一点距离，越跳越靠近，严珂斜睨了一眼，见那两位已经亲上了。宋白的体香氤氲着，徐徐拂拂地就钻进了严珂的嘴里，一股燥热如涌动的暗流，把身体撑得胀鼓鼓的。宋白胸前那两团肉乎乎的物件，已贴到严珂的身上，宋白的香唇马上就要衔住严珂的嘴。就听得宋白娇声嗲语地说，严局，喜欢我吗？做个朋友好吗？严珂觉得自己正在一片沼泽污水中往下沉，眼看自己就要沉没，突然，仿佛一盆冷水从头顶浇下来，他一激灵，礼貌地对宋白说，对不起，我接个电话。严珂走到门外，大声地之乎者也地说了一些话，然后匆匆地返回屋内，说，非常对不起，我姑妈来电话病重住院，我得马上回省城！郑志一脸茫然地唔唔了两声，没等说出话来，严珂已经大步跨出门外。

严珂没接到什么电话，他是为了脱身，自编自演了一个小节目。但他必须将错就错，否则，郑志就会识破。

严珂的车在通往省城的高速公路上犹犹豫豫地驱动着，上哪儿去呢？回家？可是，那个家已经人去楼空了！严珂的心一阵酸楚，正在这时，手机响了，一看号，春梦！严珂的眼睛忽地一亮，心想，真是个痴情的孩子。上些天，还发来信息说，抚平心灵的伤痛，鼓起生命的风帆，一个全天候盼你的春梦。一股暖流在胸腔里涌动，严珂惬意地笑了，对着手机大声说，喂，春梦吗？你过去说过的话，还算数吗？手机里传来春梦吭吭哧哧含混不清的声音，严珂调侃起来，怎么，不敢吱声了？手机里传来抽噎的哭泣声，严珂想，女孩子一高兴就会哭，真有意思。严珂兴奋起来了，声音也高亢起来，春梦，我现在就往银河水库去，接媳妇！你赶快梳洗打扮。严珂又扮成神父的腔调，春梦小姐，你愿意嫁给严珂吗？请回答。他等着春梦那银铃般的笑声。可是，春梦却说，严珂啊，我现在省医院对过的满汉楼 704 房间等你，有重要事情，请你快过来。严珂的身子刷下子凉下来，一股不祥倏地袭上心头。

严珂懵懵懂懂地走进 704 餐厅，春梦斜靠在沙发上，面色苍白，眼睛红肿，严珂如一股热浪扑向春梦，可春梦却冷若冰霜。严珂惊诧，你怎么了？春梦声音沙哑地说，严处，我过去对你的承诺不能兑现了。严珂“嗷”的一声，为什么？春梦清了清嗓子，她的喉咙里仿佛堵满了什么，说话异常艰难，缓缓地却是清楚地说，我已经订婚了，是我的一名大学同学，你不要等我了，对不起。春梦一边说一边滚下了泪水。可严珂却鄙视地看着她，心想，鳄鱼的眼泪！严珂想大发雷霆，想狠狠地训斥，可是，嗓子突然失声，什么也说不出，只有两眼喷出的火，扑烧着春梦。

大约过了十几天时间，严珂正坐在办公室看文件。嘀铃铃！办公桌上的电话急速地响了。他不接，电话不停地响，他烦躁地问，哪位？电话那边说，我是省医院观察室504病房，请你快些过来，春梦病危，她要和你说几句话。严珂的头仿佛泼下一盆冷水，浑身一抖，怎么回事？他找来郑志一同奔往省医院。

严珂和郑志走进春梦的病房，一股不祥的气氛扑过来，几个大夫忙着抢救，还有十几个人围在床边哭叫着，有一个老太太，趴到春梦的身上哭得死去活来，有人对严珂说，这是春梦的母亲。严珂走到床前，一看，春梦已经闭上了眼睛，严珂俯下身，拉住春梦的手，扒在春梦耳边，急急地说，春梦，春梦！一位权威模样的大夫说，病人已经停止呼吸了。说完，转身要走。这时，春梦却慢慢地睁开了眼睛，看到严珂，春梦的眼睛闪出一束光亮，苍白的脸上艰难地漾出了一丝笑意，蠕动着嘴角想要说什么，但终没说出来，眼里却含了一颗混浊的泪。

护士告诉严珂，春梦的枕头底下，压着一封给严局的信，严珂嗖下子把信拿过来站到病房走廊里急速地看下去。

信上写道，严珂哥，让我叫你一声哥吧——我深爱的人，我走了。我是带着遗恨走的。别人爱你像团火，你举目可见，可我爱你却似一湖水，深邃厚重但外表风平浪静。我太傻了，我要说的话和红楼梦里晴雯临死前说的话一样——欲知今日，何必当初。该给的没给也是傻呀！我根本没订婚，那不叫欺骗，那是无奈的谎言，因为，我不能用短命的青春去占有你。严珂啊，两年了，我在730多天里苦苦地等着你，每天都是望眼欲穿哪！终于熬到了这一天，你来了，我却走了，都说好人一生平安，唉，那只是一厢情愿哪！严珂哥呀，我就剩下一个老母亲了，她为我的婚姻大事哭过多少次了，她老人家永远也看不到我给她领回一个好女婿了，我欠我母亲的，今生今世还不清了。现在，老天给我的时间不多了，我只想和你说，如果真的有来生，我拼上一命也要和你做夫妻。后面是春梦绝笔。严珂看到信是春梦上些天和他见面前写的。

看完信，严珂一下子昏倒在地，郑志和几个人好容易把他抬到病床上。不一会儿，严珂苏醒过来了，可他的泪干了，嗓子哑了，便直挺挺地呆坐在那里。

## 六

接连失去两位亲人的双重打击，使严珂一下子病倒了，每天高烧39度，郑志和班子成员，火速把他送进了大安市第一医院。

领导住了院，医院便涌来了人潮滚滚。真可谓车水马龙，门庭若市。局领导，分局领导，中层干部还有部分职工接连不断前来探病看望。嘘寒问暖之后每个人都往枕头底下塞一摞子东西，无论严珂如何推辞，他们以为说不要是假。因为，当下，当官的潜规则是，要想快富，勤提干部，要想发财，到医院来。果不其然，严珂住院十几天就收到三十八万多元。

这一天，雅雯和她丈夫娄权来看严珂。一番寒暄之后，娄权伏下身子把脸贴上去，无限深情地说，严局，保重呵！引松局两千多人的命运都在你身上哪！你来引松之后，我们才有了希望啊。临走时，拿出两个厚厚的信封，硬摁在床上了。然后他脸对着雅雯说，雅雯啊，以后，你常来照顾照顾严局。

第二天晚上，雅雯来了，带来了她亲自煲的鸡汤，还有一些水果。把东西放下之后，雅雯脸对着严珂坐下来，热辣辣的目光便像扫描仪一样，在严珂的脸上瞄来瞄去。严珂感到，仿佛有一双温柔的手在脸上抚摸，不一会儿，脸热了，心也热了。严珂故意绷了一下脸，问，雅雯，别人可能不了解我，你们为什么还给我拿钱？雅雯稍微顿了一下，马上答道，他代表他自己，不代表我。严珂用怪异的眼光看了她一眼，微微晃了一下头，满脸的狐疑，满脸的若有所思。可雅雯却说了一句让严珂愣了半天的话，严局，我若是感谢你不会拿钱。那，那你拿啥呀？严珂不在意地问。雅雯低下头，眼光却向上直射着严珂的脸，说，我拿心。

雅雯意识到了自己的“失态”，但心无悔意面露喜色，站起来咬着严珂的耳朵小声说，原谅我太直白。说完，诡异地一笑。接着，她又麻利地削了一个苹果递到严珂的手上，又浸泡了一条冷水毛巾，往严珂的头上冷敷。严珂支撑着起来说，不用，不用，这么晚了，你回去吧。可雅雯却伸手去摁他，让他躺下，两个人正在撕扯，宋莉莉进屋了。宋莉莉一看，就乐了。说，哎呀，撕巴啥呀，病人就得听护理的。说完，把手里的一兜水果放在了旁边的茶几上，一双贼溜溜的眼睛，到严珂的脸上瞍了一把，又到雅雯的脸上瞍了一把，然后，扯了扯嘴角，意味深长地哑然一笑……

已经是晚上十点多了，严珂说，你们回去吧，太晚了，我也要休息一会儿。宋莉莉站起来爽快地说，我先走了，你们唠吧。雅雯一看，也站起身和宋莉莉一起走了。走到医院走廊，宋莉莉用手把雅雯搂过来，嘴贴到雅雯耳朵根，神神秘秘地说，雅雯，你看严局多有派，哪个女人看了都得动心，你说呢？说完便哈哈大笑起来，可眼睛却死死地盯着雅雯的脸。雅雯一时慌乱，脸忽地红了，支吾着说，看你说的，看你说的。忽然一激灵，随机应变地说，哎呀，是你看好严局了吧？宋莉莉却大方地承认，是啊，我看好了，不一定哪天，我就把他拿下，哈哈哈哈……

这一天，严珂正在把住院收到的钱，按照清单，想把最后一个人的钱退回本人，恰巧这时，娄权进来了。严珂说，正好你来了，就剩你送的钱没拿回去了。娄权不接，满脸涨红唾液纷飞地说，这仅是一点小意思，将来我要重谢你的时候就不是这一点点了。严珂听了这句话，心里一悚。最后，严珂费了不少口舌，才把钱塞进娄权的口袋里。

严珂经常找人谈话，有一次，他和娄权谈话，谈着谈着，娄权突然说，严局，你手上最重要的事情，是选好接班人。选人的标准是一看能力二看忠心。严珂听了，脸上的肌肉紧了一下，乜了一眼娄权，紧闭了一下嘴唇，然后，淡淡地笑了。还有一次，局领导班子和部分中层干部在一起喝酒，娄权借着给严珂敬酒，坐在严珂身边就不动了，还和严珂频频碰杯，舌头打着滚说，我、我、我是你的人，我、我是你的人……严珂歪着头看他：舌头好像醉了，可眼神不乱不像醉……

严珂出院回到引松局，刚想倒在床上休息，却发现桌子上放着一封信。看字迹像雅雯的字体。原来，这一年来，雅雯已深深地爱上了严珂，近些天来，像决堤的水喷薄而泄，雅雯终于经不住煎熬，把憋在心里的话，一股脑儿地倒给了严珂。她不好意思当面说，用了三个晚上，终于写成了十几页的情书。她在信中说，严局，我对你的爱犹如洪水漫流，我自己已经管不住自己了，我刻骨铭心地爱你，你说怎么办哪？火辣辣的情话，让严珂看了烫眼，想起烫心，但严珂一咬牙把信锁在了抽屉里。

## 七

严珂从半年多的了解中认识到，引松混乱的根子，正如群众给编的顺口溜说的，腐败就在前三排，根子都在主席台。这句话虽然不适用全局，但适合引松。前年，引松局盖了一栋家属楼，一把手得了大头，一位郝姓的主管副局长得了小头，基建科长得了零头，就连一个施工员还让施工队给买了一套沙发一张床。开党委会时，二把手郑志因为工程验收问题和邹肖吵起来了，邹肖居高临下地指着郑志的鼻子说，我撤了你！郑志啪地一拍桌子咬牙切齿地迸出一句更吓人的话，你敢撤了我，我能把你送监狱去！邹肖软了，首先开火的大炮顿然哑了。近二年多来，邹肖的威信一落千丈，连党委会都不敢开，按群众的话说，轰麻雀都不飞了，邹肖大部分时间是今天喝明天泡三天两头订机票（出国旅游）。厅长肖仁为了保护邹肖，把他调到水利厅任副厅级纪检组长，一时间全省水利系统大哗，人们说，选一名搞腐败的人管腐败，内行，对口，高！邹肖调走前，六七个人从办公室追到家往回要买官没兑现的钱，严珂为他准备的欢送酒宴也没敢吃，一边谦恭地说廉政，廉政，别浪费，一边慌不择路地跑了。邹肖离开引松后，路过也不敢回来，只偷偷地给一个叫宋莉莉的打个电话。严珂从邹肖的龌龊中，感到一股巨大的悲哀。他，陷入了一种深深的思索……

现任二把手郑志，今年四十岁，比严珂大一岁。邹肖转走，他也找人活动过，但他上面没人，便不了了之。严珂来了之后，他睁大了眼睛观察他，也给他设过关布过卡。看他到底在财关情场上，是过关斩妖，还是中箭落马。郑志从严珂摆脱宋白，赶走宋莉莉，退回钱款，拒绝豆花，为丁平安排工作等一系列事件中，眼睛忽地一亮，认准了严珂是个难得的明君。

引松局召开党委会议，研究干部任免问题，研究到娄权任副局长时，大多数成员认为，这个人能力可以，但官欲大一些，应再考查一段时间。党委会议的第二天，娄权给雅雯来电话问，提拔有没有他？雅雯说不知道。娄权说，快成严珂夫人了，能不知道吗？雅雯说，反正咱俩马上就离婚了，我是谁的夫人你就管不着了。娄权冷笑一声说，别忘了，你现在还是我受法律保护的夫人，懂吗？然后，又狠狠歹歹地补上一句，别犯糊涂！

晚上，雅雯去严珂办公室，聊了半天，然后，又到引松局后院的植物园散步，两个人站在一棵大树下，亲着吻着，不一会儿，严珂的身体内就有一种东西往出蠕动。两个人回到雅雯的家。

夜半时分，雅雯在半睡半醒中，听到有轻轻的开门声，雅雯还在懵懂中，突然，她又听到了屋内好像有脚步声，猛地睁开眼，忽地坐起来，她看到娄权像一个幽灵，站在地中央，那目光恨意如冰。雅雯的身子痉挛似的抖动了一下，雅雯一看，严珂还赤身裸体地躺在那儿，脑袋轰下子像被炸开了，她一边用手拨拉严珂，一边大喊，严珂！严珂！快起来！快起来！自己慌乱地穿着衣服。严珂一睁眼的瞬间，便什么都明白了，他一边穿着衣服，一边用眼睛死死地盯着娄权，他要防备娄权行凶，可是娄权却矗在地上眨动着眼睛，像在思考着什么。严珂不说话，穿完衣服又迅速穿好鞋，等待着。不一会儿，娄权的眼里又喷出了火，像一条瞬间就会扑过来咬人的野狼，像一座顷刻间轰然爆发的火山，墙上的挂钟嘀嗒嘀嗒地响着，空气凝固了，时间凝固了，浑身的血液也凝固了。又过了短短的几秒钟的死寂，娄权却从牙缝中迸出一句话，你走吧！

严珂回到了办公室，连他自己也不知道自己是怎么走回来的。他瘫软在沙发上，点上一支烟，打火机上下抖动着，火苗抖了几次才点着。不一会儿，严珂觉得脸上痒痒的，用手一摸，泪如潮水般在高低不平的脸颊上随意漫淌，严珂不理它，让它随意地流吧！他没开灯，他被黑夜吞噬着，他朝窗外看了看，天上也没有一点亮光，世界仿佛已陷进深渊。他像一个死囚犯等待宣判。

第二天早晨，雅雯来电话了，她的声音凄婉、沙哑、阴暗，没了往日的甜脆，像从地狱里传过来的，让人一听就毛骨悚然。她说，娄权折磨她一宿，让她下跪薅头发。严珂说，没人性！雅雯说，不听他的他就去省厅告你！严珂沉默，雅雯也沉默。严珂听到手机里有嗤嗤地啜泣声。严珂问，他到底要干什么？他让我告诉你，马上提他副局长，不然，就让你身败名裂。严珂一听，大骂一声，卑鄙！小人！啪！把手机狠狠地扣上机盖。上午九点，有一个汇报会，严珂要主持还要讲话，严珂想，我要挺起腰板，忘记噩梦，还没上断头台呢，不能像没骨头了似的，哪怕我严珂在这干一天，也不能耽误正事，也要对得起引松局的两千一百名职工。

晚上，雅雯来了，后面还有雅雯的父亲——尤大田。雅雯说，娄权根本没去上学，这些天始终监视我们，那天你说有人在丁香苑蹲着，其实就是他。尤大田问严珂怎么办？严珂说，我明天就去省厅承认错误，豁出受处分！尤大田和雅雯当即反对，尤大田说，要那样咱们谁也好不了，全完了！再说了，雅雯孩子都一岁多了，一个家庭能分开吗！严珂看看雅雯，雅雯把脸扭到一边去了。不一会儿，雅雯呜呜地哭起来，一边哭一边说，咱们的事情一旦暴露，就成了全省新闻，那我还有脸活着吗？听了这句话，严珂惊愕地看了她一眼. 雅雯抽噎了几下又接着说，现在，刀把在他的手里攥着，你把他提起来吧，反正他也是后备干部，提起来也不犯什么大错误。严珂木然地看着雅雯，大脑里一堆乱麻又好像一片空白。尤大田看着雅雯愠怒地说，哭什么，哭有什么用，现在最重要的是想一个三全其美的办法呀！尤大田把脸又转向严珂说，严局长，你已经干到这一步了，先保住自己最重要哇！我也不能老来呀，你好好想想吧。雅雯说，娄权在丁香苑等信呢。严珂的脸上没有松动，一脸的血战到底。

雅雯走后不到一个小时，就在电话里上气不接下气地告诉严珂，娄权跑了，说是连夜去水利厅告你，怎么办哪？严珂说，让他去吧，我一没贪污二没犯法，最大程度给我个处分。雅雯大声说，现在不能激化呀，先把事压下吧，还是现实一点吧。

撂下电话，严珂的身子蜷曲着，堆在了沙发上，他觉得有一座山在头顶上压着，站起来的时候，头昏眼花腿发软，仿佛一下子就衰老了许多！他紧贴着墙壁，身子软软的，眼里织了一层厚厚的泪，那泪在眼眶里浸泡着，而后，又一颗一颗地碎落在了地上

自己给自己编织的一场春梦一场噩梦，醒了，严珂也终于想明白了，爱情是有求有弃，政治也要有进有退。为了让雅雯早点解脱，也为了给自己留条路，违心一次吧。他想起来了，一位伟人说过，他还办过违心的事呢。

第二天上班，他先把郑志找来，串联提拔娄权的事，郑志用疑惑的眼光看着他，严局，你，有什么心事吗？严珂哈哈地笑了，声音很

大，但听起来有些空洞，赶紧说，没事，没事。几个主要领导串联完了，下午召开党委会，勉强通过了娄权任引松局副局长。娄权一上任，引松局一片哗然，水利厅党组也接到检举信，反映娄权投机专营权欲膨胀是个野心家，但这类事情往往查无实据，加上肖仁对娄权的偏爱，久而久之也就不了了之了。

## 八

娄权当了副局长之后，脖颈挺着，肚子腆着，八字脚的四方步迈得更是有滋有味。见了严珂也趾高气扬的。严珂本来是个很霸道的人，连憋气带窝火，一下子病倒了。紧急把严珂送到市医院，一查，心脏和血压都有问题。班子的事情再大，也就像地下流动的岩浆，浮在地面上的群众看不出来——病房里看望的人照样熙熙攘攘，医院门前照样车水马龙。

严珂躺在医院，看着满屋惨白的被褥惨白的灯光，一张张惨白的脸，内心陡地涌起了一股酸楚。他想起了爱妻黄煜，想起了痴情的春梦，想起了雅雯那张阴郁的脸，严珂长长地呼出一口气，仿佛要把压在心底的晦气一下子吐出去。他累了，脑袋有点胀痛，就慢慢地用鼻腔长长地吸气，想让自己的心平和下来。

娄权知道严珂的把柄在自己手里攥着，就有了底气，有一次，竟然和严珂顶了嘴。郑志眼尖脑袋灵，看出了一点端倪，心里就犯了嘀咕。严珂是有名的牛霸王，为什么能容忍？娄权哪来的胆量？晚上，郑志在家呆不住，惦记严珂，就推开了严珂的办公室。一进屋，郑志睁大了眼睛，找了半天才看到，严珂被埋在了烟雾之中。郑志走到沙发前，严珂还捏着一支烟头，一边咳嗽一边大口地吸着。郑志试探地说，严局，有什么不开心的事吗？严珂不说话，依旧大口地吸着。少顷，严珂说，老弟，走，陪我喝酒去。喝了一会儿，郑志就有点害怕，严珂那不是喝酒，简直是往嘴里倒酒，郑志慌忙劝阻，可严珂不听，举起杯，看着郑志的眼睛，诚恳地说，老弟，谢了。说完，把一大杯酒一口干了。郑志知道严珂的酒量，最多半斤，他说，慢点，慢点。可是严珂又举起杯，又干了一大杯，郑志摁着严珂酒杯，但没摁住，严珂又连干了两大杯。

郑志把严珂背回办公室，严珂吐了郑志一身，嘴里含含混混喊着什么，郑志听不明白，但那声音像哭，让人听了心疼。

娄权知道严珂不敢管他，胆子越来越大，没通过党委，乘严珂外出开会，私自把宋莉莉调到了归他主管的工管处。

娄权其实不喜欢宋莉莉，就像水库的水蓄多了，需要泄洪一样，纯属需要。另外，他俩之间，还有另一层秘密。宋莉莉是他的恩人。原来，严珂和雅雯的暧昧关系是宋莉莉告诉他的，娄权要去外地学习的前两天，两个人在一起龌龊，宋莉莉的计划是把雅雯挤走，她来鸠占鹊巢，就用话激娄权，这一个月，你老婆有人照顾了，你安心去吧。娄权低下头，脸憋得青紫，一声不吭。

娄权深谙谋略，他要利用雅雯向严珂要重礼。

有一天半夜，娄权满面怒气回来，一屁股偎在沙发上，点上一支烟，开始吞云吐雾，透过烟雾，乜视着雅雯，突然狠狠地骂了一句，臭婊子！养汉老婆！雅雯抬起了头，迎视着，咬着牙说，娄权，我已经受刑半年多了，你还有没有完了？娄权的一对眼珠子从左向右又从右向左骨碌碌地转了两个来回，然后微闭着眼睛，恶狠狠地说，雅雯，我告诉你，引松局有他没我，有我没他。两条路，一，让他调走，滚出引松！二，我当一把手，他退二线。娄权用眼睛瞟了雅雯一眼，接着说，你去找严珂谈，两条路任他选，两个月内办完，要办不到，就让他生不如死！没过几天，雅雯就像鬼使神差似的，把娄权的两条要求说了，她哭着说，严局呀，为了我，你就答应他吧！严珂一听，一口气堵住了嗓子，什么也说不出来，啪！手机被摔在了地上。

娄权当上副局，经常以汇报工作为名往水利厅跑，和水利厅长肖仁的关系比以前就更近了。他知道，在当下，关系是当官的第一要务，要想关系不一般，两人联手贪，要想关系牢，哥儿俩一起嫖，要想亲上加亲，最好能联姻。很快，肖仁家的门槛就被娄权踩平了，肖仁的夫人半年前去世了，娄权的眼珠子叽里咕噜乱转，转来转去就转出了门道。他对厅长说，我给你找一个保姆，年轻的，手脚利索的，千万别找那些岁数大的埋汰还有病。说完用眼睛盯着厅长的脸，他看到厅长的眼皮快速地跳动了几下，嘴慢慢地咧了咧。不到十天，娄权就领来一个称得上美女的大姑娘，那是娄权的表妹叫豆花，高高的个头，灵动的大眼睛，丰腴的前胸，发育良好的身材。肖厅长高个，肤白，由于眼角神经麻痹，说一句话得眨动三四下眼睛，见到这位美女后，紧眨了几下眼睛，嘴咧开了，娄权走的时候，还没完全合拢，心想，这尤物，像是绿色产品……

严珂在度日如年中煎熬着，白天，他强作笑颜，可那笑，如一潭湖水，水面上流光溢彩，水深处，却暗涌着无奈和晦涩。一到晚上，他这棵原本笔直的大树，似已干枝如虬，快要轰然倒伏下来了，这是严珂吗？不是，这是猥琐的严珂，虚伪的严珂，带着假面具的严珂，没有骨气的严珂，窝囊！卑鄙！人，不能这样活着！严珂的心坚硬起来了，身子也挺拔起来了，他已经历了半年多的煎熬，此刻，他，终于作出了一个果断的抉择。

他，鼓足了凛然之气，敲开了厅长的办公室，可是，肖仁不在。他又来到了副厅长何长兴的办公室，何副厅告诉他，肖仁已决定调到省政协，正在省委组织部谈话。又问，你找他有事吗？严珂一脸严肃地说，我方才没见到肖厅长，我是来交代问题的。何副厅惊讶地看着严珂。严珂就把他和雅雯的事情一五一十地全说了，严珂最后说，我宁愿自己受处分，也不能让一个有野心的人上来！我有两条请求，第一，请求处分并调离引松管理局。第二，建议郑志接替我当一把手。何副厅几乎是瞪大了眼张大了嘴听完严珂的交代的。他没想到全省水利系统号称身板最利索的严珂，还能出这方面的问题。可他转念一想，在当今社会，物欲横流，情欲泛滥，严珂像一处迷人的风景，年轻英俊又手握大权，招蜂引蝶在所难免哪！严珂这小子也太傻了，有多少当官的本来是能赌能嫖能搂的“三能”干部，可很多人提了裤子不认账，哪有自投罗网的？他沉吟片刻，心想，不能让老实人吃亏呀！再说，这是一般生活作风问题，和卖淫嫖娼贪污受贿本质不同，对这样的干部一定要保护，就态度明朗地对严珂谈了两条意见。一，你要认识错误，吸取教训，但今后，不要对任何人再谈这件事，到我这为止。二，娄权的问题，你不用管了，由组织来把关。他又告诉严珂，组织部周部长已和他谈了话，肖仁退下去他任一把手，让严珂回去先稳当干着。可是，严珂临走时，还是坚定地说，何厅长，我是坚决要求调离引松。

## 九

回到了引松局办公室，严珂马上把郑志找来，给他倒上一杯水，突然发问，郑志，你找一个合法的妻子，在生活上严格自律，这一点能不能做到？郑志不知发生了什么事情，有点晕头转向，满脸通红，支支吾吾地说，咋做不到，可、以做到，可、以做到。第二，今后少喝酒，尤其不能喝醉。郑志说，这条我已经改好了。第三，如果我走了，你来当一把手，你能把整个身心都交给引松吗？郑志的汗已经像水样地流了下来，他终于明白了，急切地问，你为什么要走？严珂沉默．郑志说，是不是有人逼你？严珂说，你不要问了，没有。郑志说，第一我没有你那么高的水平，当不了一把手。第二你不能走。第三你如果信得过我，就和我说实话，遇到了什么麻烦。严珂使劲地咬着下唇，眼珠一动不动地盯着窗外，忽地，仰天长叹一声，而后，喃喃地说，我是个不合格的一把手。郑志看到，严珂的眼里有一层水蒙蒙的雾气……

郑志确信，严珂遇到了麻烦，很大的麻烦。郑志猛然想起来了，听说娄权去南京大学读函授根本没去，在家死看死守半个多月，啊，明白了。又转念一想，哼，有什么大不了的，那些当官的，没有情人找情人，有了情人换情人，一个情人算人物，没有情人是废物。像严珂这样的干部上哪儿找去？你们都快离婚了，马上就办手续了，你先拿豆花当诱饵，又拿老婆当赌注，娄权你太他妈损了，好，咱们就以损对损！

没过几天，郑志在娄权办公室的床上，把正在疯狂扭动的娄权、宋莉莉抓了个正着。郑志一开门就开始录像，两个人光着屁股鸡捣蒜似的磕头作揖。郑志只说了一句话，老娄啊，别见怪，我这也是跟别人学的。第二天，犹如惊弓之鸟的娄权恭请郑志赴宴。酒过三巡，郑志说，什么事，说吧。娄权说了不少好话和废话，拐了半天才说，郑局，往日无冤近日无仇，大哥高抬贵手吧，小弟今后愿效犬马之劳。说完，从背包里拽出来一捆大票，轻轻地放在了桌子上，然后又慢慢地往郑志面前推了推，大哥，小弟孝敬您的，大哥别见怪，给小弟个面子。郑志轻蔑地看了一眼那一大捆，就知道是十万元。郑志点上一支烟，慢悠悠地吹出一缕清雾，声音低低地却一字一板地说，我不缺钱，你请收回，录像放在我这儿，不能给你。按严局的指示，马上把宋莉莉退回局办公室。再送给你两句话，先学做人，再学做官。说完，挺胸收腹地走了。

郑志接到厅人事处电话，通知后天来考核领导班子。考核小组由一名副厅长和人事处长负责，共五个人。先开的骨干会，来意是除了严珂，还有谁能当一把手。可在谈条件时，从年龄到学历到职称到业务能力，明眼人一听就知道指的是娄权。民意测验结束后，选票都被工作组拿回厅里去了。郑志从人们的议论中分析，娄权的选票不会太多，可郑志想，现在当官，群众选票往往就是可用可不用的参考数！有时甚至是考而不参. 郑志去找严珂，问严珂知不知道厅里的意图，严珂摇了摇头。郑志看到严珂那只夹着烟的手指在微微颤抖，脸色铁青。

没过几天，肖厅长找严珂谈话。原来，水利厅长人选正在考核中，省委让肖仁再干两个月，谙熟政治的肖仁深知这两个月含权量的重要性，他要做一个与时间赛跑的好领导，在有限的时间里做出无限量的工作。他和严珂谈话说，严珂啊，我快退了，我心里总想着你呀，你不能总在引松哪，将来肯定要上来重用，现在就得逐渐往出拔腿，所以，把局长的工作分出去，你专做书记，再过一段时间上来当副厅长，引松局长的位置准备让娄权来接，今天和你谈谈，你好有个准备。严珂沉默了足有一分多钟，才慢慢地笑着说，肖厅长，是让我例行公事地表表态，还是让我说说真话呢？肖仁眨了几下眼睛说，可以谈谈嘛。严珂说了两条意见，自己调出，做什么都行：娄权不适合当一把手，建议郑志任局长。肖仁最后的话，简练而不容置疑，说，这是组织决定。

严珂从厅里回来，步履蹒跚，跄跄踉踉走进办公室，一下子跌在沙发里。郑志跟进屋里，问，严局，厅长找你什么事？严珂停顿了片刻，用手指了指对面的椅子，示意郑志坐下。严珂说，我已给厅领导打了报告，要求调走。为什么？郑志愤愤地问。严珂说，我不适合在这儿当一把手。郑志说，别说引松，就是全省水利系统有几个超过你的？严珂似乎笑了一下，那笑有点苦涩涩的，又微微地晃了几下头说，郑志啊，别把我想得那么好。严珂低着头，眼睛看着别处，好像在躲闪着什么。郑志问，你走了怎么办？严珂说，厅长的意思让娄权先代理。郑志问，你同意了？严珂紧闭双唇，使劲地摇了摇头，又轻轻地说，我推荐的是你。郑志也转过身，慢慢地颓坐在沙发上了。顷刻的沉默，郑志腾地站起来，静静地站了一会儿，重又坐在严珂身边，脸对着严珂的脸，用力地说，严局，你不能走！说完，一阵风似的，转身走了。严珂惊愕地目送着他的背影。

郑志让司机把车开到180迈，从大安市到省城120公里，不到一个小时就到了省水利厅。郑志直接就闯进了厅长办公室，肖仁说，来，我正想找你呢。郑志坐下听厅长指示。厅长说，严珂一再要求调回厅里，经党组研究同意了，从发展的观点看，能接一把手的还是娄权比较合适，你这几年干得也不错，还要继续努力，别有什么想法，好不好？郑志说，肖厅长，你这屋里正好有DVD，我给你带来一盘向你汇报的录像带。说完，把U盘插上。肖仁本来是坐着看的，看了一眼腾地站起来了，眨动的眼睛越眨越快越瞪越大，看到最后，眼珠子就快要鼓出来了。郑志的眼睛始终没离开肖仁的脸，他看到厅长的脸由白变红由红又变紫，最后也说不清是什么色了，只有几根苍虬般的青筋在额角蠕动。郑志暗暗高兴：厅长气坏了。是啊，手下出了这样的败类干部，哪有不生气的呢。厅长一转脸，郑志就知道暴风雨来了，可风向好像不对，果不其然，狂风挟着冰雹就砸向了郑志。肖仁斜眼看着他，说，你什么意思？郑志有点惶怵，我，我没什么意思。肖仁又迫不及待地说，都是班子成员还用这种手段吗？早不来晚不来这时候来，干什么？和厅党组唱对台戏呀？郑志的喉结滑动了两下，咽了两口唾液，从懵懂中醒过神来，肖仁还站在那里，可郑志却不慌不忙地坐下了。厅长，郑志说，他在办公室明目张胆地搞破鞋搞对了，我检举揭发还错了？郑志把脸扬起来，紧抿着嘴角，满脸的不恭，满脸的挑衅意味。肖仁用眼角一扫，身体不为人知地紧缩了一下，口气立马就软了下来，我没说你不对，我说你要讲点方法。郑志说，直到现在只有你一个人看到，这方法错了吗？郑志扬着的脸又向上抬了一下，两只眼睛一眨不眨地盯着肖仁，肖仁的眼皮却慌乱地跳动起来，紧接着向郑志闪了一下笑脸，挺了挺胸，居高临下地说，那好，U盘就放我这儿吧，啊。正在这时，郑志打了一个冷战，他知道，急需泄洪了，他慌慌张张跑进卫生间，没等放干净就提上了闸门，结果，两只手湿淋淋的，郑志下意识地闻了闻，一股尿臊味，他顾不得洗手，慌慌张张往厅长办公室跑，一边跑一边在心里骂自己，还他妈管大型枢纽工程呢，关键时候，连自己的小水库都控制不了，废物！郑志一边扣着裤子纽扣，一边回到肖仁跟前说，肖厅长，U盘我得拿走。肖仁说，我已经让办公室拿去存档了。郑志说，那不行，那是我——肖仁不耐烦了，终于摆出了领导的威严，说，这是共产党领导下的省水利厅，难道还不如你一个人可靠吗？

从厅里回来，郑志直接到严珂办公室，严珂看到郑志就问，你今天去哪里了？郑志的脸上挂着诡秘的笑，压低了声音说，我去省厅了。什么事？有点个人事。保密呀？郑志说，你别问了，我只告诉你一句话，你走不了，娄权当不了一把手。说完，几乎是一蹿一蹿地走了。严珂像猜谜似的目送他很远.

又过了十几天，肖仁带着工作组来引松局宣布班子变动的决定。党组的决定是，严珂任引松局党委书记，免去局长职务，临时借调尼尔基大型水利枢纽工程建管局。任命娄权同志为引松管理局局长。其他班子成员不动。肖仁作完重要讲话之后，把脸扭到郑志那边说，老郑啊，你这几年工作还是不错的，这次，上来一位年轻干部，你一定要配合好，多支持娄权的工作，啊，好不好？肖仁要的是效果，可是郑志塌个眼皮头没抬眼没睁，一声没吭，会场出现了短暂的静默与尴尬，肖仁自圆其场地笑了笑，其实那笑也就是扯了一下嘴角，眼睛又快速地眨动了几下。

## 十

清晨，严珂和郑志匆匆喝碗粥，直奔省城。不一会儿，郑志的手机响了。喂，我是郑志，松花江猫儿山旅游风景区开业大典，10 点 38 开始，请严局参加，好，我知道了。郑志把脸转向严珂说，严局，你都听到了，大安市政府来电话，开业大典有章市长和你的讲话，咱们抓紧时间吧。严珂却说，不着急，我不讲了。郑志急了，说，旅游区是你一手抓起来的，你去讲话是再合适不过了。

严珂和郑志下了车，猫儿山旅游风景区开业大典的会场内外早已人山人海。广播喇叭不间断地催请严局上台，郑志刚要招手和主席台联系，被严珂制止。不一会儿，他们看见娄权坐到了主席台上。又抑扬顿挫地讲了话。

开业大典不一会儿就结束了。要分手了，郑志的目光始终游弋在严珂的脸上，像是看不够，好像一眨眼这张脸就飞走了。严珂停住脚步，亲切地对郑志说，回去好好干，别让群众对我们失望。郑志闭拢双唇，不断地眨动眼睛，喉结咕隆咕隆滑动几下，声音哽塞，赶紧使劲点头，又一把攥住严珂的手，使劲又使劲地握着。严珂的眼里忽地喷出一股雾气，声音干涩地说，郑志，对不起，我让你失望了。郑志张开嘴，翕动了几下，想说什么，嗓子里像堵住了什么，啥也没说出来，只有几滴浑浊的泪，落在了严珂的手上……

严珂最后使劲地拥抱了一下郑志，便头也不回地往会场外走去。

刚走出几步，却迎头碰上了叶梅，叶梅正挎着一位胖嘟嘟的中年男子，身子像粘在一起似的使劲贴着，歪着头扬着脸缠缠绵绵地奉送着笑脸与魅力。严珂用眼睛的余光扫了一眼，想起来了，那男人姓吴叫吴贵，是市委秘书长，去年，大安市干旱缺水，在市水利局长陪同下，曾经到引松局请调三千万方农田供水，检查节目时他们就已相识。严珂听说，由于此公荷尔蒙过剩，常闹些绯闻轶事，一些人便给他改了名叫“吴三桂”。据说，“吴三桂”身边有好几个“陈圆圆”。

严珂刚想扭脸躲过去，可叶梅没看见他，只顾往前走，一下子撞了个满怀。严珂刚想说几句道别的话和歉疚的话，可叶梅的脸由春天变成了冬天，由晴天变成了阴天，仅仅用眼皮撩了他一下，像不认识似的，从身边走过。

严珂惊愕，这是叶梅吗？又一沉吟，明白了，这才是真正的叶梅。

严珂和郑志在猫儿山分手回到省厅，他走到厅长屋门外，举起的手又放下了，腿发麻头发晕，站立片刻，一转身走了，他不知道如何面对培养过自己的老领导。

按照去尼尔基报到的要求，还有几天时间，想利用下午去看看老同学邹捷。邹捷是医大二院的妇科主任博士导，正在出门诊。他来到妇科诊室门口，走廊挤满了人，门口也堆满了人。他的脚刚迈一步就僵住了，原来娄权的表妹豆花正在看病，豆花背向门口，看不到严珂，只听邹捷说，没啥大病，你怀孕了。豆花一下子没了声音，片刻，突然呜呜地哭了，嘴里叨叨咕咕地说，那咋办哪，那咋办哪？邹捷说咋办你自己拿主意，如果不想要就赶快做掉，已经有两个多月了，再晚有危险。邹捷没看见严珂，四五个患者围住了他。严珂赶紧悄悄地退出来，医院走廊里仿佛用人砌的墙，严珂好不容易从人墙的缝隙中挤出来，用手一摸已满头大汗，心想，经济发达了，污染源多了，得病的人也多了，要想自己保持身心健康真得经常查查病啊。

娄权红了，家也火了。就像一条原本冷清的街道，因为新添了一处好风景，蓦然间就变成了人的海洋。娄权的家也骤然间热闹起来了，一到晚上，汇报的求情的送礼的投石问路的增进感情的，一个接一个一伙接一伙。人们知道，娄权和严珂的口味爱好不同，所以，上有好者，下必甚焉。雅雯脸上挂着得体的亲切，用不断转换的笑容接待不同身份的人，她在迎往送来的忙碌中，含英咀华一种新的生活韵味。雅雯过去是平视或仰视着别人，现在却一下子变成了小太阳，顷刻间，周围便冒出了数不清的向日葵，围着她亲近她奉承她。雅雯的脸就像三月的梨花，一夜之间，就绽出了春光明媚，漾出了一波一波的笑影。有一天开大会，娄权坐在主席台上慷慨激昂地做着报告，阳光透过玻璃窗落在娄权的背后，给娄权勾勒出了一个斑斓的剪影。不知为什么，雅雯突然觉得那个剪影比以前好看多了，她揉了揉眼睛再看，是，是比以前精神多了。

1999 年的春天姗姗来到尼尔基工地。严珂在工地和雅雯通过几次话，每次雅雯都说得唯唯诺诺，含混不清，严珂不知雅雯到底在犹豫什么。这些天来，严珂时常失眠，精神恍惚，站不稳坐不安，活了几十年，他平生第一次品咂了思念一个人的心痛与无奈。他奇怪，这半路冲过来的爱，竟让他这个以稳健著称的人，走火入魔般地疯狂起来了，他甚至在上一次通话中，大声呼叫，雅雯，你到底爱不爱我？雅雯，难道你自己说过的话忘了吗？严珂的心，在滚滚的爱火中被煎烤着。他停下脚步，矗立江边，又一次拨通了雅雯的电话，雅雯吗？电话里传来了雅雯的声音，严珂按捺不住内心的焦躁，问雅雯，咱俩的事情你考虑得怎么样了？原本伶牙俐齿的雅雯，和上两次一样，像得了中风，语嫣不详，舌头打滚，说，严局，我真的爱你，真的，可是，可是，严局呀，我，我对不起你，你以后别打电话了，让他知道又得出事，我不能，我，凭你的条件，你找一个比我强的吧，严珂啊，我……严珂的手机里传来了雅雯那悲悲切切的哭泣。不一会儿，有门铃声开门声寒暄声，是雅雯家来客人了，严珂把耳朵紧贴在手机上，使劲喂喂地喊，使劲地听，听了半天，只听到了天地间死一样的沉寂。这时，一团弥漫天地间的灰土夹着沙石刷下子打在了严珂的脸上——沙尘暴来了。浊风黑浪，遮天蔽日。严珂的心里也刮起了沙尘暴。锥心刺骨悲恸欲绝的沙尘暴。

一晃，秋天到了，这是水利施工的黄金季节，有近万人施工的尼尔基水利工地，彩旗招展，机声隆隆，一派繁忙。尼尔基属特大型水利枢纽工程，是国家重点工程，集供水灌溉发电于一体，跨东北四省区，由水利部直管，水利部张副部长每隔一两个月就亲临工地一次。每次来都对严珂的工作大加赞赏，并把严珂找来谈了几次话，有一次竟然问起他的身体家庭以及今后工作打算，严珂一一回答，根本没想别的。可上些天，他回厅里办事，厅长何长兴（肖仁已到省政协）告诉他，水利部有意要调他任水利部工管司司长。又告诉他说，省委组织部周部长上几天也找过我，了解你的情况，听话音好像省农业厅长已经到届，想让你接任，但他没说细。

北方的十月，正是拼命抢工期的时候，严珂已经好多天没睡个囫囵觉了。这一天，他正坐在工地一个土墩上打盹，忽然有人拨拉他，他睁开发红的眼睛一看，一下子就蹦起来了，郑志来了。晚上，两个人一边喝酒一边唠，郑志向他报告的第一件事，是他和小纪下个月结婚。严珂说，好，好。随之又说，哎呀，搞文艺的不把握呀！郑志说，我内查外调二年多了，挺好的，你放心吧。严珂又笑着说，喝喜酒别忘了我呀。郑志说，把别人都忘了也忘不了你呀！

郑志说的第二件事却让严珂吃了一惊，怎么，雅雯离婚了？原来，娄权和雅雯虚假地维持了半年多，后来，从水利大专分来一名女大学生，叫许月，这女孩子长着修长的身材，羊脂玉般的洁净，顶花带刺般的清新，娄权隔几天就找她谈话，给他买名牌服装买皮鞋手表买新潮饰品。一开始，那女孩厌恶地看着他，一再说，我已经有对象了。可这年头有一句不要脸的名言——有对象不要紧，我们可以平等竞争嘛！自古以来，烈女怕“缠郎”，一来二去，娄权就和许月上了床，眼看那女孩子要发福显身，娄权便和雅雯摊了牌，雅雯大闹了一场，但也无济于事。娄权结婚那天，雅雯服药自杀，经抢救才捡了条命。这些天来，引松局是一面旧人哭，一面新人笑，几家高楼美酒，几家苦雨凄风，唉。

还有一桩连带的花案，更是让人啼笑皆非呀，郑志故意卖了一下关子，看了一眼严珂，笑而不语。严珂说，还能有啥事啊？郑志这才说，娄权春风得了意，得了意就忘了形，吃了面包还想吃蛋糕，一来二去又和叶梅搞上了，他答应把叶梅的丈夫调到局机关总务处。可是，和叶梅提上裤子就光顾和那位大学生许月热乎了，答应叶梅的事愣是没给办，叶梅说了一句世界名言——天底下没有不要钱的晚饭！于是，就跑到省纪检委把娄权告了，告的是强奸。你猜猜是谁陪叶梅去的？郑志又卖了一下关子，严珂问，谁？是宋莉莉。严珂惊叹，啊？郑志接着说，前几天两个女人还打得头破血流，没过一天，两个人搬脖子搂腰，亲密战友了！现在，省纪检委和公安局的人正在引松局调查取证呢。严珂听了这些话，有点发冷，身子突然晃了一下。

郑志正像说评书那样津津有味地白话着，严珂的手机响了，看了半天才想起来，是雅雯的号。雅雯对严珂说，严珂啊，时间让我认识了一切，我和娄权离婚了，明天我想去工地看你，有些事咱们见面再谈。严珂哑然，目定唇翕，呆坐良久。过了一会儿，严珂终于从蒙昧中复苏过来，他把手机贴在耳朵上，刚喂了一声，手一抖，手机掉在了地上，严珂颤着手捡起来，使劲地攥着，生怕手机跑了似的。一股硬硬的江风忽地刮过，驱走了严珂脸上的温柔之气，郑志又看到了一张铁浇钢铸的冷脸，严珂的声音也蓦地铿锵了许多，几乎是一字一顿地说，雅雯，你不要来了，你的情况我都知道了。雅雯问，严珂啊，你还爱我吗？严珂说，雅雯，现在我才知道，爱情与婚姻，不能简单地用爱与不爱来诠释，我曾经爱你爱得死去活来，可是，咱们都是学水的，有一句名言说，一个人不能第二次进入同一条河流。爱如流水，流过去的再也回不来了，雅雯，珍重吧。严珂一口气说完，像一个运动员在跑道上，害怕一停下就到不了终点。严珂说完，使劲地扣上手机，又使劲地摁了摁，像泯灭一件不堪回首的往事。郑志怯怯地盯着严珂，像在看一场惊心动魄的决战。

严珂深深地埋下头，半天才抬起头来，郑志看到，严珂那绷紧的脸，肌肉一下子就松塌下来，他紧抿着双唇，像在极力控制自己。紧接着，面部一抽一抽地跳动几下，如江水般浑浊的泪，便刷刷地流淌下来……

严珂接到了国家水利部的通知，他，登上了飞机的舷梯，本想多看几眼这座美丽的冰城，多看几眼来送行的朋友，可人流匆匆，簇拥着他无法转身无法停步无法自顾，便急急地进入了机舱。他想，人生就是这样，有时，被一种看不见的东西牵引着，羁绊着，而随波逐流，而不能自已，而误入歧途，此恨曷极！

## 后记

一个月后，严珂在水利部工管司司长办公室接到郑志的一个电话，他告诉严珂，明天省纪检委来引松局调查娄权。据说，一位已离任的某水利厅长出了受贿案情，牵连着他。郑志又补充说，据说，还有一个姑娘抱着孩子坐在省纪检委不走，这个孩子分不清是娄权的还是那个厅长的……

郑志又告诉严珂，严局呀，我这一年来，尽当“坏人”了，我到省里多次告他们，不把这些狗日的假面具撕下来，我绝不罢休，哈哈哈哈……严珂觉得，郑志的笑真好听，好像春江月夜，空谷溪流，美似天籁。

严珂没有大喜亦没有大悲，他忽然想起了经典电影里的一句经典的对话——面包会有的，一切都会有的。只是，日出日落，花开花谢，冬去春来，生死存亡，世间的一切，都需要时间……

# 吸引力

宗利华

新来的刑侦队长从一场毒品交易中发现了一个隐秘的组织，发现了几个具有致命吸引力的女人；她们利用自己的吸引力操纵着一个城市，实施着自己的罪恶……

肖振鹏去远山赴任，半路上电话不断打进来。

老同学刘水嗓门儿大，张口就咋呼，山不转水转呐鹏子，咱哥儿俩又成一条线上的蚂蚱了。刘水现任省公安厅刑侦总队办公室副主任，而肖振鹏则是要去远山刑侦支队挂职副支队长。司机座后面还坐着常副厅长，肖振鹏不便过分张狂，只说，以后多多支持哈。刘水没意识到，骂了一句，屁！跟我玩儿官腔啊？小子，做你的空降兵去吧，花天酒地去吧！据说远山美女如云，悠着点儿，注意节约子弹。

肖振鹏哼哈几声，应付过去，心中却不无惬意。他心里当然清楚，到远山去，看似一个猛子扎到底，实际是虚晃一枪，镀金两年，立马撤退。

不到三十岁的肖振鹏供职于省厅信息通讯处，虽非实职，级别却已是正科，花骨朵还没开瓣儿，大鹏刚展翅欲飞，眼见得仕途就要一路绿灯。省厅是藏龙卧虎之地，家里老爷子高瞻远瞩，鼓励儿子不妨先去基层，锤炼一下筋骨，等到紧要关口，也好有硬件拿出手。

按说，远山市局刑侦支队是个副县级外壳，肖振鹏从省厅下去挂职副支队长，相当于平调，多少有点儿不合讲究。远山市市长助理、市公安局局长张坤就这个问题，电话跟省厅常副厅长请教，说，厅领导下来支持远山，最起码得挂个市局副局长吧？常厅长说，小肖同志主动要求到一线去，这个你不必有顾虑。

哪能没顾虑呢？原来，肖振鹏虽说出生在省城，但上数到他爷爷那辈儿，便是地地道道的远山人了。厅里没明确表态，肖振鹏到底是短暂下派，还是回原籍地谋求发展。而刑侦支队现任支队长华一民马上面临退二线，肖振鹏是不是看中这缺儿来的？毕竟，一个肖振鹏来会把远山市局干部任职格局打乱。何况他不是普通干部，分寸不好把握。

常副厅长一句话，又把该市长助理的担心挑起来，安排个实职，有具体分管的业务口，所有待遇要有，包括吃住行。张坤忍不住问一句，组织人事关系还要转来吗？常厅长说，这个以后再说。张助理顿时放心，心道，这样最好了。事情很明了，肖振鹏身在远山，组织关系却不是你市里说了算，进退自如。

早在几天前，张坤借着开局党委会的机会，简单通报肖振鹏的情况。其实，不通报哪个还不知道？这个层次的领导同志，耳朵和鼻子都比常人灵光数倍。张坤面朝分管刑侦的副局长彭大为说，老彭你说两句。彭大为晃着大脑壳，扫视其他几位党委成员一圈，说，张市长让我说什么啊？远山市局党委几个人，私下都称张坤为市长，省去助理二字。张坤正过几次，没正过来，反正公开场合没有这么喊的。看来，老彭没把肖振鹏这事当正事儿。

张坤笑，大家都说说，咋弄？

弄这个字眼儿，在远山民间是很粗俗的，事关男女夜里的那点儿勾当。张市长经常采用这种字眼儿活跃气氛。他的意思是，怎么安排肖振鹏。这话又是一个虚招儿，座上诸位谁不明白，肖副支队的任职已成定局，咋弄也不会有更改。彭大为稍皱眉头，说，怕是支队个别同志这个弯儿不大好转，一家人排队买票一样，突然下来个空降兵。张坤面带微笑说，不好转也得转。彭大为抽出支烟点上，说，按说，肖领导对刑侦这一块不见得熟啊。张坤又一个轻笑，厅领导素质比我们高，熟悉业务快。彭大为点点头，那我没话说。张坤又看了一圈其他人，一个个稳如泰山，都没话说。张坤说，那我说两句吧，肖振鹏同志来远山这事儿，要给予足够的重视！特别你彭局，当个政治任务来办！我建议专门下个文，肖振鹏同志任刑侦支队副支队长，排名列其他副支队之前。

常副厅长要亲自送肖振鹏到远山赴任，是又一个没想到。张市长助理脑子转得快，既然副厅长来了，干脆到各区县刑侦大队看看，顺便也让肖副支队熟悉一下情况，把时间拖到晚上，再把欢迎仪式隆重地弄一弄。

几位局党委成员下楼，站到门厅前迎接省厅领导。政治处马主任悄悄问彭局，小家伙什么来头啊？需要厅长专送。彭局边点烟边一声冷笑，又伸出手指戳戳老马的胸口，你个老狐狸，问我啊？什么来头你不明白啊？马主任嘿嘿一笑。

双方在会议室碰面，常副厅长对肖振鹏作介绍，几位局党委成员悄悄端详一番，心里都暗自佩服。别看这小子年岁不大，一脸青春气，坐在那里却四平八稳，简单几句场面话也是八面玲珑，果然是一派八旗子弟风度。

下一站当然先去刑侦支队。

华一民早组织支队所有在家民警，列队站在大门口。常副厅长在张坤陪同下一走出轿车，华支队带头鼓掌，张坤给常厅长介绍华支队，后者立刻啪一下来个敬礼。常副厅长说，一看就是军人素质！一民同志不需要介绍，都老熟人了。振鹏，你别躲在后面，过来跟华支队接个头。肖振鹏这点尺寸还是能把握住的，此时才上前来跟华一民握手。常厅长说，振鹏，华支队是老专家，老油条，以后多向他请教。说得众人大笑。

接下来，常副厅长到几个区县局刑侦大队转了转，领导调研的主题就凸显出来。每到一站，肖振鹏都缩到后面，不往摄像机镜头跟前凑。包括张坤在内，好多人都冷眼打量他，不由得暗暗称赞，这小子挺稳当！老话说得对，虎父无犬子！不管是视察过程中，还是当晚接风宴上，肖振鹏表现得很低调，甚至给远山市局的有些领导造成个错觉，这小子好像也没什么个性。也是，还是孩子嘛！说不定，从小在温室里养大，没经历过什么大风浪。

大领导家的子女似乎容易走极端，要么承继血统，或从政或从商，智商超高，无师自通。要么顽劣到家，废物一个，一不小心就能去蹲监狱。

这个肖振鹏，目前尚未看出惊天动地的本领。

当然，谁也不会料到，就眼前这个貌似还嫩着的空降兵肖振鹏，一年之后，会在远山掀起一次官场大地震！

远山市局的人很快明白来了哪路神仙。起初，私下里是议论纷纷的。比如，肖振鹏的第一副支队问题，专车问题，最想打听的，是此人究竟什么血统，来自什么世袭家族？有几个不服气的刺儿头，果然在半公开场合发牢骚。不过，警察的信息渠道向来盘根错节无孔不入，没几天，上上下下都整明白了：人家老爷子是省领导，据说，还有个直系亲属在皇城根儿从政呢！

于是，牢骚消失，议论也逐渐平息。每人心里都明镜似的了。

人家一堂堂省领导子女，到市里来挂个小职务，又不打算抢你篮子里的鸡蛋，占你们干部名额，有什么可抱怨的？换个说法儿，不过是一个贵胄子弟来你们远山，玩一玩潜水，练一练屈体腾空两周半，浑身上下均匀地抹一层宝宝金水。不需要多久，人家自然会展翅高翔，像歌里唱的那样飞得更高！这年月哪个有背景有靠山的，不玩儿这一手？

肖振鹏分管的业务口是大案六队。内部人都明白，侦查目标主要在走私，在毒品。远山不靠海，也不是内地重要交通枢纽，重工业不突出，轻工业不密集，缺少强势的支柱性产业，走私大案就极少，涉毒犯罪也只是时不时冒冒头。没过多久，肖振鹏就作出了基本判断，本市从没发现过制造毒品的窝点，贩毒势力恐怕也形不成阵营，不会动用飞机大炮，几只小虾米儿，能弄出点动静儿来，也必定相当微弱，不会惊天地，泣鬼神。

肖振鹏有点儿失望。

六大队大队长却是员女将，名叫崔亚男。肖振鹏跟她第一次私下办公室里见，先拿她名字开了刀，说，崔大队真是名如其人啊。

崔亚男看上去比肖振鹏年纪大一些。女人到她这时段，不大好猜测年龄了，上下浮动比较大。该女子走路虎虎生风，猛一看，干练有余，妩媚不足。可一开口，便让肖支队有所领教，肖支不要取笑我哦！人家一个女人，什么都不懂。盼星星，盼月亮，终于盼来个肖支队！以后总算就有靠山了，不是说嘛，大树底下好乘凉！肖振鹏当然不是吃素长大的，忙说，你这靠山两眼一抹黑，基本上是个傻子。恐怕靠不牢，一不小心会闪了美女腰。大树底下是好乘凉，可大树底下从不长庄稼。崔亚男紧跟一句，长不长庄稼无所谓。女人嘛，能遇到一棵大树，躲在下面乘乘凉，已经好幸福。我这人就认死理儿，搂住个男人绝不撒手。

如此直白的话，让肖振鹏稍稍脸热！他在省厅属于半官场半技术序列，哪知道基层刑警队平日里男女界限并不分明，一靠案子昏天暗日没白没黑，女将和男将一样摔打摸爬，刑警队员个顶个大大咧咧，荤的素的张口就来，毫不忌讳。

见肖支队脸上变色，崔大队赶忙调整频道，开始介绍远山情况，心里头却暗自捉摸，该大树果然年轮少着好几圈儿，一句玩笑话值当这样。崔亚男的话说是玩笑，倒有半数以上是真。她心里很清楚，肖振鹏这靠山，很牢，很坚固，简直是铜墙铁壁！关键是，你怎么去靠，才不至于闪了美女腰。

华一民支队长把接风宴摆在远山温泉度假村。

该度假村在远山市区西南角，有一条国道从附近穿越。据说，温泉是十年前当地村民发现的，因为几处泉眼在两个村子搭界处，还起过争端，差点引起一场村民大混战。镇上区里果断出手，把开发权控制过来。后来，被一个台湾投资商招标开发，集餐饮休闲娱乐于一身。按远山民间的说法，是远山一个不大不小的腐败场所。

肖振鹏正跟几位副支队长打扑克，等时间，房门被哗一声推开！市长助理张坤和分管副局长彭大为一前一后，昂首而入。肖振鹏顿时想，华支队这根油条果然很老，想问题比较细致，比较全面。

酒宴开始，张坤一屁股坐在主陪位置，彭大为在副手坐下，肖振鹏起初稍稍推让，不肯去做主宾，被张坤拉过去了。仪式一道道按部就班，张市长和彭副局喝得甚爽，其他成员还有什么好说？肖振鹏知道自己是重点被放挺对象，按照远山的酒风，一家人必定格外照顾他，须保持足够警惕。但这种场合下，你不能摆谱儿。还没等华支队带酒，肖振鹏已经微觉酒意，心态却也渐渐放松，暗想，我如果不醉，这帮人也不会放过我。何况，是为你接风，你肖振鹏不醉，像什么话？

喝至中场，房门被推开。肖振鹏抬头一瞧，为首者一女子，后面呼啦啦跟一帮子女服务生。张坤坐着没动窝，彭大为他们却一个个都立起身来！酒桌周围好一阵乱。女人笑着说，哎哟，各位领导赶紧坐下！肖振鹏正猜测来者何人，张坤已经开始为他们互相介绍，这位是本度假村大当家丹妮，我身边这位，可是省厅领导，到咱远山来支持工作，肖振鹏肖支队长。

该丹妮不像是个老板娘，倒像十足的艺术家。满头蓬松乌发，纹丝儿不乱。肩上貌似随意地搭一件亚麻布披肩，却是紧跟时尚潮流。描了秀眉，画了朱唇，皮肤白净细腻，整个人显得干练清爽。待走近了，脸上就隐约可寻出一个中年女人的底子，透着一股子熟透了的女性韵味儿。肖振鹏虽说微醉，却突然感觉一股摄人魂魄之气扑面而至，很有吸引力。

他想，恐怕这就是传说中的女人的气质，或者气场。

丹妮老板娘轻探玉手，在肖振鹏手上蜻蜓点水般一触，说，省厅领导好年轻啊，认识您真是有缘。女人气息如兰，话语软软的，显然不是北方人。肖振鹏说，我不是领导，我是张市长的兵。张坤呵呵一笑，你可别喊我市长，传出去会闹笑话。丹妮的话接得恰到好处，张市长，到我这里来怎么悄无声息的？我得罪你了吗？张坤说，大当家是忙人，怎能轻易打扰？丹妮笑对其他众人，你们看啊，张市长批评我眼神儿不好，说我是盲人。张坤说，我不打算跟你斗嘴。丹妮微笑，您老人家有君子之风，不跟女人生气。玩笑归玩笑哈，今晚这一桌，算我的！给我个机会，为咱们的帅哥省领导接风。她并不坐下，跟肖振鹏碰一下杯，喝了半杯，又跟张坤碰杯，喝掉另一半，寒暄几句，翩然退场。

许多天后，肖振鹏悄悄问崔亚男，那度假村老板娘丹妮，是何方神圣？崔亚男说，不就是一普通老板娘嘛，你在远山上空往下一抓，能抓起一大把。肖振鹏轻轻一笑，崔队不打算跟我说实话。崔亚男哎呀一声，我几个胆子啊？领导，你想知道什么？肖振鹏再问，她什么来头？崔亚男翘翘嘴唇，你们男人呀，都一个样，见到个有品位的女人，就心猿意马。这话把肖振鹏吓一跳，急于澄清，我只是觉得奇怪，一个度假村老总，不至于让咱们张市长如此重视吧？崔亚男这才悄声说，老大你眼力非凡，这个女人不简单。肖振鹏问，此话怎讲？崔亚男说，她是何方神圣，我不知道，至少她不是咱们远山土著人。另外，那温泉度假村是块风水宝地，远山的老虎啊，狮子啊，大象啊，经常在那里出没。

肖振鹏皱皱眉头，果然有来头！却嘟囔说，老虎狮子大象也难脱俗，都喜欢温泉浴。崔亚男说，男人到那里去，很难说是喜欢什么。肖振鹏问，那里除了温泉，还有什么？崔亚男说，还有一个耐人寻味的女人。肖支队，虽说您是一个帅哥省领导，可我有责任提醒你，被这样一个女人迷住，可是好大一个麻烦。肖支队眨巴着眼睛，看着崔亚男，我家里有老婆。再说，老板娘年龄也太大，不适合做情人。崔亚男憋不住，笑得花枝乱颤的，一挥手，好！有老婆就好！走到门口，又扭回头说，我差点儿忘了，有老婆没老婆无所谓的，姐姐不在乎，你怕什么？这年头就时兴姐弟恋。

肖支队初到远山时，住宿是个小问题，总不能让他每天住办公室，住宾馆。远山市局宿舍区房屋紧俏，一个坑驻扎一个萝卜，空闲房子半套也没有。而整座刑侦支队楼，只有一个大办公室捎带有卧室，是老油条华一民的。他倒是提出要搬出来，说，反正我也住不了几天了。可肖支队哪能干这种事儿？另外的单身汉住集体宿舍，一个屋四个人，让肖支队住那里面能行吗？华一民很是挠头，电话跟彭副局求援，说，咋整？彭副局哧啦一声笑，实在不行去租一套。于是，在刑侦支队旁边给肖振鹏租了套房子。

数月之后，老婆华娜第一次从省城亲自驾车来探亲，进门后，不免就皱起眉头，说，怎么也不整理整理？乱死了都。肖振鹏笑嘻嘻地凑上来，不乱啊，我觉得很好，好得很。一下子，却从后面把老婆抱住。华娜回头嗔他一眼，说，急了？想吃豆腐？小鹏子，你现在真是有条件了，可以金屋藏个娇，豆腐天天吃。肖振鹏压低声音，我这人老实。老婆不在身边儿，没任何非分之想，坐怀不乱守身如玉。华娜说，以我对肖振鹏同志的了解，这话很可疑。肖振鹏说，要不你搬来住，盯死姓肖的！华娜嘿的一乐，谁给你儿子喂奶？肖振鹏说，把儿子带过来，捎带着也喂我。华娜说，瞧你这副嘴脸，也敢糟蹋坐怀不乱这个词儿。

那天一大清早，崔亚男同志第一次敲开肖支队的金屋，进门说了跟华娜同样的话后，却脱下警服来一阵好忙。边收拾房间边说，单身男人的屋子，简直是猪窝！肖振鹏觉得不好意思，说，你别动，哪能让美女收拾猪窝？崔亚男说，老板们有交代，让我照顾你的起居饮食，就跟我是你小媳妇一样。肖振鹏惊呼，规格太高，我享受不起。

崔亚男收拾一圈儿，才问，那个小案子，肖支队还要亲自去督办？

所谓小案子，是指前一天晚上，远山区城区分局刑警大队和派出所联手，扣下一人一车。从车屁股里，竟掏出一包白粉来！

刑警大队长何刚汇报说，人是二十多岁的小崽子，眉目清秀，跟个韩剧小明星似的，是城区一家规模不大的歌厅小老板。车呢，却是一辆崭新的白色宝马。这就很让人怀疑：一个小破孩儿，哪来那么多钞票？开歌厅，驾宝马，高兴了还吸吸白粉，是不是老爷子老母亲能量巨大，攒下万贯家财以资挥霍？非也。何刚说，我已查到他老底。他爹就普通工人一个。

肖振鹏说，的确很可疑。

电话打进来时，已近半夜，肖振鹏看看表，说，明天一早我过去看看。没想到还没起床，崔亚男就赶来，不但帮着收拾猪窝，还要陪他一起去。俩人赶到分局刑侦大队，先看到院子里停的那匹宝马。肖振鹏绕车转了一圈儿，连声称赞，是一匹好马！

在会议室听何刚汇报的时候，肖振鹏却隐隐约约感觉到有些不对头，何大队神情倦怠，一点儿兴奋劲儿也没有。肖振鹏暗想，这不像是刑侦大队长作风，难道一夜没睡，有些疲乏？

没想到，是案子走进死胡同。

该小老板游小天交代，白粉是几天前他个人买的，交易方式却很简单，有人发短信给他，撩拨他，刺激他。小崽子承受能力比较脆弱，经不起诱惑，想买点儿来品尝一下。至于供货方是哪家公司，交货员姓甚名谁，游小老板称一概不知道！整个交货过程中，他都没见人面儿。钱货都是放在远山城郊路边上一棵有鸟窝的白杨树底下的。先放下钱，一个小时后去拿货。

该小子还请教警察同志，我真的不知道白粉究竟长什么模样！警察叔叔，你们说我是不是上当啦？那会不会就是一包面粉？我可花了不少钱啊！还信誓旦旦称，我一口都没来得及吸！不信，你们靠我几天，就知道我根本没有毒瘾！

你觉得这可能吗？肖振鹏问何刚。

何刚没精打采，我们整整审讯一夜，掏出来的就这点儿水货。肖振鹏再看看崔亚男，你觉得呢，崔队？崔亚男说，这种交易方式，我还是第一次听说，也不怕让黑老鸹把白粉叼了去。得继续查！何刚却反问她一句，崔队，这可是你说的？继续查？崔亚男看何刚一眼，这还用问？

当天下午，崔亚男老早就打电话给肖振鹏，问，今晚上你的节目丰富吗？

肖振鹏顺口说，我一根老光棍，能有什么节目？崔亚男说，我请你吃酒？肖振鹏一愣，你请我吃哪门子酒？不去。崔亚男换上半撒娇语气，难道，崔大队魅力不够吗？肖振鹏说，魅力够，理由不够。崔亚男说，美女请吃饭，需要理由吗？肖振鹏打擦边球，你不回家伺候我姐夫？没想到，崔亚男说，我倒是想啊！做梦都想。老肖你干脆给我块石头，我连喊三声芝麻开门，芝麻开门，芝麻开门——，然后砰的一声，从石头里面蹦出个你姐夫来。

肖振鹏反倒奇怪起来，她怎么会没老公呢？顿时有了警觉，这酒更不敢去吃了，怕吃出复杂的男女关系来。不是老婆华娜管得严，而是肖振鹏自觉。崔亚男呵呵一笑，我这么一说，你老人家更加害怕了吧？放心吧，不是我一个人，找几个人陪你。肖振鹏问，都谁啊？崔亚男开始说正经的，其实是人家何刚要请你。你老人家来远山，也不是三天两天，都是大领导围着你转，能不能给点儿机会，让基层的兄弟姐妹也见见真神？

吃饭地点，又是在温泉度假村。

肖振鹏听说后，嘶的一声。坐在身边儿的崔亚男忙问，怎么啦肖支，牙疼？肖振鹏说，这个度假村跟公安局关系不一般。坐前面副驾位置的何刚扭过头来，警民同乐！这很正常。崔亚男却低声说，我是给你找机会。肖振鹏迷惑不解，什么机会？崔亚男说，你不是对人家很感兴趣吗？肖振鹏还那句话，年龄偏大，恐怕不合适。崔亚男劝他，年龄不是大问题。肖振鹏说，可心理上有障碍。俩人一句接一句，把何刚说得有点晕，他俩却一起大笑。

笑罢了，崔亚男说，我今晚非得看看肖支队的魅力。

一圈人落座，喝至半场，肖支队的魅力果然大显身手，似乎是看不见的无线电波，一圈一圈向外发射，结果，把丹妮大当家从几公里外给吸引回来了。丹妮一推开门，就说，我说呢，开车走在几公里外，左眼皮老是跳，原来肖支队大驾光临！崔亚男一边挪出主陪位置，一边拿胳膊肘碰碰肖振鹏，说，你厉害！相当厉害。这次，丹妮亲自作陪，肖振鹏反倒觉得稍稍拘谨。

几圈酒下来，丹妮面若桃花，更年轻几分。肖振鹏一边喝酒，一边悄悄观察俩女人。丹妮稳重，举止间透着大家之气，话语幽默，却不失大体，很有涵养的样子。崔亚男呢，张扬了一点儿，有些疯，有些野，或者说，多少还有些嫩。

肖振鹏喝得有点儿多，上楼的时候身子有些小摇晃，听到身后有声音，才发现司机小马双手搬个大纸箱跟在身后。肖振鹏问，这怎么个意思？小马回答，崔大队让搬上来的。肖振鹏再问，里头什么玩意儿？小马说，就远山的一些土特产，崔大队说，都是肖支平时饭桌上用得着的。肖振鹏摆手，我不要，你给她搬回去。肖振鹏住三楼，小马就停在一楼和二楼之间的楼道里，进也不是，退也不好。肖振鹏正拿钥匙开门，却听到高跟鞋声音传上来，居然是崔亚男！

她亲自抱着箱子上来了！

进了屋子，崔亚男同志板着脸孔说，难道你肖支队不食人间烟火？就一些吃的东西，以为我是送礼啊？这可是花我自己工资买的，没花队上一分钱！

第二天，肖支队一起床就明白了，那箱子里不仅仅是吃的，连喝的也很丰富。有一个小盒子，里面内容更加精致，估计是一种酒，盒子上是洋文。

肖振鹏皱皱眉头，觉得这里面好像有内容。

数日过后，肖振鹏突然想起那小老板游小天。他给何刚打电话，问案子进展情况。不料，何刚支支吾吾说，人已经取保。肖振鹏觉得奇怪，怎么回事儿？何刚犹豫好半天，才说，三句话两句话说不清，您等着，我去您办公室汇报。肖振鹏突然醒悟过来，恐怕是哪路神仙把手掌伸进公安局了。

可他绝对没想到，何刚的这一次汇报，相当有价值。

何刚直接切入主题，说，那案子没有继续往前走，挪不动窝了。肖振鹏不说废话，问得直截了当，话却很幽默，是谁插了一腿？何刚稍稍一愣，听说市区两级领导都在问。肖振鹏眉头一皱，果然如此！何刚搓搓双手，又补充一句，市政府有位大老板，对那孩子很上心。

肖振鹏点点头，哦了一声。

何刚迟疑着，似乎作什么决定。肖振鹏倒是能沉得住气，眨巴着眼睛，耐心等待。何刚专门越了级跑上来，估计不仅仅就汇报这点事儿。肖振鹏在官场上呆的时间不算长，可他从老爷子身上学到不少知识，领悟风动树不摇的基本原理。驾驭部下，让部下心甘情愿袒露一切，是一门大学问。说白了，肖振鹏也想在远山练习如何培养直系阵营。要在官场上混，这门本领必不可少。

何刚的话仍然小心翼翼，有所保留。他说，肖支队，您知道那天早上我跟您汇报时，为什么不精神吗？不完全是因为没睡好，实际上头天晚上给您打完电话不久，就有人来为那小崽子求情。肖振鹏心道，我就觉着这事儿有些复杂。按说，何刚半夜三更直接给他电话汇报，也有点突兀。肖振鹏终于问出来，是谁呀？何刚支吾着说，这个我不好说。

肖振鹏转动一下椅子，挥挥手，站起身，不好说就算。我不管那些鸟闲事儿！我一个蹭饭的，管那么多干吗？你等着，我这里有上好的龙井。

显然，何刚对好龙井心不在焉。他沉默片刻后说，有件事儿，不知道该不该向您汇报。实际上，这案子疑点很多。当初，抓那小子是有人电话举报，我猜测是黑吃黑。游小天或许真的不吸毒，但并不排除这小子就不卖！所以，我对他的调查一直没放下。结果，您猜怎么着？游小天跟温泉度假村老板娘丹妮关系非常密切。

肖振鹏的兴致一下子被吊起来，脸上却不动声色。

何刚压低声音，如果没猜错，小崽子应该是丹妮包养的小情人。那辆宝马是丹妮买的。就他自己，连脑袋加身子全都卖掉，也买不起四个车轮子。

肖振鹏突然想起了什么，且慢，问你个事儿啊老何，那晚上去温泉度假村吃饭，是你想起来的，还是崔大队特意安排？这问题让何刚措手不及，他稍稍思索片刻，是崔大队张罗的。要是我请您，至少，我不会去那儿。

肖振鹏顿时有点儿豁然开朗的意思！

恐怕那晚丹妮老板娘的眼皮跳，不是左眼，而是右眼，不是冲着肖振鹏的吸引力，而是冲着小崽子的魅力。

他说，老何，你还是对我心存戒备。不过你放心，今天咱哥儿俩的话，我保证不会让第三个人知道。我先请教你几个问题。何刚说，肖支您问。肖振鹏再问起那个话题，这个丹妮，究竟是什么来头啊？

何刚说，水很深，很深啊。像我这级别的，根本看不到底。不过，我也侧面了解一些。有个版本流传比较广，说这个女人本来是台湾一个富商的情妇，也就是现在流行的小三儿，可一直转不了正，跟那富商大闹一场，拿到一笔钱就跑内地来，三转两转扎根到远山了。不过，这女人的确厉害！关系网很复杂，盘根错节，能量巨大。

肖振鹏盯着何刚，问你另一个人之前，先确定一件事儿。那晚上打电话给你打捞游小天的，是不是公安局内部的人？何刚又是稍稍迟疑。肖振鹏说，你只说是，还是不是。何刚点点头，是。肖振鹏微笑，是不是崔亚男？这次轮到何刚惊讶，肖支队，你是高人！

肖振鹏扔给何刚一支烟，俩人互相点上。

肖振鹏说，跟我说点儿崔大队的情况。

何刚说，崔大队是您的兵，这么长时间您还不了解？再说她是市局领导，我怎好乱说？肖振鹏笑，看把你吓的，就这点儿胆子？你说，她为什么现在还单身呢？何刚说，这牵扯女人隐私，说不清楚。不过，崔大队结过一次婚，还没等要孩子，就离了。肖振鹏哦了一声，打捞游小天，是她直接下指令，还是拉出大领导作挡箭牌？何刚说，崔大队说，市局彭局长过问这件事儿。

肖振鹏没想到自己到来不久，就隐隐约约触摸到一些深水域的东西。他稍稍转移话题，你说这案子有疑点，指的是什么？

我手头还没有更直接的证据，不过我已经闻到了味道。何刚说，远山的白粉市场其实挺大，之所以斩不断，因为有股势力在后面。您能理解我意思吗？

肖振鹏点头，能理解。何刚稍稍激动，肖支队，讲干活儿，我没二话。可让人憋气的是，案子办着办着，办不下去了。肖振鹏却笑着反问，你怎么对我这么放心？何刚笑了，您高高在上，对下属可以不必太关注。可这几个月，我一直在琢磨您。肖振鹏啊呀一声，不怕贼偷，就怕贼惦记。何刚呵呵一笑，说正经的，对远山的任何一个人，我都不敢说这么多。我这官儿太小，弄不好被人一棍子打死，都不知道怎么死的。从另一个角度说，我正在冒险。可我的直觉告诉我，我告诉您这些应该起作用。

肖振鹏有点儿喜欢这个何刚了。他反问，起什么作用？何刚压低了声音，有些石头，我搬不动。肖振鹏笑，你这地头蛇都搬不动，我能搬动？何刚说，您肯定能，就看您愿不愿，敢不敢。肖振鹏眨眨眼睛，心道，这个何大队很具有冒险精神，说不定是个投机主义者？一直等机会，想搞点惊天动地的大要案，扩充自己的影响力。等啊，等啊，忽悠一下，天上掉下个肖支队！

你的意思是，温泉度假村那边儿？肖振鹏把话题扯入轨道。何刚却反将肖振鹏一军，肖支，如果有，你敢不敢搬这石头？肖振鹏玩太极推手，你觉着呢？何刚笑了，我觉得您敢。肖振鹏问，为什么？何刚说，您怕什么啊？肖振鹏说，我为什么不怕？退一步讲，哦，我不怕，我惹出麻烦完全可以拍拍屁股走人，你怎么办？这话里关怀的成分很高，让何刚觉得舒服。何刚说，您说得对，我的根子在这里，老婆孩子都在这里，所以，我得委曲求全，有些地方我不敢碰。可我是一个刑警大队长啊。所谓理想啦，奉献啦，可以不算个鸟儿。可你总不能眼睁睁看着毒品在害人，而不管不顾吧？

肖振鹏说，我现在可以告诉你，我敢！何刚很兴奋，说实话，我此前都是在探您口气，这我放心了。我不敢打保票说，温泉那边就是个毒品交易窝点。但我可以肯定，老板娘丹妮，跟远山的毒品交易脱不了干系。不过，这案子一旦追查到底，我估计在远山会引发一场地震！牵涉面会很广。肖振鹏轻飘飘地反问，会牵涉哪一级领导？

说不定，会有市领导牵扯进去。何刚语气凝重。

肖振鹏说，看来，何大队手头还有干货？

何刚果然打开话匣子，您知道吗？有两个词儿，在远山的酒桌上经常被人提起，一个是红粉兵团，另一个是红社会。肖振鹏立刻被这两个词儿吸引，老何，你快跟我说说，什么意思啊？老何说，这座城市里有一帮女人非常活跃，她们的渗透力非常强。一个叫何小草的美女，就说过这么一句话，我们想把谁拿下，就一定能拿下！她们要拿下的目标，可都不是等闲之辈，而是市里某个口上的实力派男人。

真是个意外之喜！红粉兵团，红社会，如此暧昧，如此模糊，如此有吸引力。何刚接下来的话，让肖振鹏更加惊讶！

何刚说，据说那个丹妮在红粉兵团里面只是排在第三位，人称三姐。肖振鹏感叹，照你这么说，小三儿都这么厉害，那大姐二姐都是些什么人呢！何刚说，就这一点儿很邪门，您说的那老大老二，神龙见首不见尾，很难说是不是在远山。私底下传说当然很多，可几乎没人弄得清楚。我能确定的，就这老三丹妮和小四儿何小草。

肖振鹏问，这小四儿又是干什么的？何刚说，相当厉害！前些年，在远山开了十几家体育用品连锁店，几乎垄断远山体育用品市场。没想到，今年突然在城郊买下一片地，你猜干什么？肖支您根本猜不到，人家居然建了一家乒乓球馆儿，自己当教练！就开业那天，场面那是相当壮观！远山白道黑道的人，都去了不少。肖振鹏抓抓头皮，有意思。何刚再次变得神神秘秘，他压低声音，说，据我个人大胆推测，咱们市领导里面，或许就有一位红粉兵团里的人物。

谭副市长？肖振鹏倒吸了一口冷气！

那可是远山市唯一的女常委！肖振鹏还在省里的时候，就对她常有耳闻，而且，亲眼目睹过她的风采。这位谭副市长曾登门拜访过老爷子。老爷子对她强悍的工作作风，非常欣赏。离开省城前，老爷子还曾交代他，到远山后，可以抽空去拜访一下这位女副市长。肖振鹏皱起眉头，老何，你胃口太大！这种事儿也可以乱说的？何刚说，干刑警的，证据意识都很强，我从不乱说话。肖振鹏说，那你就是有证据了？何刚说，您说过，我手头有干货。

肖振鹏仰面向天，沉思良久，却问，那你觉得，这位市领导会是红粉兵团的老大，还是老二？何刚说，这个我说不好。肖振鹏站起身来，看着何刚，突然问，依你看，崔亚男是不是也算这兵团里的一个角色？何刚沉思片刻，我倒是觉得，崔大队根本不够级别进入那个序列。如果真的进去了，也不会很靠前。可有一点儿，我可以断定，崔大队跟丹妮的私人交往非常密切！

肖振鹏已经隐隐约约感觉到，他的远山下派之旅将会很不平静。

莫非，到远山来，是天降大任于斯人？肖振鹏很兴奋，属于嗅觉灵敏引发的兴奋。老爷子曾经供职于省纪委，他亲眼见到老爷子拿下一个大案时的兴奋劲儿。难道，这个也有家传的？又想，我一个悬挂在半空的刑侦支队副支队长，能不能担此重任？这合不合规矩？远山市这个黑幕——错了，是红幕——非得由你一个下派干部来揭开吗？

不管怎么说，去拜访一下谭副市长，看来很有必要。

还没等肖振鹏主动进攻，谭副市长主动抛出了橄榄枝。可见，谭副市长的鼻子更加灵敏。就在肖振鹏会见何刚的第二天中午，肖振鹏接到一位女性电话。一开口，就是十足的亲切，振鹏啊，记得谭阿姨吗？肖振鹏反应速度够快，顶多没有两秒钟，谭市长啊，怎么不记得哪？我正准备去拜访您呢。谭副市长用了嗔怪的口气，顺着电波也传递过一丝母性的温柔。正要说你呢，来远山了，也不给阿姨打个电话，通知一声？

这样吧，今晚咱们吃顿便饭。肖振鹏说，谭阿姨，我抽空去家里看您吧。谭副市长说，你别管，我安排。家里是家里，外面是外面。家里叙的是亲情，外面吃的是场面，是交际。

谭副市长的便饭，倒是安排在象征官方招待的远山宾馆。肖振鹏到那儿不一会儿，就明白了，显然不是一顿便饭。公安局这边儿，张市长助理和彭副局到场；市委市府那边，到了两个政法委副书记，一个办公室主任，还有谭副市长秘书。房间是远山宾馆最大的房间，桌子是最大的圆桌。不一会儿，酒菜上席，琳琅满目。

桌子旁稀稀拉拉一圈人，大声说话的就三个，谭副市、张助理，再加一个肖副支。大嗓门的彭副局几乎变成哑巴，没他说话的份儿。谭副市长的强势，在当晚的酒桌上表现得倒不突出，似乎竭尽全力往一个家庭妇女角色靠。她甚至频频说出几个并不过火的小段子，惹得众人呵呵而笑。话题完全躲着远山政治走，躲着肖振鹏家老爷子走。谭副市长没提一句问候老爷子的话，举止之间却透露出她对肖振鹏的熟，换个角度也就是对老爷子的熟，非同一般，熟得有些过。

谭副市长在酒桌上不喊振鹏，喊肖支队。

她对张坤说，肖支队是你的兵，你可得给我照顾好，照顾不好，我亲自到你办公室里骂你。我的骂功，你以前领教过没有？张助理曾在市政府干过秘书长的，估计对谭副市的骂功不陌生，于是假戏真做，说，怎么没领教过？那真叫个甘霖喷头！谭副市隔着桌子指着张助理，好，你小子拐弯抹角算计我，是不是？姓张的你等着瞧。姓张的继续说，谭市长那的确不叫作骂，就是甘霖，就是及时雨！你每次教导过我，我都浑身舒畅，像炎炎夏日吃根老冰棍儿，工作热情顿时积极高涨。不信你问他们几个，是否有同感？谭副市长撇撇嘴，我知道你现在牛得很，全市两三千警察都供你使来唤去。你嘴上说是甘霖，心里嘟囔那是狗血。张市长助理一脸无辜，冤啊。

肖振鹏心里有数，这样的酒场得小心，需要戴面具的，别看这几人表面一团和谐，背地里不知怎样的钩心斗角。所以，这酒喝得有分寸。气氛表面很热烈，宴席相当圆满。解散上车前，谭副市长拉着肖振鹏的手，悄声说，记着，以后晚上饭到家里来吃。肖振鹏答应下，双手挥舞，目送谭副市长的车离开。

刚走出大门口，彭局打进电话来，肖支队，去喊两嗓子？肖振鹏说，我的嗓子就是面破锣。他们都说我唱歌不要钱，要命！彭局说，你嗓子要是破锣，我的是啥？你一个光棍儿，回去也是个孤独郁闷，跟着我的车。肖振鹏扭回头，果然看到彭局的车擦身呼啸而过。肖振鹏对小马说，跟上吧，彭局要去唱歌。小马笑笑，一句话也不说，把车速提起来。肖振鹏暗想，今晚彭局的戏份不足，怕是很没感觉，需要吼两嗓子，以释放胸中的孤独郁闷。

转眼间，到了远山负有盛名的K时代娱乐城。进入一个大包房，肖振鹏稍稍一愣，马上脑袋就开了窍！迎面上来两位花枝招展的美女。其中一位，正是崔亚男大队长，另一位不认识。崔亚男已算是美女，可那女人比之又超出许多。崔亚男一介绍，肖振鹏心里砰的一下，像开了一瓶葡萄酒！

崔亚男说，这是我好妹妹何小草，国内知名歌星。

估计何小草捏了崔亚男的屁股，崔美女夸张的一声女高音，顺势扭动了几下屁股。可肖振鹏此时肯定欣赏不到她的一个人表演秀。

肖振鹏脑子在飞速运转，哦！这就是传说中的小四儿了。今晚，她亲自出马，想要拿谁？肖振鹏用眼睛余光打量四周，没有别人，两男两女，数量搭配很合适。看来，需要拿下的目标一目了然，要拿彭副局，估计不会趁他这外人在的时候下手。肖振鹏装作第一次听说，伸手与何小草握一握，绵软的是触觉，馨香的是嗅觉。初步印象，小女子不是个打乒乓球的运动员。

肖振鹏的破锣其实还算嘹亮，至少比彭局那面强出百倍。跟两员女将比，则有所逊色。彭局果真是正宗的破锣，唱的歌起初是《咱当兵的人》和《小白杨》之类，那真是铁铲子蹭铁锅，惊心而又动魄。不料，中场时候，老夫聊发少年狂，居然点了首《把根留住》，硬是要唱出中年男人的孤独。等崔亚男唱下一首的时候，俩美女先笑得前仰后合。

老天爷！居然是《一剪梅》！

彭局嘴里一口啤酒，噗的一声喷出去！说，看来，把根留住有难度，相当有难度。肖振鹏独自感慨，红粉兵团拿人的手段很巧妙，很委婉，很刺激，很有吸引力。不过，何小草唱得是真好，音质圆润，神态投入，有股子情感缭绕其上。况且，所唱歌儿都是精挑细选，举手投足间摆明了是项庄舞剑，意在肖公。

此期间，肖振鹏的手机有两次闪亮。

第一次是老婆华娜打来的。肖振鹏走到了门口，华娜还是听出房间里的军歌嘹亮，说，可以啊，小鹏子，几个美女陪着唱？肖振鹏老老实实交代，两个，骗你你是小狗的。华娜竟然不上当，你才是小狗！就你这小身板儿，能伺候得了两个？肖振鹏说，这个老婆你别担心，我这阵子吃得很好，天天鲍鱼海参，精力充沛。华娜说，我倒不担心你身体，主要怕你在远山几年，村村都有丈母娘，孩子一嘟噜一串的，怎么养啊？肖振鹏说，咱撒到山坡上，放着养。华娜笑得喘不过气，连说，这主意不错。

第二个电话打进来时，肖振鹏正揽着何小草跳舞。肖振鹏觉出了何小草小身体的曼妙，兼有香气袭人，逐渐进入佳境。一闪眼，却看到手机在茶几上一边哆嗦着转，一边闪着亮光，忙说声对不起！

却是何刚。

肖振鹏再次出屋，走得远了一些。才给何刚打过去。何刚说，有一点小进展。肖振鹏嗯了一声。何刚说，我给游小天上了些技术跟踪手段，发现他经常出没于一个别墅区，而丹妮就住在那里。肖振鹏问，这算什么进展？干货呢？何刚说，一个线人说，最近小崽子行动频繁，估计要进行一次交易。肖振鹏问，这人可靠吗？何刚说，没问题，好些年了，我们都是单线。肖振鹏没再多说，只说做得隐秘一些，确保稳妥。

又嘱咐一句，不是闹着玩儿的。

往回走的时候，在楼道里碰到了何小草。何小草说，肖支队真是大忙人。肖振鹏一下子想起丹妮，说，我怎么成大盲人了？我眼神儿很好，好得很。何小草笑得花枝乱颤，你这人有意思，有意思得很。肖振鹏说，主要是你嫂子她不放心，怕我跟着别的女人跑了。何小草并没止住笑，说嫂子的担心很有必要，要是换了我，我会把你拿得更紧！谁让你这么帅，这么优秀呢？肖振鹏伸手抓抓头皮，貌似憨厚，说，怎么天下女人都这样？让男人怎么活呀？何小草走了几步，突然回了身，说，帅哥手机号码保不保密？如果不怕骚扰，能给我留一下吗？肖振鹏说，欢迎骚扰！

于是，俩人都低下头，互留号码。

离开娱乐城时，肖振鹏一直往外看着，却见崔亚男和何小草一起走向一辆车。他稍稍惊讶，何小草居然开了一辆高大的越野车！很有意思。

当然，肖振鹏觉得更有意思的，还是远山的毒品市场。

何刚的那次汇报貌似突兀，实际上细分析起来，倒合乎情理。他不过是一个区局的刑警大队长，能量的确有限。虽说相比之下他已经算年轻有为，可男人一旦进入官场序列，就会胃口大开，怎么吃都吃不饱。何刚当然不会满足于目前的职位。人往高处走，水才是往低下流的。肖振鹏这样解析何刚，似乎并无不妥。当然，也不乏对那小子的钦佩和赞赏。毕竟这人有胆量，有魄力，敢捅马蜂窝，敢把远山的水搅动起来。摆在面前的问题是，市委市政府，市公安局，有哪些高层已经被红粉兵团拿下？这决定了寻求上层支持时，要小心翼翼。

让肖振鹏不放心的还有崔亚男。

崔美女隔三岔五，会给肖振鹏的冰箱里加点儿存货，这倒是真正的远山食品。肖振鹏拦过几次，拦不住。有时，崔亚男直接拉开车门，塞到车里。肖振鹏听之任之，一直防备她不知何时要来拿下他，可崔美女一直没露出藤缠树的迹象，这让肖振鹏开始反省，或许自己神经太紧张。

此期间，崔亚男同志的工作竟有了变动，调往市局督察支队任副支队长。其支队长年事已高，跟华一民一样，马上要退二线。看来崔副支队有望飞得更高。肖振鹏闻听此讯，暗暗惊叹，红粉兵团的能量的确不敢小觑。

华一民招呼了一次欢送宴会。酒席间，崔亚男跟肖振鹏站到一边，说，肖支不打算单独为我设宴祝贺？肖振鹏说，的确很有必要！事实再次证明，小树底下长庄稼，大树底下不长。崔亚男呵呵一笑，肖支队自比小树，非常谦虚。不过，你要知道我不是一棵庄稼。肖振鹏说，我知道崔支队是大鹏，必将展翅高飞。崔亚男哼了一声，白疼你了！连人家什么心思都不知道。我就想做一根藤蔓，缠在你这棵大树上，一圈一圈的，越缠越紧，叫你扯都扯不开。肖支队怦然心跳，却说，可现在藤蔓要远走高飞了，大树很伤心。崔亚男借着酒劲儿，说，伤心个头，你巴不得我赶紧离开。

酒宴过后，肖振鹏已回家睡下，崔亚男的电话却打进来。

肖振鹏正要开玩笑，说说大树和藤蔓的关系，没想到，崔亚男在那边抽泣起来。肖振鹏很奇怪，崔支队，你这是怎么啦？崔亚男说，难受，心里难受。崔亚男当晚喝了不少酒，肖振鹏以为她喝醉了。崔亚男说，我没醉，脑子很清醒，可心里难受，睡不着。肖振鹏没了话，玩笑自然没法再开，小心翼翼地问，刚刚荣升支队长，怎么会难受呢？崔亚男说了句没头没脑的话，女人就是犯贱！肖振鹏问，什么意思？崔亚男说，终有一天，你会明白。说完，把电话扣了。肖振鹏举着电话，沉思良久。

肖振鹏第一次进崔亚男的家，是在该夜凌晨两点左右。

他是犹豫了好久，才决定赶过去的。那地址很清楚地显示在手机屏上，后面跟着一句话，你不来，明天就会见不到我！这条短信是有铺垫的，崔亚男挂掉第一个电话不久，又打过来，却不说话，一直大喊大叫，摔东西，噼噼啪啪，好一阵响！唬得肖振鹏从床上爬起来，认为崔支队果然是酒精过头了。可无论怎么询问，崔亚男一声不吭。肖振鹏只好给她发短信。崔亚男的回信一共两条，第一条是，我他妈受不了啦！第二条就是那一个地址和那句话。肖振鹏觉得有责任过去瞅一眼。否则，出了人命，那两条短信很麻烦。

开门迎接肖振鹏的是个披头散发的怪物，眨巴着亮亮的眼睛问，咦，你怎么来了？肖振鹏花费几秒钟确认那正是崔亚男。此时，正逢春夏之交，崔亚男看来已觉出燥热，浑身上下竟只着三点式。肖振鹏立在门口，尴尬万分，说，你只要没事儿就好。我走了。崔亚男伸出一只手，果断地把他拉进去。

房间里酒气熏天，显然崔亚男一次没喝够，回家后又补充几杯。地上十分凌乱，果然有瓷器碎片，像是个花瓶。崔亚男没去换衣服，就那样子站着端详肖振鹏。肖振鹏没话找话，你这屋子，比我那里也好不到哪里去。崔亚男摇晃着身子，喃喃地说，我以为，你，根本不会来。肖振鹏站着没动，目光四下游走。说，我就是来看看，这屋里有蟑螂，还是有米老鼠？崔亚男嘿的一笑，就一个姓崔的，没别的玩意儿。现在，又多了个姓肖的，你是来陪我喝酒的？肖振鹏说，不喝！我喝不过你。崔亚男喊起来，那你来干什么？看我笑话？人人都在笑话我，你也看我笑话？

肖振鹏缺乏对付一个醉酒女人的经验，我为什么笑话你？

崔亚男呜呜地哭了，我一个女人。我很不容易。肖振鹏说，我理解你。崔亚男说，你不理解，你是省厅领导，你爸是大领导，体会不到我一个小人物的难处。肖振鹏的目光一直躲避着崔亚男的身体，说，你穿上件衣服，咱们聊一聊。崔亚男破涕为笑，你什么女人没见过？还怕我这样？要不，我全脱给你看？肖振鹏连连摆手，别，你那样子，我马上就走。崔亚男的身体晃得更厉害，有点头晕，没法跟你聊了，你扶我到床上去好吗？

肖振鹏呆愣半天，一动没动。崔亚男笑了，我还能把你吃了啊？

将崔亚男扶到卧室床上，肖振鹏想马上离开，崔亚男却伸手搂住他脖子，说，今晚你别走了！肖振鹏脱口而出，我老婆在等我。崔亚男说，我不信！肖振鹏说，你不信我没办法，可再过十分钟不下去，你我都有杀身之祸！崔亚男咧着嘴笑，你老婆华娜在省城，也能遥控杀人？肖振鹏说，她就在楼下的车里。崔亚男仍然没松开手，就那样子瞪着肖振鹏的眼睛，说了一句，那你走吧！肖振鹏稍稍一顿，崔亚男松开手，幽幽地说，你也不用骗我！我知道自己是没人要的。肖振鹏一刻不敢耽搁，转身就走。关房门的时候，听到崔亚男在屋里嘤嘤地哭起来。在静夜里，那哭声让人感觉到非常凄惶。

清晨，肖振鹏还没出家门，就接到崔亚男的电话，马上就是此前那个她了。像是在大街上，熙熙攘攘。肖支队，昨夜我梦见你了。肖振鹏故作惊奇，崔支队梦见我怎么了？崔亚男说，梦见英俊威武的肖支队一身战袍，驰骋在万马奔腾的疆场上，噼里啪啦，杀敌无数。肖振鹏啊呀一声，我有这么神勇？崔亚男说，神勇极了！好崇拜你！你把自己包得严严实实，刀枪不入。肖振鹏心里哗啦一声响，我怎么觉得冷啊？崔亚男说，冷吗？你一直穿得那么厚，冷什么呀？肖振鹏摆起八卦阵，小时候，我跟一个算命先生学解梦。从你做的这梦来分析，我最近要走桃花运。崔亚男哈哈大笑，转了话题，我华娜姐姐走了没有？肖振鹏剑走偏锋，是你嫂子，不是姐。崔亚男说，我得学会迂回战术，看来喊哥不管用。哥就是一个传说。以后不喊了，我喊你姐夫。

肖振鹏说，也好，姐夫小姨子，关系好处。

没想到，首先闻到味道的竟是华一民。或者说，尽管肖振鹏他们做得悄无声息，但老油条华一民还是被一股不寻常的气味吸引过去。

很多天以后，俩人一起到下面县里出差，下午返回时，正是夕阳无限好。车子爬上一个山坡，华一民突然叫司机停车，说要跟肖振鹏下车走一走。俩人一前一后，从路边的一道丘陵走上去。华一民在一个小山头上站住，说，你看，站在这个地方看风景，是不是很不错？

肖振鹏放眼望去，果然，漫山红叶，染得大地似火。

他不由得感慨说，远山真是个好地方啊，虽然叫远山，但要山有山，要水有水，要红色有红色。华一民说，我看今年的红叶，红得有些不同寻常。肖振鹏哦了一声，何以见得？华一民说，暗藏杀机。肖振鹏突然一下子明白了，华一民看山之意不在山。他说，华支队，我不太明白您的意思。华一民呵呵一笑，心里明白就好。肖振鹏作不耻下问状，心里也不明白。华一民指着那一地艳红，那我给你解释一下，这红太妖艳，太扎眼，太放肆。虽然是一道风景，但害人眼球。肖振鹏问，为什么呢？华一民说，太有吸引力的东西，让你看了还想看，玩儿了还想玩儿，有个词儿叫，玩物丧志。

肖振鹏呵呵地笑起来，华支队的确是老专家，慧眼独具。不过，好风景得慢慢品，要是因为它们有吸引力，就要清除，没那必要。华一民说，我打听一个事儿啊，肖支队，你从省厅下来是不是带着任务？肖振鹏摆手，没有的事儿。

华一民把话挑明了，不管有没有，这里头有危险。小打小闹可以，闹大了很可怕。肖振鹏也不打算再隐瞒，是啊，有些花下面到处是刺儿。本来，我想抽时间跟您详细汇报的。华一民摆摆手，却问了一句题外话，肖支队到远山来，已经半年多了吧？肖振鹏没拿准他这话到底是什么意思。华一民说，你该多少了解我是个什么样的人。说实话，我到了这个时间，无欲无求了。但并不证明有些事情我看不透。红粉兵团在远山不是一天两天，势力不小，说她们具有黑帮色彩，我觉得也不为过。说是红社会，那就是一种讽刺幽默。民怨当然有，我们以前也不是没动过，但好多次，都没伤筋动骨，这里头有文章。肖振鹏看着远处，叹息一声，是啊！华一民扭过头，看着肖振鹏，我觉得，有两个人是打开缺口的关键，一个是游小天，一个是崔亚男。

果然是老油条！肖振鹏这次有点儿服了。

肖振鹏正在省城常副厅长办公室里的时候，接到何刚电话。他说一句，我在省厅，等会儿打回去。何刚说了一个字儿，好。

他已向常副厅长汇报过了。常副厅长皱着眉头问，有把握吗？肖振鹏说，至少有九成。常副厅长说，这种事情，必须得十成才行！你去远山，目的不是做这个的。不要假设着对手很强大，也不要认为基层就是一片黑暗。肖振鹏说，常叔，我掌握一些确凿的信息。刚才给我电话的是直接办案的一名刑警大队长，他可能有最新的消息。常副厅长示意肖振鹏打回电话。

然而，何刚带来的消息却很突兀！

他被告知，近期马上更换岗位！肖振鹏内心焦急，语气却很镇定，调到哪里去？何刚说，保安服务公司。肖振鹏心里咯噔一下，看来某个环节出现了问题，对方阵营开始反扑，第一个目标，是先拿下何刚。常副厅长得知这消息后，沉思片刻，说，这里面是有文章啊！张坤了解这事儿吗？肖振鹏说，还没向他汇报。常副厅长说，回去后找个时机向他汇报！不要患得患失，怀疑所有领导干部都被拉下水。常副厅压低声音，这还是个责任问题。你明白我的意思吗？肖振鹏点头，我明白。

离开省厅，肖振鹏就急于回远山。何刚突然出现变动，远山局势一下子变得紧张起来！擒贼先擒王，对方支走何刚，隐在暗处的其他办案民警，极有可能就此缩手缩脚，止步不前。此时，天色已晚，回省城一趟，总得到家里看看吧？

他先给老婆打了个电话，说，准备下我的饭，我回去吃。不过，吃完就走。华娜声音高涨，肖振鹏，真以为你是大领导啊？一个挂职的闲人，远山离了你就不转了？肖振鹏打哈哈，老婆你这话非常正确，离了我不仅远山不转，地球的转动都成问题。华娜这次真生气了，啪一下挂掉电话。到家后，开门的是华娜，看到小马，居然立刻换上笑容，肖振鹏暗道，我这媳妇没找错。华娜说，小马你进来，你在我家吃饭，让你的肖大支队长到远山吃去。小马嘿嘿地笑，不发表意见。华娜却冲着书房方向努努嘴，悄声说，远山有客人来。肖振鹏问，谁？

华娜说，你们的女市长。

肖振鹏呆愣片刻，心想，速度可真够快的！她的这次来访，跟远山公安机关内的变动，有没有联系呢？正犹豫要不要会会这位强悍的女市长，却听老爷子在书房内喊，振鹏回来了？进来，给你们谭市长问好。肖振鹏面带笑容走进书房，老爷子站在画桌后，正挥毫泼墨，谭副市长立于一侧，弯腰给老爷子研墨，屋内弥漫着墨香。

肖振鹏说，谭市长好！谭副市长哎呀一声，振鹏呀，这是在家里，又当着我老领导的面儿，怎能这么喊呢？叫阿姨。老爷子却说，他是你的部下，就该这么喊。振鹏，谭副市长给你接风了啊？一个公安口上的七品芝麻官儿，让堂堂副市长设宴招待你。架子不小啊你！肖振鹏搓着手，谭市长太热心了。谭副市长说，哎呀，老领导这么说，就是批评我。她凑到老爷子跟前，悄声说，我可是学习您的一贯作风，掏的是自己腰包。

肖振鹏像是吃了只苍蝇，心里七荤八素。

谭副市长昂起头，可振鹏就怕麻烦我，从不去找我。老爷子说，孩子嘛，摔打一下，不吃吃苦头，哪能进步？你不用管他。振鹏，谭副市长来是安排我给远山一家企业写几个字儿，你来看，怎么样啊？谭副市长赶紧说，哎呀，看老领导说的，我哪敢安排您呀？肖振鹏说，爸，不是我说您，就您这手字儿，别拿出去显摆啦。老爷子对着谭副市长，你看，这小子！谭副市长说，老领导的字儿张弛有道，大气磅礴，省里市里多少人想求都求不来。肖振鹏呵呵一笑，我不发表意见，我走。老爷子说，你去哪儿，等会儿陪谭市长一起出去吃。肖振鹏回过头来说，我得去看看我儿子您的孙子，我就不陪谭市长了。

刚出书房门，手机就响，肖振鹏一瞧，是何刚发来的信息，就四个字儿，您得救我！肖振鹏稍稍一犹豫，回道，今晚见面。

当天晚上，肖振鹏却没能见到何刚。从省城家里出门后，他就给何刚打电话，但被告知，对方已经关机。肖振鹏觉得不妙。正焦急间，华一民打进电话来，并不多话，只说，我在办公室等你。果然，肖振鹏一进华一民办公室，就得到一个更惊人的消息：何刚被悄悄带走了！至于是谁在审查他，人在何处，目前尚没人知道。肖振鹏这次是真的惊讶，怎么会这样呢？就算杀人放火，也得有个部门有个地方审吧。华一民说，我想应该是经济问题。肖振鹏愣了！华一民再补充一句，一个刑警大队长出点儿经济问题，不算奇怪。肖振鹏摇头，我看远没这么简单。肖振鹏认为火烧眉毛了，华一民居然还笑，是很复杂，你也说过，花下面的刺儿很厉害，一不小心就会扎手。肖振鹏问，消息从哪里来的？华一民说，市纪委。

看来，何刚发那四个字儿短信的时候，已经预感到要出大事儿！而他肖振鹏理解错了，或者说，根本没意识到事情会如此严重！又一想，考虑周到又能怎样？对方显然有意为之，这个举动干得干脆利索，打了一个措手不及。话又说回来，何刚此时被隔离审查，如果不是因为红粉兵团，真是他个人出了问题呢？肖振鹏想起老爷子的话，在官场上走，你就得做一个怀疑论者，不要相信任何人，只相信你看到的事实。事实是什么呢？会不会与谭副市长有某种关系？何刚被抓，她却出现在肖振鹏家里，难道其目的仅仅是讨要老爷子的墨宝？

华一民在椅子上转着，说，毛主席曾说过，天要下雨，娘要嫁人。这时候替何刚急根本没用。如果他有问题，神仙也救不了他。没问题，我就不相信有谁能把他冤枉死。如果真没问题，这样做的目的很明确，就是为了整人，把负面影响造出去，刑警大队长自然干不成了，空出一个对手，顶上一个自己人。

肖振鹏慢慢镇定，这才意识到，自己还真是太嫩，遇到事情就乱了方寸，定力不足。于是换上笑容，问，那您老人家觉得下一步我们怎么办？

华一民却引开话题，你去省城，跟厅里领导汇报过这事儿吗？肖振鹏说，跟谁汇报？省厅领导会关心这种事儿？再说，华领导你以为我是孙悟空啊，玉皇大帝那里也敢去捅娄子？华一民呵呵一笑，你小子不跟我说实话。老领导那里，也没说过？肖振鹏说，你说我爸啊？我跟他从来就没话。在家里不谈官场，不谈政治，这是老爷子的规矩。华一民淡淡地说，该让他们知道的。肖振鹏说，关键问题是，现在没有突破口。华一民说，别泄气，火还没到眉毛。肖振鹏说，那你觉得烧到哪里了？华一民说，顶多燎一下屁股。这个季节，熏熏屁股能起到保暖作用。

此时，已是秋末冬初季节，夜里有些凉了。肖振鹏觉得华一民这个比方基本合适。

可他没想到，有一件恶心事儿正在等着他。

与老油条华一民交流没有更实质性结果，肖振鹏打道回府。不料，刚推开门，就感觉脚底下踩到一个东西。打开灯一瞧，是一封信。信的投递方式非常可疑，更可疑的是信封上一个字儿都没有，信口那儿也没封。肖振鹏探进手去一摸，是一些照片，抽出一看，脑子里面立刻响起一个诡异的声音！

照片上的主人公，是市公安局两位中层领导，一是刑侦支队肖副支队，一是督察支队新晋副支队崔亚男。问题是，崔副支显然不是正履行督察职责，她穿着三点式，站着的样子像寒蝉凄切，躺着的样子舒展一些，但在这个季节依然让人感觉冷。肖支队呢，虽说自始至终全身盔甲，没有一丝不挂，可其中有一张，崔亚男半裸身子躺在床上，搂着他脖子，姿势很像亲吻，样子很暧昧。信封内还有一张纸，纸上字迹歪歪扭扭，如果不是为了避笔迹外泄，刻意而为，那必定是雇了一个一年级孩子做枪手。

全文如下，姓肖的，滚回你老家去！

看来，这帮人开始使用卑鄙下流的手段，进行反攻！

崔亚男那晚的戏，演得非常逼真，演技超一流！不过，肖振鹏觉得奇怪，那晚怎么没听到照相机的声音？仔细研究那照片，终于明白，画面并不特别清晰，应该是录像截图。

很显然，给崔亚男打个电话是很有必要的。肖振鹏看看表，发现远还没到那晚去崔亚男家的时刻，崔支队估计现在还没睡，即便她已经进入梦乡，如此精彩的双人合影，也应该喊她起来，俩人共同欣赏。

崔亚男果然没睡。肖振鹏开篇第一句就是，我难受。崔亚男说，怎么了？头疼，还是牙疼？肖振鹏说，心里难受。说完，把电话扣了。崔亚男没过几分钟就打过电话来，肖振鹏不接。崔亚男发短信，肖支队学得很快，这一招模仿得很像，青出于红而胜于红。肖振鹏回道，你那一招我根本学不来。我家没红颜色的花，连个可供摔碎的花瓶都找不到。崔亚男说，我不信你家没有烟灰缸，如果没有我买一火车给你，以供长期发泄！肖振鹏回，没花瓶摔着过瘾。崔亚男问，怎么不接电话？肖振鹏答，动手比动嘴舒服。崔亚男说，你这话很具有挑逗意味，我也不喜欢用嘴。因为，我嗓子真的很难受。肖振鹏问，难道，那晚的酒到现在还没醒？崔亚男说，有些酒，我宁肯醉一辈子。肖振鹏说，你说我从头到尾全身盔甲是什么意思？当时没醉啊。崔亚男说，我要醉了，你就真走不成了。肖振鹏说，你厉害，摔东西摔得有激情。穿得那么少，也不怕瓷片扎着美人腰。崔亚男说，我很小心，尽量防备着，腰部是一个女人的本钱，伤了就很不值得了。肖振鹏说，可我还是上当了。崔亚男说，你上当，是因为你心眼儿好。肖振鹏说，差点儿被你拿下。崔亚男说，肖支队刀枪不入，不受红色诱惑，是个好男同志。肖振鹏说，好男同志是什么意思？

过了好半天，崔亚男才发过一条信息，没有回答肖支队问题，只说，你很聪明，不过，你得知道亚男姐姐比你大好几岁。肖振鹏发过去几个问号，诚心请教。崔亚男再过半天，发过一条信息，字数颇多，内容很有趣儿，把肖支队惊讶得不得了，立马让他想起动画片里那猫和老鼠。

你刚才一扣电话，我就明白怎么回事儿了。你想留点儿证据，是不是？你放心，到哪儿我都能给你作证。你进我的屋，是担心我会出人命，可你没上我的床。

肖振鹏半天不说话，心说，看来，我忽悠人的本事还要继续修炼。看着那些照片，心想，到底是怎么回事儿？她崔亚男如果说毫不知情，打死我，我也不相信。先前，他十分肯定那就是一个局，一个圈套，可现在好像变成了一个谜。

肖振鹏再发出一条短信，我收到一些照片，是那天晚上的。

崔亚男却用另一个陌生的号码打进来，问，你什么意思？收到一些什么照片？肖振鹏说，好多张啊，领衔主演的就俩人，一男一女，女的只穿内衣，男的全身盔甲，看上去极其暧昧，能让人产生无边联想。肖支队描述照片时，崔亚男一声不吭，最后，她说，你怀疑是我陷害你？

肖振鹏这次一本正经，可你得让我知道，这是怎么回事儿？崔亚男说，你不要理她们。肖振鹏说，我不要理谁们？崔亚男突然声音高涨起来，肖振鹏，我没有害你！我那晚上说过一句话，我说我受够了！肖振鹏的语气也严厉起来，你受够没受够，跟我有什么关系？为什么要给我设置陷阱？崔亚男大吼一声，我没有！说完，扣掉电话。

次日清晨，肖振鹏约了何刚属下一姓李的中队长一起吃早点。他需要尽快掌握情况。肖振鹏看着窗外的一株冬青树，跟中队长说，你看，今早上下霜了，冬天来了。中队长说，是啊，感觉到了。肖振鹏面带微笑，有句话很俗，但并不过时，冬天来了，春天还会远吗？中队长说，天气预报上说，今年的冬天特别冷，北方要出现冻灾。肖振鹏说，放心，所有人都得过冬，不光咱们。

他们在谈论天气的时候，崔亚男打进电话来，用的是办公室电话，居然又开起了玩笑，肖支队在小二家还是小三儿家？肖振鹏说，在新龙门客栈。吃豆汁，喝油条，恶补营养。崔亚男说，年轻人少食油脂类，以免增加脂肪。肖振鹏说，过冬了，补点脂肪很有必要。崔亚男呵呵一笑，你可以全副武装，每天到崔亚男大酒店吃早点，那里的早点营养搭配比较合理。肖振鹏说，崔支队，你不知道做一个名人有多难，而这座城市的狗仔队又太厉害，搞偷拍很内行。就怕在崔亚男大酒店吃饭的照片会上远山日报头条，一不小心就成肖氏艳照门。崔亚男呵呵而笑，不去拉倒，顶多证明美女魅力不够。肖振鹏说，非也，美女魅力已经足够，无奈帅哥胆量欠缺。

崔亚男突然说，有个歌厅小老板现在也开始准备过冬，拼掉老命补充脂肪，你们不妨直接探讨交流一下。

肖振鹏豁然开朗！

中队长把豆汁喝得哧啦有声，听起来像是消受一碗人参汤。见肖振鹏电话泡妞结束，方说，肖支队是高手，这一点值得属下学习。肖振鹏面色沉定，这个三天两天你学不会，得结合实践。俩人擦擦嘴，走出门口。肖振鹏突然说，李队，吃饱喝足，春天就来了。说不定这冬天没这么冷。李中队侧耳倾听。肖振鹏说，咱俩分头走吧。上三路你们不用操心，你们只管对付下三路。李队长哈哈大笑。

肖振鹏也开始说正经的，那个游小天，现在可以动了，他在吸毒。

真的可以了？李中队问。

肖振鹏说，赶紧的，直接拿下！

快到中午时分，肖振鹏正想去食堂补充营养，办公室门被推开。温泉度假村大当家丹妮推门而入。肖振鹏假装呆愣两三秒，这才哎呀一声，难怪我一个上午左眼皮老是在跳。快请坐，我朋友刚捎来的正宗碧螺春，你得尝尝。丹妮回身带门，笑着说，真是有福之人不用忙。肖支队如果存货很多，一个人消受不了，不妨送大姐一些，以供我长久回忆。肖振鹏笑，大姐是见过世面的，我这点儿茶，不值得你惦记。丹妮嗔怪一声，小家子气。

肖振鹏切入正题，大当家可轻易不到我这里来。丹妮说，别跟着张市长这么喊，弄得跟土匪似的。肖振鹏说，土匪这词儿跟你可沾不上边儿。知道我第一眼见到你是什么印象吗？丹妮很好奇的样子，不会是一见钟情吧？肖振鹏点头，就是这意思，你身上有一股吸引力，让人不能自拔。丹妮说，开什么玩笑？我都人老珠黄啦，不会引起你们小帅哥注意。肖振鹏说，你身上有一股成熟女人的魅力，很威严，很像个老大，红社会老大。

丹妮微笑，看来红粉兵团的确有吸引力，连省领导都知道了。肖支队竖起耳朵，不耻下问，哦？什么兵团？我还第一次听说。丹妮说，那我就给你解释一下。其实这个词儿，是我们几个女人从酒桌上传出去的。女人喝酒，跟你们男人没什么两样，有个三八就说，咱们几个不如成立个熟女协会。我说，什么淑女啊，你瞅瞅你们几个的样子，像是淑女吗？那女人说，是熟女，成熟的熟。我说我们是很熟，都熟成老茄子了。另一个说，熟女这词儿太难听，像卖不出去的烂白菜帮子一样。依我看，咱就叫红粉兵团。肖支队，你说她这建议好不好？

肖振鹏一副听得入迷的样子，说，好，有吸引力。

当时大家就一致通过，就用这名字了！没想到，远山就女人屁股这么大一块地方，一传十，十传百，没过多久就像无人不知无人不晓。后来，流传的称呼更吓人，说我们是红社会！肖支队，我们几个老女人，在你们男权至上的时代，能折腾出什么花样来？还红社会呢，想想都好笑。

肖振鹏说，谁让你们成立这么一个让人想入非非的组织来着？丹妮又是啊呀一声叫，这话太吓人，我们哪叫组织啊，几个女人咋呼着玩儿的。肖振鹏说，信息时代就这好处，南极有人放屁，北极立马就能闻到。依我看，远山一点儿都不落后，狗仔队相当厉害，他们不但会创造雷人词语，还擅长偷拍跟踪。丹妮说，谁说不是呢？我现在可真有体会，女人在这个世界上混，太难了。肖振鹏连呼不公平，大当家身价过亿，还说难，让我们怎么活？丹妮说，你怎么知道我身价过亿？要真有那么多，分一半给你，富翁大家做。肖振鹏说，那我先表示感谢，你一爽快，就制造出一个千万富翁。

丹妮说，说正经的，我今天来，真有点小事儿麻烦肖支队。肖支队作捧水洗耳朵状，心里却想，小三儿终于开始触及正题。丹妮说，是我远房姐姐家儿子，整天不求上进。我好心好意帮他创立事业，没想到，刚挣几分钱就开始走歪门邪道。他居然吸毒！肖支队继续皱眉头，继续发出一声又一声哦。丹妮说，我今天来，就是请你肖支队过问一下，我不是来捞人的，是求你们送他去戒毒所，呆上一段时间！什么时候他把毒瘾戒掉，什么时候把他放出来。

肖振鹏插话，这孩子叫什么呀？丹妮说，叫游小天。

李中队长在一个多小时前，就反馈信息，说，小崽子已经拿到。从哪里拿到的？不是丹妮的别墅楼，也不是度假村的温泉池，而是火车站的候车室。小崽子手捏一张车票，目的地是省城。肖振鹏当即表扬李中队神速，现在感叹的却是老板娘丹妮更加神速，从度假村到警队开快车也得近半个小时，看来小三儿第一时间作决定的能力很强，很果断！

肖振鹏问，这事儿我真的不知道。远山这帮子鸟人排外情绪太强，根本不拿我这支队长当根咸菜。丹妮说，他们不当，我当。这事儿我就求你，你可一定得帮忙。肖振鹏摊开笔记本，记下游小天名字，说，我帮你问一下，要打听到，我给你带出来。戒毒所那什么地方啊，我觉得能不去，就尽量别去。丹妮站起身来，请您多费心。话题一转，说，肖支队说送我碧螺春，还舍不舍得？肖支队说，当然舍得。果真就去取茶。丹妮忙说，我开玩笑的，不过听说肖支队喜欢喝茶，我给您捎来一点儿真正的毛尖。说着，变戏法似的，从包内掏出一个茶盒来，放到桌子上。肖振鹏打量那盒子一眼，说，大当家做事儿敞亮，有来无往非礼也。丹妮抓过肖支队递过来的茶盒，说，这笔买卖我可赚大了。

丹妮告辞离去，肖支队伸手去抓那茶盒，不由得一惊，手下沉重无比！他伸手就抓起电话，打到内勤办公室。不一会儿，内勤小丫头翩然而至，俩人当面打开，小姑娘紧张得声音都变了，肖支队长，咋处理？肖支队幽幽地说，果然是好茶，但泡水喝，能把人给噎死。你登记一下，咱俩签个字儿，再让华支队签一下，先锁到保险箱内，说不定到时候换成现钞作差旅费用。

几根金条，让肖振鹏一下子食欲全无。他闭目思索道，小崽子在丹妮眼里如此重要，恐怕不仅仅是出于情人间的力量。又想，看来，在被情人拖下马这种事儿上，男人女人都是一样的。

又想，好戏马上就要开演，远山恐怕要硝烟弥漫，两路人马往来奔波，捞人队伍实力均衡，一支为救何刚，一支为救小崽子游小天，江湖顿时大乱。

下午一上班，肖振鹏接到老爷子电话，询问儿子睡得怎样？吃得还习惯吗？等等。肖振鹏知道老爷子的醉翁之意，一一作答，却不问老头的目的。老爷子终于沉不住气了，听说你在远山搞出了一点儿动静？肖振鹏一句话把话题堵死，爸，这事情您不要插手！

老爷子说，我不插手，只想提醒你一下，远山是咱们老家。我爷爷，还有你爷爷，都在那片土地上静静地躺着。肖振鹏说，这我懂，我做些事情，就是为了不让远山人骂声连天，去骚扰那两位老头。老爷子呵呵一笑，振鹏，你不是孩子啦，我不再多说。老爷子深知儿子的脾性，打电话的本来目的一点儿都没透露，肖振鹏却心知肚明，知道这次有位神仙的手掌伸得更长，已经从远山伸到省里去了。

接下来的电话，是他打给省厅常副厅长的。肖振鹏说，常叔，恐怕我们现在需要支持。常副厅长又问了那句话，几成把握。肖振鹏说，十成！常副厅长哦了一声。

省厅的人员尚未到达远山，肖振鹏紧紧关闭房门，半躺在沙发上，心想，此刻，应该会有更厉害的实力派人物粉墨登场，不知第一个打电话，或者来敲门的是谁。这想法还没落下，敲门声起。肖振鹏本来不想开门，但还是好奇，慢慢打开房门。门口站的是破锣嗓子彭副局长。肖振鹏面带微笑，彭局，是您呀。彭大为在沙发上落座，直截了当，肖支队，我是为了一个人来的。肖振鹏故作不解。彭局说，我问过华一民，他说，人在哪里他不知道。肖振鹏问，到底是谁啊？彭局说，就那个游小天，不是取保候审了吗？怎么又把人抓起来？肖振鹏说，这我不清楚。彭局，那小案子，区局根本没往上报。彭局一摆手，肖支队，给我个面子，案子就到此为止。肖振鹏没想到彭局如此直白，说，彭局，这个我说了真的不算。比如说，我也想捞一个人，分局的刑警大队长何刚，这个您能说了算吗？

彭局哑然。

没过一个小时，老板娘丹妮的电话打进来。问，肖支队是否已品尝过那盒毛尖。肖振鹏说，那茶颜色太黄，水质太硬，不太适合饮用，我把它转送他人了。丹妮老板娘的声音颤抖起来，你怎么能送人呢？赶紧去拿回来！肖振鹏问，干吗这么吝啬，一盒茶叶，值得如此啊？丹妮说，那不是普通的茶叶！肖振鹏说，其实，你老人家掌握信息有误，我对什么茶都没有研究，喝什么都是喝。不光那茶我转送给人了，就连几瓶洋酒，我也早送人了。丹妮老板娘在那端无语。肖振鹏猜测，她此刻已经无法做到神采飞扬。

当天晚上，省厅专案组由常副厅长带队，悄然住进远山宾馆。

肖振鹏正在跟常副厅长谈话，华娜的电话来了，听上去很愤怒，肖振鹏，你果然长本事了。还守身如玉呢？狗屁！肖振鹏立刻明白，肖氏艳照门已经被送达省城夫人手中。

此时，还搞这套把戏，是不是有点插科打诨？他一声冷笑过后，还是躲进卫生间内，居然还有心情开玩笑，说，夫人，照片拍得怎样？华娜说，有水平，快赶上香港那明星了，就差你一张全裸照。肖振鹏说，问题就在这里！有人在陷害我，你等我回去解释。华娜说，还解释个屁？都脱成那样了！说罢，扣掉电话。肖振鹏再打过去，华娜拒接。于是，急忙发短信，哀求老婆大人暂时先别添乱，现在远山局势很不稳定，你老公正查着一桩大案，很快就会有结果。沉住气，到时候回省城负荆请罪。

华娜只回了一条，你等着签离婚协议书吧，你个混蛋！把肖振鹏吓了一跳。

崔亚男要求见肖振鹏，说只有肖支队在，她才要说，否则，任何信息都不能透露。肖振鹏听说这消息时，正在和省厅刑侦人员一起，撬小崽子游小天的嘴巴。这孩子年龄不大，意志力却很坚强，虽说没了上次那么骄横跋扈，一副霜打茄子的架势，但依然没交代出什么真材实料。肖振鹏嘴上说不急，不急，心里是急的。有一支队伍，正分秒不离地躲在暗处保护大当家丹妮，就等这边的一声令下，立刻拿下。崔亚男是被省厅纪检人员带走的，关到远山宾馆一个偏僻的单人房间里。肖振鹏进去的时候，崔亚男正站在窗前，看外面的秋风卷落叶。肖振鹏说，谢谢你对我的信任，你想跟我说什么？崔亚男说，给你道歉。另外有些话我想单独跟你谈一谈，与案子无关，完全是我个人的隐私。肖振鹏说，道歉已经没必要了。

崔亚男叹口气，展开了话题。

我是小山村里一户穷人家的孩子。从小学习成绩就好，可家里穷，整个小学期间好几次辍学。为了上学我曾经跪着求我爹，你们让我去吧，等以后我有出息了，我会报答你们。我妈有病，成年吃药。我爹说，闺女，不是我不让你上，是爹没办法啊！可他经不住我的哀求，那些年里他去城里干建筑，到海边去晒盐，好几次，差点把命都扔在外头。人家假期里，可以高高兴兴地玩儿，可我呢，我去建筑工地筛沙子，去饭店洗盘子刷碗。后来，好不容易考上警察学校。按说，一个女孩子家当挺好的。可我生来好强，觉得男人能干的事情，女人也能干。在刑警队我主动要求去靠案子。寒冬腊月，我照样在雪地里蹲点守候。那时候我从没有抱怨过。可刑警队就是男人的天下，我一个女人，怎么拼，也不是他们的对手。

直到有一天，我突然明白我的弱势同样也是优势，我是个女人。女人一旦思想解放，会具有很大的杀伤力！肖振鹏，你不要以为女人吸引男人的手段，就是上床。不是那样，实际上你们男人都一样，吃不到的才是好的。红粉兵团里的女人，并不是以那种方式拿下男人的。她们靠女性的吸引力，她们知道那样只是暂时拿下，男人往往下床后就迅速撤退！

我觉得，我进大案六队，干了副大队长，是我真正堕落的开始。我当时根本没意识到这是死胡同。我得到的不多，失去的却是所有。我没有了爱情，我再也没法回头了。一个偶然的机会，我认识了小四儿何小草。你应该知道，她比我漂亮。而且，八面玲珑。她告诉我，在这个世界上，女人也可以和男人一样，变得非常强势。说实话，当时我非常羡慕何小草，你看人家，年龄比你小，可是什么都拥有了，在远山甚至一呼百应！我为什么不能？认识三姐丹妮以后，我的视野更加开阔。说实话我这样的小角色，根本不入丹妮的法眼。她的关系网在省里市里到处都是。她只是打了一个电话，我就由副大队长变成了大队长，就这么简单。肖支队，在你的视野里，或许解决一个基层小干部，也应该就这么简单，是不是？可你知道在我们这种人身上，会有多么难？这不是一个讲奉献讲工作成就的年代。这个世界很现实，那就是钱、权，还有强大的政治背景。我可以直接问你，要不是你老爷子的缘故，你到远山会受到如此隆重的接待？不要说你只是一个副支队长，就是市局的副局长，有几人让一个副市长专门设宴款待？

肖振鹏不得不承认，这的确是现实。此前，他好像都没有从这样的角度，去看问题，去分析社会。

崔亚男继续说，我发现，一个女人一旦对权力充满了攫取欲望，绝对不亚于一个男人！那是一种吸引力，我没吸过毒，可我觉得那也是一种毒瘾！一旦陷进去，就戒不掉。我承认，我的心理已经扭曲，我已经很变态。可作为一名警察，或者说，作为一个农民的女儿，我实际上每时每刻在受着良心上的谴责。尤其是，我帮助丹妮掩盖犯罪事实的时候，会整夜整夜睡不着觉。你那天晚上看到的我，还算基本正常。你看看我的胳膊上，这些伤痕，都是用烟头烫的。那天晚上，我真的很压抑，几乎就要自杀！说实话，你那晚不去，我说不定真的就没命了。那的确是一个圈套，就是为了弄到咱俩在床上的镜头。我心里很清楚，在房间里有两台摄像机同时转动，我必须要做那一切。因为，那样我才能顺利地去担任市局督察支队的支队长！当然，我内心里也是心甘情愿的，你是一棵大树，我说过我要成为一根藤蔓，缠住你不放。那是我的真心话！我愿意成为你的情人。

离开崔亚男之后，肖振鹏感觉内心沉重无比。

他觉得崔亚男实际上是给他上了一堂课，让他明白了更多的东西。这些东西看起来赤裸裸的，道理也是如此简单，可这就是现实！你亲眼所见的现实。一个女人，从最底层往上行走，且行走在官场上，是相当不容易的。照此推理，红粉兵团里的女人，也是如此。她们注定要丢失和牺牲一些东西，来换取另外她们想要的。问题是，她们得到了吗？

当毒瘾在身上发作的时候，小崽子游小天没能坚持多久，他什么都说出来了，藏货地点，交易方式，交货地点，参与人员，说得很全面。其实，他不说，别人也会说出一些线索。肖振鹏后来发现，何刚所掌握的信息，远远超乎他的想象。何刚一旦解禁，立即生龙活虎，他手下的人马四面出击，一个夜晚之内，就将丹妮手下的团伙成员抓获无数！

所有犯罪嫌疑人的交代，都直指一个女人——大当家丹妮。这位被江湖上盛传的红粉兵团三号人物，所犯的罪行简直让人匪夷所思！远山所有毒品交易，几乎都跟这个女人有关！温泉度假村内，有一片非常奢华的区域，装修设计富丽堂皇，里面美女如云，许多官场人物，就是在那里面一边泡着温泉，一边被彻底拿下！

游小天叙述他跟丹妮的关系时，居然满怀憎恨！他说，那是变态的女人！我就是她面前一只哈巴狗，她想什么时候牵过去玩儿，我就得过去。这女人以前被男人抛弃过，所以对男人怀有刻骨仇恨。她把这种仇恨发泄到我的身上，让我在她的床前爬来爬去，拿烟头烫我……

老板娘丹妮从温泉度假村那间豪华舒适的办公室走出来的时候，仰天一声长叹！她居然微微笑了，说了一句后来在远山广泛流传的话，奶奶的，唯女子与小人难养也，我看这话就是狗屁！

紧跟着，何小草在她的乒乓球俱乐部被带走。

警察走进去的时候，何小草正指导一帮孩子打球。她握着一个小女孩儿的手，比划出一条很规则的线路。她的语气很柔软，要这样子，这样子，拍面再倾斜一点儿，击球点在这儿，击球的那一瞬，要有爆发力！她慢慢直了身子，跟那帮孩子说，你们要自己好好练。然后，她走向几位民警，面带微笑，我跟你们走，别在孩子们面前给我戴手铐。走出门口，她回头看一眼那乒乓球俱乐部，心里很清楚，这儿将永远不再属于她。

其实，之前也不属于她，只不过她采取不为人知的手段，将它划归了自己名下。

就像是多米诺骨牌，一块倒掉，其余的开始哗哗前行。最后一块骨牌倒下的声响比较大，可谓余音绕梁。

那是远山唯一的女常委，谭副市长！

远山像一锅滚烫的开水，热气沸腾。肖振鹏在启动撤退的步伐前，时不时到远山的网上论坛看看。帖子的标题一个比一个更加雷人，比如，弹指一挥间，红社会灰飞烟灭；我的团长，我的红粉兵团；不要崇拜红社会，红社会只是个传说；不要崇拜红社会里的姐，姐已经嫁给黑社会你哥了；我没说过我要白粉，正如我没说我不要红粉……

华一民给肖振鹏打电话，说，我今晚请客，给你送行。肖振鹏说，在温泉度假村还是远山宾馆？华一民说，远山最知名的，国槐大酒店！肖振鹏说，我怎么不知道？华一民说，小马知道。肖振鹏问小马，国槐大酒店在哪里？小马一愣，肖支队问这干吗？肖振鹏说，华老板要请客，给我送行。小马哈哈大笑，你去不去？肖振鹏说，去呀，一定要去的！我就要离开远山，华支队也要退二线。这酒不但得喝，而且还要喝好。小马说，那你只管坐车，我带你去。

远山的大街上已经灯火通明，肖振鹏看着窗外，心想，我就要离开这里了！不知为何，竟沉重起来。小马将车在路边慢慢停下，说，到了。肖振鹏四下一看，哪有大酒店？小马一指路的对面，那大槐树下。肖振鹏一愣，华一民这老家伙，这么抠门儿，请我吃夜摊儿？

所谓国槐大酒店，果然是一棵槐树下的小夜摊儿。肖振鹏和小马走过去，见华一民早到了。在小马扎上坐下，华一民说，今天请顿便饭，一个主题是给振鹏你送行，另一个我马上要赋闲在家，过起养花养草养鱼养猫的日子，也得祝贺一下。华一民扭过头，说，上小五！肖振鹏迷惑不解，小五是什么？小马抿着嘴乐，解释说，小五就是小瓶二锅头加三鞭酒。肖振鹏说，听起来很有吸引力。

两个议题进行完，华一民提议，说，咱俩应该给何刚那小子祝贺一下，他要去市局督察支队干副支队长。肖振鹏说，我给他打电话。华一民连连摆手，不用，我跟他尿不到一个壶里去。肖振鹏一愣！

华一民开始给肖振鹏讲古。他说，自从那一年全国性严打过后，远山好久没有这么大动静了。不过，这表面平静的官场上，一些不为人知的龌龊事儿，却是每天都在上演。在官场上，两强相斗无非这样两种结局，一是鱼死网破，两败俱伤。二是，一边上去，一边下来。我给你说的这段旧事儿，就是后一种结局。这两个人，在远山也都算是风云人物，一男一女，男的姓何，女的姓谭，都是当年副市长的人选。本来姓何的实力更强一些，民间早已有了呼声。可市里选举结果却出人意料！女的上去了，男的下来了！

肖振鹏坐在那里，早已目瞪口呆！他恍然大悟似的，连连摆手，老华，你别说了。我明白了！

华一民说，你明白什么了？肖振鹏看着天空，我什么都明白了。我分析了很多种可能，可就没想到是这样！华一民说，你很聪明！那一男一女，女的自然是谭副市长，男的正是何副支队长的老爹。耐人寻味的是，这督察支队长的位子本来是崔亚男触手可及了。你瞧，一个是自己儿子，一个是自己所属红粉兵团的小姐妹，数年之后，重演当年一幕，可这次结局变了，男方获胜。总比分是，一比一。难分胜负啊。肖振鹏问，这么说，谭副市长真的是红粉兵团里的人物？她是大姐，还是二姐？

华一民嘿的一笑，这跟我有什么关系？

那个夜晚，肖振鹏喝得大醉，根本分不清东西南北，摇晃着去厕所，却找不到，干脆在胡同口树丛内就地解决。就在那时，接到老同学刘水的电话，问，你把远山整得一团乱，还不赶紧跑？肖振鹏的舌头拧起来，说，我，在远山最著名的，国槐大酒店，喝酒！我告诉你啊，小子，这是我这辈子喝得最有意思的一场酒！肖振鹏把目光移向夜空，突然觉得眼睛里满是泪水。

# 噩　缘

翟永刚

组织部副部长李素梅在灵山村偶遇云山煤矿副矿长程嘉义，程却神秘地躲开了。不久后，程嘉义因受贿被检察机关带走，谁可以成为他的继任者呢？身为组织部副部长的李素梅不能再在选人上出错了，可她又该如何认清一个人的真面目？

## 一

苍苍莽莽的灵山横亘在面前。山沟间有一道碎石铺就的小路，路两边和沟壑旁生长着茂密的枣、槐、柞等树木及不知名的灌木。跳跃在枝间的斑鸠、麻雀、喜鹊快乐的鸣叫声，更显出大山的幽静。李素梅顺着山路往深处走，因为在那万绿丛中的山崖间，露出一角红墙黛瓦。这位共产党的组织部副部长虽然是无神论者，但也不妨碍她去愉悦一下自己，或者说就是无目的地闲逛。时至初秋，山凹间奔涌着凉气，登山还是有些热，她气喘吁吁地上山来。

她终于登入山门了。庙宇不大，烫金匾额：瑞云寺。题字者落了款，她知道那是县委书记的名字。庙门两边分别写着阿弥和陀佛四个大字。进了院门，呈现在眼前的是品字形殿堂，迎面是大雄宝殿。上联为：看破放下自在随缘念佛，下联为：真诚清修平安正觉慈悲。左侧是碧霞宫，右侧为三圣殿。大雄宝殿前一尊巨大香炉香火氤氲。这时，庙宇里有几位穿着摩登的女人和男人齐往外走，偌大庙宇里竟只剩下李素梅一个外来客。一位身着黄色僧衣的白胡子老僧惊异地打量着她。

“何方施主，你来了满院人自觉避让，定是来求神拜佛破解难题啊。”

李素梅出差或旅游多次光临佛界，五台山、九华山、普陀山都曾经登临，那儿已成旅游胜地，人满为患，去者多已完全与求神拜佛无关。她从不与僧人搭话。这时见满院只她一位客人，怕冷落了僧人，只得说道：“随便走走看看。”便往里走，而老僧却尾随着她道：“破谜开悟探苦求乐正是大境界，鄙僧冒犯了，你大概要遭遇到麻烦了。”

李素梅笑笑，这类事她见得多了。寺院门口或者进山道上，常有人主动搭讪：“算一卦，保你逢凶化吉遇难呈祥。”或者有意主动称赞她道：“好相貌，但是……”她都是嫣然一笑，自顾走开。她明白他们的伎俩。这时她信步踱到“功德碑”前，看见上面密密麻麻镌刻着重修瑞云寺捐款者的姓名。僧人却还在她身后念叨：“怕是你有噩缘了，要破解……”李素梅的闲适心境完全被他破坏了，不愿再听他的，连大雄宝殿也未进便走出了庭院。

她未曾料到在灵山村竟然碰上了云山煤矿副矿长程嘉义。僧人的什么噩缘、破解的话在脑海里闪现出来，反问自己，僧人的话真的有灵气吗？

山间的树木五颜六色，而村里的树正呈墨绿色。她在苍老的山村凸凹不平的路上走着，欣赏着迎面而来或者随身而去的青石叠就的院落，昂头望着路旁。院落里一株株枣树、槐树和红瓦青石的农家房舍，猪、鸡们旁若无人地从一个院落串门到另一个院落。忽然，她无意中一扭头，看见了一个熟悉的身影，眼前一亮：程嘉义！而程嘉义分明向她这儿望了一眼，然后闪身溜进就近的一座院落，石墙遮住了他的身影。

站在原处的李素梅这样分析：这人究竟是不是程嘉义呢？如果不是，他不会如此慌张，那分明是对认识却不想见的人才有的慌乱。有何不愿见她的事由呢？究竟是不是他，追进了院便知。她还作出这样的判断：如果刚才溜进去的那人不在院内，就肯定是程嘉义无疑了。这样想着便紧追几步，大声呼喊：“程嘉义——程嘉义——”

喊声在寂静的山村上空回荡，尖细而嘹亮。她突然意识到自己的举止有些唐突，这往往是心血来潮时做出的连自己也觉得有些不妥的举动。她暗自责备自己，仍是紧追了几步，因为她有话要对他说。

怎么就来到了这个小山村，李素梅连自己都觉得不可思议。她早饭未吃，换上软底皮鞋，对丈夫刘旭说道：“我出去了。”刘旭怔忡忡看着她，目光中有几分哀怨，说道：“看来你是不准备回家了？爸爸叫咱们呢。”回答他的是“砰”的一声门响和匆匆下楼的脚步声。

李素梅早已十分厌烦这位小报编辑说的任何话。不是说话的内容，而是说话的方式和音调。这个厌烦来得更长久。他说话从来都不连贯，有时会这个这个这个……最后还是这个，没想起实际内容来。有的干部也这个这个的，但那是有一言九鼎的顾虑；而他是毛病，是思维紊乱。颤抖的长音，胸腔里像有痰，真让人得慌。他年轻时不这样，李素梅多次向同情自己的朋友这样表白，以求解脱误解。其实他年轻时思维就迟钝，很简单的生活常识往往搞不清主次，很简单的事情讲不清来龙去脉，能被他说得颠三倒四，意思完全翻个过儿。那时还不算太迟钝，现在却没有不迟钝的时候。干练的李素梅听他说话都急得慌，后来就从来不主动与他说话。姐姐就多次给她说，跟这种人过日子真乏味，无任何乐趣，一块儿干啥也不会高兴。近几年他倒学会了自吹自擂，往往说我爸爸那时候管多少多少事，这更让她恶心。

这天是周末，初秋特有的鲜亮的阳光洒满窗台，勤快的主妇们已经开始忙碌，楼梯间不断响起匆忙的脚步声，楼上楼下响起洗衣机叶轮转动声。人们在消除夏天的痕迹和准备秋天甚至冬天的衣被。李素梅把床单被罩枕套换下来了，准备要劳累一下自己的。刘旭的一句话却使她改变了主意，把该洗的衣物塞到瓷盆下的橱柜里。

刘旭对李素梅说的是：“今天那个女人要到家里来，爸叫我们过去。”

退休的市委组织部长刘金昌三个月前死了老伴，现在已经结上了新欢。据说那女人很年轻，也很漂亮。李素梅却深切地怀念病逝的婆婆，那位来自农村的善良的老太婆。她的音容笑貌宛若在眼前，从心里不愿见那个女人。好在刘旭理解她的这种心情，不再多说什么。

她走上亮丽的大街。大街上比夏日少了蒸人的暑气，多了几分秋凉。她见到一辆客车即招手登了上去。上车后才发觉不是要刷卡的市内公交，而是路过瑞云寺的远郊汽车。随便到哪儿去，她对自己这样说。车出市区几十公里，在金黄的稻田中保持着匀速行驶，歪戴帽的驾驶员却讲起瑞云寺老僧的神算。

说的是一个妇女不满意儿子的恋爱对象而求神算卦。老僧告诉她，你在那山脚下见到一个戴铁帽子的人，你跟着他走，迎接他的就是你的儿媳妇，保你儿子升官发财。妇人想，这大热天有谁会戴铁帽子呢？那还不热死，怕是唬人吧。在那山脚下见到一个人，那人买一只铁锅，举在头顶上，挡住毒辣辣的太阳。她就跟他走，来到一个小区，为他开门的正是儿子谈的姑娘。后来她儿子当了局长。

她现在见到了程嘉义，不知玄机何在。

程嘉义是她二十年前青干班的同学。虽说青干班是短训形式，只有半年，可全班五十余人当时是作为矿业局第三梯队培养的。都知道其中的大多数人会得到提拔重用，有的说不定能当上局级市级干部，今后也好有个照应。便都相处得很好。程嘉义和她是同桌，同桌的你便有更多几分温情。程嘉义人很热情，为人处世讲究，同学间办事从不推诿。她和他很能谈得来。而李素梅人生的第一次挫折就是在班上遭遇的。

上世纪 80 年代的头几年，保守和创新激烈冲撞，残留在人们头脑中整人的旧做法仍在被一些人无耻地使用着。在市青干班上，一次班后小组的理论研讨，使李素梅莫名地受害。正是人们的思想活跃时期，善于思考的她常有惊人之语。小组长在组长碰头会上如实汇报了，这也属正常。可是李素梅的观点一级级向上汇报，不知市里哪位领导批示道："要教育其人，宜作长期观察。"这一批示的直接后果是，结业后的青干班学员有的未回原单位便分配到市委市政府重要部门，回原单位的也多是脱离了基层，或到机关或担任领导职务，唯有李素梅从厂团委副书记下到车间当了材料仓库保管员。她浑然不觉学习讨论曾引起市领导重视，竟以为领导是在考验青年干部。她一如既往地认真工作，竟把材料仓库建成市先进班组。后来记者了解了真相，问及她，她惊异道："是啊，当时是这样讨论的，我也是这样说的，现在看来是对的。”她才知道了下到班组的缘由。李素梅一直不知道批示者竟是她后来的公爹刘金昌。他当时负责全市思想动态工作，针对思想界出现的几起越轨事件，时刻绷紧阶级斗争的弦。刘金昌至今已忘了此事，更不会知道当年曾批示要长期观察的是他后来的儿媳。不过李素梅从心里已经真诚地原谅了他们，认为他们也是在真心地工作啊，并无个人恩怨。她自从当上局组织部干部科长及组织部副部长后，时常告诫自己，对人的评价马虎不得，这会影响人的一生的。更残酷的是有的当事人会被误解一辈子。他会一如既往地拼命工作，投靠上级；那一纸评语让其历尽磨难，有的甚至永世不得翻身。直到灯油熬尽了，精力耗完了，看不到希望的曙光了，泄气皮球一般委顿下去。有的则反跳一下，号啕大哭那逝去的可憎的岁月。组织的力量多大啊。

二十年间人人都在变。李素梅结婚生子，由基层调到局组织部先任科长，后来又升任副部长，虽然中间有波折，总的来说还算顺利。而程嘉义也由科员升到副矿长。就在一个月前，她带着干部科科长刘允志去云山矿专程考查程嘉义。因为程嘉义精明能干，成绩突出，群众威信高，已列入局级干部后备人选，部里正准备为他物色继任者，只待物色好他便可以高升了。

正是在这个当口，在这个地方碰上他，他像是有什么不便叙谈的原因而躲避她。他的家及原籍不在这儿，亲属表中也无这儿的人；暂且不论他为何到这儿来，单凭他躲避她，就使她心中不安。她有义务告诫他，此时是敏感时期，大意不得。一点点小事有时煮熟的鸭子也会飞，一个不起眼的疏忽也会令领导改变主意，这种事她见得多了。她这样想着便紧走几步，朝程嘉义躲入的墙院追了过去。

院内空无一人。

山村小院十分简陋。三间堂屋紧锁着门，墙角一个木材垛，上边是新鲜的树枝，下边是褐色的陈旧木桩，门侧槐树干上拴着两只山羊，一地羊粪蛋儿，便再无其他。如果说刚才还怀疑那人的身份，现已确定那人是程嘉义了。西墙有个豁口，她扒在豁口外望，一个人影正拐入乱石嶙峋的山凹。

## 二

组织部是座独楼，工作环境和氛围明显优于其他部室。工会里打打闹闹，宣传部里争争吵吵，办公室人来人往，组织部安安静静的。组织干部们个个处事严谨，表情凝重，像是每天都有忧国忧民的大事。那么多干部的命运由他们掌控，同时也决定了干部家属的命运，担子很重的。他们布置任务，交流情况或是私下的，或是关门分别进行低言密语，有时干脆用眼色说话。组织部内部人员更新快，不断有人被派到基层当领导，他们也一时改不了悄悄工作和说话的习惯。有人笑道："你神秘得跟组织部的似的。"这也透露出一种社会现象。只有进了组织部的视野你才有希望。但是如果让组织部留下坏印象，你累死忙死也是白搭一条命。局里有几位很有前途的干部，屡屡不被重用，便愤然辞职开办公司。愤愤地说道："以前给你组织部干，现在给自己干了，也不知哪儿得罪了老×。"再颐指气使的干部，一听说组织部来人，丢下其他工作也来作陪。走进组织部那小楼，脚步自然就放轻了，会不由自主地把肩膀耸起来，头也低下去，手臂摆动的幅度会小很多。你昂首挺胸迈着八字步走进组织部试试看，它可能会毁掉你半辈子的功劳。只有修电话通管路的工人，敢在这儿旁若无人地说笑打闹。

组织部的工作决定了干部的命运。每年一次考查调整干部，让他们既辛苦又幸福，组织干部的尊严在这时会体现得淋漓尽致。虽说干部的表现时时处处在他们的视野之内，但是为了某项工作或是某单位临时出现的缺位现象，他们会专门下去考查外，每年还有普查的任务。普查一般安排在下半年。全局共有二百多名矿级干部，每年面临退休的要调，工作不称职的要调，工作有突出成绩的要调，班子不团结的要调。而基层单位的基本条件不同，煤矿的自然条件是决定性的，因此效益差别甚大。有的干部一年收入达四十万元，有的却不足十万元。基层还有个现象，拿不着钱的单位都难干，费劲大却干不好，干部闹情绪，工人闹集访，办公楼经常围满讨说法的工人。拿钱多的单位省心又省力，书记矿长找个考察招商的借口去公款旅游，一走半个月，回来几天就把积压下来的事处理了。把谁调到好单位或差单位，很大程度上组织部拿意见。全局六个好单位，五个中等单位，十二个差单位，就用这根绳把二百多干部捆绑在党政班子周围，捆绑在分管领导周围，捆绑在组织部周围，简直百试不爽。下边有了议论，组织部让谁拿钱谁就拿钱。以前是跟着组织部年年有进步，现在是跟着组织部脱贫又致富。最要命的是年年都要调整一批干部。为的是想法使这潭水活起来，使潭里的鱼动起来，始终保持着吸引力和威慑力。

李素梅把电动车锁好，走出车棚，路过业务大楼时，从走廊里走出一个人来，正好与她并肩往机关大院深处走。她知道此人是装作无意碰上她的，很有可能等她一会儿了。这人是机关一名副主任，他的表弟在矿上当科长，自然有往上提升的欲望。副主任扯着闲话陪着她往里走，李素梅故意停下脚步，作出思考着要回业务楼办事的样子。副主任也站下了，一脸谄媚的笑，说道："有机会在一起坐坐聊聊天吧。"这就是打过招呼了。李素梅面无表情地对着他，像没听见一般。对这类人她连点头微笑都懒得给。副主任知趣地走开了。

组织部一正一副两位部长都是女性，局党委书记自嘲道，在吃喝盛行的现在，她们最起码不会去吃喝，更不会去桑拿按摩，对付男人要出奇制胜。在男子汉占据主要舞台的煤矿，男人自有对付男人的办法，请吃喝，请沐浴，请钓鱼，请打牌，总能找到你的喜好。对女人却像要抓刺猬无处下手。谈儿女情长吗，谈衣服款式吗？他们既缺乏知识又无耐心。

部长姓潘，一位面临退休的黄脸老太婆。她一周才来上两天班。她省委党校毕业，按资历能往局级干部靠，可是却没有靠上去，一肚子牢骚就像她胃里的酸水一样，不定哪会儿就冒出来。对任何人都冷言冷语横挑鼻子竖挑眼，一句让她不满意的话，她能一句就冲得你翻白眼，胆小的半夜睡不好觉。没有她看上的没有她满意的。十年前她要考虑到哪个人，哪个人就将喜事临门；现在她要考虑到哪个人，哪个人就要倒霉了。好事做完，她要考虑处理几个人了。所以以前干部会借机在她面前走动，现在却最怕让她看见。

副部长李素梅四十八岁，脾气变得越来越糟，有人说她脾气怪异思维活跃，不时有奇思妙想冒出来，让你匪夷所思猝不及防。她年轻时就如此，现在正是更年期，一切缺点都在放大，一切都变得强烈和反复无常。好在对工作兢兢业业，常有创造性的举止出现。组织部职责范围就有一条：完成领导交办的事项。是事项而不是工作，用词有讲究的。她对领导交办的事项都完成得还算好，再加上她的家庭背景，让领导下不得手，不然早让她去基层当党委书记了。虽说级别升了半格，但却说明被逐出核心层了。

干部科长刘允志是个干练的青年人，三十五岁，始终理着充满活力的平顶头，人长得白净。他思维敏捷，充满对工作的热情，不断地有意识地积累工作经验。昨天李素梅和他在赵楼矿考查干部，今天还要去石井矿。此时他已收拾好下矿所需的东西，茶杯和皮包并排放在桌上，在等李素梅出发。见李素梅走过干部科办公室，便迎出门来，随她走进副部长办公室。告诉她已给石井矿打过招呼了，八点半之前到。李素梅点点头，也匆匆收拾起东西来。这时桌上的电话响了，她接过电话便对刘允志说道：“你等我一下。”便匆匆出门。过一会儿回来时对刘允志说：“石井不去了，你给云山说一声，我们半小时后到。”

临时改变行程，已是司空见惯。被考查干部的名单由组织部提出，在常委会上敲定；而有时党委书记或市里某人也会临时安排考查对象。由组织部考查后，看他适合什么岗位便调过去，这就是所谓的领导临时交办的事项。组织部对全局每个基层领导干部都了如指掌，就像棋盘上的棋子，是进攻还是防守完全由棋手定。刚才党委书记安排她到云山矿去，并且交给她两个名单，分别是材料科长季留根和支部书记王合成，都是准备接替程嘉义的。局机关一个重要部室的领导岗位等待着程嘉义，似乎还很紧急。

矿党委郑书记和刘矿长分别向她介绍了考查对象的情况，他们更倾向提拔季留根。介绍说此人工作能力强，群众威信高，执行领导决策坚决等。她要来季留根档案，档案薄薄几张纸，无处分记录，倒有被评为局级优秀党员的记录。其亲属栏里记载着一位叔父侨居新加坡，是家跨国公司的董事长。李素梅估计是否出于这个原因而安排他担任领导职务呢？这完全有可能，她去年就办过这样一件事：当地一利税大户，投资的附加条件是要局里安排他侄子当保卫科副科长，她安排矿上办成了。她要来材料科花名册，随意点了六个人名，分别进行谈话。被访者有的侃侃而谈，有的问一句答一句，但听得出他们对季留根的工作是满意的，说他群众关系好，威信高，工作不计时间报酬，吃苦在前享受在后；有的提出希望，奖金分配再合理些就更好了。中午吃过饭稍事休息后再谈。六人分别谈过后，她希望再与支部书记谈谈。不一会儿支部书记王合成来了。

这人中等身材，很瘦，肩膀窄窄的，四方脸膛，能看出眉骨和下巴露出清晰的条纹，他一咬牙就露出两块条形咬肌。他向李素梅和刘允志点头笑笑，很麻利地在李素梅对面的沙发上落座，坐姿端正；微笑着，一对机灵的大眼睛盯着对方，等待问话。

李素梅知道面对的支部书记王合成，既是此行的考查对象，同时也是访谈对象。不妨先了解他的自然情况，再询问他与季留根搭班子工作的经历和感受。王合成先自我介绍说自己先参军后入矿，五年前从局最北部的煤矿调到这个矿，为的是离家近，好照顾年迈的父母。他是独子，父母在他身上花费了巨大的心血。他在那个矿就是副科长，矿上不放他，他强行要求调来的，那个矿只好解聘他，是作为工人调来的。他调来后从工人干起，毕竟有工作和管理经验，两年后聘上了副科长，后又与季科长搭班子当了支部书记。李素梅发觉此人做派稳重，讲话有板有眼，有一种吸引听众的能力。正待转入正题，没想到的事发生了。

门外传来急急的脚步声，先是有人把小会议室的门推开一道缝隙，低声说："就在这儿就在这儿。"接着门被"呼"地推开了，进来两个人，门外还站着两个人，王合成似乎已有心理准备，正要制止他们的鲁莽行为，来人指着他大叫："王合成，你有些事做得也太不讲情面了吧。"

王合成连声道："回去再说回去再说。"

李素梅不明白发生了什么事，诧异地看着他们。来人对着她道："你们局里来的干部评评理，材料出现问题能光是我们的责任吗？让我们写检查，还停职，人家科长都不说，你书记逞什么能……"这时机灵的刘允志已把矿组织科长叫来，组织科长把来人斥责走了。王合成脸色已经发白，叹了一口气道："有的事都不说也不行，总得有人管吧，我就是这毛躁脾气，总也改不了，不过我心底无私天地宽呀。"

李素梅已经决定将季留根上报。也就是说程嘉义、季留根都高升在即。

## 三

李素梅在灵山村邂逅的正是程嘉义。

程嘉义上任的过程有些戏剧性。五年前的秋末，满地飞卷着枯枝败叶，他陪着他的上任任焕喜到局里开会。散会时他们被通知晚走一会儿，接着检察院来人把任焕喜带走了，自此就再未回矿。后查明他受贿八十余万元，另有三十万元不能说明合法来源，被判处十四年徒刑。紧接着组织部李素梅和刘允志来考查继任者。程嘉义因业务能力强，群众威信高，再加上组织观察多年，理所当然地接任。直到他接任好长时间，矿上有人在传播任焕喜被捕的消息时，闻者还以为是以讹传讹，说了一连串的没想到。在传播任焕喜被捕消息的同时，更热衷于传播他的善行。说他衣着简朴，在食堂排队买饭，在澡堂为一个老同志搓背等。

这种人被捕，令干部尴尬、群众措手不及，局组织部有被耍弄的感觉。

程嘉义接任五年来，踏实工作，夹尾巴做人，每次民主测评都得高分，人缘儿出奇的好。可是只有他本人知道，他很可能要出事，出大事。

两个月来，他突然莫名其妙地心悸，有时吃饭时心脏一阵抖动，惊得他失手筷子落地，批阅文件时头脑一阵空白，半夜会像婴儿惊厥一般，双手剧烈地抖动。一次夜间惊厥，胳膊肘打在爱人胸部，害得她乳腺发炎在医院打了三天水。一次爱人见他筷子落地，大惊失色，不由分说叫来 120 救护车，因为她了解那是脑血栓的征兆。到医院做了全身检查，一切正常。他心里明白，心中的阴影是挥之不去的。

他很后悔认识了自称是爱人表哥的张经理。就在他上任不到半年，具体说刚上任四个多月，本省南部某林场张老板走进他的家门。此人中等身材，很胖，白白净净，一副大老板神态。张经理只说是出差顺路来看看他们，随便带来干蘑菇、木耳等土特产，站一站便告辞了。没料到临近春节登门来了。程嘉义本能地存有戒心，他知道防微杜渐的道理，也知道一些干部被拉下水的过程。是否亲戚暂且不论（后来得知此人是爱人表嫂哥哥的同学），他估计很可能是冲着他的职权来的，心理便准备着推托的话，例如此事一人不能作主，要班子研究啦等等。好在张经理只谈友情不谈其他，也只带着并不贵重的土特产。

此人说话干脆，直来直去，透着豪爽和义气，像没有城府的样子，他对他产生了好感。后来又来了几次，也并未谈及业务上的事。一直到次年中秋节，他在蘑菇箱里发现了三万元钱，才警觉起来。他把钱收起来，准备退给他。又过了半年，张老板春节登门，又是不谈业务只送钱。程嘉义把上次的三万元共计六万元钱拿出来，虎起脸道：“你要是关心我不害我就把这钱拿回去，不是有句话吗，三万五万请坐牢。”

“我们是亲戚嘛，我也没叫你帮什么忙，怎么能谈得上那句话呢?”

“你是要干什么呢?”

“我们林场小学扩建，你给题个校名，这是润笔费呀。”

此后他心情紧张了一段时间，也准备好应付的话。好在他上上下下关系好，领导信任，群众拥戴。待他知道已经与张老板做了一笔生意时，方才大吃一惊。原来张老板打着他的旗号让材料科收了他一大批矿井下用的木柱笆片等材料。他连忙去材料库检查，令他欣慰的是质量是上乘的，价格也在合理范围内。他知道祸起萧墙的道理，一边受贿一边做着讨好群众的工作。要命的是张经理销来的材料质量越来越差，被他退回了一次，张经理才收敛了一些。随着受贿数额的增加，他愈害怕被群众揭发，因此更注重与群众处好关系。在工作上关心他们，生活上照顾他们，也不敢大胆处理犯错误的群众，生怕树起一个对立面。有时半夜惊醒甚至产生奇怪的想法，如果当初有人揭露了他，他才不至于收了如此大额的赃款。自己一向谨慎，为什么越来越胆大呢，党的教育，警示教育都接受过，为什么还存在侥幸心理呢?他粗略算了下，他已受贿一百四十万元至一百六十万元之间，这可是个要命的数字，不杀头也会伴铁窗终生。待到张老板的电话打不通了，联系不上了，他暗想果然要出事了。于是作了出现最坏结果的打算，他决定转移赃物。如果搜不到赃款，再加上自己死不承认，很可能重罪轻判或判不下去呢。

想到转移赃物，他便想起了一个人来。转移赃物也是有风险的，藏匿在不明的地下害怕灭失，时间长了容易忘记；转移给亲属又怕他们受连累。这个人他虽然不知道现在何方，但是凭感觉他仍存在这个世界上。

三十多年前的那场著名的大风暴袭来时，地主出身的乡村中学教师程学轩便觉得后背时时发凉。那种说理的斗争尚可闭起双目承受，那冷酷的心铁硬的拳头，他这羸弱的身子骨可担待不起。小将们总是提着皮带在校园里走来走去，没事就练习抽树干、抽球架，甚至抽狗。迎面踱来一只癞皮狗，冷不丁一皮带，狗惊惶地边回头张望边没命地奔逃。只要有人一歪嘴示意，几个愣小子就会扑上来，使他不寒而栗。在一个老教师被打死的夜晚，他心中想，只有避其锋芒留条活命，待形势平稳下来再作理论。他与妻子带着幼子程嘉义走上了流浪乞讨路。树叶黄了落了，小河封上了冰凌。程学轩着急的是，妻子将要分娩，便有意识地往大集镇走。大集镇的两派正闹武斗，经人指点，他来到山间瑞云寺。破败的寺庙甚是凄凉，泥塑被砸，庙门被烧，香案被掀翻在地。虽然只剩个砖瓦框，对于他们来说无疑是个安适的落脚点了。程学轩作起长远打算。在大雄宝殿角落里铺上划拉来的树叶，拖来香案挡在外边。仍是不满意。趁着夜色去山外灵山村的某处麦草垛上扯来金黄的麦草铺上，厚厚的，软软的。程学轩还十分惬意地抽起了香烟，心里说人不留人天留人哪。

程嘉义清楚地记得那个风雪夜晚，狂风卷起雪花洒落在单薄的棉被上，他冻得蜷缩在被窝里，还是瑟瑟发抖。父亲下山乞讨去了，母亲在痛苦地嘶叫，他不知如何是好。妈对他说，快叫你爸找人来。他在灵山村找来爸爸时，母亲已生下了一个男婴。他依稀记得几天后一个瘦弱的老太婆把他弟弟抱走了，妈妈流了许多眼泪。后来一伙人闯入瑞云寺，爸爸被抓走了。他和妈妈收拾东西匆忙往家赶，三天后回到家时，爸爸已被折磨死在学校水泵房，他们看到的是爸爸的尸体。那时连讨个说法的地方也没有，只好把爸爸草草下葬。妈妈自产后身体就垮了。八年前妈妈弥留之际对他说，希望能找到他失散多年的弟弟，亲口向他说一声妈妈在那个年代做了对不起他的事。弟弟是送给了十里洼一户崔姓人家，那山上出灵璧石，托在手里一敲当当响。

多年来他也曾动过寻弟的念头，可是想想又放下，总是没有付诸行动。后来便安慰自己，哪儿黄土不埋人？弟弟自有弟弟的福，他说不定过得比我还好呢。现在寻弟对于他有很具体的现实意义了，履历表中的亲属栏里没有他，亲朋好友也不知其人；弟弟在毫不知情的情况下成为他理想的窝赃人。

寻弟的路山重水复。当年风雪夜，十里洼的崔老太婆抱走了男婴，如获至宝，她当晚并未回家，而是直奔离十里洼八里路的名唤新庄子的女儿家。女儿出嫁已有七年，但没有生育。几年后崔老太婆病逝了。他先是寻到十里洼，储满阳光的红脸膛的乡亲们矢口否认崔老太抱养过男婴，主观上他们并未扯谎。这条线索接上又断，断了再接。他第三次来到十里洼时，有人才提供新庄子的线索。谁知农村人口中的八里路都有十二三里远，当天下午他竟未走到，只好拦上汽车返回。待下一个周末他直奔新庄子。所有人一起摇头：本村绝无一户崔姓人家。看神色，他们不是在说谎。村民们上下打量他，像是在研究他此行的目的。他又是敬烟又是表白，终于感动一个老汉，老汉把他拉到一边，低声说这村里确实未有崔姓人家，不过有一户人家，女的姓崔，娘家是十里洼的。他才恍然大悟，问清住处他便寻到庄头，一看，竟傻了眼。这家人穷得没有院落，两间草屋低矮，一间屋没有门，门口堆着乌黑的草垛。他心中想弟弟要是在这家生活可就惨了。使他庆幸的是，这家的老汉告诉他，因自家穷，当年抱来孩子几个月就送给灵山村一户王姓人家了。他嘿嘿笑道："人家给了我五十元钱。"

他为了寻弟第一次走进灵山村时，没想到竟碰上了李素梅。当时他隐隐看见一个女人走出集镇向灵山村口大十字走来，他迟疑地自语，这人竟如此像李素梅呀，不，她不会到这儿来的。咦，真像她，呀，真是她。待到他确认是李素梅时，第一个反应就是回避。他的寻弟之事不能让她产生任何联想，他是处事十分谨慎的人。于是惊惶地抽身躲入就近的小院，匆忙翻墙而隐身在山凹中。后连忙乘车回矿了。

程嘉义已经感觉到时间越来越紧急。要出事，原是本能的感觉。在官场混久了，他才想起百姓口头流传的，说是把干部都抓了，有冤枉的；隔一个抓一个，有漏网的。事人人都有，不过分大小之说。待到张经理的电话打不通了，他才觉得要出事则是实实在在的了。后来李素梅带着干部科长来考查他的继任者，竟使他惊出一身冷汗，误认为组织上已经察觉他了，只是未动他而已。他便又去了灵山村村委会，了解到他的弟弟先是参军复员，后到煤矿当工人了。使他意外惊喜的是，弟弟竟然在自己所在的云山矿，姓王，叫王合成。天下竟有如此巧事，老天真是叫我不破财了。他未敢暴露自己的身份，也未敢见王合成父母，匆匆回矿了。

## 四

退休的市委组织部长刘金昌面带微笑，亢奋得走路一跃一跃的。他不时瞟瞟身边的黄英，她白皙的脸蛋儿，高高的鼻梁，闪亮的大眼睛，花格子毛料裙，上身薄呢料鹅黄色西服，提着精致的皮包，步态优雅。那气质，说是大学教授也不过分。她能到他家里来，两人并肩走在小区大门到家门八十米林荫路上，人人都向他投来羡慕的目光。这使他的心情出奇的好。被他唤作小黄的黄英，也有五十岁了，早已过了被冠以“小”的年龄，正常情况下已是孙儿绕膝了。但是他认为自己完全有资格这样称呼她。他已经六十八岁了，她才刚刚五十岁，何况相貌年轻，身材好，这样称呼她连自己都有幸福感。

刘金昌是在一次市委组织的老干部视察社会的活动中认识黄英的。头一天活动结束时，市政协办主任对十一位老干部宣布道，明天大家七点半准时在政协集合，空腹。有人估计肯定是体检。面包车载着老干部却路过市里那家著名的医院，在幸福托老所门前停下。托老所规模不大，装饰布局却十分雅致。花棂矮墙，院内绿树成荫，十多间宿舍门窗漆成淡淡的绿色，富有生机和活力。采光充足，整洁得像兵营。已经用过早餐的老人迎着灿烂的朝阳张开露出缺牙齿的笑脸，老头笑得像老太婆。有的在健身器上缓缓地活动筋骨，有的坐轮椅比赛速度。视察团被带入餐厅，刚一落座，每人面前摆上冒着特殊气味的辣汤，掌勺的是幸福托老所创办者黄英。

辣汤是此地一绝。它的原料配料作料复杂而考究。鳝鱼丝、公鸡丝、海带丝、面筋、胡椒等有二十四道之多，需用文火烧制。辣味绵长隽永，回味无穷。懂行的老干部舌尖未沾辣汤，仅闻味道就连声叫好，待一入口便都不作声了，像茶客似的闭起双目，细细品味起来。继而不由得一拍大腿："够味！"刘金昌每早都到住宅小区门口那家名为"八面来风"的辣汤馆吃早点。他说有的人好酒，我就偏好这一口。他闭着眼睛咂咂嘴，对原政协副主席称赞道："不比八面来风的差。"中气很足的声调是发自内心的，由衷的。他们喝完一碗纷纷又加了一碗。笑眯眯的黄英很优雅地双手交叉在腹前，介绍道："辣汤可是我亲自烧的，我们托老所二、四、六早点是辣汤，欢迎各位老领导光临指导。"刘金昌笑道："我家离这儿不远，你做得不比'八面来风'差，但是他们的没有你的稠，内容充实哪。"吃罢早点后接着参观。老人们拉着视察老干部的手，纷纷称赞黄所长像闺女一样孝顺。一个失语的老人对着视察团由衷地伸出大拇指，鼻翼耸起显露着甚为了不起的神态。刘金昌很感动，他从儿子儿媳对自己不冷不热的态度上，不由得产生了诸多联想。不久他听说她竟是老姑娘时，又有了几分不解与疑惑。后来老伴去世，孤独的他再自然不过地想到幸福托老所和沁人心脾的辣汤。

黄英的确脾气温和性情善良，她把托付给她的老人视同父母。她了解到这些老人多数都有悲惨的童年，窘迫的中年，凄凉的晚年，应该有个温暖的暮年了。她说自己父母死得早，自己没有尽孝心，权当是个精神补偿吧。刘金昌听说有的老姑娘脾气会变坏，但黄英脾气却出奇的好。这不是伪装的，而是自然流露的。有一次他和黄英在屋里闲谈，传来笃笃敲门声，紧接着简直就是咚咚砸门声了。黄英忙去开门，原来是流浪汉来乞讨，看到这个流浪汉是个躁脾气。黄英仍不气不恼地柔声道："轻点，屋里的人都在午睡哩。"紧接着给了他一元硬币。他对这个印象极深。他见过一个美丽的可爱的耳环项链闪亮的姑娘，对尾随乞讨的流浪汉大声训斥，掏出一元钱扔在他身上。叫花子也不饶人，口中“噫唏，噫唏”地走开了，对越滚越远的硬币视而不见。

他果断地动用市老龄委主任上门说媒了。

黄英对今生是否嫁人仍拿不定主意。她已经习惯了托老所的工作和环境，对能否适应一个完全陌生的家庭环境疑虑重重。他的儿女愿否接受自己？她与他们的感情能否融洽？她对于这些都是未知数。刘金昌曾暗示她今后仍可专心致志地办托老所，如果需要扩大规模他可以动用关系帮助办到。热衷于事业的黄英才勉强同意接触一下再说。

李素梅和刘旭都认为刘金昌把这事办得太急了，这种认识主要是李素梅影响了刘旭。李素梅认为，婆母死了也仅三个多月，何况黄英如此年轻，比她大不了几岁。这事说不得劝不得，只好从侧面鼓动刘旭去反对。而刘旭对父亲是一万个没办法。他自小就被父亲管教得失去了主见，被他的巴掌吓破了胆。刘旭小时候挨过多次毒打，打得他早已失掉了男人的雄性。他只有把不快闷在心里，表面上还要露出微笑。李素梅本来应该作壁上观的，管公爹的婚事说出去会是个笑料，再说与她有何关系？她却做不到。她发觉自己近来的脾气变得很糟糕，以前虽然也是见到不顺就直说，但也分个场合和对象，话说得也有分寸。或委婉点到为止，或正话反说让你去琢磨。这件不能说公爹做得不对，只可说做得不妥，甚至连不妥也算不上的事，她在心里发闷发烧发火，有表现出来的欲望。她也知道不可发泄，刘金昌何许人？他在位时有的县局级干部见到他都紧张，在全市可以说一言九鼎。她不敢与他正面交锋，便采取躲的方法，眼不见心不烦。因为她知道向黄英露出的不可能是笑脸。她不会伪装，她耿直惯了。要是自己的父亲，她会坚决反对，甚至闹翻。她会对父亲说，续弦可以，但也要三年五年之后吧。但是对公爹却不敢说出口。她不封建保守，但也绝非那类开放之人。刘旭后来想通了，对她说爸爸是急了点，我姨和舅舅都没说话，你就别这么老脑子了。他如果没有都要给他物色一个，他不同意都得劝他同意。有个人照顾他不省咱的事吗？李素梅心里想此话在理，我怎么在这事上落伍了呢？公爹一直都是老脑筋，有许多看不惯的事，但在这件事情上却新潮了。她想到这里直在心里发笑，我这是怎么了？

李素梅和黄英见面了。头一天刘金昌打来电话，点名要李素梅接听。他先不说什么，直接问你明天有事吗？精明的李素梅已经知道他的用意。自己几次都借故有事而不愿见黄英，这次却说不出口。沉吟一下便说现在还未接到新任务。刘金昌便以命令的口吻要她和刘旭明日一道回家包饺子吃，并说猪肉韭菜馅黄英最爱吃。不待回话便挂上了。李素梅心里想，这黄英最爱吃的话亏你能说得出口。李素梅和刘旭是十时半多一点儿到家的。她算计好了，去早了见面时间长自己太尴尬，对不起自己；去晚了不太合适，对不起别人。家门是刘金昌开的，她跟在刘旭后面走进屋。只见餐厅饭桌前坐着一个女人，她在擀饺子皮，无疑是黄英了。刘金昌热情地为她介绍说："这是黄英，你叫她黄姨。"黄英脸转向她，站起身来微笑着。她围着花围裙，笑容羞赧，双颊泛上红润。女人看发，她今日做了一个别致的发型，长发在额角用发胶做了两个微微的弧形，拉到脑后束成马尾，显得既经心却似无意。李素梅心中一沉，她比自己似乎还年轻几岁。她高挑身材，和善的面相，大大的眼睛，无怪乎刘金昌已经迷上她了。便冲她点点头，既不称呼她也不冷淡她道："你好。"装作高兴的样子把背包一放，快步走向卫生间洗手，然后坐下包起饺子来。刘旭去上网打扑克。两个女人都不作声，只能听见擀面皮的声音和舀馅的汤匙碰击瓷盆声。刘金昌无话找话天南地北国内国外说着报纸电视上的新闻趣事，为的是让两个女人互相搭上话，故意让她们发表看法。两个女人光笑不说话，都不给他面子。吃饭也是互相谦让，都没吃几个，饺子剩下一大半，只好放进冰箱冷冻。黄英吃过饭推托还有事要办便先走了。刘金昌送她出门转回身脸色开始变得阴沉起来。其实李素梅和刘旭进门时他就不高兴，嫌两人去得太迟了，不给他面子，只是未表露出来而已。此时他威严地咳嗽一声，进卧室后“砰”地关上门。李素梅心脏一个痉挛，觉得委屈极了，也难受极了，心中想我并没有做错什么，我如坐针毡已是忍了又忍，不由得想念起和婆婆在一起融洽而温馨的岁月。

那位来自乡村的纯朴的老太婆，给予她母亲般的关怀和温情。自从她怀孕起就把她像尊神一样供着，比亲妈想得还周到。儿子出生后她照顾大人侍弄小孩，甲鱼母鸡奶粉奶瓶棉裤棉袄以至于尿布，事无巨细全部包揽，儿子长大自己几乎没操什么心，没费什么事。更使她不能忘怀的是，此地风俗：儿女婚事，男方家长应主动到女方家去，那是一种求婚的姿态，给女方家一个面子。刘金昌推托忙，不去；婆婆自己去的，完全没有干部家庭贵妇人的做派。当时交通还不方便，黑灯瞎火走街串巷找到客运司机的家。她去了不止一次。那并不是应付式的，礼仪式的，单单坐一坐就走的，而是真心地当亲戚来走动的。倒是自己父母不太大度，极少登刘金昌的家门。在她的记忆中只有一次，父母局促不安的样子，饭也没吃就走了。就凭这点，她永远感激她，永远怀念她。婆婆死时，她哭得死去活来，以至于不知情的人问刘金昌：“你儿媳妇呢？”刘金昌用下巴一指她道：“那就是。”对方恍然大悟：“我还以为是你闺女呢，比闺女还伤心。”刘金昌因傲慢，使她在感情上至今无法与他亲近，不被她敬重。婆婆也曾隐隐向她透露，刘金昌当上公社党委书记后，曾向她提出过离婚，为什么没离成？一是县委批评他喜新厌旧，二是她怀孕，后来生下了刘旭。这又使她增加了对他的轻蔑。

刘金昌“砰”地一声关上门，使李素梅产生了巨大的精神压力，心里一下子沉重起来。她偷眼看看刘旭，刘旭的脸色刷地变白了，面部表情在扭曲，用眼睛剜了她一眼，心里在说都是你惹的祸，一个转身走进自己原来的房间，也是“砰”的一声关上门。李素梅傻怔怔地被关在客厅里。

李素梅的心像被谁捅了一刀，强烈的屈辱感袭上心头，她感到要爆发，或者要崩溃。她强迫自己平静下来，便去洗刷碗筷。屋里静悄悄的，只有客厅电子钟有节奏地走着。要是刘旭这时出来向她表示什么，就不会出现后来的事了，偏偏刘旭没有出来。她感到自己的喘息声越来越重，她由不热爱这个家庭到憎恨它。面对着关闭的森严的房门，实在无颜待下去了，便提起自己的背包夺门而去。

刘金昌坐在转椅上，面对着雪白的墙壁，午后金黄的阳光洒在上面，使他眼里冒火。外面的一切他都听到了，甚至连儿媳越来越难以压下去的喘息声。待下楼的脚步声渐渐小了，便对着墙壁吼道：“刘旭你过来。”刘旭连忙走进父亲房间。刘金昌仍不看他道：“你今天和素梅闹别扭了?”“没有，真没有。”刘旭连忙表白。“她情绪有点不对头呀，她是对黄英有看法，更具体地说是对我有看法。”刘旭嗫嗫嚅嚅无言以对。刘金昌朗声道：“这就是她的不对了，这种事社会上已经接受了，你们新时代的青年人有什么不能接受的呢？必须更新观念，你回去说说我的意见，不然……”手掌往窗外一扬，“你看着办吧。”

然而事情并未朝好的方向转化，吃团圆饺子的人都未料到，一个星期后李素梅一纸诉状递到法院，要求与刘旭离婚。

事情的始作俑者当然是刘金昌。他后来的话说得太绝情了，太伤李素梅的心了。这是因为他太爱黄英了，太希望与她结合了。那日黄英不悦地离开，次日他便去找她。她虽然仍是礼宾相待，却变得有几分生分。她婉拒他今后再光临幸福托老所，潜台词不言自明。这使刘金昌很为难，也很恼火。美满的婚姻竟然要让儿媳搅黄了，想想就无名火起。虽然黄英并不言明原因，但刘金昌岂有不明之理？不是李素梅接受不接受黄英的问题，而应该是黄英接受不接受李素梅。如果是儿女反对，他可以无奈。儿媳算什么人？某种机缘她进了这个家，不然也就形同路人。他把刘旭叫来，让他再做李素梅的思想工作。儿子迟迟疑疑地说那人主意大，我怕说服不了。刘金昌说了一句致命的话，那是早几年强调思想路线重要性的一句俗话：“不换思想就换人，组织上都是这样处理的，我认为也适应家庭。”

刘旭太傻了，这类话哪能原句搬过去呢？他也未估计到其严重后果，竟把这句话当作令箭向李素梅抛出了。李素梅大惊失色，反问道：“这话当真？”刘旭如果注意到她阴沉发紫的脸色、颤抖的嘴唇，如果笑道这是我瞎编的，事情也可能就过去了，他却信誓旦旦一定照办。李素梅心中暗骂这一对绝情绝义的父子。痛哭了一夜，泪水打湿了枕头。

她也无可避免地想到了另外一层意思，担心有人会用势利的目光看待她，毕竟她曾经接受过人家的恩惠。她又想到，曾经接受过恩惠的人，为什么一生都要忍辱还这份人情债呢？否则便是大逆不道了。叛逆及自主的性格，使她对这个世俗观念既重视又不屑一顾。一早起来她问刘旭，是协商离还是上法院？刘旭仍没有正视已在眼前的恶果，洋洋不睬道：“你看着办。”几天后，李素梅去法院递交了离婚诉状。

## 五

李素梅一段时间以来都闷闷不乐。痛苦的离婚事情折磨着她，一向自信对任何事情都能拿得起放得下的她，竟也有度日如年的感受。一日正吃早饭，电话铃响，这已平常，她没有思考就匆忙咽下口中的馒头，抓起话筒。没想到是潘部长的声音。一向沉稳矜持的老大姐口气有几分慌乱，有了颤音，语速也比平素快，只说了一句：“你马上到办公室来。”李素梅刚要问你现在哪儿，耳机里响起挂断电话的嘟嘟声。她估计出了什么大事，便把手中馒头放下，把半碗稀饭喝了，用干牙刷蹭蹭牙就下了楼。来到办公室，离上班时间还有三十分钟。她急步上楼，直奔潘部长办公室。屋里亮着灯却关着门，敲敲门无人应声，她只好回到自己办公室等候。她迷惑不解，究竟出了什么事呢？以至于让潘部长慌张地失去方寸了呢？前年赵楼矿发生瓦斯爆炸事故，九名矿工遇难，分配到部室处理善后事宜，任务十分紧急，她也没有慌张过。如果这次是事故，肯定比那次大得多。她正这样猜想着，走廊里传来笃笃笃频率很快的脚步声。五十多岁的身体状况不佳的女人脚步如此匆忙，本身说明事情不一般。她连忙迎出门去。潘部长已经走进自己办公室，李素梅随后跟进，潘部长关上门便说道：

“程嘉义被检察院带走了。”

“谁？谁？你说是谁？”李素梅一时没有反应过来她说的是谁，待那余音回荡在耳际时，便急急地问道：“带走他干什么？”

潘部长瞪了她一眼，压低声音道：“带走还有好事！他把咱们骗了，或者说咱们都让他迷惑了。据说不少于这个数。”她伸出右手的中指和食指左右翻转着。

“二十万？”

“二百万！”潘部长更正道。

李素梅头脑“哄”地一下子蒙了，跌坐在沙发上，连连摇头道：“没想到没想到，二百万？这几年在这么个单位弄了二百万，他是怎么弄的啊，那得多贪啊。他表面上是那么地……”她一时找不到恰当的语句来形容了。

潘部长不容许她空发感慨，打断她的话，说道：“这么早叫你来有两件事。第一，咱俩先统一思想，出现这类事我们组织部是无责任的，我们只能看他的工作表现、群众关系、工作能力等方面。我们当初推荐他是对的，现在检察院抓他也是对的。他当初工作突出我们就提拔他，他犯罪检察院就抓他，这不矛盾。要说责任，矿党委脱不了干系。当然，要调他到局里来的事不要再提了，没有那事，我们一概否认。”

李素梅苦笑道：“当然应该这样去观察问题了，不过，是不是……”

“你说，你大胆说。”潘部长鼓励道。

李素梅想了想，轻轻摇头，不知道应该说什么，便说道：“你再说第二件事吧。”

“书记刚才找我，程嘉义的工作要有人顶，你原来不是考查人选了吗，够不够条件？出了这事也不要畏首畏尾。我们只能保证他的以前，不能完全保证他的今后。你说呢?”潘部长一改病病怏怏的样子，俨然一位阵地前沿的将军，看问题和布置工作滴水不漏，李素梅不由得佩服：姜还是老的辣。潘部长说罢注视着李素梅。

李素梅被问得一下子六神无主了，她坐在沙发上手托双腮默不作声。她在心里已觉察这件事有哪儿不对劲，但又具体说不上来，刚要说“那就推荐季留根吧。”可是话到嘴边突然打住了。因为她猛地想起程嘉义就是在他的上任任焕喜被捕后匆忙上任的。要命的是，情形何其相似乃尔。她心里突然冒上这句文言词。结果如何呢，短短五年敛财二百万，远远超过上任的一百一十万。问题出在哪儿呢，是他们太狡猾还是我们无能失察呢？人缘好威信高，是不是一道挡风的墙呢？便说道：

“我想这个人选要慎重，连着两任了，再出事我们就嘴秃了。你给书记建议继任者还要再详细考查一番，缓缓有好处，群众也有个适应的过程。有两个月足够了。先由哪位领导代一段时间吧。”

潘部长不置可否道：“这事由书记定。”便匆匆出门了。

走廊里传来脚步声和办公室的开门声。上班的人陆续到了，潘部长也回来了。她说道：“书记同意先由刘矿长代一段时间。还有一件事需要更正的，局里从未考虑要提拔程嘉义，对他的工作已经不满意了，准备让他离开那个敏感岗位呢，结果我们迟了一步。当然如果有人问就这样解释，不问就不必主动去说了。”

按照局党委的安排，李素梅带着刘允志立即赶往云山矿，要向矿党委下达局党委的决定。矿上仍是一片安详宁静。一群穿着脏污窑衣的矿工，汤匙敲击着雪白的瓷碗正走向食堂；拉煤的火车过后，惊得灰黑的麻雀群起群落。这是人们还没有从尴尬中解脱出来的安详宁静？还是消息还没有扩散的安详宁静？

真的应了一句老话：人算不如天算。程嘉义昨天晚上从灵山村回矿就被捕了。这种后果他想到了，只是没有想到来得那么快。快得使他寻找到了弟弟却未及见到弟弟。

昨天晚上，从灵山村归来，天已黑透了。他沉浸在寻找到弟弟的喜悦中。在距灯火辉煌的矿门一段距离就下了车。他将伪装用的旅游帽扔了，他从此不再需要它了；把墨镜取下插入上衣口袋，没去宿舍便去了办公室，他要看看有无急需处理的文件。犯罪归犯罪，工作不能马虎，两说着。整座大楼只有书记办公室和小会议室还亮着灯。他一走进办公室就听到电话响了，他接过电话就去了小会议室，一推门就见到了身着制服的检察官。他本能地打算退出，可是身后又有两名检察官挡住了他的退路……

说起来奇怪，矿领导并不认为程嘉义出事仅是他一人的事，仿佛整个班子也不光彩。没有人说破昨晚那本来具有传奇色彩的一幕，都像瞒自己亲人的丑事一样，能瞒多久就瞒多久。早晨有人敲响程嘉义办公室的门，要向他请示汇报工作，刘矿长路过也不说破，任由他敲。那人没敲开门便去矿办公室打听，都支支吾吾不给个明确答复。问到郑书记，郑书记说行政的事你去问矿长。问到刘矿长，刘矿长说你明天再来吧，竟都不说出他的真正去向。

接到办公室的通知，九点钟党政班子成员十三人准时来到小会议室，接受局党委新的指示。好长时间，会议室内无丁点声响，像废弃的巷道般死一样的寂静，都默默无言，不知道在想什么。有人好像忆起了什么，忽然歪起下巴点点头，领悟出了什么一般地露出一丝难看的微笑。有人突然冒出说不清来由的话：“这事绝了。”另几人苦笑着接应：“真绝了。”会议室内沉闷的空气被搅动了，平静的水面起了波澜。一名副矿长对坐在身边的另一名副矿长低声开着玩笑：“老阚，你收老程多少东西?”两人玩笑惯了，没料到阚矿长却翻了脸勃然大怒：“你，你血口喷人!”众人忙劝道：“玩笑话玩笑话，何必当真。”阚矿长得理不让人：“有这种时候开这种玩笑的吗？我要说你收多少东西呢?”郑书记威严地咳嗽一声，斜瞪他们一眼，会议室又恢复一泓清水似的平静。李素梅和刘允志就是在这种气氛中走进会议室的。

这令人窒息的气氛李素梅马上就体味到了。尽管他们纷纷坐正身子，摊开笔记本，做出迎接她的姿态，但阴沉的脸色说明他们的心情。郑书记和刘矿长起身与她和刘科长握手，向她露出让人琢磨不透的微笑。郑书记把李素梅让到沙发正中的位置落座，让刘科长挨着她坐，刘允志谦让着，在郑书记外侧坐下。李素梅在茶几上摊开笔记本，抬起头来扫视一下会场，发现人人脸色凝重，并且纷纷躲避她的目光，愈益感到会议的气氛让人透不过气来。她想说一句让大家轻松的话，但找不到合适的语句。

这时郑书记转向她低声问道："开始吧?"李素梅点点头。郑书记坐正身子面对大家道："现在开会，请李部长讲话。"他没有像往常那样说些串台词，而是突兀地直奔主题；大家也没有用惯常的掌声去响应，似乎都觉得掌声与这种气氛不配套。有人冷漠地看着她，并且做好了目光躲闪的准备；有人面对空白的笔记本出神，手指头做着无聊的动作。

李素梅清清嗓子，同时挪动一下本不需要挪动的茶杯郑重道："不是讲话啊，是宣布局党委的一项决定。局党委决定，由刘宪武同志代行材料和销售副矿长职务，宣读完毕。"接着用另一种口气，把头先歪向左然后又歪向右，对郑书记和刘矿长道："事先没给你们通个气，好在这是临时性的，请你们谅解。"重又面对刘矿长，"刘矿长你看呢?"刘矿长瓮声瓮气道："服从组织决定。"会场静了一会儿，郑书记迟疑道："完了?"李素梅道："我没有要说的事了。"郑书记象征性地征求刘允志的意见，刘允志连忙摆摆手，郑书记朗声道："散会。"

一阵脚步响声和似乎劳累极了的叹息声过后，会议室只剩下矿党政两个一把手和李素梅刘允志。刘矿长这时才说："希望能尽快安排人选，这工作量不小呢。"李素梅点点头，面无表情，没有作声。郑书记悄声问道："上次考查的……"突然意识到不便问，便改口道："到我办公室吧。"

在郑书记办公室一落座，郑书记边为他们沏茶边叹口气说道："真是没想到，眼皮底下又出了这么一档子事，我们经常教育、监督、谈心，还搞过现身说法的警示教育，你看，”他拉开抽屉取出一沓纸在手上抽着，“这里还有程嘉义写的学习心得体会呢。真是怪了，嗯，别误会，我不是说在考查选拔上有什么不足之处，我也没有推脱矿党委的责任。李部长，下次一定要选个不出问题的干部，我们折腾不起了。这次还不知牵扯到几个人呢。上次任焕喜扯进去四个人，有的判有期，有的判缓刑。这次肯定不止他一人，只要不牵扯到矿级干部，我就谢天谢地了。”

李素梅看出他似有推诿之意，便正色道：“我也知道你们反腐倡廉教育开展得比较深入，但是总归在你们身边出了问题，你说你们反腐教育是认真的，这个我完全相信，为什么又出事呢？症结在哪里？总结经验和教训要全面，要把自己摆进去。你听我说完，要找找产生腐败的根源，找到这个源头，对全局甚至对全国都有意义。”

郑书记道：“人是有贪欲的，关键是如何抑制这种贪欲。我觉得党委要求是严格的，是他自己放松了世界观的改造。从选苗子时就要严格。”

“程嘉义不好吗？”

“不好。”

“不好你们为什么多次选他为优秀共产党员？”李素梅冷言相讥。

“群众选的。他威信高，群众关系融洽，要是让群众推荐，怕能推荐当市委书记省委书记。那成克杰原来也当过省委级的书记，你能说他不好吗？”

李素梅想了想，无言以对。她忽然发现郑书记出现了逻辑混乱，冷言道：“你说的正是我要说的，是在他们走上领导岗位后，组织上放松了对他们的管理监督呀。”

郑书记也发觉让她钻了空子，便强词夺理：“简单地把他们犯罪归结为放松了教育管理，怕还说不通，以后有机会就让程嘉义从犯罪的角度谈谈，哪些方面有顾忌，哪些方面无顾忌，问题出在哪里，如何能抑制贪欲，才好对症下药。”

## 六

程嘉义被捕，致使组织部内部的矛盾趋于明朗化了。

那天当李素梅得知程嘉义被捕，起初是大吃一惊，惊魂未定中便敏锐地意识到自己的威信和地位面临着考验。五年前，她力排众议推荐程嘉义，使许多人不愉快。现在明显理屈了。对上级她无须解释，提拔成克杰者需要向谁解释吗？关键要向矿党委推脱责任和开脱自己，绝不容许有损自己荣誉的言论抬头。那天她已向郑书记表明了自己的强硬。但是在组织部内部却无法按住这个要起来的瓢。

组织部设有干部科、组织科、宣教科、办公室四大科室，长期以来形成两队人马两个派系；科室内部的人员相互渗透，分别与两个部长亲近。干部科刘科长，办公室胥主任，宣教科小孙小李等与李素梅亲近，俗称是李部长的人；而组织科段科长，宣教科李科长等是潘部长的人。原来潘部长的人马雄壮，现在她面临退休，有人便悄悄地改换门庭。矛盾是在工作中形成的，也是在工作中发展的。平常尚能互相体谅，未形成大的波澜，不像有的部室矛盾公开化，班子会都开不起来。李素梅知道劲儿都在心里憋着呢，在寻找机会爆发。其实两位部长倒相安无事，能互相尊重和体谅，倒是下边分别投靠的人不安分。两个方面的领军人物刘科长和段科长在暗中较劲。

说来两人曾是好朋友。六年前局召开党代会，段科长那时在基层单位当组织科副科长，局里把他借调来整理文字材料。潘部长看他忙得天天加班，便让他物色个人来帮助，他推荐了干事刘允志。说他笔头子快，人也正派。第二天刘允志就提着包来了。两个人都没有想到会留在组织部，更不会料到会成为竞争对手而闹得不可开交。这让段科长懊恼不迭。

人的情感十分复杂，人生的机遇也不是定数。组织科长提拔到基层当纪委书记，副科长顶上，段科长正好补到副科长位。干部科缺名干部，刘允志顺理成章进了干部科。如果刘允志能够始终想到段科长在他调进组织部时起的作用（那机遇是千载难逢啊），段科长起码在心理上感情上会舒服些。刚开始刘允志在行动上言语上尚还有感激的表示，后来渐渐就淡了。话说三遍如狗屎，尤其不能在其他干部面前，更不能在部领导面前有这类表示，这是犯忌的。段科长心中不舒服了。两人矛盾的导火线在干部科长人选上。

人们习惯地把干部科列为组织部第一科，虽然科室不分主次，分量却是不同的。这在科室干部下矿工作时，矿领导接待规格和态度上是有区别的，尽管这种区别十分隐晦，甚至不让被接待者觉察，但人心有杆秤，心照不宣罢了。从职责范围看，干部科负责考查干部，干部升迁调动在无局主导意见的情况下，关键全凭他们一句话。而组织科负责党代会、党支部建设、发展党员等，对干部升迁调动的作用仅是间接性的。不久干部科长调到矿上任了副书记，时任组织科副科长的段科长认为机遇难得，希望能到干部科当科长。他找到潘部长，潘部长让他再去找分管的李素梅。李素梅表面没有拒绝，心里却不答应。她认为段科长太精明，太精明的人难免势利和不忠诚；她认为刘允志很厚道，有意提拔他。而刘允志也本能地不希望段科长再来领导自己。这样，时任干部科副科长的刘允志倒先比段科长转正。这种安排不仅段科长不舒服，就连部里其他人也认为有失公允和欠妥当。好在组织科长也很快下基层了，段科长也就转了正。

仇恨记在李素梅身上，但这口恶气必须从刘允志身上出，这是段科长的策略。

在周一有各科科长参加的部务会议上，周一必到的潘部长部署完本周工作任务，李素梅略作强调和补充，潘部长照例征求各位科长还有何要说的。这是议程的老一套，一般大家都没有什么要说的。已经有人拿着笔记本起身要走了，段科长举手说道：

“我谈一点建议。程嘉义的事情一出，各基层单位会有所反应。我认为可以收集这类反应，通过反应来反思我们的工作。估计会有人对干部考查工作提出质疑，我的看法是，一要顶住二要反思。关起门来说内部话，我们的干部考查工作也有亟须改进的方面，要充分吸取教训……”

“行了，听听反应也好。”潘部长听出话外有音，害怕引起争论，便打断他。

都知道段科长的话有所指，不便表示赞同或者反对，连看谁一眼都不妥当。看李素梅就会被认为这话是针对她说的，看段科长会被李素梅认为是在支持段科长，就都低头摆弄钢笔不作声。李素梅目光散乱地面对大家，眼内空无一物。她知道如果一搭话就会被误认为自己承认考查干部的失误。刘允志瞅瞅李素梅，挺憋气，反唇相讥道：

“高，要把段科长的话当作组织部最高指示来执行。”

段科长也笑道：“维护组织部的声誉才是当务之急呢。”

潘部长眼看两人要争论起来，连忙宣布散会。

此后几天里，对于程嘉义被捕这件事，一方三缄其口，真好像有点心亏似的；而另一方总要扩大影响，好像他们占理似的。这样双方就免不了发生言语冲撞。段科长能把任何事情都往这上面引。说起某人水平高，他会说再高也没有刘允志高，他能给检察院选进去几个腐败干部；说起谁眼光准，他会说刘允志比谁的眼光都准，搭眼一看就知道谁够检察院逮走的，组织部的人都应该有这个眼力。刘允志已经忍了几次了，他向潘部长和李素梅汇报，潘部长找段科长谈，段科长说开个玩笑何必当真呢。潘部长也就睁只眼闭只眼，李素梅知道这些都是冲她来的。但她对段科长既不是主管又不是分管，自己又身在其中，便不好多说什么。但她对刘允志私下说：“要说责任，几年来基层党委成员和支部成员都出了不少的问题，他组织科也要承担责任，你就这样推理。”而段科长也不是聪明人，他应该适可而止的。组织部是什么部门？不是市井小人姑嫂斗法的场所，它的成员应该具备什么素质？都是后备干部。而他只想着泄私愤，希望造成大的影响。事情终于爆发了。

又一次部务会上，潘部长把工作部署完毕，照例又征求各位科长有什么需要讲的。段科长说，大范围的干部考查工作即将开始，这就要求我们高质量、高效率地开展工作，对程嘉义继任者的考查尤其要慎重。我们科工作近来不太紧张，也可以参与进去，避免发生可能出现的失误。

刘允志按捺不住满腔愤懑，顶了他一句："你是神仙还是算命先生，怎么知道可能出现失误？"

"这是一般性的说法。"段科长喝口茶，拧着茶杯盖，斜睨了他一眼道，"不都这么说吗？"

"当初考查程嘉义完全是按照组织规定进行的，根本不存在问题，你不要总是揪住不放。"

"你这不是承认还存在着让人揪住不放的问题吗？我的提醒不对吗？下面已经有议论了，我是为部里的声誉着想。要我说，考查干部可以推行连带责任，这样才能提高责任心。"

"基层党委、班子成员出现问题，支委出现问题要不要推行连带责任？"刘允志久已准备好的话脱口而出。

"党委成员出现问题党委书记负责，支部成员出现问题支部书记负责。"段科长首先开脱自己，却未料到被刘允志抓了把柄：

"程嘉义出事谁负责？党委书记负责的事你怎么总在这儿讲？"段科长张口结舌不作声了。刘允志却仍在追问，"你有没有要负的责任？这几年抓了六个矿级十多个支部成员，要按你的逻辑，你罪过大了。"

两人争吵的时候，有人连忙关门，有人急忙闭窗。有人把刘允志拉走了。潘部长的手机响了，是党委书记打来的，询问组织部出了什么事情，争论声这么大，要注意内外有别，要加强干部素质教育。潘部长脸色沉下来，让人把刘允志找回来，针对最近出现的不良现象进行了狠狠的批评。李素梅也谈到干部素质的问题，说是我们考查基层干部，同时也在接受组织的考查。对于如何提高考查干部工作质量，都可以献计献策。潘部长称赞道，这个建议很好，在组织部内部开个研讨会也不失为一个好办法。

## 七

考查决定程嘉义继任者，人为地将考查者推上了悬崖。都知道容不得再出现类似的情况了。换一个人出点儿差错或许会被谅解，但李素梅再出现差错对上对下对自己都无法交代了，再一再二不能再三了。潘部长在这件事上表现得特别善解人意，试探地询问李素梅是否换人去，李素梅摇摇头。她认为换人就等于否定了她的工作，再说这次她是有信心保证考查质量的。其实她已经觉察到，前一时期围绕程嘉义考查质量的争论，潘部长始终处于隔岸观火的状态，对段科长批评几句，也是装作愤怒，声调却有几分柔和，与她惯常的刻薄不一致，甚至有几分纵容的成分。她提议的召开专题研讨会，名义上是研究如何保证被考查干部的素质，因为研讨会本身就是程嘉义犯罪引出的，谈起来根本离不开他，会多次拿他举例，这有点儿和尚面前骂秃子，有几分整人的意思。

两个女人搭档已有九年，其间一位男副部长一起工作三年，后来调到基层单位转为正职。近来有人风传他要回来接替潘部长，潘部长也倾向于他来接任，她不看好李素梅。

人心叵测，潘部长对李素梅的印象并不差。认为她工作坚持原则，思路开阔，作风正派，常有创新。虽说脾气越来越急躁，但那也是对下属，对她总是十分尊重，能掌握住态度，有时能看出她是在强制自己冷静；能压住阵脚，是个当一把手的材料。但是自己却不希望组织部再出现一个女部长。是心理扭曲吗？她知道组织部固然重要，但主要是奉命行事。首先要是党委书记的人，要善于正确领会领导意图，听话，这就足够了。之所以重要，也就是掌握着干部的命运。这儿不是锻炼人的地方，增强处理复杂问题的本领只有到基层去，到困难企业去。为什么不希望李素梅转正呢，是怕她不拘一格的工作思路捅娄子吗？看李素梅对自己小心翼翼的态度，知道她在作最后的努力，希望她退休时推荐她，真有点心疼她。鬼才知道人心有时是肉长的，有时不是肉长的。

李素梅碰上了难题。法院通知她星期五下午开庭，紧接着部里通知星期五下午要开研讨会。这是法院首次开庭，原告没有不出庭的道理。离婚事她未露一点口风，包括潘部长都不知道这件事。她只让法院打她的手机，为的是避免扩大影响。而研讨会她又是必须出席的，也是向潘部长表示谦虚态度的机会。他请求法院改时间，法官冷言相讥道，任何公民都要在法律许可的范围内行事，要是都像你似的，法院只好关门了，这涉及法律的严肃性问题。说得李素梅很憋气，她决定只好不出庭。

李素梅现在在心中也承认，她和刘旭的爱情基础就不扎实。那时她在远离市区三十多公里的工厂当仓库保管员，别人介绍了小报编辑刘旭。刘旭年轻时皮肤比现在白，戴一副近视镜，中等身材，形象不算差，有比较好的家庭背景，再说自己也有调到市区陪伴父母的想法，见面后便决定处处看。可是父母却不同意。他们的传统观念认为，女儿到那类家庭会受气。人生不能为那一点利益丢掉太多的东西。两人相处中李素梅竟然发现了刘旭的许多可爱之处。他呆滞，说明他诚恳；他语言迟钝说明他不会花言巧语；他相貌不佳也能省下今后可能有的花花事。于是说服父母同意这门亲事。而现在却对刘旭越来越厌恶了。

刘旭是个毫无情趣的人。无特长，无爱好，无知心朋友。他相貌中下，智力偏差，说话有些大舌头，嘴角有白沫，有几颗牙是黑边儿，简直一无是处。而人过四十岁仿佛一切都在退化。身材比原来矮了一厘米，额头眼角密布着皱纹，额角越来越大，额上的头发呈半岛形状。有一次一位作者来找他讨教，讨好地问他你有五十岁了吧？他故意说五十七了，那人说不像，你的长相也就五十三四岁。李素梅在一旁听了直想笑。他在家倒勤快，下班路过菜场买来菜，包揽炒菜做饭清洁等家务，李素梅有时过意不去抢着炒菜，倒把他感动得不行，这则使李素梅感到厌恶。看他做起家务乐在其中的样子，心中与她见到的独当一面的男子汉比较，鄙夷道：“亏你还是个副主任编辑，完全坠落成家庭妇男了。”刘旭以为受到了称赞，道：“你主外我主内，发挥各自优势。”

刘旭不愿离婚。那天他从父亲家回来，带着一股怨气。父亲发怒，他胆战心惊。她太爱李素梅了。说起来奇怪，同在一个家庭，一个长相老化，一个却像是越来越年轻。四十八岁的李素梅中上等身材，仅比婚前稍胖一些，倒有一种丰腴之美。脸色光鲜如玉，皮肤还是那般细腻，细看才能发现眼角脖颈有了细细的皱纹。两只柔美的大眼睛，有时蹙眉沉思，倒有别致的美感。眉心有淡淡的“川”字，衬托出她的刚毅和果断。刘旭把父亲不换思想就换人的话是作为说明父亲真的生气，意在让她警觉才说出的。对李素梅却是惊雷，迟钝的刘旭却并不认为有多么地严重。他认为李素梅会改变对父亲续弦的看法，父亲曾经给予她多么大的帮助啊，工作调动、职务升迁……却未料到李素梅受到如此大的伤害，竟然真的要“换人”。接到法院的调解通知，慌慌张张地去找父亲禀报，进门还未掩饰住惊惶失措的神态。

“你看你那窝囊相，我在外边领导千军万马，你咋就不像我？她是真心想离婚?”

“是的，她已向法院起诉了。”

“你是什么想法?”

“我，我不想离，离了怎么办?”刘旭摊开双手一副为难的样子。

“什么怎么办！编辑、副高、又不大！我也没有说让你们离婚，她是在找借口嘛，也许她早就这样打算好了，即使这次没找到借口，今后还会找到的，或者说今后就不需要借口了，这就是量变质变的关系。”惯于“两点论”的老干部，应付这类事驾轻就熟。“这样看来早离比晚离好。再说了，黄英肯定要进门的，今后怎么办？老了老了能看她的脸色？这样子你也好我也好。”他用假想的事件安慰起自己来。

刘旭手插在裤兜里，站在窗前不说话，但在心里逐句反驳父亲的话，最后进行了归纳：“你都是为你着想，都是让别人为你作出牺牲，你就不能为别人付出。”

“你这种情况的男人，在社会上香得很。”刘金昌走入自己卧室，很重地坐在转椅上。心中想，该发生的事终究是要发生的。

当年李素梅坐月子，假期已满，眼看要回厂，刘旭找到父亲，央求把她调到市区来。刘金昌一瞪眼：“人家都能在郊区她怎么就不能，她有什么特殊性?”刘旭被他的威严吓住了，磨磨蹭蹭地走了，出门时还向父亲讨好地打了招呼。他出了宿舍院门，迎面看见矿业局党委书记进门来。接着李素梅被借用，两周后正式调来。后来李素梅有一个千载难逢的升迁机会，省委组织部对她的印象很好，要调她去，刘金昌挡下了。他对别人说年轻人应多在基层锻炼，他心里清楚，因为调去的不是儿子，是儿媳，即使儿子随她去了省城也……他简直不敢想下去了。宁肯让她原地踏步却不肯希望她飞黄腾达。儿媳妇不是女儿，尽管看起来还孝顺，听话，她只与他的孙子有血缘关系，与他什么也没有，他不能给她太多的东西，他要防备她。现在看来还是没有留住她，幸亏没有把她调进省城，不然该发生的早就发生了。

失去了权力的市委组织部长不得不应对是续弦还是留住儿媳的选择。富有各类经验的老干部很快就作出了有利于自己的决定：黄英可遇不可求，儿媳妇可求不可遇。既能把你娶进门，就能把你赶出去。他有些咬牙切齿地想。

刘旭怀着对父亲的强烈不满，又去找姐姐刘秋云。刘秋云是市中心医院内科主任，丈夫是副院长，全市外科一把刀。为请他操刀动手术，托人情走关系送红包还要排队等候。刘秋云正为一名患者写处方，有人用手指轻弹桌面，她不满地抬头望去，看见了弟弟愁云密布的脸。他把姐姐拉到一边，吞吞吐吐地讲了李素梅提出离婚之事。刘秋云先不问缘由，马上无名火起：“她李素梅在这个家庭庇护下得到了多少利益，现在翅膀硬了，要过河拆桥了。”问起缘由，便更加不理解，父亲续弦怎么会拆散儿子的家庭？闻所未闻。她便断定这是李素梅蓄谋已久的。

刘秋云赶回父亲家，对父亲愤愤道：“我们家的荣誉都让她占尽了，她那个部长怎么当上的，没有你的威望她能当？她想甩刘旭？做梦，我让她离不成，拖着她。”

刘金昌叹口气道：“我这一辈子都不顺，净遇小人，四十三岁时就该升副书记，唉，这临老临老又碰上这事。唉，留了人也留不住心哪，何必让刘旭活受罪呢？”刘秋云看到父亲痛苦的样子，很是心疼，便不再多说，立即开车来到法院。

李素梅打电话请求法院开庭延期时，刘秋云正与院长交谈。她坐在皮沙发上，院长站在她面前。凭她内科主任的医术和丈夫精湛的手术，在本市没有办不成的事。谁能保证不得病呢？刘秋云却也生弟弟的气，她也认为弟弟在事业、相貌、气质，尤其是气质上不配李素梅。不配是现在不配，当初还是基本般配的。她在心中责备弟弟无能，但也找到了托词，般配能做夫妻，不般配就不能了？不般配的夫妻比般配的夫妻还多呢。

法院院长听罢她关于不判离的想法，笑道：“我把你的意见给法官说说。不过，眼下只要有一方坚持要离，终归是会离成的，只是拖一拖罢了。现在都什么年代了？一方拖不住另一方的。倒不如……打个比方，你看行不？一件宝贝怕碰了坏了，捂着护着的，费那么大的劲儿，倒不如扔了，主动些心里还好受些。”

法官们其实都很同情刘旭。一是因为双方地位悬殊，组织部长与平民丈夫离婚，本身已让他们狐疑；再拿李素梅盛气凌人、打扮入时的神态，与刘旭无能窝囊的样子作对比，刘旭一套涤纶西服，紫红的警用一拉得领带，鞋帮和裤脚有泥斑，真像老古董，很难相信这是一对同枕共眠的夫妻。法官已准备好对她冷嘲热讽的话了。

刘秋云瞪了院长一眼：“有你这样的院长，无怪乎离婚率高。”回到车里给潘部长打了电话。她先问李素梅要离婚你知道吗？潘部长怔怔道：“什么什么，谁要离婚?”等证实李素梅已起诉到法院了时，潘部长连说没想到，不知道，这种事她那个身份哪里有大张旗鼓讲的?

“她官做大了，其实也就是副科级，我还正科呢，要是再大了更不得了了。”刘秋云尖刻地说。

“你告诉我是让我去做她的工作？让她回心转意？女人一旦决定的事回头是很难的，尤其是感情方面。”潘部长先推托了。

“本周五下午开庭，你能做做她的工作，让她主动撤诉更好。”

潘部长放下电话，认为不便主动与李素梅谈这件事，那样她会产生误解，再说也与自己身份不符，不如让李素梅主动向她谈这件事。于是巧妙地把准备在下周一例会后召开的小型研讨会提到星期五下午开；你去法院总得请假吧，这样她便会主动谈了，自己再事务式地劝解关心几句话，也知道谈不出结果来的。

李素梅没有请假。出庭和参加研讨会孰轻孰重她不用思考就掂量出来了。研讨会缺席不得，那是褊狭与大度的试金石，硬起头皮来也要迎接挑战。她并且专门告诫刘允志，一定要掌握好态度，要有置身物外的姿态，就当是完全对着别人的。能从中得到启发找到办法，何乐而不为呢？

## 八

背水一战，李素梅心情竟有些亢奋，简直充满壮士断腕的豪情。她不是弱女子，她有大男人傲视群雄的大气；她不是无主见的人，偏爱突遇困难和挫折，感觉到处理困难解起扣来既充满悬念又充满趣味。破釜沉舟起死回生为人生大乐趣也。她心里也承认，凭自己不随波逐流，不阿谀奉承的个性，难能升到现在的位置，占据如此重要的岗位。公爹的光辉曾经照耀着她，这是不争的事实。她曾经那么厌恶有人向别人介绍她时说的话：这是刘金昌的儿媳。我就是我，堂堂正正的副部长。她多次产生冲破追光灯自闯生路的念头。她决定在考查程嘉义继任者时显露出才华，给世人一个证明。她打算好了，要多花些精力，甚至像公安人员破案一样里里外外都查遍，不放过一个疑点，不忽略一点儿蛛丝马迹。把他的人生观念、性格爱好特长，爱结交什么朋友等列入调查的范围，她甚至决定，一有疑点就放弃。选一个无功的人也不能再选可能有过的人了。她知道这也决定了她的前途和命运。

车到办公楼前停下，坐在副驾位置的刘允志先下车，抢着替李素梅打开车门。见矿上的奥迪停在楼梯口，驾驶员正擦拭挡风玻璃。他们走上楼来，在缓步梯转折处遇上端着茶杯夹着皮包的刘矿长正走下楼来，他身后跟着几个人。刘矿长一怔，站下了，向她恭敬地问候："李部长，你们来没打招呼吧，我正要……"说着话李素梅走上二楼，刘矿长在她身后跟上来，一行人都夹着包端着茶杯，不知道的人会误认为他们一起从外边来的。李素梅边走边说道："你忙你的，我们互不干扰。"刘矿长抢前一步打开自己办公室，引导她走进来，其余人知趣地站在门外等候。刘矿长关上门道："我这就是到南方几个材料供应商那儿做工作的。现在也怪了，程嘉义出事他们也不跟我们做生意了，该进的货也断了，要我去一一拜到。嗯，还是那事吧，是来宣布的吗？我安全生产销售一肩挑，实在不能分心抓材料采购。"

李素梅冷言道："材料科长也能跑嘛。"

刘矿长皱起眉头微笑着加重语气道："跑了，刚回来，那些家伙非要见矿长。我准备出去两天。"

李素梅站起来道："你忙去吧，我找郑书记。"刘矿长把她往三楼郑书记办公室送，李素梅不让他送，他却坚持送到郑书记办公室才告辞。矿长书记是一方诸侯，见到组织部长像是见到钦差大臣，处处小心谨慎礼遇有加。李素梅已经习惯了。

郑书记正和一个人谈话。那人背对着门，郑书记站起来迎接他们时，那人也转过头来回望。他脸色发白，眼角发红，惊惶失措的神色，嘴角耷拉着，一脸的委屈。他的脖子上有几道红印，衬衣上方掉了两个纽扣，可能和什么人动过手。他像是正向郑书记反映与某人的纠纷。见来了客人便起身告辞。李素梅觉得此人面熟，那人像是突然想到了什么，又扭回头确认地看她一眼，便低下了头。

“行了行了，你先回去，工作态度你是没说的，也都知道你是出于公心，就是这个性呀……我调查一下再说吧。”

向他一扬下巴，那人匆匆溜了。

李素梅在脑海里搜索，仍未想起在哪儿见过。办公室工作人员来沏茶，李素梅从包里取出茶杯，茶杯里已经装好了茶叶。

李素梅道：“刘矿长忙得有些吃不消了。”

郑书记关上门，坐在她对面的沙发上：“多加一个人的工作肯定要忙，不过，工作方法也有问题，分不清主次，又不放心让别人去干，不放心加上不放手，事必躬亲，不累他累谁?”

“这次程嘉义牵扯到的几个人都有结果了吗?”

“反正有些事还说不清。有总会、财务科长，连过磅员也牵扯进去了。供货商进去两个人，听说案子移交法院了。现在的案子不查便罢，一查就是一串。教育也不是万能的，关键是……”

李素梅不愿再接着上次的话题和他争论，各执一词没有个结果，便打断他的话，把这次来的工作重点讲了：“工作要再细一些，先找和季留根关系铁的人，战友渔友牌友酒友什么友的都行，听听他们对季留根的评价，接下来再找他的对立面，再听听他们的评价。但是这个要保密，以免给他们造成心理压力。”

郑书记笑道：“这倒是创造性地开展工作了。”

等人的工夫，李素梅打开笔记本，记起刚才匆匆离去的人是支部书记王合成。

第一个来的是采购员。他一开始便从工作上称赞起季留根，李素梅对这些不感兴趣。她知道这些人肯定会讲他的好话，她希望了解的是季留根对人生对金钱的态度，便有意引导多谈这些方面。通过提问或追问，了解到他是季留根的牌友。两人打升级常做对家，出牌有暗点子，配合默契。有时季留根出差难免借故带他出去，工作之余玩两把牌，调剂一下精神。不过他们从不赌钱，顶多输家管饭，但赢家难免添个菜买瓶酒，有时比输家花销还大，所以玩牌的气氛轻松和谐，图个乐趣。“季科长那人不爱财，手脚大方，廉洁，咱们的干部都像他那样就好了，要提拔就提拔这样职工信得过的。”他临走时提议道。

第二个来人是季留根的老乡。他不承认是酒友，只承认两人对脾气，有时好在一起端几杯。矿工好酒，多因恢复体力和除湿祛寒的需要。喝酒在矿工中本是再自然不过的事情了。不过季留根从不贪杯，没见他醉过，他认为已经喝到需要停下的时候，谁也劝不进酒了。除了应酬，从不喝不掏钱的酒。季留根生病住院时尽量保密，怕人探望。有人送些水果什么的，他都给脸色看；有的人嫌买礼品麻烦就送钱，他坚决不收。有人就塞他枕头下。他老婆也推辞，只是没有他坚决。

第三个来人竟是女人。她有三十多岁，披肩发，白白净净的，涂着淡淡的口红，眉心有颗痣，就多了几分妩媚。她站在会议室门口，精神有几分紧张。

李素梅微笑道：“进来坐吧，正在班上吗？忙不忙？”李素梅对基层群众向来亲热，她深深地同情他们。她的冷淡仅是对干部的，她认为应该对他们冷淡。

这个女人仍是不愿进门，声音有些颤抖：“忙，快开支了，正做表呢。”

李素梅仍微笑道：“进来坐吧，你是做什么工作的？”

“会计。组织科吕姐说有急事，我就来了。”

李素梅心里一沉，觉得哪点儿不对劲，细细打量她，仿佛希望能看出她和季留根的关系不正常来。便把调查要求讲了，并且强调不论说什么都会保密，可以放心谈。

来人报过姓名，她与季留根既是同事又是邻居。她拘谨地坐在沙发边沿，直着身子，双腿夹着双手，眼神有些异样。她还是健谈的，只是抓不住主次。通过她的讲述和答问，大体了解季留根把钱看得很淡，说是身外之物，命里有时终须有，命里没有莫强求。他爱人是小学教师，这人小心眼，对他不放心，对金钱的态度与他相反，总是埋怨他拿回家的钱还没有拿出去的钱多。是否反衬季留根的大方，不得而知。

送走第三人已过中午，下班半小时了，对季留根工作之外的情况有了大体了解，他的好恶习性渐渐鲜活起来。郑书记仍在办公室候着，这让李素梅很自责：应该早早告诉他让他下班休息的。郑书记、办公室主任及组织科小吕一行人陪着李素梅刘允志下楼来，小吕是中年妇女，照顾李素梅方便些，郑书记方方面面考虑得都很周到。李素梅对办公室主任说道："叫着我们的司机。"办公室主任答道："已下楼了。"楼下一辆面包车已经发动。"这是去哪里?"李素梅来到车门口警觉地问道。她知道矿餐厅在不远处，无须乘车前往。郑书记故意轻描淡写道："那边穿云山下新开了一家鹿苑野味店，烧鸡公和几道素菜都很有特色。"李素梅不上车："不要这么麻烦嘛，下午还要接着谈，又不喝酒。"她先把喝酒的大门关上了。郑书记淡淡一笑道："都不喝酒，就吃几盘没施农药化肥的绿色食品嘛。"说罢伸出手臂请她上车，李素梅仍坚持不上。忽听车上有人招呼她，只见她们的驾驶员已在车上，并且热情地招呼她快上车。李素梅很生气，但又不便请他下车。

开车半小时来到穿云山下。远看去野味店就不一般，十多间茅草屋餐厅，还有仿云南吊脚楼的建筑，休息喝茶的草棚也做成蘑菇状。饲养场颇具规模，足有半个足球场大小，用绳网围着，一走一伸头的火鸡，拳头大的元宝鸡互相追逐，封顶的笼里养着色彩斑斓的长尾巴山鸡，几只雪白的山羊啃着青草，大棚栏里养着几只大马鹿和草驴，灿烂的阳光下几畦青菜翠绿得晃眼。好一派田园风光。郑书记介绍说这个老板很有眼力，他掌握了人们拒绝污染食品的心理，遗憾的是大米白面是外进的，正准备自种几亩不施化肥不喷农药的水稻呢。李素梅想，在市场充斥化肥农药催熟剂青菜和注水肉的现在，能吃上这类在三十年前随处可见的食品，也算不虚此行了。

一脸横肉、红光满面的老板迎上来，他先向郑书记点点头，又把郑书记拉到一边低声说了什么事，能看出来他们很熟悉。郑书记并未把李素梅介绍给他，他只说道："来几个朋友品尝一下菜的味道，量不在多，你拣拿手的上。"她忽然感到郑书记是那么善解人意。李素梅连忙说道："只要两份青菜，炒个鸡蛋，顶多来一份蘑菇炖公鸡，违禁食品不能上。"老板不置可否地盯着郑书记，郑书记道："原则上就按这个办。"

等菜的工夫，郑书记陪着李素梅踱到水塘边，塘水清澈见底，秋风吹过闪着波光。鸭子、鹅悠闲地游着，鲤鱼草鱼不时翻起水花。说到中央反腐败的决心和力度，谈到眼下百姓对腐败分子的愤恨，不由得又谈到程嘉义。郑书记说程嘉义被捕紧接着又抄家的那个晚上，说他正准备外逃。这让李素梅一惊。郑书记说程嘉义在被带出会议室时喃喃道："唉，晚了一步。"而有人听他说的是晚了一天，难道他准备第二天就外逃？抄家时用塑料袋包裹着十二张存单，名字有真有假，总计一百四十五万八千元，如此整齐地集中在一起，用图钉反按在衣柜底板下，不是准备外逃是什么？现在想来他的行动也有点反常，私自外出的时候多了，有一次有急事打他的电话，他说出外有事现在正往回赶，但是一个多小时后才到矿。风尘仆仆的样子，皮鞋上落了一层黄土。李素梅脑海里倏忽浮现两个月前在灵山村见到程嘉义的情景，她在思索郑书记说的是不是自己见到他的那次？他去灵山村干什么呢？想把这件事作为情况反映，张张口，话到嘴边吞了回去。

几盘没施化肥没洒农药甚至没用味精的青菜，没用复合饲料喂养的鸡公味道果真不一般。素菜脆楞爽口，鸡肉肉紧有咬头，透着一种原野的，纯真的，本色的味道。由于没喝酒，饭便吃得快，又上来鸡蛋番茄木耳汤，酸溜溜香喷喷，李素梅十分满意。坐车回来，汽车停在“丽都洗浴中心”，郑书记向李素梅解释，下午要谈的人三点多钟才上井，先休息一下。李素梅说就上会议室坐一会儿吧。这时自己带来的驾驶员自顾打开车门下去了，李素梅再也压不住火气，冷言道：“小张，你上哪儿去？”小张向她打了个响指道：“说是来了个扬州的修脚师傅，我挖挖这鸡眼。”

李素梅冷眼盯着驾驶员下车。驾驶员归局办管，他们到哪儿都像是大爷，要吃要喝要纪念品，稍不满意就沉下脸给你看，或者有意怠慢你。你管得了干部却管不了工人，无欲则刚，这句话也适用于无望当干部的人。给他们生气，犯不上，还显得没水平。她看着刘允志。刘允志正看着她，她长嘘一口气，只好下车走进洗浴中心。

女宾部也设有桑拿间，小吕陪着她蒸蒸，洗澡时搓了背，然后捶背和捏脚。扬州师傅是个二十多岁的妹子，声音柔柔的，总是笑，手上的功夫很好，该轻的轻，该重的重，揉到她的腹部和大腿，痒痒的，直想笑，她这是第一次享受这一套服务，不知不觉进入了梦乡。

她做了一个梦，梦见儿子从加拿大回来了。那是一个恐怖的雨夜，暴雨如注惊雷连连，在残破不全的家里，比自己还高出一头的儿子偎在她的怀里，竟惊吓得瑟瑟发抖。她抚摸着儿子干燥的粗硬的头发，像抚摸着襁褓里的他一样：“别怕别怕，有妈妈在。”接着冒雨带他去奶奶的坟墓，他小公鸡似的细哑嗓门叫道：“奶奶死了为什么不告诉我，你快给我找回来。”她也陪着儿子哭……“李部长，醒醒。”李素梅忙睁开眼，小吕仍是惊魂未定的样子。她自嘲道：“任何女人都有柔弱的一面啊。”看看挂钟，已是三点了，连忙穿衣服。走出浴室，办公室主任和刘允志正站在阴凉处聊天，她问郑书记呢？回答说郑书记根本没进浴室，早回办公室了。自己带来的驾驶员还在修脚和按摩，她便叫矿驾驶员先送他们回矿。

## 九

刘金昌没有料到会在家庭遇到强有力的挑战。他只习惯于服从上级，而下级必须服从他，他把家庭成员也列入下级范畴。他对儿子说的“不换思想就换人”的重点在“换思想上”，意在威胁李素梅要改变对他续弦的看法，而李素梅理解的重点在“换人”上。他把李素梅的离婚要求理解为“故意理解偏差”。看到儿子心事重重的样子，他也心疼，人老了不靠儿子靠谁呢？靠黄英？能靠住吗？有人说满堂儿女不如半路夫妻，但被半路夫妻坑骗的不在少数。这时黄英打电话来了，轻声笑着问他托老所扩大规模的事有没有把握。他忙说道：“快了快了，我马上就过去催催。”心里却有几分不快，她只想着她的事业，仿佛他只是为她办事的仆人。

黄英年轻时恋爱受到两次挫折。一次是三角恋爱的牺牲品，那个帅小伙同时与两个姑娘恋爱，黄英守住了最后一道防线，那个姑娘没守住，她有理由威胁帅小伙。结局是帅小伙娶了丑姑娘。她后来与部队一位副营长相识。二十年前祖国南部的那场战争，捍卫了国家尊严，却使这场爱情不了了之。她开办托老所后，征得副营长家人的同意。把他孤苦的老父亲接来，给他儿媳似的关怀，替长眠在南国的副营长尽孝。她高不成低不就错过了最佳的时光。在一家医院当护士长的黄英，下岗后热心于福利事业，在街道和区政府的关怀下，创办了幸福托老所，在忙碌中忘记了自己的年纪，在行善中获取乐趣及心理平衡。未进佛门竟相信因果报应，丢掉一切杂念侍候这些虽有儿女但无人照顾的老人。由于收费合理服务周到，经市晚报报道和口口相传，渐渐扩大了影响。也许是命运使然，二十多年后她竟和帅小伙在她的托老所见面了。

一日午后，初冬暖融融的阳光从窗外射进来，一位身材高大但却精瘦的男人来打听老人的服务项目及价格。她当时正为一位半身不遂的老太婆针灸，只是冲他点头让他稍等。她正待收回目光，竟然一下子就认出是那位帅小伙。昔日的帅小伙现在面孔和脖子上布满皱纹，背也驼了，目光呆滞，一副老相，时光把他磨蚀得面目全非。她还一直保持工作时戴着口罩的习惯，帅小伙竟没有认出她来。他一脸谦卑，一脸可怜巴巴相，一副小市民气质地讨价还价。一直到黄英同意收下他的父亲，他千恩万谢躬着腰后退几步，匆忙转身走出了院子。当天下午他就把老人送来了。他定定地看着没戴口罩的黄英，眨巴眨巴眼，像是搜索记忆中的残片，突然低下了头。黄英知道他认出她来了，她需要这个效果，但不需要揭开这层面纱。不忍心看他太尴尬，于是又戴上了口罩。

安顿好老人，他似乎想解释什么，黄英没有给他这个机会。此后这人半年不见踪影。后来得知他三次离婚，如今孤身一人伴着孤单的父亲。这使她想起一句话：塞翁失马焉知非福。庆幸自己未落入虎口。她仍悉心照料他父亲。后来浪迹天涯的帅小伙做生意连房子也赔进去了，不久竟结账把父亲接走了，他受不了她对他父亲无微不至的照顾，他特别受不了老人夸她而痛骂他。这个人从此在她面前消失了。出于同样的心理面对两位早年曾是一面之交的两位老人，产生了不一样的效果。这就是黄英。

她未料到自己会有夕阳恋。已经不再年轻，甚至已过了更年期，没有了少女的梦幻和憧憬，不再祈求什么。对于刘金昌的爱情采取随遇而安、成也罢不成也罢的态度，人家的家人态度冷淡，何必惹人家不安呢。但是黄英对刘金昌还是满意的，她眼中的刘金昌是个干练的、智慧的、风度翩翩的老大哥。他中上身材，腰板很直，保养很好的脸色，皮肤细腻白皙，染黑了的头发，形象比实际年龄要小十多岁。有过两次恋爱不成功的经历，她已经学会把火热的情怀埋藏起来，把可能外露的表情掩盖起来，尽量让自己显示出无所谓的神情。这使恨不得一夜成就好事的刘金昌更显得火急火燎，更显得心中无底，非得要抓住这个千载难逢的美人。他认为只要能迎合她的心，一切都不是障碍。儿子离婚的事正进行着，他一边为黄英办着扩大托老所规模的事，一边催促儿子尽快离婚，他要以崭新的家庭迎接她。

与其说黄英扩大托老所规模的念头是因社会市场的需求萌生的，倒不如说是刘金昌鼓动的。因为她被不断有人提出入托而萌生了扩大规模的念头，又一次次在地皮、房屋、资金等难题面前退却。刘金昌为什么鼓动她扩大规模？因为这个难题他能解决。他毕竟在市里方方面面都有关系，经他提拔的许多人还在位，这就是他的价值。待黄英的这个欲望升腾了，他却引而不发了。对黄英他仍心中无底，办了事得不到黄英，那人就丢大了，眼就现大了。

他办事也存在顾虑，他深知人在位与不在位迥异。谁在位时不得罪几个人？有的是政策使然，有的却纯粹是关系需要。对同一个人，有人天天巴望其升迁，升得越大越好；有的天天诅咒逮捕、枪毙。谁有错？官场上没有严格界限，谁的官大谁就正确。他了解了一下扩大规模的程序和步骤，有的单位是自己办不好的，或者是自己一出面就会办坏的，这就是城建局。局长被他整过，压过，去年才翻了身。好在市委组织部长是他鼎力提拔的，是他从市委党校培养起来的。他一个电话打过去，组织部长果真爽快，说是准备在三十二层旋宫餐厅请几个方面的负责人，把关系理顺了再说。他马上让市慈善协会秘书长去找组织部长，把打算汇报了，事情就定下来了。他特别交代慈善协会秘书长，宴会时切勿提起他。秘书长邀黄英与他一起赴宴，刘金昌说黄英不惯于那类场合，对她先不要声张，到时候再给她一个惊喜。他却打电话给黄英，说是事情办得差不多了，让她只需多考虑一下结婚的事吧。黄英为找到靠山而兴奋，心想今后还不定会碰上什么难题呢，有了这个靠山一切就都不怕了。这也加重了爱情的筹码。

晚上，刘金昌开了一瓶茅台酒，炒了两个菜，一荤一素，喝了二两酒，做了一个梦。梦见空中降下一个手执拂尘的老道，老道指着他狞笑道：“你一边行善一边作恶，你兴办慈善事业是行善，你拆散一对婚姻是作恶。”刘金昌也笑道：“道长有所不知，拆散没有感情的婚姻也是行善呢。”

梦醒撕下一页日历，这是一本香港出版的择吉日历。上面写着：梦见与人分花。解：分散离别之兆。他淡淡一笑，我未梦见与人分花，儿子离婚与我无关。

## 十

李素梅和刘允志再来云山矿时，已是一周后了。她在办公楼前下车后就对驾驶员说，今天工作可能到很晚，你开车回去吧，我们晚上让矿上的车送回去。她害怕再受到驾驶员的干扰，同时也有今天一定完成任务的决心。她对郑书记说，今天专找与季留根闹僵过有过冲突的人谈，包括他曾工作过的一切单位的人。郑书记沉吟道：“还真没听说他和什么人关系特别差。”他找来支部书记王合成，两人在一旁低语商量了一会儿，郑书记过来歉意道：“与他关系特别差的人没有，只好把关系不亲不近的来凑数了。”待王合成走后，李素梅笑道：“这个王合成上次为什么和人打起来了？”郑书记道：“这个人太实在了，眼里揉不得沙子，他说我腚上没屎谁也不怕，他说这才是群众监督到位哩。”一个多小时过去了仍无人来，郑书记让组织科打电话催，李素梅和刘允志便到小会议室等候，翻看近几次的考查记录，把需要进一步落实的内容画上着重线提醒自己。好大一会儿门口传来脚步声，王合成把一个人推进来，说道：“就是这儿。”又对李素梅歉意道：“他刚才没找到地方。”便告辞了。

来人是个干巴巴的中年人，一大早竟一身酒气，呼吸难闻得让人呕吐，不知是昨晚喝多了还是今早刚喝了。他听说有的矿工有早酒的习惯。这人八字眉，雷公嘴，黄头发，两只滴溜转的大眼睛像是刚受了惊吓。相貌滑稽。刘允志给他倒杯水，让他平静一下。李素梅刚要说开场白，来人倒先开口道：“咱工人知道啥？偏叫我来，提个干部与咱干小工的有啥关系？他们吃香的喝辣的，咱啃咱的咸菜疙瘩。”像受了很大的委屈。

李素梅先向他讲了选好干部的意义，希望群众替自己选个好干部。来人一摊双手道："我在井口干下料的活，除了开会见干部面，现在又很少开会，我认识科长科长不一定认识我。"李素梅说道："反正你们一个单位，听到的职工反映也可以谈谈。"来人坐在沙发上，双手抄起来扶在膝盖上，可怜兮兮的样子。李素梅便不再说服他，很失望地让他回去了。

上午一共进行了四个人，基本上没有搜集到有价值的反映，但却能从另一方面得出群众对季留根不反感，或者很拥护的印象。下午再找不到人来。李素梅和刘允志各自翻阅笔记本，每人都记了二十多页的内容，对季留根的考查是从未有过的细致。以前提拔干部，仅是找书记矿长谈谈，再随意约几个人听听意见，形成总体印象便整理汇报材料了。刘允志微笑道："他季留根再出问题我们可就没法干了。"李素梅却仍不放心，纷繁的世界物欲横流，难免不扰乱人心，迷住人眼，如何能保证他们始终谨慎，洁身自好呢？她此时的思维异常活跃，似乎所有的主意都往脑海里挤。一句老话倏忽袭上来：知儿莫如父母。对，还应该到他父母那儿了解一下，也许他们介绍的情况能够帮助她作出抉择。

李素梅为自己的主意激动了好一阵子，事后她说，这就是作家的灵感吧，兴奋得像孩子似的。她每到关键时刻大脑皮层会异常活跃，新鲜主意层出不穷。可是，她后来为这个灵感付出的是何等的代价啊。

说干就干，收拾好提包便去找郑书记。郑书记好大一阵儿才明白过来，爽快地说："只要你们认为有必要，我们全力配合。我还真不知道他父母住哪儿，我来问问。"他打电话还是找王合成，话筒里传来王合成的声音："他父母还住在老家，有时冬天来他家过冬，因为这儿有暖气，现在去？二百里路呢。"李素梅忙低声对郑书记说："二百里路不算远，你就说现在去，让他带路。"郑书记这样说了，话筒里传来王合成的声音："有一段路不好走。"李素梅又对郑书记说："能开车就行。"郑书记又这样学说了，王合成迟疑片刻说道：“好，我现在就过去。”李素梅和刘允志带着矿办司机匆匆下楼，王合成正气喘吁吁跑来。李素梅对他说道：“现在就上车，有事到车上商量。”王合成坐副驾位，李素梅和刘允志坐后边，三菱越野吉普鸣了几下笛，急急地开出了矿门。在车上李素梅对王合成说，就说我们是矿上来的新同志，去看望一下二位老人，路上买点东西，看情况如果需要在他家吃饭边吃边聊也行。王合成答应了。车行不多远到了一个集镇，王合成下车买礼品，李素梅随他走进商店，买了近百元的礼品，李素梅要付钱，王合成哪能让她付呢，李素梅注意到，他付完钱没要发票。

七十多公里的一级公路仅用了五十分钟。吉普车拐入沙石公路，路况不好，车速慢下来。汽车拖着灰尘的长龙，车上人抓牢把手，有时要抬起屁股。路两边是收割完了稻子的田地，间或有稻秸被焚烧成黑色的痕迹。汽车下了沙石路拐入黄土小道，颠簸得愈加厉害。远远看见前方路中央高耸起一堆土，驾驶员说声不好，可能路不通了。来到跟前果真前方正修小桥，水泥管子已经下到河床里。河中间有木板搭成的便桥，王合成跳下车去探望一番，摇着头回来了。李素梅问还有多远，王合成说过河还有十里路。李素梅不作声了，如果不远的话她会建议弃车步行的。汽车只好回头，重新回到一级公路上，又往前开了八公里，在一个路口下了路。李素梅瞟瞟驾驶员的脸色，还算平静。心中暗想幸亏是矿上的驾驶员，如果是她带来的车，驾驶员早就骂开走这冤枉路了，骂得让坐车的人听了不舒服。暮色笼罩时才赶到季村。

乡村的傍晚安详静谧，富有诗情画意。山尖支撑着红气球似的太阳，掩映在树丛中的山村上空飘浮着淡淡蓝色的炊烟。入村一条水泥路，两旁是农家院落。现在农村富裕多了，不少家庭盖起了二层小楼，这些小楼格局一致，应当是一份图纸。汽车停在街口，王合成把礼品分给每人手里都有一份，他带路走进季家小院。季母正在鸡圈旁撒玉米喂鸡，她怔忡忡看着一行人，竟不知所措。待王合成向她打招呼才迟疑地问道：“你是王书记?”往他身后看看，“留根没来?”王合成把李素梅和刘允志介绍给大娘，扯谎说我们去尚庄办事，路过来看看。这是矿上新来的同志，要来看看二位老人。季母释然道：“来就来，还买什么东西。”这时季父从灶间走出来，老汉剃着光头，披着老式白布褂，问道：“还没喝汤吧?”此地风俗，吃饭叫喝汤，喝酒才叫吃饭，带有穷苦日子的印记。王合成问道：“你们喝过了吗?”季父说：“灶上正烧着。”王合成走进灶间看看，走出来说道：“正好是杂粮稀饭，加几碗水，我们就在这儿喝汤。”

季父季母一听客人说在这儿吃饭，仿佛一下子年轻了几岁。季父身子往柴草垛上一靠，就势把披着的褂子掀在上面，卷卷棉毛衫袖口要抓鸡，刘允志连忙拦下了。季母一时不知所措，后来在灶间小柜里翻出几个塑料袋，抓过香菇木耳要用水泡，也被拦下了。王合成俨然餐厅主管，出主意道：“那样太慢，我说吧，辣椒炒鸡蛋，烧个茄子拍个黄瓜，这儿还有火腿肠，就这四个菜。”季父季母搓着手甚有歉意。

季母做饭时，来人不免要参观家居。新建的五间平房，堂屋一明两暗，两边屋山拐出来，东边做灶间，西边做储藏间，自然形成院落。院子不算大，两畦菜地一口井，墙角有鸡圈，鸡圈是两层，下层宿鸡上层下蛋。堂屋中间摆好了饭桌，季父从储藏间提出一瓶酒来，然后又锁上门。王合成连忙夺下，可李素梅认为喝酒会延长谈话时间，喝兴奋了会吐真言，刘旭就曾吐过真言，把郁积在心里对父亲的不满说了个痛快。就说道：“大爷高兴，你们就陪着喝几杯吧。”

席间，李素梅有意把话题往季留根身上引。她很快发现，当他们称赞季留根时，季父季母齐声说他的缺点，说你们在一起工作要多帮助他，他心直，但没坏心眼，只顾工作少不了得罪人。当他们就着话题说谁能没有缺点错误呢?季父季母反过来又护着儿子，说他都是为了工作才得罪的人，你们一起工作要原谅他。说他从不占公家便宜，总是心疼公家的东西。李素梅突然意识到季父季母的话甚是熟悉，与季留根单位人的话如出一辙，连口气也差不多。

吃饭时她无意识地一扭头，从她坐着的角度看见西间卧室窗台上，并排摆放着六瓶胶水，那是墨水瓶状的瓶装胶水。她猛地感觉心里一紧，不由得又注视几眼。胶水用文具盒盛着，依稀看见文具盒印有一行字，字太小看不清楚，她借口看看夜色便走近窗台。只见文具盒上印着：云山矿办公用品。无疑这是从矿上带来的办公用品，不是一瓶两瓶，而是六瓶！像地雷一样整齐地摆放在窗台上。她像被谁击了一掌，沮丧极了，是庆幸看见了还是后悔看见了？她说不清楚。

## 十一

被父亲斥为“没有出息”的已经搬到父亲家住的刘旭，近来萎靡不振地打发日子。走路无精打采，班上看稿心猿意马，回到家精神恍惚。白日常常发呆，夜间翻来覆去难眠，父亲酣畅的鼾声，更令他心乱如麻。刘旭不敢在父亲面前有精神沮丧的表现，有时哈欠打到一半，父亲一瞪眼，他就把哈欠吞下去半个，扭过头去长出一口气。他不明白为什么父亲结婚要让自己离婚为前提条件。李素梅对黄英不热情本不算什么过错，毕竟是二十年共枕共眠的夫妻，他在感情上对她恨不起来。已经一个多月未见她了，他想见她却也怕见她，两人已经没有了话题，家也一个多月未去了，温馨的柔情的家啊。想起来令他眼含热泪喃喃自语。

接到法庭最终调解的通知，刘旭正病着。自天一转凉，他就会全身发痒，冷得发颤。他从小就有悲秋怕秋的毛病，冬天倒还好些。他怕满地飞舞着黄树叶的凄凉景象，怕听见秋虫绝命的吟唱。有病他不敢告诉父亲，他知道父亲将把他的一切不适都看为离婚压力造成的，更会叫骂他没出息，不是个男子汉，要每逢大事有静气，你看你那个熊样。他把法院开庭的事给父亲讲了。

神采飞扬地兴致勃发地操办着福利慈善事业的刘金昌，走路都有弹性。年轻时未曾有过的初恋感觉，老年时让他体味到了，看什么都是一片祥云喜气。他果断地说："去，按时去，别让人家看不起。"

刘旭道："行，我尽量早去一会儿，就按那个意见说了。"

"对，这才是个男子汉。"

刘旭夜里发了高烧，感觉全身无力，头疼得厉害，下床吃了一片扑热息痛，早上起不来床了。刘金昌先是推开他的房门看了他一眼，又关上门走开了。刘旭明白父亲是催促他起床，一会儿还会来推他的门，便挣扎着坐起来，穿上毛衣，靠在床头喘息片刻，双手下撑用力要起床，却一次次地失败。刘金昌再次推开门时，可怜的刘旭正在穿裤子。刘金昌看他脸色异样，冷冷地上下打量他一眼，上前摸摸他的额头：

"怎么有汗，不舒服？"

"嗯，有点，没事。"他体谅和关心父亲，故作轻松地跺一下脚，震得眼冒金星，第二脚没有跺下去。

"签过字回来就休息吧。"刘金昌对儿子难得说上一句暖人心的话，口气却是十分僵硬。

刘旭无力地点点头。听到门"咣当"一声响，父亲出门了，他那托老所扩大规模及爱情事业都处于关键阶段。儿子却像泄气的皮球一样一下子委顿下去，无力地倒在床上，竟侧身躺下了。正待睡去，一个愣怔翻身坐起，他知道一旦睡去就难得起身了，就无法完成父亲交代的任务了。他吃下一片药片，拧开水龙头要洗脸，水太凉，他的手触摸到什么东西都觉得凉。于是提着水瓶往脸盆里倒些热水，用湿毛巾擦擦脸便下楼了。

李素梅接到法院最终调解的通知时，正为放在桌上的考查报告焦灼不安。这是刘允志草拟的关于季留根考查及使用建议的报告。报告是老格式，叙述了考查的时间地点参加人员等，正文是对季留根的评价，最后是考查人的签名。刘允志将自己的名字签在后边，前边给李素梅留着几格签名处。报告中对季留根的评价有工作能力强、群众威信高等，这些都是客观真实的，而她心中却不踏实，像临战的将军，对仗如何打，握在胸口的拳头晃了几晃也捶不到桌面上，下不了最后的决心。对群众基础如此好的人不放心，她这是第一次。她把身子靠在椅背上，昂起头来，面对天花板，感觉到颈椎的酸疼。她反问自己，推荐干部难道不推荐群众威信高的反而要推荐群众威信不高的人吗？问题似乎不在这上面，没有想明白的事她是不会放弃的。于是决定把报告压一压，待冷静下来再作决定。

她思考了一晚上，仍然不得要领。第二天出庭前，她匆忙走进办公室，只好在那份报告上签上自己的名字。尽管这个名字她签的时候心中还有点不踏实，但也算完成了一项任务。她拿着报告走向潘部长办公室，潘部长未在，她让办公室主任打开门，把报告放在办公桌上，看看摆歪了，又挪挪正，便匆忙下楼了。

民事调解法庭就设在法官办公室。这是大间办公室，室内三处窗户下摆着六张办公桌，这就是三处法庭了。门外靠墙摆放两张连椅，供等候开庭的人坐。李素梅来到时另两处已经开庭。北墙的一对离婚夫妻正为财产争吵不休，女的高声说着气话："你都拿走吧，我娘儿俩什么都不要，你比狼还狠。"男的说道："我狠？我狠？你转走多少东西……"她见受理自己离婚案的法官书记员在座，而刘旭还未到。正迟疑间，有人在她身后咳嗽一声，这声音太熟悉了，无须回头便知道是谁来了。原来刘旭早就来了，见她未到，便在院子一个隐蔽处等她。从他站着的角度能看清从很远处的来人。他年轻时多次这样等她约会，婚后多次这样接她下班回家。今非昔比喽，他在心中哀叹，今天是等她签字离婚了。

法官调解已经是事务式的确认式的提问了。双方都同意离婚，大前提已定，然后就财产分割征求意见。两人都说对方看怎么合适就怎么办，异常地宽容大方。邻座正为财产争吵不休的男人大声斥责女方："你看人家多通情达理，你一分钱看得比牛大。"女方大声道："我能跟人家比吗？人家是部长，我是什么，下岗了在街头卖烙馍的。"男的道："你也只够卖烙馍的材料。"女的说："我自食其力不像你道德败坏。"邻座法官连忙制止。李素梅看看那女人，不认识。自己是公众人物，难免被许多人认识。她对下岗女工充满了同情，可是下岗女工一句话却使她憋气：“我要是部长也看不上你。”法官看她和刘旭都不表态，便让他俩出门私下商量商量拿出方案来。

院外，李素梅面对着刘旭，见他的脸色苍白中泛黄，憔悴了许多，皱纹也深刻了许多。刘旭也看着她，忙把目光躲闪开，低头看着脚尖，脚尖在地上画道道。两人都久久未说话，李素梅觉得嗓子发干，咽一口唾沫；刘旭觉得嗓子发痒，强压着不让自己咳嗽，只是憋住气发出哼哼的声响。十多分钟过去了，李素梅几次抬起眼看他，他都是在定定地看她，目光中流露的是凄楚、悲凉、祈盼，又总是他连忙把目光移开。李素梅在心里说：刘旭，你为什么不说话呢？在这件事上你本没有错，在财产上你大胆要求吧，我都依你。一股狂风从远处吹来，卷起了黄叶和灰尘，眼看刮到跟前了，她便站在他前边挡住道：

“刘旭，咱们进去吧。”

刘旭抹了一把泪水：“孩子，我们的孩子……”

“孩子大了，他会自主选择的。如果随我，我会让他与你亲近，不会忘记你的。你能这样做吗?”

刘旭低着头，用中指抹去脸颊上的泪水，抽了几下鼻子，带着哭腔道：“我一定能。”

“刘旭，至于财产，我说个意见你能答应吗?”

“你说什么我都答应。”

“我把我的衣服书籍带走。我已租好了房子，其余的我不要了。”

“不啊，我已搬出来了，我去照顾爸爸，你留在家吧。”刘旭捂着脸哭了，哭得长吁短叹很是伤心。从不流泪的李素梅被他凄惨的哭感染了，别过脸去，晶莹的泪水顺着脸颊溅落在地砖上，在从门口射过来的光线下闪着亮光。

回到法庭，李素梅将刚才对刘旭讲的财产分割意见写了份书面材料，然后郑重地签上自己的名字。签完字她就出来了，她欲在门厅处等候刘旭。她要对他说些安慰的话，还想与他一起回到那座共同生活了二十余年的家去。她要炒几个菜，以最后的晚餐或午餐犒劳他，以感激他多少年来默默的辛劳。这类话她不便在法官面前说，更不能在那儿对正闹财产的人面前说，他们听到不仅不会羡慕他们，很可能会骂他们。

她一个激灵：程嘉义！鬼知道为何在这儿又碰上了几个月未见的程嘉义。

程嘉义在两名法警的押送下，正从另一端的经济法庭走过来，李素梅从这一端走过去，双方共同走向中部的门厅。程嘉义戴着手铐，手端在腹前，穿着蓝白道相间的囚服，剃着光头，倒比以前白胖了一些，脚步蹒跚。昔日才华横溢的企业领导人，如今的阶下囚，尊严丧失殆尽呀。上次见到他是在初秋阳光鲜亮的灵山村，尽管只是一个身影；而初冬天气竟然在这儿见到的是作为囚犯的老同学，世事沧桑哪。程嘉义向前走了几步，认出李素梅时，他畏缩了，不由得把脚步放缓了，同时别过脸去。李素梅也不由得放慢了脚步，她也觉得在这种情况下见到老同学甚为难堪。无奈走廊太短，还是不情愿地相遇了。

程嘉义站下了，只看了她一眼，便把头低垂下去，连眼睑也低垂下来。李素梅也站下了，无奈地向他微微点点头。法警警惕地打量着她。法警推了垂头丧气的程嘉义一把，他一个踉跄，在李素梅面前加快了脚步，仓皇地逃向大门。门外停着一辆囚车。

如此有才华、有前途、人际关系好、众口称赞的干部，为什么坠落成戴着手铐的罪犯？有何良方才能使有贪欲的人胆怯、颤抖、不敢越雷池半步？防止他们进入他的同类，以挽救更多的人！李素梅的脑海异常的活跃，忘情地大喝一声：

“程嘉义！”

正走下台阶的两名法警连忙抓住下了一层台阶的程嘉义的胳膊，一齐回头，威严地、冷酷地看着她，他们不容许此刻出现一丝一毫的错乱。

李素梅为自己的唐突而抱歉地笑笑道："我是矿业局组织部副部长，我们正在研讨反腐败的有效措施。惩罚犯罪更要避免犯罪，程嘉义，我只问你一句话，你只需回答你体会最深的是什么。你说呀，这样才好挽救更多的人啊。"

"……"

## 十二

事情的发展出乎所有人的预料。那天李素梅待囚车走后，目送渐行渐远的囚车淹没在大路尽头，只剩刺耳的笛声隐隐传来。她似乎顿悟出了什么，骑上电动车，双脚仍在加紧蹬，竟把已经走出法庭正向她走来的刘旭忘了个干净。她赶回组织部，直奔潘部长办公室，看门户紧闭，要来钥匙打开门，那份推荐报告仍然端端正正摆放着。她长嘘一口气，拿在手里折叠三道，攥在手中回到自己的办公室。

鬼使神差，她竟然推荐了王合成，并未和刘允志商量。一周后王合成走马上任，成为任焕喜、程嘉义的继任者。他会是什么结局呢？郑书记接到通知竟一时头脑发蒙，他不明白其中发生过什么，只在心中直念叨"坏了，坏了"。原来他私下向季留根打过包票许过愿，何曾想到会是这个结果。

一段时间内鹊声四起。

议论的中心是：这个女人作怪了，选了一个有那么多对立面的人。有那么几个人存心找他的岔子，恨不得找个错就把他换下来，自己取而代之。他能干好？

事情如果到此结束就谢天谢地了。不久一个可怕的消息起自云山矿，继而在全局井上井下、办公楼、工地、食堂、厕所广泛地传开了，后来经组织上证实，王合成是程嘉义失散多年的弟弟。王合成的养父是仁义之人，给养子起名时就有让他不忘程家之意。已经渐渐平息的议论接着以更大的规模掀起。

李素梅听到这个消息大吃一惊，吞下一口冬天的寒气，不由得全身打了个寒噤。如果说推荐一个存有争议的人还有待历史验证对与错的话，这件事使她处于全无招架之力的被动状态，这是她完全未曾料到的。她不仅犯了工作的大忌，也惹下了前所未有的天大的笑话。心中一阵抽搐，喃喃道："程嘉义啊，我可叫你害苦了。"她怎么会知道这档子事呢？她仅知道推荐王合成可能会让人不解，甚至让段科长抓住把柄，所以未让刘允志参与，没想到钻入了另一个不曾料到的冥冥黑洞。

一周后，李素梅调出了组织部，回到她原来在远郊的工厂，当了党委副书记。她低垂着曾是高昂的头颅，走出组织部时，整座办公楼的门都关着，走廊很暗，使她更加惆怅和忧伤。黯然回首，整个一座楼，十数扇窗户，唯有刘允志站在窗前向她挥手告别。

一个周末的傍晚，她正在租住的房子生煤球炉，她每周回来一次都要生煤球炉。她远远看见平房入口处闯入一个小伙子，小伙子高大，但有些冒失地东张西望。她揉一下被木柴烟火熏酸的眼睛，只见那小伙子又推开一扇门后似乎冲屋里边点点头，说了声谢谢，径直奔她而来。她惊呆了。

"佳佳，你是我的小佳佳吗？"

"妈妈，你……"长成了大小伙的儿子连忙张开双臂向她扑来，她脑海中马上浮起佳佳蹒跚学步时跌跌撞撞连声叫着扑向她"妈妈抱抱，妈妈抱抱"的情景来。三年中只在梦魇中屡屡相见的母子二人紧紧地拥抱在一起，李素梅再也忍不住了，像一个农村老太婆一般地号啕大哭，哭得完全没有了身份，没有了顾忌，没有了掩饰。撕心裂胆的痛哭，惊得左邻右舍开门张望。儿子把她扶进屋里，想给她倒点热水擦擦脸，但是暖瓶里的水是凉的，小伙子端起脸盆向邻居讨来热水。李素梅把台灯拧亮，按儿子坐在面前，仍是哽咽不断，泪眼迷离。双手抚摸儿子的脸，轻一下重一下，轻一下重一下。儿子的眉眼像她，嘴角和下巴却像他爷爷，下巴露出了硬硬的胡茬。儿子长大了，也健壮了，可以自立了吧。从儿子身上她觉得自己老了，她意识到心中涌现的是一个十足的老太婆才有的伤感。

“啥时回来的，佳佳？”

“下午刚到，东西一放我就找您来了，妈，这儿好冷啊。”

“你这是来……”

“圣诞节就要到了，我们放假。妈，爷爷要结婚了，他叫我回来的。”

“……”李素梅没有作声。

“妈，您跟我去加拿大吧，那儿蓝天白云清水……”儿子见妈妈陷入沉思，便从衣兜里抽出一张金发少女的照片：

“妈，她叫艾丽莎，我们班同学，人很好，很漂亮，个子有我这么高，我来征求您的意见。”

“这睫毛是假的吗？这么长这么美。”李素梅很喜爱这个美丽的白种人小姑娘。

“是真的，她从来不修饰自己。”

李素梅不便表态，柔声道：“你看着好，妈依你。”她把照片贴在脸上，说：“就留在妈这儿吧。只是你啊，别忘了妈妈，别忘了爸爸，别忘了自己的血脉，别忘了中国。儿行千里母担忧啊。”

儿子泪眼婆娑地点点头，说道：“妈妈，我记住了。”

天黑下来了，城市上空绽放开一簇簇艳丽的礼花，连她的邻居也在放，照得她窗前红亮红亮的。明天又有不少人结下喜缘，真是个好日子。

“妈妈，今天是平安夜，相当于咱们的除夕。难忘今宵，咱们上街走走吧。”

# 改　制

曾　瓶

丁一和关锋，一个是常务副县长，一个是县长，二人围绕电力公司改制的事展开了斗争。龙三公子是某高官的儿子，想买电力公司，这个人不好惹；但是，县电力公司的两千多职工同样不好惹。斗争尖锐得犹如在悬崖上走钢丝……

# 一

电力公司改制，已经拖了一些时候。

常务副县长丁一多次催促。只要有机会，有意无意的，就往这上面绕，还有些咄咄逼人。其他事情，丁一还能摆正位置，请示汇报，口头禅似的挂在嘴边。而在县电力公司改制上，却有些逼宫的意思了。没把话说透说穿，却直指要害，还冠冕堂皇符合党的路线方针政策，似乎不这样，就没有很好地贯彻党的路线方针政策。到他们这个份上，谁开口不是口若悬河的三个代表改革开放开拓创新与时俱进?

丁一的“劝谏”得认真掂量。

丁一始终满含微笑，有些像酒店的迎宾对待顾客。丁一说：“老板，县电力公司改制，市上定的，完不成，不好吧?”丁一语调平和，多请示汇报和谦恭，却有不少言外之意。他没说关锋顶着不办，只是拉出市上这面大旗，往关锋身上砍。

丁一停顿一会儿，少了一些谦恭，多了几分自得，还有几丝神秘，继续说道：“听说，省上将在市上召开企业改制工作现场会，王书记的经验材料，政研室已经开始准备了。”

丁一这几句话，看似随口拈来，足可以对关锋产生重大而深远的影响。关锋要掂量的就是这个现场会。一个月前，中组部考察组来鸡鸣市对市委书记王一腾作为省级后备干部进行考查。关锋知道现场会对王书记意味着什么，也知道县电力公司改制于他意味着什么。作为山南县的县长，到目前为止，还不知道省上将在鸡鸣召开企业改制工作现场会，而他的助手，常务副县长丁一，却一清二楚。自然不能询问一二三，他选择了沉默，除保持一贯的职业微笑，就是一脸风平浪静。他们这个层次的干部，都有独特的信息通道，把市上、省上，各部门，各单位，条条块块，方方面面的信息汇集到自己那里。不然，政治敏感性如何体现？

要关锋因为这个信息就在丁一面前大转弯，就不是关锋了。得有个态度，并且有依有据："丁县长，林书记到省城治病去了，涉及这样的大事，是不是等林书记回来再研究？"如果丁一还要"追"下去，关锋还可以说："马上就换届了，稳定为重嘛！"

丁一并没"追"下去，话锋陡转："老板，林书记病了？你信？"

关锋没料到丁一如此直接。林书记的院住得恰是时候，把他这个县长架在大火上烧烤，还不能大喊大叫。林书记换届到点，据说连市人大市政协的副职也无希望，只能转到县人大任主任，他自然要住医院。关锋却不能住医院，四十六的年纪，和食之无肉，弃之有味的鸡肋差不多。这次换届，能顺理成章地出任县委书记，隔上三两年，完全可以谋划副市级。按说关锋出任县委书记应该问题不大，他在县长岗位上快五年，和他一同当县长的，有的甚至比他还迟，已经干县委书记三两年了。如果这次无法如愿，或者继续留任县长，或者平调去市级机关做个局长，再要上副市级，几无可能。这次换届，关锋必须拿下县委书记那个位置。不是没有活动，能够动的道路，都动了。走到他们这个岗位，谁没有几条官场通道？但是，到目前为止，还一点动静都没有，反馈的信息是，尚未酝酿。其实，是什么风都没有给透，这让关锋诚惶诚恐。

关锋知道电力公司改制的分量，弄不好，不要说当县委书记，就是保县长，也难。龙三公子是好惹的？县电力公司两千多职工是好惹的？在悬崖上走钢丝，关锋不干。他往县委林书记身上推。林书记住进医院了。他就说，这样的大事，得等林书记出了院再研究！

关锋哪会轻言放弃，他在等待。他相信，电力公司改制，于他，是危机，也极有可能是机遇。

丁一见关锋一点表示都没有，赶紧打着哈哈，“老板，闲聊，完全闲聊，出办公室，不认啊！”

关锋只好应承说，当然，当然。

丁一不管关锋的应承，早调整好有些尴尬的脸色，笑吟吟的，说：“老板，该说的，都说了。不该说的，也说了。怎定，听你的！”丁一爱称呼关锋老板，他似乎就是一个受老板虐待不堪的小伙计。只有一个时候丁一不会称呼关锋老板，而是公事公办地叫关县长，这个时候就是林书记在的时候。

关锋知道丁一把他往悬崖上逼。

丁一扔下话就走了，说还要主持一个会议，日理万机风尘仆仆的样子。似乎把话说完，责任就交给关锋了。

## 二

没等关锋权衡，市长羌光荣打来电话。

羌市长要关锋马上到市政府。

羌市长直接给关锋打电话，很少，他们没有私交。找关锋，都是秘书小唐，把电话打过来，公事公办地说着市长找他的时间、地点，然后去等候着市长找。

关锋紧急赶往市政府。尽管羌市长没说什么事情，电话里的声音一点也没有传递出什么不快，还多了不少亲切和关怀。凭关锋多年养成的政治敏感性，市长能突然间亲自打电话，单独召见，一定是好事是机会。尤其换届在即，自己在鸡鸣市权力场中缺乏坚强有力依靠的时候。

关锋不是没有寻找依靠，那种依靠哪是吃两顿饭送几包土特产陪几次工作检查能培养得上的？不是没有寻找机会，是人家不给他机会。关锋从乡镇干部干上来，当年赏识他的县委书记，市上当了三年人大副主任，退休在家已好几年，于他的进步，不发挥任何作用了。关锋一点也不马虎。车上，闭着眼，像放电影一样，把县上各行各业的情况数据仔仔细细地过滤一遍又一遍，一些弄不实在的，赶紧翻笔记本强化背诵。几个没有的数据，赶紧打手机收集。羌市长可能问话的内容，脑中模拟若干场景，一问一答数遍，以便到时能够从容不迫沉着应对。

就是这样注重细节，才使关锋与众不同。有一年，一位副省长到山南县调研，一口气问了很多情况和数据，当场的县委书记、县长、副书记们拼拼凑凑回答了一些，留了不少的空白等待填补，气氛相当尴尬，书记县长脸上明显挂不住。这时，关锋站起来，侃侃而谈从容应答。那时他还是排名十分靠后的副县长。关锋回答的内容早超出分管范围。副省长十分认真，找来资料一一核对，关锋回答竟丝毫无差。那一次，关锋大展头角。后来，关锋一直很想和副省长密切联系，但副省长很快因为年龄原因做了人大副主任。不到两年，又从省人大副主任位置上彻底退下。就是退下来的副省长、省人大副主任，对关锋也十分有用，关锋通过好几条途径多种方式送土特产都没能送出。去年春节，关锋花了好一番工夫找到老省长家，此时，关锋已是山南县长，正在为换届能否顺利出任县委书记作认真谋划。关锋亲自上阵，敲开老省长家门，送上土特产，加一个数量不菲的红包。关锋内心忐忑，毕竟和老省长没有走动。但换届在即，只好冒一冒风险。果然，老省长勃然大怒，说，怎连你也搞这样名堂？把关锋狠狠地批评一通。

羌市长找关锋谈县电力公司改制。

这个问题的应对方案关锋已经在脑中酝酿模拟多遍。从容不迫的关锋正准备侃侃而谈，羌市长伸出有力大手，把他到嘴边的回答压了回去。羌市长微笑着，语气中还有不少语重心长。关县长，你们县电力公司改制是市委、市政府确定的目标任务啊！羌市长特意突出“你们”二字，有意无意间，就有了距离。关锋渴望和羌市长没有距离，或者说距离越短越好，羌市长能给他机会吗？羌光荣一边说话，一边替关锋泡上一杯竹叶青。关锋怎会让羌市长替他泡茶，忙不迭地过去阻挡，自己拿茶杯。羌市长照样伸出有力大手，像打断他的汇报那样阻止着。市长的一言一行关锋哪能左右，除了服从还是服从。袅袅升起的茶香飘在关锋面前，让他一时摸不清东西南北。

丁一的信息很快得到证实。羌市长说，关县长，省上马上就要在鸡鸣召开现场会，这是对鸡鸣工作的肯定和鞭策啊！是鸡鸣人民的光荣啊！这个现场会，重要性应该知道吧？市委、市政府和王书记非常重视啊！

真不知道羌市长是批评关锋还是在引导关锋。

羌市长一口一个关县长，关锋十分难过。这样的称呼，让他和羌市长之间，隔着一段无法拉近的距离。关锋多么希望羌市长能亲切地叫他一声小关（尽管关锋已经四十有六）。关锋从来没听见过羌市长叫丁一丁县长，任何场合，都叫小丁。就是那一声声亲切的小丁，让丁一得意洋洋蠢蠢欲动。关锋知道现场会的重要性。王书记正处于后备的关键时期，重不重要，生产队长都清楚。王书记高升，羌市长还不水涨船高？羌市长接任市委书记的消息，关锋已经通过多个渠道得以证实。关锋正想赶紧表态，关于县电力公司改制，他头脑中有多个方案。这个时候，他知道该汇报何种方案。

羌市长打断关锋表态的冲动。羌市长由着自己话头，继续说，老林住院了就不干事了？不是你关县长的风格嘛！

自己的一言一行羌市长清清楚楚了若指掌。关锋身上有了丝丝寒意。

羌市长踱着稳健的步子，说着他的话，突然，折过身，亲切友好地拍拍关锋的肩，满脸笑意，说，我们对关县长是信任的啊！是满怀信心啊！我们相信，关县长一定能够圆满完成市委、市政府的目标任务，带领山南人民取得优异的成绩！羌市长语重心长，话语让人浮想联翩，谁说那不是一种暗示？到了羌市长那个层次，谁会把话说得透明如一杯白开水？尤其是换届在即，县委书记出缺的时候。关锋恨不得立马站起来，向羌市长勇猛地拍胸脯，立军令状，保证完成任务！

羌市长不管关锋的激动，继续说道，你们县电力公司改制，大原则你得拿，具体事情，交给小丁他们抓紧办。一句话，务必完成市委、市政府的目标任务！

关锋竭力搜索着表态和感激的话语，他已经在胸中反复酝酿，就等机会奔涌出来。羌市长仍然没让他表达出来，笑眯眯地说，对不起啊，关县长，我要接待省上的客人，到时间了！到时间了！就下逐客令。羌市长一边高叫着秘书小唐，一边往外走，再次嘱咐道，关县长！一定要完成市上任务啊！

关锋紧随着羌市长往外走，一个劲地点着头，表态说，一定完成羌市长交代的任务！关锋心里还有很多话想对羌市长说，尤其是换届在即。但羌市长太忙，没给他机会。

关锋被羌市长紧急召到办公室，就让他说了一句话——一定完成羌市长交代的任务！

羌市长微笑着，纠正说，是市委、市政府的任务啊！

## 三

关锋明白羌市长需要他做什么。

说不定市委王书记也是这个意思。连这点悟性都没有，还如何走进新时代？在羌市长办公室，关锋就下定决心，改！坚决改！

关锋这个层次的干部，当然要干一些自己想干的事情，更要干更多上级领导想干的事情，干了以后，还要让他们清楚，谁立下了汗马功劳。关锋困惑着，明明盈利千万元的电力公司，为什么要急急忙忙改制卖掉呢？既然要卖，几家出价高的企业为什么不要人家介入，偏偏就缠在龙三公子一人头上呢？前一个困惑用改革的大道理能解释一二三，有同僚说得好，理解的要执行，不理解的更要执行！后一个困惑就有些害怕了，关锋迫切要求进步，如果进步到监狱，打死他也不干。

龙三公子来山南是丁一搭的桥。

那天在县宾馆，关锋正在接待市上一位局长。丁一热情地拉着他说去见一位朋友。关锋照例问是谁？哪些人参加，什么事情？都知道关锋参加饭局有三问，接待谁？哪些人参加？什么事情？山南的干部根据这个特点，送了他一个雅号，叫关三问。丁一说到了就知道了，似乎他不知道关锋有三问的特点，神情举止间，多了不少神秘。倒是关锋开玩笑说，怎么？要见中央领导？丁一仍然说，见了就知道了。

丁一的面子关锋得给。饭局隔着一个长廊。坐下来，关锋一脸茫然。在座的全是市上几位行长副行长。财神菩萨来山南，饭局上理应有关锋，偏偏没有。行长们看出关锋的困惑，解释说：“我们全是陪客！”

关锋这才注意到坐主宾的那位，他想不起在哪里见过。大凡需要进入他个人信息网络的，哪怕仅仅一面，都能刻在脑海，需要的时候，像老朋友似的请出来。正在冥思苦想，丁一介绍起来，才知道那位颇有些领导风范的青年人叫龙三公子。几位行长全都站起来，恭恭敬敬地端起酒杯，说，陪龙三公子到山南！

龙三公子的大名关锋早有耳闻，以前确曾没有见过面。龙三公子的父亲曾经是省上主管经济的副省长，副书记，才从省政协主席的岗位上退下来。近年，龙三公子涉足商海，斩获不小。

丁一在旁边敬酒，嚷着请龙三公子来山南投资，只要看得起，通通的拿去，包括山南的美女！看丁一那亲密劲，应该接触不是一两个月。

那晚，只是喝酒，没谈什么投资，更别说购买电力公司。关锋喝得很到位，为龙三公子喝个酩酊大醉未必不是好事情！在丁一的张罗下，他还破例陪龙三公子去桑拿了一次。在山南，这样的情况关锋几乎没有。谁让他是龙三公子呢？关锋隐隐约约听说过，市政府的羌市长，市委的李副书记，当年，都曾得到龙副省长龙副书记的不少培养提拔。

那次以后，龙三公子没找关锋，倒是关锋找过龙三公子几次，他托办公室主任给龙三公子和他曾经是副省长、副书记的老父亲带了几次山南土特产。有了那次接触，关锋毫不犹豫地把龙三公子和他身后的父亲纳入自己认真经营的网络。开始，龙三公子对关锋的土特产不冷不淡，关锋通过电话上的一番肝胆相照后，才爽快笑纳。有一次，龙三公子给关锋打电话，那是关锋托人给龙三公子的父亲送去山南猕猴桃的第二天。龙三公子说，老父亲向关县长问好致谢，老父亲说山南猕猴桃好，味道蛮不错，能不能再带几筐，给省上几位领导尝尝？关锋当夜亲自督战精挑细选，第二天一早，亲自押运省城，把十几筐山南猕猴桃亲手送到龙三公子手中。龙三公子让旁边鲜花似的女秘书付款，说老父亲有交代。关锋哪能要龙三公子的钱？坚决顶住，说，把关某不当兄弟？其实，龙三公子至少比关锋小十岁。龙三公子不再推迟，拍着胸口，说，那好！那好！以后就是兄弟啦！

龙三公子从奥迪车上拿出一根包装精制的皮带，说是才从美国带回来的，正好用得着。关锋有个原则，他可以送别人的钱，他从不接受别人的钱。他当副乡长时就立下这个规矩。不过，也不是刀枪不入，送他几瓶好酒几条好烟，还是一一笑纳。老婆对此很有看法，常常叨唠，某某如何，某某如何如何。关锋不为所动，说，某某是某某，关锋是关锋！关锋掂量着那根皮带，可能就是千把块钱，爽快地接受了。

龙三公子留关锋小聚，关锋爽快答应。关锋本意由他宴请，和龙三公子的关系，得升温，加热。龙三公子不领情，说，关县长，算不算兄弟？算兄弟一家人不说两家话！龙三公子毫不客气地在酒楼的账单上龙飞凤舞地画上大名。听着这些亲近的话语，关锋比买单还高兴。

酒足饭饱，龙三公子提出桑拿桑拿。关锋爽快答应。这方面关锋一向检点，谁让对方是龙三公子呢？民谣说，要得哥们儿铁，要么一起下过乡，要么一起扛过枪，要么一起嫖过娼。关锋很想和龙三公子铁起来，他既没有和龙三公子下过乡，也没有扛过枪，嫖娼关锋自然不会，但陪龙三公子桑拿桑拿，按摩按摩，还是十分愿意。关锋只提一个要求，单得由自己买。龙三公子喷着满嘴酒气，有力地拍打着关锋的肩膀，不高兴的样子，说，关县长，什么话？到了省城，还想当地主？

整个活动龙三公子包办。关锋由龙三公子的小秘书领了，由一些花一样的女子陪着，云里雾里的，不知道是他在陪龙三公子还是龙三公子在陪他。刚刚洗完，还没等那位着泳装的按摩女施展拳脚，关锋赶紧逃出。小秘书守候在门口，抛着万种风情，问，领导，不满意，换一个？关锋撒谎，说有急事，得处理。往外走。小秘书焦急地喊，领导，没陪好，龙总要批评的！关锋没理那个似乎要哭泣的小秘书，赶快逃离，不然，可能要犯错误。关锋不能犯错误，他还有不少追求。

关锋尽管逃离，还是提醒自己说，龙三公子这朋友，得交！

龙三公子这朋友交起来难，关锋是在市政府下达了山南县企业改制目标任务后才知道的。目标下来，关锋一看上面有县电力公司，便勃然大怒。县电力公司改制与否，作为县长的他事前根本不知道。他找来分管改革的常务副县长丁一兴师问罪，如此重大事情，至少事前应该沟通沟通嘛，按程序，还得上政府常务会县委常委会啊！县委林书记见到这个文件会怎么想？

丁一波澜不惊的样子，笑道，县电力公司改制，县上根本未曾向市上报过。如果不信，可以把县政府上报市上的文件拿出来一一核查。市上直接定的。文件是羌市长签发的。至于为什么要确定县电力公司改制，确实不得而知，方便时，关县长可以问问羌市长嘛！丁一软软地顶着关锋，不但把关锋打过来的炮弹化解得找不到对手，还倾吐不少委屈。关锋自然不会也不敢去询问羌市长，关锋有一千条一万条县电力公司不改制的理由，但羌市长只需要一条改制的理由就够了。国有企业改制的必要性重要性，羌市长的讲话里，可以找出千条万条。

市上关于县电力公司改制文件下达三两天，龙三公子约关锋共进晚餐。关锋立马答应，很爽快，还有些高兴。他根本没有把龙三公子和县电力公司改制联系起来。关锋在电话里嚷着要宴请龙三公子，把丁一拉上，到山南嘛，山南的地主是谁？关锋嘛。

龙三公子婉言谢绝，他亲自驾车，带着形影不离的小秘书，把关锋请到市里某宾馆一个雅间小酌。没有其他人，只有小秘书在旁边斟酒布菜。龙三公子很坦诚，席间，实言相告，收购山南县电力公司已运作一些时候，总算有了眉目，请县长老兄多多关照！龙三公子对关锋的称呼发生变化，由原来的关县长，变成了县长老兄。

关锋当时那个惊讶，如果不是小秘书笑吟吟地过来劝酒，他实在转不过弯子。关锋把很多事情连在一起，突然明白了。原来，自己仅仅是龙三公子布局中的一颗棋子，当然，是一颗比较重要的棋子。

龙三公子不管关锋的惊讶，笑吟吟说道，请县长老兄尽管放心，兄弟我，吃水绝对不忘挖井人！您老兄需要什么，兄弟我，一清二楚！

那天，关锋除了说支持，还是重复着说坚决支持。至于如何支持，关锋闭口不谈。关锋打定主意，只要不犯错误，同等条件，或者倾斜得不是那么明显，一定要送龙三公子一个大大的人情。他需要龙三公子这条路，电力公司不是他关锋的私人财产，卖给张三可以，李四也行，卖给龙三公子怎么不行?

关锋实在没料到龙三公子需要的支持会那么大。

## 四

关锋刚进办公室，有人影子窜过来。在山南，能够如此随便地出入县长办公室的，没有几个人。要进县长办公室，首先要过县政府大院门岗那关。沿着长廊走进来，到县长们办公的这座小楼，还要经过两名保安的查问，登记。如果上访闹事，保安肯定会毫不客气地往群众工作局送。关锋办公室在小楼最边上，能窜到他办公室的人，至少说明在山南有一定政治地位，让门岗和保安轻而易举地放松了警惕。其次，也说明该人员不是上访闹事恐怖分子之流。

窜进来的那个人影子是电力公司党委副书记兼工会主席刘莎莎。

她刚进县长办公室，就上气不接下气，一副天塌地陷，火烧房梁的样子。按说，给县长汇报工作，首先要预约，看看领导什么时候有空，有心情。其次，电力公司的班子成员是县管干部，在县长面前，至少应该谦虚谨慎，尊重领导的样子。而今的山南，换届在即，林书记生病到省城住院，关锋还主持着县委工作，说什么刘莎莎都该在关锋面前留个好印象，比如，老成持重，独担大任的样子。

刘莎莎除了风风火火，还有不少怨气。她并没有去找沙发坐，也没有送上灿烂的笑脸，然后迈动着轻盈的步履端过关锋办公桌上的茶杯，到饮水机前续上一点开水，留一个婀娜的背影让关锋的眼睛放松放松，欣赏欣赏；或者干脆伸出纤纤玉手，把关锋案头那些堆积如山的文件清理清理，如果关县长硬要客气，伸手推挡阻拦，两双手有意无意地还会发生什么碰撞也未可知，那样，还可送上一抹艳若桃花的红霞。关锋担任县长后，不是没有遇到过这样的女下属，这当然能够让关县长心情舒畅，浮想联翩。关锋哪是那么几个动作就能搞昏的？他知道自己需要什么，需要拒绝什么，他很快就能够让自己凝神敛气，波澜不兴地板起一副县长的面孔，既不接你呈送过来的茶杯，也不阻止你整理办公桌，只是不容置疑地命令道：坐下！有事请讲！既不领你的风情，也不伤你作为女性的自尊，似乎他面对的就是一个没有性别的下属。

凭刘莎莎的条件，完全可以把女性的优势一览无余地暴露在关县长面前。她用不着。关锋对她太熟悉。他们是初中同学。当年，都是农村娃子，急着要从农村跳出来，想成为吃商品粮的公家人。他们都是顺江河初中出类拔萃的人物，关锋初中毕业考了市财经学校，刘莎莎考了市水电学校。毕业分配，刘莎莎进了县电力公司，关锋到了乡财政所。20年过去，刘莎莎当上了县电力公司的党委副书记兼工会主席，关锋已是县长。

刘莎莎一上来就问，“你们真要把电力公司卖了！”

关锋纠正说，“不是卖，是改制！”

刘莎莎说，还不是一样！改制是你们当官的换一个好听的说法！只有刘莎莎才敢和关锋这样说话。

“你就不是当官的?”关锋打趣道，一点没有恼怒的意思。相反，他还有不错的耐心，去饮水机旁，取一个纸杯，替刘莎莎泡上茶。电力公司改制，关锋需要刘莎莎大力支持配合。关锋正在谋划电力公司改制一应事项。

“不喝你县长大人的茶！走！带你去个地方！”刘莎莎的火气仍然旺盛着。

“带我去一个地方?”关锋没好气地问。他得给这个女同学降降温。对付这个初中同学，关锋有的是智慧。

“不去？可别怪我没向县长大人报告啊?”刘莎莎道。除了是同学，关锋还是山南的县长，关锋的一举一动，于刘莎莎，毕竟有着不小的影响。

“同学聚会？对不起，本人今天没空！”关锋笑道。其实他清楚，刘莎莎这个满腔怒火兴师问罪的样子，哪会是什么同学聚会；再说，他当县长后，哪次同学聚会不是找个善良的谎言给推了。一定是电力公司改制的事情。关锋主要是想调节调节气氛，让刘莎莎情绪平静下来，他太熟悉这个同学，就是改不了说风是风说雨是雨的性格。都是党委副书记了，就不能老成持重一点。关锋多次提醒过刘莎莎。刘莎莎不领情，说，要是像你那样处心积虑，我不早成县长了？县长还有你的当头？关锋真的有些怕刘莎莎口无遮拦地说出一些出格话，毕竟他是一县之长，还有更远的道路在等待着他去奋斗，要奋斗就得克制，就得注意，细节决定成败，关锋是一个非常关注细节的领导。

刘莎莎要关锋去电力公司。刘莎莎这个女同志就是急，她不从政治这个角度考虑问题。她说的问题确实重要而紧迫，电力公司有退休干部数百人，其中离休干部四人，县团级退休干部 20 余人，谁让电力公司是个好单位呢？这数百名退休干部在一名叫张子清的老同志的组织下在电力公司的大操场上集会，坚决不同意把电力公司卖了。

张子清在电力公司当过主管业务的副经理，参加过电力公司核心电站竹草滩电站建设大会战。那是上个世纪 70 年代末 80 年代初的事情，张子清是大会战前线指挥长，守在工地上大半年没有离开过。张子清在电力公司有着很强的号召力。这些情况，作为县长的关锋很清楚。张子清和刘莎莎还有一些渊源。严格说，刘莎莎能走到电力公司副职岗位，和张子清不无关系。张子清当然不会认识一个叫刘莎莎的水电学校学生。竹草滩电站完工后，张子清对谁出任那里的负责人非常看重，他把当时在一个叫洞窝的电站负责人周洪力荐到竹草滩电站当负责人。当时周洪在洞窝还不是站长，电力公司的任命文件上写的是主持工作的副站长。竹草滩电站是电力公司的核心电站，发电量占整个公司一半还强。尽管周洪到竹草滩电站仍然还是主持工作的副站长，但整个电力公司数十名中层干部，大大小小十余个电站站长，都十分踊跃地向公司领导表达了想去竹草滩电站努力工作的愿望，不少人还找县领导，县领导也找了电力公司领导，包括张子清本人。那时，周洪三十出头。张子清在县领导面前，在公司班子会上慷慨陈词，力挺周洪。张子清当时就快到点了，他说和周洪非亲非故，之所以推荐他，完全是从党的事业出发。然后，还举了几个人，都是他带起来的，跑到家里找过他。张子清说，我能推荐他们吗？不能！把竹草滩电站交到他们手里，老汉我无法放心！张子清是竹草滩电站的前线指挥长，整个电站都是他一手一脚主持修起来的，谁出任竹草滩电站负责人，他的分量特别重。最终，周洪当上竹草滩电站的负责人。

果不出张子清所料，周洪去了竹草滩电站，各方面的工作干得红红火火。有一年，省水利电力厅特意下发了一个学习竹草滩电站的决定，省市还多次在竹草滩电站召开现场会。周洪因为工作成绩显著，很快由主持工作的副站长成为站长，公司副经理，公司党委书记，总经理。

按说，刘莎莎和张子清没有多少直接关系。但刘莎莎和周洪很有渊源。刘莎莎水电学校毕业，分配到洞窝，带刘莎莎的师傅，就是周洪。

周洪去了竹草滩电站，刘莎莎也跟随着师傅去了竹草滩。随着周洪职务的不断变化，刘莎莎也在不断地变化着岗位，由班长而副站长，站长，公司办公室主任，一直到而今的党委副书记兼工会主席。刘莎莎称周洪师傅，称张子清师公。虽然有不少玩笑，逗老头子开心，但足见对当初那份情意的看重。在电力公司，算不得什么秘密。

关锋怎么会去替刘莎莎当消防队员？严格说，那是电力公司的人民内部矛盾。按照社会治安综合治理“管好自己的人，看好自己的门，办好自己的事”的说法，一个属地管理原则就可以搞定。关锋已经没有玩笑和幽默，公事公办地对刘莎莎说，这个事情你们公司务必要高度重视，把事情解决在基层，消灭在萌芽状态。出了事情，饶不了你们。

刘莎莎不依不饶，说：“县长大人，话怎么能这样说呢？不分青红皂白？不搞调查研究？我们怎么才算高度重视，一知道情况就来向您汇报，还不重视？”也只有刘莎莎才敢在关锋面前有这种态度。

关锋沉下脸，说：“给我汇报就算重视了？你是我安插在电力公司的特务，一有情况就给我汇报？那县上还要你们电力公司党政班子干什么？”

关锋这话有不少杀伤力，要是县上其他科局长听了，至少要唯唯诺诺地点头应承，说不定脊梁后面还有一阵阵细细的冷汗浸出。刘莎莎既不唯唯诺诺，也没有细细冷汗浸出。她说：“县长大人，难道您不知道现象在下面，根子在上面的道理？张子清召集数百名老同志开会不是反对电力公司，是反对县政府卖电力公司。”“现象在下面，根子在上面”这句经典的话语出自省上某主要领导在全省干部作风整治大会上的讲话，据说，该领导讲完此话，台下响起雷鸣般的掌声，并且，该话在全省迅速广为流传。

关锋知道刘莎莎的意思，他不接招。他把问题踢得远远的。笑嘻嘻地说道：“你的意思问题在省上？那我现在就给你假，马上到省上汇报！”

“我又不上访，我到省上干什么？张子清那些老同志，才会去市上省上。”刘莎莎没好气地说道。她一点也不理睬关锋的幽默。她到省城找哪个汇报？她只能找关县长汇报。她知道关锋一清二楚，只是不愿意说破。刘莎莎今天来就是要把问题说破。她说：“不卖企业，屁事没有。要卖企业，问题成堆。我的县长大人，一个盈利上千万元的企业，你们为什么一定要卖了它而后快？”

关锋头脑中也无数次地冒出过这样的疑问。他只能在脑海中疑问，他不能像刘莎莎那样噼里啪啦地倒出来。对刘莎莎这样的危险言论，尽管是同学，尽管只有他们两人在场，他也不能没有一点政治敏锐性。他严肃着脸，说：“你这同志怎能这样说呢？哪个告诉你是卖企业？这叫国有企业改制！怎么？市委、市政府的重大决策你也敢怀疑？我告诉你，刘莎莎同志，并请转告周洪同志，在这件事情上，必须和市委、市政府保持一致，和县委、县政府保持一致！”

关锋知道刘莎莎葫芦里卖的什么药。电力公司上下，从周洪开始，没有一个人愿意改制，说不定，张子清他们聚会，就是他们中间哪个人折腾出来的。电力公司员工心里一百个一千个不愿意，只能憋在心里，尤其是公司领导。但是，张子清这样的老同志就大不一样了，他们顾忌什么呢？什么话不敢说？什么事情不敢干？关锋不是不同意改，关键是怎么个改。

前段时间，丁一就电力公司改制给关锋作过一次专题汇报。丁一并不分管电力公司，电力公司主管部门是水利电力局，分管领导应该是分管农业的张副县长，电力公司改制应该由张副县长牵头。丁一是常务副县长，分管着发改局，财政局，发改局负责着改革工作，财政局负责着国有资产管理，丁一把电力公司改制揽到自己名下，也算不得手伸有多长。改制工作问题成山，矛盾重重，张副县长换届就要到政协或者人大了，既然丁一勇挑重担，自然求之不得，电力公司改制一应事情，张副县长说，给丁县长汇报！找丁县长！丁一也乐意，积极主动地以政府办公室行文成立了电力公司改制工作领导组，自任组长，张副县长任副组长。这个文件，关锋有不小的意见，涉及如此重大事项，丁一竟自封组长，就算你是常务副县长，但政府实行的是行政首长负责制，眼中还有没有关某这个县长？关锋知道，丁一敢如此越位，断不是一下子头脑发热或者是什么政治上不成熟。丁一成熟得很，他完全是拥有了什么秘密武器，才敢如此胆大妄为。关锋回过头想想，电力公司改制也不是什么好啃的骨头，你丁一要啃就慢慢啃吧，只有摆得平，不要给老子弄出事端来就成。

丁一在电力公司改制上，有不少私下动作，关锋是慢慢发现的。

偏偏丁一要给关锋汇报电力公司改制问题。关锋打起太极拳，不紧不慢，不急不缓地说，丁县长干得很好嘛！有什么好汇报的，你不是领导组组长吗？你们领导组研究了，确定了就行了嘛！关锋笑着说，难道我们还信任不下我们的常务副县长？丁一不管关锋的玩笑，他似乎没有听出关锋话语里的火药味，至少在表面上，他一副讲程序讲组织守纪律的样子，说，老板，县政府是实行首长负责制，电力公司改制是重大事项，涉及重大事项得向你汇报，我这个放牛的，不能把牛给你卖了！

关锋一听就火起，你还知道行政首长负责制？还知道是重大事项？既然这样，为什么以前不汇报，包括领导组那个文件。关锋这样的领导自然不会把不满表露在脸上，况且，电力公司改制涉及方方面面上上下下的人和事，他还得一副亲切信任的样子。尽管不高兴，汇报还得听，工作还得推动，他向羌市长作了承诺，他答应了龙三公子要大力支持。关键要让羌市长和龙三公子知道，在电力公司改制上，他关锋起了决定作用，立了汗马功劳。关锋谋划着、思考着、准备着。

刘莎莎见关锋不接话，只好接着说：“张子清他们，一定会到市上省上上访！”刘莎莎一副关心同学的样子，作忧思状，说，“这个时候，县长大人，一大批老同志到市上到省上，不是好事情吧？”

一大批老同志上访肯定不是好事情，但具体问题得具体分析。在电力公司改制上，关锋还是希望老同志们到市上访一访。把他们想说的话，说给市长们听一听，让他们知道改制的困难和阻力。然后关锋再想方设法把老同志们的疙瘩一一化解，再把改制工作一一推进。轻而易举就把电力公司改制完成了，工作能力如何体现？山南县委、县政府的战斗力、执政能力如何体现？当然，老同志的上访得有一个可控度，到市上闹一闹，就行了，省上万万不能去。市上访一访，改制是市上要求干的，市上断不会打板子，就是要打，也是高高举起，轻轻落下。但省上就不同了，一大批老同志围在省政府，首先就得要你县长去接人。关锋不会去接人，七个副县长，派一个去就行，反正都是县长。但问题会很严重，要通报，要扣目标考核分数，对问题的处理结果要督察督办。没有人会告诉你解决问题的具体办法，都给你一个大原则，既要完成任务，又不能影响社会稳定。不然，要你这些县上官员干什么？还有一点大局观念没有？有一点政治觉悟没有？有一点战斗力凝聚力没有？每一句提问，都会招招要害见血封喉。这些，关锋不能对刘莎莎说。

关锋说："涉及社会稳定的事情，得给分管领导汇报，什么事情都找我，不符合规矩嘛!"

刘莎莎说："我找了张县长，他说他仅仅是改制领导组的副组长，作不了主！要我找丁县长。"

关锋说："那你找丁县长啊!"

刘莎莎说："找了，丁县长说，电力公司改制是涉及全县工作大局的大事情，他做不了主，得给你汇报。至于做张子清的工作，他说他倒有一些办法。"

关锋一听就火起，都把矛盾往他这儿压。他又不便发作，还不好指责丁一的话有什么问题，在自己的部下面前说自己助手的不是，不是关锋的风格。他只得从其他角度找话说，"你说什么？丁县长说他有办法做通张子清的工作?"

刘莎莎说才不管你们领导之间如何打太极拳。反正我按领导的要求把问题汇报清楚了。说完，一副走人状。

关锋警觉地问道："谁要求你来汇报的？周洪？"关锋一开始就觉得刘莎莎今天的来访有些不对劲。他严肃地告诉刘莎莎，回去告诉周洪，必须和县委、县政府保持一致，做好老同志的工作，尤其是张子清同志，要落实责任制，责任人，就是周洪和你刘莎莎！

刘莎莎突然冒出话来："你们要卖电力公司，我们干部职工就集资买下来，他们出多少，我们就出多少！如果不要我们买，我们就到省上市上上访，就不信找不到说理的地方！"

关锋警觉起来，说："什么？你们要买电力公司？你们包括哪些人？"关锋指着刘莎莎，问，"有你？有周洪？"

关锋还需要周洪、刘莎莎在县委、县政府的领导下做好电力公司职工工作呢，他们竟然要集资购买！关锋愤怒起来，一改刚才的老成持重，有些失态地说："刘莎莎，你还是不是共产党员？是不是党的干部？"

刘莎莎显然有些怯了，嘴上却还硬，说："县长大人，发什么火吗？凭什么他们买得我们买不得？"

## 五

丁一抱了厚厚一大沓材料走进来，很准时，九点半，不早一分钟，也不迟一分钟。很有节奏地敲三下，然后推门进来，既不等关锋喊"进来"，也不问"可以进来吗？"身后没有跟随着一长串的人，就他一个人。

丁一笑着解释，要老板先别生气，此话的意思是他知道关锋会生气，并有接受批评的思想准备。丁一说他一个人进来先汇报清楚，再召开会议，老板有什么困惑和疑问可以悉数提出，作好问答题就是，正确率百分之百不敢说，百分之八九十应该不成问题。在关锋面前，丁一表面谦恭，其实满含锋芒，一点没有收敛的意思。丁一知道关锋不快，但他就能装着浑然不知，继续按照他的思路说下去，人都到了，政府三会议室，让他们等着，等老板把我的试卷改完，及格了，再找他们开会去！

关锋确实生气。什么意思？他努力克制着，关某人通知的会议，确定的时间，地点，参会人员，倒好，连招呼都不打，就把事情给否了。关锋不好把不满暴露出来。这是丁一高妙的地方，他说这会不开了？参会人员少一名？地点变了？没有。他只是把一个会议变成两个，让其余人员在另外一个地方候着，他先和关县长开会，完了，其他同志再接着开。作为常务副县长，先把情况给一把手汇报清楚，很好的参谋助手嘛！

果真这样，倒舒畅了，哪有如坐针毡的感觉？关键是让你熟悉什么情况，向你提供什么方案，那里面，不知道会塞进多少急于想干而又需要一棵大树来遮风挡雨的事情。关锋不想替丁一遮风挡雨，该同志招来的风雨除非不来，来了，不但你遮挡不住，说不定，还把你这棵大树连根拔起。丁一这样做，还向参会人员传递这样一个信息，想把事情拿到关县长那里，没有他点头，万万不行。丁一总是从这样的一件件小事做起，点点滴滴地树立他在山南的权威。如果仅仅是这样，关锋早把丁一的所作所为消灭在萌芽状态了。关键是，丁一后面还有其他人，比如羌光荣市长，关锋能消灭吗？说不定，还没动手，先被人家消灭了。关锋虽然不舒畅，但他首先得保证不被人家消灭。

关锋没给丁一好脸色，说："丁县长想得周到嘛！"作为县长，给点脸色还是可以，丁一后面那些领导，断不会过问这些细小问题。关锋问，老张呢？老张是分管农业的副县长。

丁一对关锋的脸色变化好像没看见，似乎关锋对他信任有加的样子。该同志有这一本事，对他有好处的事情看得清清楚楚，对他不好的事情能当好的看，因此，他总是一副开拓进取舍我其谁的状态，似乎围着他的都是好事喜事大事。丁一摆摆手，说："别提老张了，他连会都懒得来参加。”丁一叹着气，一副重担压肩的样子。

关锋按住性子，一边听汇报一边查看资料。

资产评估都搞了。评估公司是哪里的?

丁一解释说，为了体现客观公正，经领导组集体研究，请了市上的天宇评估公司。

关锋快速地搜索着，市上几家评估公司一一闪过，竟没有一点印象。

丁一再次解释说，去年成立的，资质过硬，一级。丁一马上汇报了一个情况，该公司是市上某某几位退休老领导发挥余热搞的。羌市长也曾作过交代，老领导的事情，原则范围内要给予支持。

市上那几位老领导，关锋熟悉。丁一让市上几位老领导办的评估公司来评估，可谓用心良苦，单说这个结论，哪个好提半点意见?就算有，也得闷在肚里。照顾老领导们一点业务，就算以后纪委追查起来，也好说，说不定还落一个重情重义的美名。

让关锋吃惊的是，天宇评估公司的结论是，县电力公司仅有1200多万元净资产，也就是说，花1200多万元，就可以把电力公司弄到手。谁会弄到手，当然是龙三公子了。1200多万元并非县政府收益，单单分流数百名职工，就要近千万元支出。关锋差一点喘不过气来，不是自欺欺人掩耳盗铃吗?单单那竹草滩电站，也得好几千万啊?

关锋不露声色，问:“看过了?”

丁一回答得很干脆，答:“看过了，就等老板一锤定音。”

“我一锤定音?”关锋问道。

“是啊!没你拍板，谁敢轻举妄动?”丁一一副讲政治守纪律懂规矩的样子。

让自己拍什么板，结论都出来了。怎么拍?只不过是要自己承担责任罢了。这样稀里糊涂的责任关锋哪能承担?他不紧不慢地说:“如此重大事项，得集体研究吧，丁县长?”

“我也是这个意思，你同意了，再上常务会、常委会，程序一点不能乱。”丁一点头应允。

“那就开会吧！”关锋叹着气，往外边走。

“你还有什么指示？需要修改什么，我马上让他们改！”丁一谦虚谨慎。

“我有什么指示，我修改什么？”关锋有力地拍打着那沓厚厚的资料，没好气地说。

## 六

会议室烟雾腾腾。

关锋不抽烟，他不反对别人抽烟。县政府班子成员中，丁一烟瘾特大，开办公会或者常务会，总是一支接着一支地猛抽。分管文教卫生的副县长是个女同志，看见丁一把香烟掏出来，秀眉早皱成一团。等丁一吞起云吐着雾，女副县长总要用纤纤玉手来回不断地赶扫着烟雾，然后咳嗽声痛苦不堪地响个不停。丁一似乎一点也没有怜香惜玉的意思，照样有滋有味地抽着。女副县长实在忍不住了，既是玩笑也是认真，提意见说，关县长，你得管一管！关锋一副海纳百川的样子，笑道，刘县长，我怎管，把丁县长的香烟给他没收了，换成人民币，给你买化妆品？县委林书记在的时候，丁一不吸烟，他能控制住。林书记不吸烟，也不强迫别人不抽烟，但是，面对弥漫的烟雾他的眉头总要痛苦地锁成两把锋利的钢刀，还要痛苦不断地发出一阵阵严厉的咳嗽。丁一抽烟能克制，关键是在什么人面前。

丁一不断地催促着参会人员发言。常务副县长点到了，科局长们不说说万万过不了关。但这种事情哪个愿意发表看法，你侃侃而谈了，畅所欲言了，就说明你水平高？就提拔重用你了？县政府办公室那个小伙子，正一丝不苟地听着你的发言，一字不漏地替你记录在案。科局长们的发言很艺术很技巧，多半三段式，首先大讲一通加快企业改制的重要性紧迫性。应该肯定，这些同志学习上还是用了不少工夫，说得和中央文件没有多少出入，能够如此大段大段地讲出来也属不易，毕竟没有让他们把文件从公文包里掏出来放在会议桌上照着念。接着就是对具体问题的看法，都说，这个事情是全县的大事情，得高度重视，今天，关县长、丁县长亲自主持会议，足见县上高度重视。县上的科局长，不知道何时开始，把关县长，丁县长连在一起，就是县政府班子成员在一起研究工作，也爱说，这个事情给关县长、丁县长请示过，汇报过。这个事情定不了，得给关县长、丁县长汇报。这让关锋十分生气，什么时候山南县有两个县长了？又不便纠正，也不便发作。他的神经紧张着，提防着。

然后科局长们就说，这个事情一定要认真对待，应该有一套全面细致的工作方案，要耐心仔细地做好职工思想工作，绝对不能掉以轻心。都是绝对正确的话。最后纷纷表态，只要县上定了，坚决按县上要求办，集中人力物力，白天当两天，晚上当白天，没有星期六星期天，千方百计，千辛万苦，把工作做好。发言慷慨激昂侃侃而谈，说了一大堆，等于什么都没说。有一个意思倒很明确，县上叫我们如何干，我们就如何干。

丁一对这样的发言十分不满，又不便发作，也找不到发作的理由。他把目光移向分管农业的张副县长，示意他发言。张副县长根本没看见的样子，认真地在笔记本上写着记着。丁一只好开口，说，老张，谈谈看法吧？丁一对县政府班子其他几个副县长从来都是直呼其名。张副县长五十多了，比丁一大了近二十岁，丁一叫他老张。按说，该会议关锋在座，丁一大可不必做什么主持人，关锋也没有让他主持的意思，也用不着他来要求这个局长那个局长发言，尤其是副县长老张。这样的话，关锋在座，应该关锋说。关锋并没有表露什么不愉快，耐心细致地听着记着大家的发言，时不时的，还对发言者投去一些赞赏的眼光。

张副县长并没有因为丁一点到他的名而开始发言。他慢腾腾地端起茶盅，不是会议室的，是自带的，拧开盖，有滋有味地喝上几口，挺舒服挺享受的样子，过了好一阵，才回过神来，慢吞吞地说道："还是听丁县长的吧，这个事情，丁县长一直在领导，情况比我熟悉。"张副县长话里藏着玄机。作为分管这项工作的副县长，居然说情况不熟悉，什么意思？是丁一故意要他不熟悉？绕开他？还是这事情本来就不该丁一干，他有一肚子怨气？县政府议事规则写得清楚，副职对正职负责，从来没有说副县长对常务副县长负责，既然你要干，就干吧，还要我说什么？

丁一哪里听不懂老张话里有话，正想发作，关锋说话了，笑吟吟地望着丁一，满怀期待的样子，说："好，那我们就听听丁县长的高见。"真不知关锋这话是风趣还是幽默。

丁一更是不快。关锋这话，无疑是对张副县长刚才的首肯、认同，也向与会者传递一个信息，在这个问题上，他和张副县长一样，有看法。

丁一的不快不便发作，关锋面前，他还得忍。但他还是得把不快表露出来。丁一说："我有什么意见？我的意见都写在汇报材料上了。"

关锋不冷不热地拍打着会议桌上的材料说道："这么说，汇报材料上的意见就是丁县长的意见了？"关锋这话有不小的杀伤力，明眼人一看，都知道天宇公司那个评估报告有不少说不清道不明的东西。关锋这一点，相当于把丁一的裤子轻轻地拉开了一点拉链。关锋是接着丁一的话说的，让丁一很难受而又不便反击什么。关锋不等丁一说话，把话语权拿在手，作总结性讲话，对刚才科局长们的发言作一番肯定，"讲得很好嘛！张县长、丁县长作了很好的讲话，都很好。"然后他开始强调，说了一大通做好改制工作的重要性紧迫性，也谈到省上将要在鸡鸣召开全省企业改制工作现场会，市上早在半年前就下达目标任务，必须完成，没有条件可讲。然后，关锋掉过话头，说："这个事情，是大事，涉及方方面面上上下下，要认真地仔细地作好调查研究，要制定操作可行的工作方案。”他既不说丁一搞的那个汇报材料行或者不行，只是要求丁一，工作得再深入一些，考虑得再充分一些，把大家的意见充实进去，条件成熟了，立即提交县政府常务会、县委常委会研究。什么叫条件成熟，什么时候条件才成熟，只有关锋自己知道。关锋整整讲了20多分钟，实际上什么都没讲。

## 七

有人要关锋表态。

羌市长亲自打来电话，羌市长不会谈电力公司改制方案。他是关心山南县的企业改制工作，全省的企业改制工作会议就要在鸡鸣召开了，山南的干部一定要有政治敏感性，有大局观念啊！市上不是下达了目标任务，有什么为难呢？有什么困难可以向市委、市政府提出来嘛！羌市长只字未提电力公司改制，其实句句都在说电力公司改制。羌市长提到换届的事情，要求本届县委、县政府干干净净、利利索索地把该完成的工作任务完成好，不要把该完成的工作任务带到下一届去嘛！羌市长有意无意地说到换届，对关锋，是一种提醒，还是一种警示？

关锋哪敢怠慢，急忙汇报说，正在紧急落实羌市长指示精神，各方面工作都已铺开，近期将召开县委常委会、政府常务会，专题通过电力公司改制问题。关锋得把话说透说清楚。他在电话里不忘向羌市长汇报困难和问题。话不说清楚，羌市长不批他一个顶着不办？不作一些铺垫，能力水平如何体现？关锋汇报说，阻力很大，问题不少，说不定还会酿成上访闹事等群体性事件。但他马上话锋一转，说，请羌市长放心，山南县委、县政府有决心、有信心、有能力圆满完成市委、市政府的目标任务。紧接着，关锋对困难和问题作了较为细致的分析。首先是电力公司班子问题。周洪，刘莎莎他们，包括一大批干部，这个群体不小啊！坚决不同意改制，他们不通，工作压力很大，他们在职工中影响不小。其次，职工有意见，不同意改制，吃大锅饭端铁饭碗习惯了。第三，最关键的，是那批退休老同志，他们都到社保局领退休金了，还要出来干政，闹事，据说还要到市上省上去。这段时间，一点都不敢懈怠，一直都在做这些人的工作。

应该说羌市长很有耐心了，在电话里听了关锋那么多汇报。他给予肯定，很好嘛！县委、县政府和你关县长有这个认识，有这个态度，很好嘛！不过，很快转过话锋，什么？干部有意见，群众有意见就不改革了？改革会没有一点阻力？有了阻力就不干了？这不是你关县长的风格嘛！对你关县长，我们还是很了解的嘛，激情哪里去了？魄力哪里去了？办法点子哪里去了？市上定了的事情，还需要讨价还价？还有一点组织观念没有？

抓一间隙，关锋赶紧把周洪、刘莎莎等准备发动职工集资买下电力公司的重大事项向羌市长和盘托出。

姜市长显然生气了，责问道，他们还是不是共产党员？还有党纪国法没有？很快，又平静下来，指示道，周洪、刘莎莎的事情交给小丁去办。

龙三公子的电话也很快打过来。先是一番调侃，像铁哥们儿亲兄弟的样子，问，县长老兄，忙啥？中南海接见外宾？还是在中央政治局出席会议？日理万机兢兢业业鞠躬尽瘁死而后已？

关锋知道龙三公子会找他，但实在没想到会那么巧合。羌市长的电话打完不到半小时，他的电话就来了。该幽默的照样幽默，该调侃的照样调侃，说道，哪有兄弟那样的福气，一会儿太平洋，一会儿欧美大陆，感谢兄弟问好，现正处在水深火热中，赶快伸出救援之手。称兄道弟，情同手足的样子。自从龙三公子称呼关锋“县长老兄”，关锋顺势就叫了龙三公子“兄弟”。

龙三公子在电话那边说，如果老兄你都水深火热，那么，全国该有13亿人口属于非洲难民了。

关锋在电话里打着哈哈，应付着。

龙三公子紧追不放，说道，我们敬爱的县长老兄，听说你身在水深火热之中，兄弟我作为救苦救难的观世音菩萨，深表着急，马上就准备到你身边普降甘霖。

关锋思考着应对办法。

龙三公子见关锋的愿望强烈而迫切，像大火上了房梁。但他表露不明显，像随便抓起手机，老朋友之间聊天说说天气真好，去郊外散步一样。龙三公子说，兄弟有千里眼顺风耳，看见我的县长老兄现在正坐在办公室的大转椅上愁眉苦脸，无论如何使劲，屁股下面那把转椅就是无法自由自在地旋转起来。

关锋沉默着。

龙三公子继续炫耀着他的遥感技术，刚才，我那可亲可敬的县长老兄，还接到一个电话。是吧？

关锋更加明白。

龙三公子摊牌，说他到山南了，得见见关县长，有重要事情汇报，麻烦县长老兄百忙之中予以接见。

关锋打着哈哈，问道，是否送来重大招商引资项目？很好，马上安排丁县长，县政府接待办美女们接待，为郑重起见，邀请人大、政协主要领导陪同。

龙三公子赶忙打住关锋，规格不要高了，丁县长，接待办，没必要了，人大、政协主要领导，更没必要了。只要你县长老兄能亲自出面，一杯清茶足矣，事情一完，马上离开山南。

关锋不再谈接待云云。

龙三公子说了地点，时间。

山南县城中心广场旁边，一幢高楼拔地而起，高楼最顶层，就是“天上人间”茶楼，栽有红桃绿柳，有嶙峋假山，有涓涓细流，有鹅卵石铺就的一道道通幽小径。

关锋进得雅间，先打趣道：“回到烽火连天的革命战争年代了，像搞秘密接头似的?”关锋有些不舒服,他还有两个会议,龙三公子一召见,只好往后推了。

龙三公子颇有闲情逸致,一边给关锋倒茶,一边说:“重温一下革命先烈的光荣使命,再次接受革命洗礼嘛。你看,你看,领导水平就是高,一来就给我们上党课。”

龙三公子说起事情开门见山,是电力公司改制,无论如何,请县长老兄一定支持关照。

关锋早有准备,他已经向羌市长郑重其事地汇报过了。他把向羌市长汇报的内容重新又说了一遍,只是内容更加详细更加具体,少了先前的含蓄委婉。

龙三公子成竹在胸,说:“周洪、刘莎莎就不用操心了。”

关锋吃惊地问道:“他们通了?”电力公司改制,周洪、刘莎莎是坚决的反对者,并且还抛出了职工集资购买方案。关锋这段时间一直在琢磨如何做周洪、刘莎莎的工作,这两人工作做不通,改制工作难上加难。

龙三公子很有把握,说:“他们会通的。”

“就那么有把握?”

龙三公子呷着茶,有滋有味地说道:“是的。”

龙三公子接着告诉了一个连关锋都还从未听闻的干部安排方案。干部初始提名权,党委书记会牢牢掌控着,不然,如何在那个地方统揽全局协调各方?问题是县委林书记已经去省城住院了,县委副书记、县长关锋在主持县委工作,有关干部问题,他的意志非常重要啊!就算没有主持县委工作,干部酝酿阶段,也该找他商量,听听他的意见,县长不点头,书记也不好贸然行动。连龙三公子都了如指掌了,他这个县长还浑然不知。说惊吓可以,说愤怒也可以,但关锋什么都不表露,和龙三公子一样,有滋有味地呷着茶,像听一个与己无关的故事。

龙三公子说的干部安排方案是:周洪到财政局当局长,刘莎莎到交通局当局长。

财政局、交通局是县政府的组阁局，局长人选，县长的意见应该非常关键。偏偏关锋听都没听说过。

关锋说："周洪、刘莎莎愿意？"

龙三公子道："怎不愿意？"

关锋紧追着问："他们知道？"

龙三公子说："可以这样说吧！"

原来早就在做周洪、刘莎莎他们的工作了。像一局深谋远虑的棋，比自己考虑的全面、深入得多。自己仅仅是他们棋局中一颗点头、承担责任的棋子。关锋确实很生气，他毕竟在从政这条路上摸爬滚打多年，他能忍，又心有不甘，不紧不慢地说道："县委组织部马部长那里，未必和兄弟你想得那么一致吧？"县委组织部马部长，是一个极富个性的同志，在一些干部任用上，连县委林书记，也敢顶。

龙三公子信心十足，说："会的，很快，马部长就会向你汇报，提出他们组织部的意见。"

关锋提出职工问题，老同志问题。

龙三公子不以为然，信心十足地说："要相信我们的干部嘛，周洪他们，刘莎莎他们，完全有本事有能力把事情处理好。他们就是为你关县长炸碉堡的董存瑞，趟地雷阵的王耀南。"

龙三公子继续呷茶，得道高僧似的，说道："本人初通一些相术，山南马上就要换届，很想替山南的领导们把把脉看看相，权当笑谈，兴趣如何？"

关锋哪敢掉以轻心，龙三公子会看什么相？他是要向关锋传递一些重要信息。

龙三公子不管关锋兴趣如何，说道，关县长在山南担任县长五年，可谓劳苦功高，既有群众基础，又有领导关注，不出意外，这次换届，到县委主持工作应该问题不大。老兄今年四十有六，一旦出任县委书记，道路一片光明啊！不过，如果失去这次机会，或继续当任县长，或去市上做一局长，要想进步进步，就困难重重了（龙三公子完全说到关锋心窝子上了）。丁一副县长虽然年轻，但他是常务，有魄力，能力强，善开拓，呼声高，又是羌市长秘书出身，接替关县长出任县长没有多少悬念。组织部马部长，他在常委中不是很靠前，但他占据着组织部长这个得天独厚的优势口岸，换届中，出任山南的三号人物，做县委管党务的副书记应该没有多少问题。

关锋笑道："什么时候成市委常委、组织部长了？"就是市委常委、组织部长，也确定不了一个县委书记，县长的任用，市管干部，市委书记，市长，还要发表决定性的意见呢！

龙三公子挺谦虚，摇摆着肥硕的大手，说："不敢当！不过，伟人说得好，实践是检验真理的唯一标准。准不准，灵不灵，很快就可以检验嘛！难道说，关县长对出任县委书记没有兴趣？果真这样，我可以把这个信息向有关领导同志转达。"龙三公子虚虚实实，云雾缭绕。

关锋四十六，若能在换届中出任县委书记，仕途上，还可一搏。继续担任县长，或者到市上做一局长，要想再上半格，难上加难了。关锋早作了不少准备，县长五年做下来，方方面面，上上下下，早有不少门道。关锋于县委书记一职，志在必得。

关锋毫不隐瞒地表露了出任县委书记的迫切愿望，希望促成。就是在市领导面前，关锋也不隐瞒，在县长岗位拉了五年犁，往县委书记岗位上靠一靠，有什么过分呢？

龙三公子哈哈大笑，说他早钻进县长老兄大脑里开展侦查，需要什么可谓了若指掌。

## 八

马部长向关锋提出的人事方案，和龙三公子说的一模一样。周洪拟任县财政局长，刘莎莎拟任交通局长。马部长列举出数十条周洪出任财政局长，刘莎莎出任交通局长的可行性必要性。马部长谈了现任财政局长，交通局长的安排。现任财政局长还有半年到点，先让他当着党组书记，换届时，作为人大政协副职安排。现任交通局长，到县委组织部，做常务副部长，虽是副职，但组织部常务副部长，仕途上占据着太多优势，已私下征求意见，乐于接受组织安排。

关锋对马部长的人事方案，没有半点兴趣，罗列的那些理由，根本没有听进去一条。他们这个层次的领导，都已经操作过无数次这样的人事安排，要用哪个干部，只需要“用”那条理由。不用哪个干部，也只需要“不用”那条理由。当然，场面上，都冠冕堂皇：根据工作需要。根据谁的工作需要，什么样的工作需要，只有提出和决定这个人事安排的人清楚。像马部长这样一副马列主义模样的严谨人士，怎就按龙三公子的意愿提出这样一个人事方案呢？巧合？真的如马部长所说，出于公心，工作需要？关锋不会提出疑问，也不能提出疑问。就算提出，人家也会拿出干部任用条例给你说得头头是道，滴水不漏，让你不由得不认为这个干部确实应该这样用，如果不这样用，就会给党的事业，给山南的经济社会发展造成巨大损失。既然方案提出来了，提方案的人，自然会不遗余力千方百计地让方案通过。如果真有什么想法，得在方案尚未形成前采取措施。

关锋不愿意听马部长振振有词地给他上干部工作课，沉默着。沉默并不是没有态度，沉默也是一种态度。

马部长继续汇报说，已私下征求周洪刘莎莎两位同志意见，两位同志均表示服从组织决定。

关锋对马部长私下征求意见老大不满，都征求意见了，还来征求我这个县长什么意见呢？再说，关某人现在还主持着县委工作嘛，哪条哪款规定在酝酿方案前要征求当事人意见呢？并且由你组织部长去征求意见？算不算通风报信或者许诺这样许诺那样？当然，也确实没有哪条哪款规定组织部长不得征求当事人意见。关锋的不满不表露，窝在心里。

马部长对关锋的不满浑然不知的样子，继续汇报说，已经专题给林书记汇报过了。至于在什么地方，通过什么方式，马部长闭口不谈。

既然已经征求当事人意见了，又给仍然是县委书记的老林汇报了，还找我这个主持县委工作的县长干什么呢？是汇报还是通报？像一只嗡嗡乱叫的苍蝇，突然钻进喉咙，一阵一阵地恶心。关锋不好也不便发作，给马部长续上一些茶水，不紧不慢，不动声色地说："既然当事人也没有意见，又给林书记汇报过了，我没有新的意见。"关锋这话，表面上什么意见都没有，往深里去琢磨，还是透露出十分的不快，这些不快，藏在话背后，从牙缝里冷浸浸地流露。像马部长这样经验丰富的领导，完全听得出来，但他装着不懂，什么都不知道。他征求关锋意见："就将这个方案提交县委常委会？"与其说是马部长征求关锋意见，倒不如说是马部长再把事情确认一下。要不是和龙三公子有言在先，要不是涉及电力公司改制，关锋早爆发了。不是这几个人适合不适合，在山南，适合干那几个岗位的人何止十个八个。是马部长先斩后奏，事情都弄得差不多了，才来通报一声，关锋怎能允许这样的事情发生，以后，还如何在山南从事领导工作？这一次，关锋选择了沉默。他回答马部长说："就按你的意见办吧！"关锋这话，同样藏有玄机，既回答了马部长的问话，也把自己的不快再次流露，这方案，是你们组织部的方案，不是我关某人的方案。马部长再次表现出良好素质，沉着冷静，不温不火地说道："好！那我们就按关县长的意见办。"马部长又把关锋刚才的话波澜不惊地送回来，还显得谦虚谨慎，尊重领导。既然给你关县长汇报了，组织部的方案当然就变成你关县长的方案了，什么意思？怎么是按组织部的意见办？是你关县长的意见了！马部长也把自己的意见表露出来。

## 九

关锋快速推进电力公司改制。

关锋是一个守信用的人。

理由冠冕堂皇。市政府已向山南县人民政府发出督察督办通知，限山南县政府一月内完成改制任务，以优异的成绩迎接全省企业改制工作会在市上召开。否则，取消年度评先争优资格。换届在即，谁愿意一票否决？市政府的督办通知帮了关锋大忙，犹如一柄尚方宝剑。

关锋正在主持县政府常务会，讨论通过丁一提出的县电力公司改制方案。会议进展顺利，有市政府督办通知在那里，改制方案厚厚的，数十页。会前，相关单位已审核，签署意见，盖上鲜红的单位大印。关锋对这些不感兴趣，送到政府常务会的文稿，尤其像改制这样的方案，早经过多人之手，开过无数会议。关锋再次看了看由天宇评估公司出具的资产评估报告，和上次丁一送来的一模一样。关锋不想问，也不能问。按惯例，点着参会人员，询问有无意见。首先是列席会议的电力公司人员。电力公司两千多名职工，哪能都让他们列席？只能派代表。能代表电力公司的是县政府，电力公司是山南县政府的全国资公司，老板当然是县政府。关锋自然不会去代表电力公司，他只在后面决定着电力公司的何去何从。代表电力公司参会的是总经理周洪和工会主席刘莎莎。

这个时候的周洪和刘莎莎已身兼二职。县委常委会全票通过周洪作为县财政局长人选，刘莎莎作为交通局长人选。鉴于电力公司改制在即，常委会还作出一个补充决定，周洪、刘莎莎二同志任命暂不宣布，待电力公司改制完成，两同志再到新单位工作。马部长解释，这是在艰难险阻中考查和选用干部。如果两位同志能够很好地和县委保持一致，圆满地完成县委安排的改制任务，说明我们选得对；如果在改制过程中，不能很好地和县委保持一致，完不成县委交代的任务，说明这个干部不胜任。到时，我们将向县委郑重提出，重新考虑该同志的任用。马部长的意见埋下了一个重大而深远的伏笔。没有人对马部长冠冕堂皇的意见提出半点疑虑，都赞许他深谋远虑。其实，这样的做法简直就是一种赤裸裸的交易。改制工作搞好了，你就当财政局长交通局长，完不成，或者别有用心三心二意，不但你当不了局长，还要找你麻烦。可以找的麻烦多得很，纪委可以找，审计局可以找，检察院、公安局也可以找。这些，周洪、刘莎莎哪里不清楚？开始时，关锋还有一些困惑，以为会给他设置什么圈套。毕竟，他和刘莎莎是同学。关锋很快发现刘莎莎出任交通局长和自己这个县长同学一点关系都没有。县电力公司的副职足有 7 名。7 名副职中，独独对刘莎莎予以特殊照顾，是因为她兼任了工会主席。刘莎莎是电力公司改制最强烈的反对者之一，她不像周洪，周洪反对在下面，像奔涌河流下面那些隐藏的暗流，只能感觉，真要弄个究竟，又说不出一个所以然。刘莎莎像河面上那些奔腾咆哮的巨浪，实实在在地向你扑面而来。她多次表示，如果工人要上街，要到县政府，到市政府，走在最前面的，肯定就是她。鼓捣职工集资买下电力公司，最闹腾的，也是她，据说还鼓动了不少职工签名。她还有一个杀手锏，她是工会主席，要通过改制方案，得她在上面签字。工会主席不签字，改制的法律效力大打折扣。工会主席由职工代表大会选举产生，这个时候，哪能召开职工代表大会撤换工会主席？没有人去干这种蠢事，只能对她提拔重用，让她和县委保持高度一致。突然之间，刘莎莎怎么偃旗息鼓了呢？沉默寡言了呢？还有周洪？刘莎莎也仅仅是一心想着提拔重用？

关锋点着名，询问周洪、刘莎莎，电力公司有什么意见？都说，没有意见。

关锋挨次点着名，询问列席会议的财政局，水利局，发展改革局，审计局，监察局负责人，都说，没有意见。

关锋又点着名，询问列席会议的人大，政协，武装部负责人，都摇着头，说，没有意见。

关锋打趣道，发表发表意见啊！说话的人再次摇头，说，没有意见。

关锋继续点着参会的几位副县长，征询意见，都说，没有意见。问丁一，一向喜欢在常委会、常务会上高谈阔论、侃侃而谈的丁一，也说，没有意见。

关锋只好一锤定音，说，既然大家都没有意见，就原则同意。以政府的名义，提交县委常委会讨论。在这样重大而敏感的问题上，关锋不愿走半点捷径，他喜欢按部就班，稳妥。

值班人员急匆匆地在政府办公室主任旁边送上一个电话记录。办公室主任匆匆看后立即捧着电话记录送给关锋，俯下身，耳语着。

张子清带着电力公司的一帮子退休老同志，到市政府上访，要见羌市长。市政府信访办打来电话，要山南县政府赶紧派人去把老同志们接回来，不然，就落实维护社会稳定责任制，先通报，再扣目标考核分，实在不行，就一票否决。

关锋把电话记录推给丁一，要他不要开常务会了，赶紧去市政府接人，妥善处理。

丁一匆匆浏览一下电话记录，二话没说，一边收拾东西一边让办公室人员赶快叫住刚刚离开会议室的周洪、刘莎莎，一同去市上接人。

当天下午，关锋接到办公室主任报告，说丁县长已经把张子清等老同志从市政府接回来，丁县长正陪着他们在白玉山庄座谈，大家有说有笑，气氛融洽，不少老同志已经开始下棋，打牌。白玉山庄是山南一个比较有档次的农家乐，一些时候，市上部分领导，宾馆饭菜吃腻了，也提出到那里坐坐。丁一为什么把那些老同志往白玉山庄引，关锋不知道，也不想知道，只要他们不到市上省上去上访，就万事大吉。

过几天，丁一满脸喜气地过来向关锋报告，说，张子清那个老头子摆平了，要关锋尽管放心。

果然，改制过程中，没再听到张子清有什么响动。不久，县电力公司召开职工代表大会通过改制方案，县上自然高度关注，县公安局对不安定因素作了多次地毯式排查。连关锋，也对维护稳定的方案研究了又研究，自然不自然地，关锋问起张子清的情况，他知道张子清的能耐和影响力号召力。丁一满有把握地说，不会有事了，放心！尽管放心！

张子清这人是块硬骨头，也有软肋。丁一抓住了张子清的软肋。张子清只有一儿，在县国土局下面的一个乡镇国土所工作，三十多岁了，连个副主任科员都不是。张子清知道自己的儿子不是当官从政的料，也不作什么照应。张子清的儿媳小曹，是县机关幼儿园的老师，她却迫切地希望自己的丈夫能够像公公一样弄个一官半职。或许，她当初嫁给张子清的儿子未必不是冲着张子清的一官半职。丁一先把张子清的儿子从乡镇调回来，在县国土局安排了一个征地中心副主任，享受副主任科员待遇。丁一分管国土局，办这样的事情小菜一碟。小曹两口子感激涕零，自然把丁一当大救星大恩人。丁一有言在先，当副主任只是暂时的，表现得好，还可以当主任，当副局长。丁一说的表现，既是小曹两口子的表现，更是张子清的表现。丁一把话说得明白透彻，县电力公司改制，小曹两口子必须配合县委、县政府做好老头子的工作，张子清必须和县委、县政府保持一致，不得煽动老同志到市上省上上访。丁一说，县委、县政府有能力把小张调进来提上去，也调得回去降得下来。小曹是一个渴望丈夫进步的女人，哪愿失去这些企盼已久而不得的东西，当即向丁县长保证，公公的事情交给她，她有办法。张子清怎会听儿子儿媳的劝？小曹没去劝说公公，小曹的办法很简单，但适用。她先在公公面前撒泼，寻死觅活，胡搅蛮缠。公公要去参加老同志组织的上访活动，她就去拦，去拉扯，甚至伸出粗壮的大手要把张子清拦腰抱住。张子清只得改变策略，不让儿子、儿媳发现行踪。但是，只要张子清出现在老同志的集会地点，小曹很快就会出现在那个地方。小曹先是在张子清面前又哭又闹，如果张子清还不离开，小曹就去人群中拉张子清，如果张子清不配合，小曹就伸出粗壮的大手，把张子清拦腰抱着就走。张子清在山南也算一个人物，经小曹这一折腾，哪里还敢去参与那些事情，脸面早不知道往哪里搁了。到改制关键时刻，不少职工都希望张子清能站出来领着大家说说话，小曹那个母夜叉的样子，张子清哪里还敢站出来？不去，又觉得对不起人，又憋着火气，只得躲到省城一个亲戚处，眼不见心不烦。

电力公司改制尽管出现好几次闹事，人数也不少，但都在山南范围，没有到市上省上，都在公安机关可控范围内。尽管警察和职工还出现了一些肢体接触，但没有出现人员伤亡，都是按县委、县政府研究的方案有序推进。全省国有企业改制工作现场会如期在鸡鸣市召开。其间，市长羌光荣亲自给关锋打来电话，对电力公司改制工作予以表扬和肯定。关锋暗暗地舒了一口气。听羌市长口气，关锋出任山南县委书记，没有什么问题了。

那天，龙三公子突然出现在关锋办公室。龙三公子到山南，都是他选地方，一个电话，把关锋请过去。这次例外。龙三公子满脸喜色，关上门，丢一个手提箱在关锋面前。龙三公子开门见山，不躲不闪，说，老兄，事情办妥，登门拜谢。

关锋知道他事情办妥，自己确实给予了大力支持，还需要什么拜谢？需要的，羌市长已经暗示了，出任山南县委书记只是时间问题。

龙三公子一脸虔诚，指着那个手提箱，说道："这是规矩，规矩不能乱！日子还长！"

关锋想得到提拔重用，想当县委书记，县委书记当了之后还想当副市长、市长。关锋不敢要那些东西。这些年，他遇到过不少这样的情况，只是这次面对的人更加特殊，分量更重。

关锋说，该好好谢谢的是兄弟啊！关锋话语真诚，发自肺腑。

龙三公子脸上有些挂不住，他似乎很少遇到这种情况。"怎么，把兄弟当外人，信不过？怕有微型摄像机，录音机?"他一边说，一边把整个身子上上下下、来来回回地拍打不停，证明自己确实未曾采用那些下三烂的勾当。

龙三公子需要关锋把手提箱留下，说："关县长，县委书记不想当了?"龙三公子已经把先前称呼的"老兄"换成了"关县长"。

关锋没料到龙三公子会出此言，鼎力支持龙三公子，难道不是为了那个县委书记的岗位?

龙三公子继续做工作，说："关县长，我还怎么开展工作？需要我把其他人说出来?"

关锋哪里敢听，龙三公子也不会说。龙三公子非常遗憾地说："关县长，我们真的不能成为朋友?"

关锋请龙三公子提走了那个手提箱。

## 十

换届结果出人意料。关锋调任市林业局局长。丁一由常务副县长升任县委书记，马部长由县委常委、组织部长升任县长。市林业局局长和县委书记、县长，一个级别，含金量、台阶却大不一样。县委书记可以提拔为副市长，市委常委，退一步，还可到市人大、市政协谋一副职。林业局局长，要想往上再靠半格，几无可能。

关锋出任市林业局局长不到一年，山南官场发生大地震。省纪委住进山南，山南电力公司改制腐败案浮出水面。三名市领导，五名县领导，十多名科级干部卷入其中。

关锋逃过一劫。但是，他并不轻松。整个山南官场都在传说，怎独独关某人独善其身？他在这个案件中扮演了什么角色？是谁向纪委举报?

面对这些传说，比起那些被送进看守所的同僚，关锋好受不了多少。

# 换　届

老　藤

镇党委书记孟庆有一上任，就面临镇人大换届的问题，三个副镇长只有两个名额，谁去谁留？造纸厂污染严重，必须关门，然而厂长却是镇长的亲信，如何处理复杂的人际关系？无计可施之时，又有了新的变数……

七官营子镇是一个有着七万人口的大镇，由于老哈河的滋润，这片多山的土地有一种似是而非的江南般的灵气，这在地老天荒的辽西尤其可贵，给人一种塞上水乡的错觉。当然，这都是过去的情形。这些年，因为老哈河上游建了个造纸厂，乌红的废水源源不断地注入老哈河，这条河便彻底地工业化了。老哈河鹭飞鱼游的景致不再重现，逐水而居的百姓也失去了过去的温顺与平和，变得像那浑浊的河水一样难以调理。孟庆有就是在这种情况下走马上任的，县委张书记在找他谈话时说了不少话，孟庆有只记住了这样几句：七官营子有七个镇级领导，管着七万人，你们个个都是万户侯呢。

七官营子在全县举足轻重，用张书记的话说，七官营子稳，全县稳；七官营子乱，全县乱。张书记的话是有所指的，近几年七官营子总是不太平，班子内部总是鼓包，上访信满天飞，甚至惊动了北京的高官。县里先后派了几个调查组到这里消弭矛盾，可总是按下葫芦起来瓢，不见什么成效。张书记一咬牙，在换届前夕，把身边的县委办主任孟庆有派到七官营子任书记，于是，这保一方平安的重任就落在了孟庆有的肩上。七官营子的老书记是三年前从县纪律检查委员会派来的，姓黄，人很正派，不嗜烟酒，工作一是一，二是二，四十挂零就赚了一头白发。可惜这么一个好人，七官营子上下却不认同，组织部来考察，大家对他有一个出奇相似的评价——装！老黄显然知道大家这种评价，他在与孟庆有交接时意味深长地说了这样几句话：七官营子好比这老哈河，要洁身自好，你只能站在河岸上当看客，一旦你进入了这条河，就别想清白了。

孟庆有问：这三年来你一直当看客吗?

老黄答非所问：我能全身而退，已经是烧高香了。

孟庆有还想让老黄介绍一下各位镇领导的情况，老黄婉拒了，他说干部问题你还是自己去观察，要听其言，观其行，察其由，不要听人介绍，避免先入为主。

孟庆有认为老黄的话有道理，在上班的第一天，他就拿着一本镇级干部的名册及简历情况认真琢磨。这名单是他从县委组织部要来的，负责干部考察工作的刘部长与他私交不错，多向他介绍了一些情况，并给了他每个人的履历、社会关系和现实表现材料。七官营子毕竟是全县首镇，在肩膀一般高的十几个乡镇中，唯有七官营子篮球中锋一样突兀，格外抓人眼光。

孟庆有仔细看过了刘部长给他的考核材料，一头雾水。从这些材料看，这七个镇级干部都像一个模子出来的，如同七胞胎一样难辨伯仲。关于这些干部的特征，他还是在机关时道听途说的那些印象。

镇长洪山是七官营子本地人，四十有六，从村书记一直干到镇长，其性格与他的形象很吻合，给人一种虎虎威风。洪镇长与老黄不和这是人人都心知肚明的事，只是老黄不愿承认，老黄毕竟是一把手，一把手就该有一把手的城府。

镇人大主席团的单主席也是本地人，当过四年的镇长，说话总爱拐个弯，给人一种云山雾罩的感觉。

党委副书记兼纪委书记小田是外派的年轻干部，刚过而立之年，喜欢做些抛头露面的事，小田正在恶补外语，想考研究生，对镇里的工作不是太上心。

副镇长牛连山，是从城郊莲花镇交流来的，有大学文凭，喜欢咬文嚼字，他主管行政。

副镇长马万里是本地干部，主管工业。

副镇长杨力是本地干部，主管农业。

以上六位加上孟庆有本人正好是七位，除此之外，还有两个享受副镇级待遇的党委成员，小胡和老石。担任组织委员的小胡是个很有北方特征的女性，刚刚结婚不久，爱人是戍边的军官；老石是转业干部，负责党委的宣传，虽然敬业，但乡镇工作不熟，人也木讷，干宣传恰好用了他的短处。

孟庆有在老板椅上屁股还没坐热，洪镇长推门进来了。洪镇长在机关里串办公室从不敲门，推门就进，只有遇到门反锁的时候，他才挥起拳头咚咚地擂门。由于孟庆有没有想到会有人不敲门闯进来，他手中的名单便没有来得及放到抽屉里，洪镇长看他手里拿着几张表格，就问：“孟书记看什么呢?”

孟庆有有些不自然，他也不想隐瞒，便如实相告：“我在看镇干部的名单。”

“看名单不如看本人。”洪镇长说，“我晚上安排一桌饭，班子成员都到，你一下子就全认识了，也算是给你接个风。”

孟庆有仰在椅子上，眼睛却盯着洪山那张凹凸不平的脸，他知道自己的这位搭档是个十足的山大王，今天的接风宴，要比鸿门宴还难对付，因为他早听说洪山喝酒是海量，在酒桌上被他斩于马下的不计其数。

“接风酒就免啦。”孟庆有摇摇头。

“为什么?”洪镇长的眼睛瞪圆了，一棵还没点燃的烟叼在嘴上，说出的话便有些紧。

“这是张书记的嘱咐。”孟庆有不动声色道：“张书记和我谈话时就提了这么一条要求，不许喝接风酒。”其实，张书记根本就没有说这话，孟庆有是不想这么早就酒桌上见高低，他要做到知彼知己之后，再去斗酒。

“张书记那里我负责请示，今晚的桌我都订好了。”洪镇长显然不甘心，“不就是一顿接风宴吗？张书记会管这么多?”

“老洪，你看我刚来，你请示县委书记的第一件事竟是喝酒的事，这样不好吧。”孟庆有不紧不慢地说。

洪山皱着眉想了想，好一会儿，才说：“那就拖一拖吧，不过有一件事需要党委研究一下，明天是不是开个党委会?”

“什么事?”孟庆有没有想到洪山在他到任的第一天就提出要开党委会。

“是这样，前些日子，几十个村都进行了换届改选，虽说动的人不多，但还是有六个村长下来了，需要安置，具体情况田书记准备了个方案，中不中明天议一下吧。”洪山轻描淡写地介绍了一下要议的事情。

孟庆有本想拒绝，他刚一到就研究人事问题似乎不妥，但想一想刚才已经枪毙了洪山的一个提议，如果这个提议再枪毙，事情也许会僵起来，就只好答应了。

洪山走了，孟庆有仍然坐在椅子上没有动，他在想，这第一个回合，决不能让对方摸准软肋，自己是一把手，用不着讨好谁，哪怕是再难缠的地头蛇。

第二天的党委会孟庆有故意没去会议室开，开会的地点就在他的办公室，他让人搬了几把椅子来，再加上原有的沙发也就坐开了。党委会从没有在书记的办公室开过，大家都因为换了一个新的会场而有些拘谨。洪山是最后一个到的，他进来时好位置已经没有了，但副镇长牛连山见洪镇长进来，急忙起身让出了自己的位置，自己则坐到一边的椅子上去。

“根据洪镇长的提议，我们临时开个党委会，议题只有一个，请洪镇长说说吧。”孟庆有并没有客套，一双目光在每个人的脸上扫来扫去。

洪山陷在软软的沙发里，说话有点用不上力气，他往前欠了欠身体，道：“大家都清楚，我们当前最主要的工作是换届，镇级换届能不能成功，村级是关键，因为大家头上这顶乌纱，都需要村里代表画上一票。现在，村级换届搞完了，有几个老村长下来了，这些人都是有功劳，有苦劳，又有根基的，我们应该妥善安置一下，具体意见就请田书记说说吧。”七官营子上下喜欢把村委会主任叫村长，尽管官方没有村长这么个职务。

小田拿出一份打印好的材料，边念边解释，讲清了他的具体意见，那就是把这六个下台的村长调到镇里来，单独成立一个项目办，发挥这些人的作用，帮助镇里跑跑项目，人员开支列入镇级财政，其标准参照七站八所执行。

对小田的方案大家都没有表示异议。人大单主席第一个发言，他说我们不能卸磨杀驴，这些人对镇政府忠心耿耿，下台了应该给个说法。牛连山说这六个人有三个的家他都去过，生活挺紧巴的，其中山头村的冯村长，家里还有两个痴呆儿子，要是不照顾一下也实在说不过去。副镇长杨力则说以前下台的村支书、村长都进了镇政府，这已经成了个不成文的规矩，这次要是刹车停办，这几个人也消停不了。副镇长马万里态度有些含糊，他说安排这六个人他没有意见，不过把他们安排到项目办有些不妥，这些人都是饭来张口的大爷，他们来跑项目还不把人都吓跑了？

孟庆有发现两个党委成员小胡和老石一直没有发言，便在大家都发完言后，直接点他俩的将。“小胡和老石，你俩说说吧。”

老石抬起一直埋着的头，道：“我没意见。”

小胡的脸有些红，她说：“我们这么做，并没有政策依据，如果连村级干部都不能做到能上能下，我们的干部政策就很难贯彻了。”

“村长是什么干部？他们只是农民！”洪山冷冷地插了一句。

小胡不说话了，会场一下子变得很静。

通过大家的发言，孟庆有心里有了底数，他问洪山：“洪镇长还有什么补充？”

洪山道：“大家的意见都很清楚了，孟书记你拍板吧。”

孟庆有微微笑了笑，道：“好，我的意见也很清楚，这些下台的村主任都是有贡献的，应该给予关照，我同意小田的方案。不过此事还不能操作，人事工作政策性很强，小胡刚才说得有道理，我看就由小田把我们的意见形成个报告，报县人事局和县委组织部，在征得他们的同意后，我们马上操作。”

党委会散了，孟庆有发现小胡的嘴角泛着一丝笑容。孟庆有心想，这丫头挺精明的，因为她肯定清楚，县委组织部和县人事局就是借个胆子，也不敢批复同意这样的安置意见，这样一来，六个下台的村长只能在半空吊着了。

来镇机关上班没有几天，孟庆有就发现了一个奇怪的现象。平时，楼院里总有几个不坐办公室的人在晃来晃去，孟庆有数了数，这样的人一共有四个。其中一个胖一点的总是披着件上衣，另一个年龄较大，喜欢嘴里叼一根烟的矮个子，则总是寸步不离地跟着披衣服的胖子。另两个人像是半个月没洗脸一样，虽然头脸和衣服都脏兮兮的，手脚却比较勤快，扫扫院子、倒倒垃圾，还忙活着机关那个没安除尘器的土锅炉。孟庆有叫来了小胡，问她这几个人的身份。小胡狡黠地道：“孟书记曾是县委的大管家，这几个人什么身份，一搭眼就会看出个七八分。”孟庆有摇摇头，“我不是搞组织人事工作的，没那种本事。”小胡望着窗外指点给孟庆有说：“那个披着衣服胳膊不用伸进袖了的，是正式的后勤管理员，那两个干活勤快的是临时工。”孟庆有觉得很奇怪，问：“那个跟在胖子后边的人又是谁呢?”小胡道：“那个是长期临时工，是临时工的头儿。”

孟庆有恍然大悟，原来这披衣服还是一种身份的标志。

县委张书记给孟庆有打来电话，说县委要定七官营子镇政府的换届人选，请他尽快提出自己的想法。张书记对他这个身边下来的干部多了些亲近，嘱咐他一定要和当地干部处好关系，尤其是洪山，因为洪山上次换届是满票。

新一届镇政府的班子怎么搭，孟庆有心里也没有谱。他从上任的那天起就感到七官营子另有一个核心，那就是洪山。洪山也颇有人缘，走到哪里都是前呼后拥。孟庆有原以为洪山只不过一介武夫，没什么韬略，但接触了几天，他发现此人定力很强，关系也很硬，可以说是既有群众基础，又得领导关照，和他僵起来只能是两败俱伤。令孟庆有万万没有想到的是洪山也十分讲究手法，那天他让小田向组织部和人事局打报告，报告还没批回来，这边六个村长却上班了，孟庆有一问，洪山连句解释的话都没有，只是说，这样的事小田去办，黄瓜菜也凉了。我给组织部和人事局打了电话，他们答复让咱自己定。孟庆有心有不悦，洪山看出来了，他说有什么责任我顶着，与你无关，我这是先斩后奏了。孟庆有吃了个哑巴亏，心想你这只是斩了，哪里有奏？我要是不问一下，你就把我当瞎子了。

孟庆有想找副职们分别谈谈话，他斟酌了半天，最后决定第一个找老单，因为大家都在观望换届的事，找老单一谈，就等于告诉机关干部我孟庆有开始研究换届了。

老单接到通知时正在下边村里，他说抓紧往回赶，却赶了一个多钟头也没有到。正在这个空当，县环保局的魏科长来找孟庆有。魏科长说七官营子造纸厂污染老哈河的事中央电视台都曝光了，省市环保部门都挺重视，请七官营子抓紧治理，否则事情闹大了，就要勒令关闭了。魏科长与孟庆有很熟，临走时他说，多好的一条老哈河，让这么个小厂子给毁了，孟书记你看着就不心疼？

造纸厂污染老哈河的事，孟庆有早有耳闻，每年都有群众反映，县里也查办过几次，可每次都不了了之，他来七官营子报到那天，汽车在驶过老哈河大桥时，他摇下车窗一看，桥下污水流淌，桥上臭气熏天，一股刺鼻的化学味儿钻进车来，本来很好的一道风景已经破坏殆尽。

孟庆有答应魏科长，七官营子今后要走可持续发展之路，靠牺牲环境来换点蝇头小利的事他孟庆有是不会干的。

魏科长前脚刚走，老单后脚就到了，老单问：“环保局来人啦？又是为二尿子的厂子来的吧？"

"谁是二尿子？"孟庆有问。

"就是造纸厂厂长呀，你没听说过吗？这小子可横了，是个天不怕地不怕的主儿。"老单坐下来，话题一转道："孟书记找我是因为换届的事吧？"

孟庆有在老单的对面坐下来，单刀直入："你猜对了，你是人大主席，这七官营子镇政府的班子怎么换，我想先听听你的意见。"

老单想了想，道："想听真话还是想听假话？"

孟庆有见老单卖关子，便说："真话假话都想听。"

老单又想了想，道："真话么，就是现有人员调整一下，有点新成分，工作有积极性；假话么，就是这帮人马谁也不动，稳定压倒一切。"

"要是调整，调整谁呢？"

"当然是调整杨力了，他在班子里不怎么合群，他分管农业，整天就扎在大棚里。洪山批评他，说你杨力不是个大棚技术员，你是个副镇长。可他依然我行我素，要是大棚他抓出点名堂来也行啊，人家别的乡大棚都改种鲜花了，就我们七官营子还在种稀烂贱的黄瓜。"老单似乎对杨力意见不小，说出的话带有明显的指责性。

"其他几个副职你都怎么看？"孟庆有见老单谈兴正浓，便想趁热打铁，多从他嘴里听些情况。可老单也不简单，除了杨力之外，对其他人的评价，他是高度概括。

提到牛连山，老单用了三个字：热心肠。

说到马万里，老单用了四个字：大材小用。

说到小田，老单的评价是：后生可畏。

一番交谈之后，孟庆有摸清了老单肚子里的弯弯绕，他便就此打住，让老单去找那个大材小用的马万里来。

马万里来得很快，孟庆有没有和他谈换届的事，而是让他去造纸厂，就造纸厂污染老哈河一事拿出处理意见。孟庆有下了死令，在政府换届前，造纸厂的污染问题必须解决。马万里领命后想说什么，嘴张了张，又把话咽了下去，转身走了。

孟庆有想，马万里一定去找洪山了，他已经觉察出来了，这屡查屡犯的造纸厂可能与洪山有什么牵连。

下班前，洪山打来电话，说想请他到家里坐坐。洪山在电话里讲，官饭你不吃，家宴总可以吃吧，我洪山不花公家的钱招待你，就让你弟妹准备了几个毛菜，咱俩喝几盅。

家宴之邀无论如何是不能拒绝的，孟庆有深谙农村的风俗，请人赴家宴可谓礼莫大焉，孟庆有一口应允了。

洪山的家在满是平房的农村可谓鹤立鸡群，远远望去，一幢白色的三层小楼十分惹眼。不过孟庆有对洪山一直没搬到县城去住还是很佩服的，农村的条件再好，也不如城里的供热楼。屈指算来，全县十几个乡镇的党政正职，不“走读”的实在不多。

洪山的家里果然温度不够，由于空间太大，使人感到有些清冷。客厅里酒菜已经摆好了，洪山还请了一个留着小胡子的中年人来陪酒，孟庆有原以为这是洪山的什么亲戚，洪山一介绍，才知此人就是造纸厂的二尿子。

既然是喝酒，孟庆有就咬定了不谈工作，他看了看满桌子的菜，虽说不是山珍海味，可也算得上美味佳肴了。其中一道油炸蛤蟆的菜令他心里一颤，过去这东西山沟里满地都是，这几年由于环境污染，已经难得一见了，不知道洪山是从哪里搞来的。

在辽西喝酒是不用小盅的，大都用一种叫口杯的茶杯，每杯大概能倒一两半酒。此杯别地少见，但在辽西只要有酒席的地方，肯定就有这种似大不大的酒杯。洪山斟满三大杯酒，他先端起杯说：“孟书记，这杯是欠你的接风酒，来，干！”说完，一仰脖，把酒喝下去了。

孟庆有觑了一眼酒瓶，见是避暑山庄出产的一种老酒，他了解这酒的底数，说声谢谢后，也把酒干了。陪酒的二尿子一扬脖也干了。

洪山又斟满第二杯，端起来说："这杯是表态酒，七官营子的核心是党，你孟书记说了算，你指哪儿我打哪儿，决无二话！"说完，又一扬脖，把酒干了。

孟庆有说声不敢当，也有滋有味地喝了第二杯酒。二尿子只喝了一半，洪山牛眼珠子一瞪，二尿子只好喝了剩下的半杯。

洪山又倒满了第三杯，端起来道："这杯就是兄弟酒了，什么官不官的，将来退下来咱们都是肩膀头一般高的平头百姓，共事一回，朋友一场，我希望咱成为兄弟不成为冤家。"说完，又扬脖，一杯酒下去了。孟庆有发现洪山的嘴角有酒汁流下来，心里暗暗笑了笑，便什么也没说，仍然不紧不慢地把杯中的酒喝了。二尿子的眼睛有些发红，看来他不胜酒力，孟庆有便道："你喝不了就不要硬喝了。"谁知他这一说，洪山的眼睛又瞪起来了，说："二尿子，这可是兄弟酒，你掂量掂量。"二尿子哪里敢有二话，闭着眼把酒喝了。

三杯酒下去后，才正式开始吃菜，孟庆有早就预料会有这么一手，所以在来之前他吃了几块巧克力，他当办公室主任多年，对付酒场是有经验的，喝酒前先嚼几块奶糖，一般情况下是不会醉的，今天这一招果然起了作用，否则空腹下去这么三大杯酒，一般人准撑不住了。

吃了一会儿菜，二尿子又开始敬酒，他说："镇长敬三杯我就敬两杯吧，第一杯，祝愿七官营子在两位领导的带领下，工业能有大发展。"二尿子说话不走板，只是酒喝得不太干净，小胡子上满是酒水，也不擦一下又倒上了第二杯，他又端起杯说："这第二杯，祝……祝……祝政府换届圆满成功吧。"说完，表情痛苦地喝下了第二杯酒。

洪山喝酒还是不示弱的，二尿子提的两杯酒他都喝了，同时，他也盯着孟庆有把酒也都喝了。

三个人又喝了一会儿，孟庆有开始回敬，他也敬了三杯，三杯酒下去后，他看到洪山的眼皮有些下垂，但洪山的腰板一直挺着，嘴唇绷紧着，手里捏着一块生萝卜却不往口中送，好像在用力往回咽着什么。这时，一边的二尿子坐不住凳子了，一下子滑到桌子底下去了，一只盛了半只鱼头的碟子被他带到了水泥地上摔了个粉碎。

孟庆有回城时，忽然发现自己的大衣兜里被谁塞了个鼓鼓的信封，他掏出一看是造纸厂的信封，他一切都明白了，回家后他给纪委宋书记挂了个电话，又让爱人煮了碗热面条，吃完后才迷迷糊糊地睡过去。

换届工作到了火候上了，县人大的侯主任来到七官营子检查换届准备工作。侯主任是个非党副主任，说话很随便，中午吃饭时他向七官营子的班子成员透露了一个消息：本次换届与乡级机构改革要结合起来，不论大镇小镇，行政领导职数一律实行一正两副。侯主任的话一讲，几个陪餐的副镇长就有些不自然，这说明牛、马、杨三个副职肯定要下去一位。孟庆有认为侯主任不应该在酒桌上透露这样的信息，其实他早就从组织部那里知道了这一政策，他一直想做县委领导的工作，能不能看在七官营子这个七万人口大镇的镇情上，给他们多保留一个职数。县委领导的态度很模糊，说到时候再说，他便一直在等，为了稳定大家的情绪，他没有事先把这个事告诉大家。孟庆有这几天有点感冒，陪不了侯主任酒，几个副镇长又不主动，酒桌上有些闷。侯主任自己呷一口酒对孟庆有道：可惜洪山不在家，他一来，酒桌上就热闹了。孟庆有心里有些急，侯主任这话显然是对大家的沉默不满了，他看了一眼坐在桌角的小田和小胡，道：你两个年轻干部见了县领导不快点敬酒，你们还想不想进步了？小田喝酒一向是藏奸耍滑，他偷偷倒了一杯水，想伺机来敬侯主任，谁知侯主任早就把一切看在眼里，就在小田擎着一杯水站到他身后时，侯主任一把抓了个现形。侯主任说："老孟，今天我要连你一块儿罚，你的部下看我到人大了，没有用了，就用一杯水糊弄我，你看该罚不该罚？"侯主任拿过一瓶酒倒了满满两口杯，说："主动喝吧，用不着我灌吧。"

小田弄巧成拙，还连累了孟书记，这使他尴尬不已，在众目睽睽之下，他再也没有滑的机会了，只好硬着头皮喝了这杯酒。孟庆有正患着感冒，又吃了消炎药，这白酒是万万不敢喝的，正犹豫间，小胡过来把酒接过去，对侯主任道："侯主任，这酒我替孟书记喝吧。"说完，没等侯主任同意，已经把酒喝了。

侯主任乐了，道："老孟原来还藏着个女杀手，来吧，咱们好事成双，再喝一杯!"这样，小胡又陪着侯主任喝了一杯，侯主任再不喝了，他说下午都有工作，就不要斗酒了，大家这才开始吃饭。

孟庆有没有找洪山，洪山却主动来找他了。

"换届的事，咱俩交换一下意见吧，孟书记。"洪山开门见山。

孟庆有给洪山倒了杯茶，道："我也正要找你议议这个事，你来得正好。"

"换届，主要就是人事安排，其他的事都好办。"洪山道："我的想法是稳定，七官营子今天的局面来之不易，要想稳定大局首先要稳定干部，否则人人自危，工作就松套了，上边一道缝儿，下边可就一条沟。"

孟庆有点点头，却没有说什么。

"孟书记，过去外面都传我和黄书记有矛盾，其实那是三人成虎，我和黄书记没有什么大不了的矛盾。黄书记这个人优点不少，但有一样缺点叫人受不了，就是不信任人，在他眼里，别人都是贼，就他一个正人君子，说透了，还是大伙对他的评价好，装。"洪山一下子扯到了前任的黄书记，孟庆有心想，洪山这话也不是随便说的，无非是敲山震虎罢了。

孟庆有道："我同意你的意见老洪，全国都讲稳定，我们七官营子怎么能不讲稳定？但这事需要县委定，你我都积极做工作吧。"

洪山点点头，又说："还有一件事，就是你让马万里去查造纸厂的事，我觉得这事要慎重，造纸厂一年上百万的税呢，算是镇财政的支柱了，把它关了，咱镇的财政计划可就完不成了。"

"老洪呀，一个造纸厂，毁了整条老哈河，在这个问题上我们可不能不顾全大局啊。"孟庆有今天这是第一次和洪山谈造纸厂的事，他认为自己的态度不能含糊。

“要环保，更要发展，不发展大家吃什么？上百个公教人员等着发工资呢！”洪山声音有些高。

“所以现在是限期整改，还没有走关闭这步棋。”孟庆有料到了洪山会激动，便故意放慢了语速。

洪山站起身，走到了门口又回过头来说：“孟书记，你知道下边怎么议论？”

“议论我？”孟庆有指了指自己的鼻子。

“人家说你今天枪毙一个厂子，明天就会枪毙一个人。”洪山说完走了。孟庆有琢磨了好一会儿刚才洪山所说的话，也没弄明白洪山到底想说什么。

三个副镇长只能留两个的消息不知怎么就在机关里传开了，大家都在猜测到底谁会下去。论年龄，马万里最大，已经虚五十，而牛连山四十九，杨力才四十二，显然马万里不占优势。论学历，牛连山是党校函授的大本，而马万里和杨力都是大专，只不过牛连山是外镇交流来的，大家对他的大本学历有些异议。论能力，马万里抓工业有路子，镇里的主要税收来源于工业，所以马万里是上下都认可的能人。而杨力虽说大棚抓得不错，可只是农民获益，镇里得不到活钱。牛连山抓行政更是个花钱不挣钱的官，光抓计划生育就口碑不佳，再加上民政、土地、治安、综合治理，一大摊子烂事，使他在百姓中灰头土脸的，没个好形象。

正在机关里议论纷纷的时候，一天早晨，镇政府各个办公室都突然被人从门缝中塞进了一张打印的小字报，小字报的标题是“不学无术牛连山”。小字报上说牛连山连中学都没毕业，却花钱买了个大本文凭，说他一向弄虚作假，一次在参加全县综合治理经验交流会时，头一天他因为喝酒打麻将误了事，没写成发言稿，第二天大会时，他借了邻乡一位副乡长的材料说看一看。这一借，竟被他带到了讲台上，他把材料上的村名、数字改了改，其他的原封不动照本宣科，竟把台上台下几百号人都糊弄了。害得借他材料的那位副乡长没法子再上台发言，只好借故拉肚子逃离了会场。

小字报一散发，牛连山噙着泪花来找孟庆有，他泪一把鼻涕一把地让孟书记给他做主，他说这是有人在整他，他也知道是谁，在这么个紧要关头背后捅刀子，不是想争副镇长还想争什么？他猜这件事不是马万里就是杨力，他说杨力的可能性最大，因为自己和杨力有矛盾。杨力搞大棚建了些管护房，却没到土地所办手续，他让土地办去查处，结果和杨力吵了起来。杨力当时很不冷静，他说不就没请你喝酒吗？我晚上安排就是了。牛连山气个半死，牛当时就说杨力你不配当副镇长，这样就和杨力结下了怨。孟庆有劝走了牛连山，又接到了县纪委转来的一封告发杨力的信，信中说杨力去海南出差时，生活不检点，竟和人妖合影。孟庆有找来杨力，杨力一看信就说我知道是谁写的。孟庆有以为他会猜是牛连山，谁知杨力却说出了马万里的名字，杨力说他的确与人妖合过影，不过这照片连他老婆都没看过，只是马万里到他办公室时看过一次。后来杨力觉得这照片挺无聊的，就把它撕掉了，所以如果是告他合影的事，肯定就是马万里。孟庆有又问：牛连山就不会写吗？杨力很肯定地道：牛连山这个人我了解，他不会做这种事。

听了杨力的分析后，孟庆有开始注意马万里，他让老石多注意一下马万里的行踪，看他最近都在忙些什么。孟庆有已经很信任小胡和老石了，因为他觉着小胡和老石没陷入这复杂的人事漩涡中去，所以，有什么事都愿意让他俩去办。

各村人大代表都如期选出来了，老单捏着一份名单来向孟庆有汇报，孟庆有听完汇报就感到不对劲儿，在整个名单中各村支部书记都榜上无名。没有支部书记做工作，镇党委怎么控制选举？孟庆有发火了，“这是谁安排的？怎么各村书记都不是代表？”

老单支支吾吾，说候选人情况都向田书记作了汇报，田书记都同意了。

“这个小田，光顾了学外语了，中国的事还没弄明白，却总想着国外的事。”孟庆有没有顾忌老单的在场，表示出了对小田的不满。

“还有补救的办法吗？”孟庆有问老单。

“都选完了，没咒念了。”老单耸耸肩膀道。

孟庆有铁青着脸，沉默了片刻，对老单道：“老单，不是我批评你，你这个名单在选举前应该给我这个书记看看的，这下可好，多被动。”

老单脸上青一块紫一块地走了，孟庆有的火却没有撒出来。他径直来到小田的办公室，一推，门锁着，隔壁的小胡听到声音，出来一看是孟书记，道：“田书记今天上午去电大听课了，上午辅导外语。”孟庆有长叹一口气，道：“小田简直比我还忙呢，就是忙不到点子上。”

老单遭到批评之后称病请假了，他给孟书记写了个请假条，说自己脾胃不和，需调养几日。孟庆有把个假条看了两遍，心想，这老单自己还会给自己下诊断书。他准了老单的假，和洪山碰了碰头，由小胡把老单的工作顶起来。

老单请假的当天，老石来向孟庆有汇报，说马万里这几天晚上天天跑县里，马万里不坐镇里的车，都是造纸厂给他出车，对外说是跑环保的事，可天天他都在花都大酒店请客。请的人有县里的领导，也有组织部的干部，连黄书记他都请了。末了，老石请求道，“孟书记你不要再让我干这种打探情报的活儿了，我一个实在人干不了这种事。”

“到此为止吧。”孟庆有知道难为了老实巴交的老石，道：“你帮小胡多忙些换届的事吧，这件事就不要再提了。”

老石如释重负地走了。

孟庆有觉着自己该去找县委张书记了，因为开人代会的时间指日可待了。

造纸厂的污染问题再次被媒体曝光。下游邻县的一个养鱼户找来了省电视台的记者，录下了白花花一池死鱼，在新闻联播节目中播出后，

一位省领导作出了“严肃查处”的批示。

环保局的魏科长再次来到七官营子，这次他不是来协商的，他下达了两级环保部门的处理意见：造纸厂马上关闭。

孟庆有对环保部门的决定表示服从，洪山却情绪上很抵触，他说：“企业的损失怎么办？那么多订单，还不得上法庭吗？”魏科长说：“真要上法庭了，那个死鱼的农民已经起诉了，要求赔偿损失，下游还有一些养殖户、种植户都要和造纸厂打官司。”洪山的眼睛一下子直了，问魏科长：“这事，镇里不是被告吧？”没等魏科长回答，孟庆有说：“造纸厂不是镇办企业，被告自然是法人二尿子了。”

造纸厂被强行关闭的第二天，县纪委宋书记通知孟庆有，说要对副镇长马万里实行“双规”。原因是造纸厂的法人署名举报，曾送给马万里六万元钱，说请马万里帮助疏通环保的事，马万里收了钱却没帮着办事。举报人还说曾送你两万块钱，这和你当时的汇报是一致的，纪委的同志都夸你呢，说你老孟有先见之明，要是匿下这钱，你老孟麻烦可就大了。孟庆有在电话里没法说更多的话，他只是希望纪委暂时不要“双规”马万里，把钱退回来就行了，马万里是个很有能力的干部。宋书记说：“晚了，会上已经定了，县委关于各镇换届的人选也已经定了。”

纪委宋书记来电话的当天下午，县委组织部派人来七官营子宣布了县委关于这次换届人选的决定：镇长候选人是杨力；副镇长候选人一个是老石，一个是县环保局下派的魏科长。洪山交流到和平镇任党委书记，牛连山交流到太平乡任副镇长，小胡任党委副书记，老单改任非领导职务，小田暂时挂着，等待分配。

人代会如期进行，县委张书记亲临会场，破例参加了七官营子镇本次人代会。中午休会时，张书记提议说到老哈河边去走走，几位镇领导便陪着张书记来到了河边，并沿着河桥来到了河的中央。虽说已是隆冬，但老哈河的主流还没有封冻，张书记眼尖，一眼看到了桥下的水流中有两只不知什么名字的白色水鸟在游动，谁也没有想到这原来黑臭的河水中会飞来水鸟，便好奇地驻足观看。看了一会儿，大家心里都明白了，原来这老哈河水已经恢复清澈了。下午，大会选举很成功，散会时，满面春风的孟庆有把张书记送出会场，张书记环视了一下周围，把孟庆有拉到了一边，悄声道：“县委接到一封匿名信，反映你和小胡有作风问题，我估计是捕风捉影，就置之未理，不过，我可提醒你，小胡可是军婚呀！”

孟庆有像被子弹击中了一样半张着嘴愣在那里，刚才的兴奋一下子消失得无影无踪。

# 黄金圈

杨少衡

在香港中环一座大楼的电梯上，外经局长刘克服收了港商四万港币。之后，港商在县里投资过程中遇到的困难被一一解决。过了不久还是出了事，刘克服的爱妻意外死亡，而她的死与港商的这个工程有着深刻的联系……多年之后，物是人非，刘克服高升了，是什么力量促使他走到了今天？

## 一

四万元港币是在电梯里拿的。

当时刘克服在香港中环一座大楼里吃请，旅港同乡会为刘克服一行人送别，出面的是会长，姓王。陆金华是副会长，说好要来，却晚半小时才到，其时大家已经开吃。陆金华入席后照样忙碌，一边说话一边动筷子，隔一会儿就要接一个电话。鱼翅还没上，他就告辞离开。

“下回我请，赔罪。”他说，“今天不好意思。”

刘克服起身送陆老板。陆拦他，说刘克服今天是客，他陆金华算主，今天不凑巧碰上一些麻烦事，不能好好坐下来陪客喝酒，很过意不去。这个时候告辞先走已经很失礼，哪里可以让客人送主人。

刘克服笑：“陆老板客气啥呢。”

他执意送陆金华出包厢，经走廊去坐电梯。通常送客送到电梯就可以了，刘克服格外客气一点，陪着进电梯，一起下楼。

这时电梯空，除他们俩，没有第三者。陆金华问了句话：“刘局长还有事？”

刘克服告诉他此刻无事，该说的都已经说了，请陆老板支持。眼下陪着坐坐电梯，表示感谢，同时惜别。

“我们明天下午离开香港。”他说，“就在县里恭候陆老板。”

陆金华道：“再说吧。”

他手机又响了，却不接电话，让铃响个不停。当着刘克服的面，他把手伸进西装上衣内袋，从里边抓出一个信封，随手塞进刘克服的上衣衣兜。

刘克服一愣，几秒钟后反应过来，赶紧伸手往外掏。对方反应更快，当场把他的手抓住了。

“刘局长左手啊？”陆金华问。

他指的是左撇子。刘克服点头：“我吃饭使这个。”

陆金华让刘克服少使点劲。右手可以拿，左手也一样。小意思。

“这个不行，不好意思。”刘克服说。

“别人的可以，陆老板的不行？”陆金华问。

“不是那个意思。”

“如今见外了，不比以前？”

刘克服不禁笑，当即松手，不再往回掏。

“陆老板记性这么好。”他说，“只能谢了，回头我让他们给陆老板开张条，就加到捐款里。”

陆金华让刘克服别太麻烦。捐款他已经认了两万，到时候通过同乡会一起交，由他们开票留据，不用刘克服操心。他跟同乡会都说好了，捐两万，一分钱都不会往上加。刘克服不要给他节外生枝，免得大家脸面不好。

“这点小意思给刘局长买件衣服。”他说。

他看着刘克服身上的西装，脸上似笑非笑。刘克服注意到他的眼神，即拉拉自己的上衣衣襟，隆重推介：“这个跟陆老板不好比。但是陆老板肯定也有所不知，我这是国产名牌。”

他穿了件双排扣的西装，是雅戈尔，几年前的产品。

陆金华指着刘克服的脚，问他皮鞋也是名牌吗？刘克服把脚抬起来，佯作观察状。这还看什么？普通皮鞋，模样尚新，却只属物美价廉一类，他心里明白。煞有介事自我欣赏几眼，他对陆金华摇头，承认自己的行头一向由老婆打点，衣服的牌子大体知道，鞋子一时还搞不清楚。

“刘局长明天下午走，上午可以去商场转转，就清楚了。”陆金华说。

刘克服称自己只怕没有机会。香港是购物天堂，什么名牌都有，可惜顾不上多借鉴。其他的不是问题，主要是时间。他们这回事多，明天上午还得见人。

“时间有问题，钱不是问题，这个我知道。”陆金华开玩笑，“刘局长钱多，黄裱纸成千上万。”

电梯上不好多说什么，只能顺着人家的话开玩笑。刘克服告诉陆金华黄表纸不算值钱，贵气的要数纸钱。所谓“贵气”是刘克服和陆老板都懂的地方土话，指有价值。刘克服说，他们那里的纸钱比黄表纸贵气，数额大，每张印着十几个零，不上亿也上千万。如今数鬼银行最容易开，阎罗王最好糊弄。

“陆老板清楚，鬼银行不是我开的。”他说，“我管外经局，不是民政局。”

“反正都是你们。”陆金华不听解释，“不要黄金圈，要黄表纸。”

刘克服建议继续探讨，也许可以找到一个办法。黄金圈大家都喜欢，陆老板要，县里当然也不会不想要。

电梯停行，已经到了底层。电梯门一开，外边站着几个人，有几个是等电梯上楼的，有两个是等人的，一见陆金华就迎了过来，原来是他的随员，在此静候老板。

刘克服跟陆金华握了手，干这种活得使右手，刘克服早已训练有素，不会搞错。

“县里领导特别盼望陆老板光临。”分手时刘克服再次强调。

陆老板还是那句话：“再说吧。”

送走陆金华，回到包厢之前，刘克服悄悄进了趟洗手间，把自己独自关起来，掏口袋清点信封。信封里装的是钱，港币。刘克服用右手捏钞票，左手点数，匆匆点过，不多不少，刚好四万。他只数一遍，确定无误，不再点第二回，对自己左手的几个指头充分信任。这四万港币放在一个信封里，被陆老板塞在刘克服的国产名牌西服上衣外侧左兜，清点后，刘克服把它移了个位置，对折起来，藏进左边内袋，这个内袋有保险装置，钉有一个纽扣，把纽扣扣好，小偷不易摸走。明天刘克服还在香港呆半天，下午才离港归返。从香港到深圳，然后去深圳机场搭中国民航的班机回去，到家之前需要经历若干公共场所，可能与境内外若干小偷邂逅相逢。四万元如今虽然不算巨款，也值若干件名牌西装，普通皮鞋至少可以买一打。不能大意，送给小偷怪可惜的。

后来他总觉得陆金华这一沓钞票十分怪异。这笔钱显然是特意安排的，不多不少刚好四万，没涨出一个零头，也不少一个子儿。但是陆金华给钱的情况挺特别，如果刘克服没有起身送客，没有格外客气送进电梯，而且电梯里刚好没有其他人，这些钞票都不太可能塞进刘克服的西服口袋里。也许陆老板这笔钱是为另外一件什么事什么人准备的，忽然间心血来潮就塞进刘克服的口袋里？所以只好说这是天意，老天爷要给你送钱，哪怕你跑到香港，钱还会进你的口袋，这是没办法的事情。

刘克服到香港是为招商会作准备的。本市五月十八日有一个招商大会，称“5. 18经贸洽商会”，由市里统一举行，各县区共同参与。该招商活动已经办了十数年，早先定在四月，叫“四一八”，与“是要发”音韵相谐，很吉祥很美妙。但是后来有好事之徒挑毛病，认为该谐音不好，有“死要发”之嫌。死要发其实并不坏，活着能发财，死了还要发财，人生有这么美好的事情，谁不高兴？问题是人都怕死，提到死总让许多人感觉晦气，哪怕能发财。市领导出于对客商生命的热爱，也听从了许多人的意见，决定把时间推迟一个月，移到五月十八号，取“吾要发”之谐，为大家提供发财的机会，同时免去了死亡的顾虑，于是皆大欢喜。渐渐地“吾要发”成了本市招商的一大品牌，每年这个日子前后，各县区摩拳擦掌，竞相努力，力争大有成效，多谈成些项目，同时把其他县区比下去。

刘克服时任县对外经济贸易局局长，其局简称外经局，做外经贸具体工作，招商是他的主要业务。刘克服到香港的任务是尽可能多邀请些客商参加5. 18招商活动，特别是要请到一些大牌客商。同时尽量多组织项目，吸引客商兴趣，力争签约。刘克服的外经局并不只在五月十八日干活，其他时候睡觉，他们一年到头都在接触外商洽谈项目，办招商会只在推进项目，集中签约，同时也作集中展示。由于招商会是全市统一，各县区你争我赶，县里头头都怕落于人后，自然特别重视。这回到港作招商准备，县里派有分管副县长齐成亲自率队，刘克服等相关官员只是随员。领导事多，所谓百忙，齐成到港后开了一个见面会，拜访了几个头面人物，因事匆匆离港返回，剩下的任务交刘克服落实。刘克服一行在香港整整呆了十天，该找的人一一找过，该谈的事大多谈完，拉住了若干港商，敲定了一些项目，然后打道回府。

陆金华是此行的一个重点。这位老板与本市本县很有渊源，他是市区人，父亲解放前开工厂，当资本家，解放后几经起落，“文革”中一家人下放到本县岭兜乡种地，当时他还是个小孩。后来陆父病死，葬在乡下，他本人则去香港投奔其大伯。他大伯在香港经营船运，很有钱。他在大伯扶植下，从搞包装袋起家，很快就有了自己的公司，如今已经颇具实力。陆金华在国内好几个地方投资办厂，他在自己下乡呆过的岭兜乡经营一家水泥厂，还建了一家水电站和石材厂，是本县重点港商。本市搞经贸活动，他这样的客商自然应当是座上宾，主方一定要请，他也自当欣然光临。所以齐副县长到港第二天，就带着刘克服等人跑到香港北角，专程到陆的公司总部登门拜访、相邀。陆金华却含糊其辞，不明确答复是否应邀参会。待到送行吃饭时，刘克服再三邀请，他还不明确表态。为什么会这样？刘克服心里有数。

此刻陆老板正与县里洽谈一个项目，拟在县城附近建一片厂房，形成一个具有相当规模的现代运动健身器材生产基地，生产的新型运动健身器材具有高科技含量，将尽数出口外销。县里对他这个项目很重视，全力支持，打算把城北一片山地给他，他却看中城西区域，提出要一块俗称“苍蝇巷”的地块。双方没有谈拢。

本县旧日有民谣，称“南门金，北门银，东门牛屎，西门苍蝇”，说的是县城各个角落的特点和地位，其中西部最差。这一带地势较高，位居城乡边缘，与乡村农田相接，早先有一条弯弯曲曲的街巷，巷两边是平房，后边是田园，周围遍布大粪坑和猪圈，苍蝇最多，所以有“苍蝇巷”之芳名。改革开放之初，县城城区扩展，苍蝇巷被列入改造，确定划为乡镇企业区，当年费了很大力气，填了粪坑，迁了猪圈，修路拉电，办起了一些小作坊小工厂，曾经热烈一时。若干年后又陷衰败，因为规划不当和其他多种因素没能发展起来。如今苍蝇巷一带基础设施残缺破旧，企业多不景气，到处污水横流，依旧满眼苍蝇。港商陆老板偏偏喜欢苍蝇，要把他的现代运动健身器械基地建在这里，认为昔日苍蝇巷有望发展起来，可以变成一个黄金圈。

陆老板慧眼独具，别人只看到满天苍蝇，他却看到满地贵重。让他在苍蝇巷投资办厂，创造出一个黄金圈有何不好？城西一带眼下非常破败，小工厂小作坊倒的倒散的散，只剩几家手工业小纸制品厂还在开工，生产销售的主要产品是黄表纸，以及城乡居民出殡上坟的各类用品，包括纸钱。这里有一种纸钱模仿美元样式，币面面额巨大，数以亿计，发行者号称“冥国银行”，俨然已成阎罗王的金融寡头，实际没有几个GDP。让陆老板在苍蝇巷化腐朽为神奇，把供奉鬼魂的黄表纸烧成本县人民的黄金圈，看起来好处很多，为什么不呢？县里却再三说服，婉言相劝，多方面进行比较，说明旧民谣有道理，城北地点最好，非金即银，建议陆老板按照原先安排，把厂子办到城北去。这里边有个原因：陆老板之前，县里已经答应把苍蝇巷给另一客商开发改造。陆老板不幸晚踩一步，人家已经占了先机。

陆老板非常执着，无论怎么解释，主意不改，只要那堆苍蝇，其他地方免谈。这就跟年轻人找老婆一般，情人眼里出西施，看中谁只要谁，拿谁换都不行，老爹老娘谁讲都不听。事情谈不妥，老板有意见，县里请他回来出席 5. 18 招商会议，他不哼不哈。旅港同乡会为刘克服一行送别，他迟到早退，说是碰到麻烦事，其实事出有因，旨在表达不满。

他却给刘克服送了钱，表明意见归意见，交情归交情。四万港币不是巨款，也不算太少，刘克服一个小局长，不能盼望太多。刘克服一行往港联络招商之前，恰县里遭遇强寒流袭击，大批农作物受灾，情况相当严重，旅港同乡会组织赈灾募捐，慰问灾农，陆老板也认了捐，出两万聊表心意。相比而言，显然陆老板对刘局长比灾农心意更足一些。这笔钱除了陆老板刘局长你知我知，只有电梯稍微看到一点。以当时情况分析，不至于暗藏杀机，本款基本安全。

刘克服回到县里，隔天就找领导汇报。不巧副县长齐成到省里开会，要求刘克服直接找县委书记方文章报告。方书记是老大，说一不二，脾气不小，不好对付，小局长个个都怕，此刻事到临头，不上也得上，刘克服硬着头皮去找，果然出师不利。方文章一听陆金华没有请下来，张嘴就批。

“这点事也办不了，你们去干什么？香港很好玩？”

刘克服强调一行人谁都没玩，除了坐车就是办事。

“办成这样还嘴硬？”

刘克服不吭声了。

方文章也对陆老板不满，说陆金华喜欢苍蝇，总要讲点道理。如果可以办，哪怕已经卖给别家了，县里也会想办法把地赎回来，转给他陆老板投资办厂，打造黄金圈。问题是不可以，这事没法办。

刘克服说：“我看他很固执。如果不给，可能会走人。”

“你这个外经局长怎么当的？”方文章批，“他要走人，撤你，你们一块儿走。”

刘克服请示：“能不能让我跟林渠他们商量商量？”

方文章眼睛一瞪："你嫌自己麻烦少，还是嫌林渠麻烦少？"

刘克服不再说话。

方文章要求刘克服不放松，继续做工作。首先必须保证陆金华回来参加招商会，接着还要把陆金华这个项目争取下来，不能放过。

还没说完，他办公桌上的座机响铃。方文章抓起话筒，片刻间神情语音完全变了，不再像训斥刘克服那样满嘴喷火。

"是我。领导啊，有什么交代？"他问对方。

刘克服站直，这时挺为难。方书记还没发话，他不能离开。但是站在这里听领导打电话似乎也不合适。

"那个地方啊，"方文章对着电话笑，"老名叫苍蝇巷，一地破烂。"

他突然意识到屋里还有个人，于是抬手，指着刘克服，再指指门口。刘克服明白了，领导这是让他出去，人家有要事跟电话说，谢绝旁听。刘克服赶紧走出书记办公室，把门小心掩上。

他没离开，站在走廊外等候。除了因为书记没有发话，不好擅自逃遁，他心里也有些好奇，在屋里听了领导只言片语，知道书记突然接到的这个电话似乎跟苍蝇巷有关，以方文章的口气推想，来电话的人职位显然比县委书记更高。这是个谁？怎么也关心起一巷苍蝇来了？刘克服不禁猜想。

方文章这个电话足打了20分钟。刘克服守在外头没有离开，其间有几个人过来探头探脑，都是刘克服一类县直机关中层官员。他们问刘克服方书记在吗？刘克服告诉他们书记在里边打电话，想见领导请排队，大家级别相当，按先来后到排序，请排于刘克服之后。那几个人比较计较，不甘排名在后，均掉头离开。

然后方文章打开房门，喊了一声："小刘！"

看到刘克服还在，没有变成苍蝇上天翱翔，他表示满意。

"你还有点脑子。"他说，"事情没完。"

他对刘克服发布指令，口气完全变了。

“你找林渠商量一下陆老板这个事。”他说，“告诉他我让你去的。”

刘克服大觉意外：“方书记有什么具体要求？”

不作明确指示，就是让刘克服先商量，深入探讨，然后酌情研定。

于是刘克服找林渠。当时林渠恰在苍蝇巷办公，让刘克服过去见面。刘克服坐上局里的普桑，立刻赶去。

林渠是县民政局局长，民政局有实权，自有一幢办公大楼，地点在县城新华大街上，里外装修都很好。林大局长怎么会跑到苍蝇巷那种破地方办公去了？有些特殊原因。

原来苍蝇巷有大片地盘是林渠的，准确说是归县民政局管辖。早年间苍蝇巷被辟为乡镇企业区时，当年的民政局局长有远见，在这里插上一脚，占一块地盘，建了两家工厂，分别生产纸质和木质用品。生产木质用品的叫民政木制品厂，说法比较文雅，实际就是棺材铺，根据需要为各种死者打造棺材。后来因为殡葬改革推行火葬，棺材需求锐减，木制品厂不再做棺材，改做骨灰盒，以及相关丧葬用品，以满足各类死者需要。民政局属下另一家企业生产纸质用品，叫民政纸箱厂，是一家福利性质企业，主要安排本县残疾人员就业。因纸箱包装行业竞争厉害，残疾人企业比不过健全人，该厂后来转产，虽然还叫民政纸箱厂，却不再生产纸箱，改产花圈、黄表纸等纸品，同时大量印制纸钱。类似产品的竞争也很激烈，该厂依靠政策扶持，勉强维持。近些年，苍蝇巷一带小作坊小企业多因产品销路困难停产，民政这两家厂子始终坚持生产，他们的员工工资很低，产品也有销路，因为人总是要死的，人死了都要治丧，用得着骨灰盒黄表纸以及花圈纸钱种种。

眼下民政部门的这两家厂子突然成为问题，尤其是民政纸箱厂。在陆老板提出打造黄金圈之前，早有一位客商独具慧眼，选址在这里投资，拟改造苍蝇巷，建造大片标准厂房，开发一片工业园区。旧城旧企业改造如今常见，改造中企业员工安置有些通行办法，苍蝇巷这里原有老企业基本倒光了，破产倒闭企业员工安置多是拿出一笔钱买断工龄，政府提供帮助，工人自谋出路，争取再就业。这一办法对民政纸箱厂却不好用，因为这里不比其他，集中了百来个残疾人。

他们不接受主管部门提出的买断工龄方案，宁愿领取微薄工资，坚持上班印制纸钱，不愿失去工作。因为他们身有残疾，再就业格外困难。残疾人维护自身利益的态度很坚决，效果很强烈，瞎子聋子哑巴驼背断手断脚聚在一起，情况有别于常人。

所以林大局长焦头烂额，蹲到苍蝇巷办公去了。“吾要发”在即，招商洽谈会要开了，县里计划于招商会期间跟投资商就改造苍蝇巷为工业开发园区正式签约，这就需要林渠做通所属企业残疾员工工作，把事情谈妥。林渠是老手，曾经当过信访局长，也在乡镇当过书记，很会软硬兼施，良民刁民都能对付，但是这回非常棘手，因为对方无论良刁，都是残疾人，人家认准一条，软硬不吃。

刘克服赶到苍蝇巷时，林渠正在纸制品厂的办公楼里找残疾员工谈话。刘克服到了工厂门外，这才明白为什么林渠要劳驾他亲自前来参观访问，自己不愿离开苍蝇巷半步。原来林大局长根本就出不来：工厂门被一辆载货小卡车堵死了，林渠的轿车被堵在厂内停车场里。

刘克服下了车，带着部下小陈步行穿过大门，进了福利厂。

进大门之前，他给妻子苏心慧打了个电话，苏心慧在单位里。

“我在苍蝇巷，这边恐怕麻烦。”他告诉苏心慧，“中午可能回不去了。”

“知道了。我去学校接儿子。”苏心慧问，“怎么跑那边玩去了？”

刘克服说：“不好玩，回头讲吧。”

这时刚好走到大门口，经过堵门的货车边。刘克服抬眼一看，货车驾驶员坐在车里抽烟，也拿眼睛盯着他。驾驶员理光头，长脸，长着一对招风耳，手中夹着一支烟，烟雾从他脸上飘过，他的一双眼睛在烟雾中灼灼发亮，眼神挺特别。

忽然那驾驶员把手一甩，手上的香烟从车窗飞出来，直打刘克服的脑袋。刘克服匆忙一闪，烟头从他耳畔掠过，打在一旁小陈身上。

小陈忍不住叫唤："你干什么？"

那人不含糊，立刻回敬："我干你妈！"

刘克服抓住小陈的肩膀，把他往前一推："快走。"

此时此地不适合理论，刘克服迅速干预，扼杀可能恶性发展的言语冲撞，把自己和随员带离现场。

他们进了纸箱厂办公楼，不待上楼与林渠接洽，刘克服的手机响了。

"刘局长在苍蝇巷吗？"

是姚育玲，姚经理。刘克服不禁惊讶，这人真是顺风耳，消息真灵。刘局长一行二人刚刚光临苍蝇巷，不待办事，人家的电话就赶来了。

"姚经理有事吧？"刘克服问。

"陆老板交代我打一个电话，"姚育玲说，"谢谢刘局长。"

刘克服说："谢什么，早呢。"

"老板说要先谢，谢在前边。"

刘克服不由得想起香港中环那座大楼的电梯，陆金华不吭不声一伸手，从西装内袋里掏出了一个信封。

"事情办成了，老板还会再谢。"姚育玲补充了一句。

刘克服不禁哈哈，说自己运气真好。

## 二

刘克服跟陆老板之间曾经有过一笔老账，也是四万元，发生于境内，为人民币。

那是几年前，刘克服还在本县岭兜乡任职，当乡党委书记。手下管着近百员乡干部，为全乡四万多民众提供服务。乡级官员位居国家权力结构的底层，乡镇主官工作量很大，很忙，刘克服却乐此不疲，做得津津有味。

一天晚间，副乡长王毅梅告诉刘克服，有村民偷偷举报，“对象”回家了，今晚可能住在村里。刘克服精神一振，说那行，找。

当晚他们行动。乡政府开出两辆吉普，还有一辆面包车，拉了十几个人往山里去，其中有乡干部，也有村干部。山里道路差，加上下小雨，路滑，得注意安全，车开得很慢，速度简直有如牛车。走了三个多小时，将近午夜才到了地点。

那是一个小自然村，位于山坡上，进村有一条土路，可供拖拉机来去，乡里的吉普车底盘高，四轮驱动，也能爬上去。但是刘克服不让车走，说这种时候开车进村，动静太大，“对象”耳朵不会闲着，让人家听到了，咱们还见得着吗？于是乡干部村干部们一律下车行走，从山脚往坡上爬。天下雨，地上滑，黑天暗地，大家穿着雨衣，打着手电，踩着泥水，走得非常艰难。进村之前，刘克服把人员分成两拨，一拨跟着他守在村外，一拨由王毅梅带，绕小路到村后，那里有一条山路通向大山。王毅梅这一组人的任务是把住村庄的后通道口，他们得绕远路，不能从村里经过，免得造成惊动，前功尽弃，所以先走一步。刘克服带着他那组人以逸待劳，静悄悄一声不响，在村外坐了将近半小时，算一算时间差不多了，才动身进村。

那时已过午夜，小村庄非常安静，狗都睡熟了。顺山坡修建的农舍一间间全是黑的，只有村头亮着一盏路灯。

他们进了村，由村干部领着，直趋“对象”的家。村里的狗开始汪汪，山庄雨夜不再宁静。小村不大，狗没叫够，刘克服一行已经叩门了。

却没想扑了个空。“对象”不在，其家人从梦中醒来，面对雨夜三更突然造访的乡领导村干部，眼神茫然，什么都问不出来。

这是常事。乡干部听到的消息来自各种渠道，其中有一些可能准确，有一些则是讹传。有一些起初可能是准确的，但是后来发生了变化。例如今晚，有村民报称“对象”回家，可能不会错，报信者真的看到人家回来了。问题是人家后来又走了，没在家过夜，也没让旁人看到，所以乡领导村干部们只好白费工夫，扑个空。乡村工作，这类情况不足为奇。不能因为信息可能不准确，可能做无用功就不作为，呆在宿舍里睡觉，因为大家就是干这种活的，事情摆在那里，不做不行。

扑空了能怎么办？只能跟“对象”家人讲点大道理，然后安排撤退。刘克服吩咐把山下的几辆车叫进村，通知王毅梅他们放弃，到村里汇合，准备下山。不料这时电话来了，是王毅梅。

“刘书记！人在这里！”

“谁？”

“就是她！在这里！”

十几分钟后“对象”随同王副乡长一行下山，与刘书记等人相逢于自己的家中。

这“对象”是谁？姚育玲，日后的姚经理。她挺着个肚子，身子已经显得笨重，腹中婴儿至少有四个月。姚育玲才二十八岁，身条瘦长，皮肤细白，模样很俏，不比一般乡下女子。这人已经育有一对双胞胎儿子，肚子又怀了一胎，属“计生对象”。拥有如此身孕，难得她身手非凡，一听村中狗叫，料想可能有事，被子一掀，衣服一披，爬起来就走，也不用手电，摸黑顺小路上山，打算一跑了之。没料到刘克服细心，早在山后布下伏兵，让她一头扑进王毅梅手里。

这时刘克服才感叹，不止为“对象”的身手，也为其家人的表现。刚才姚的丈夫坐在床上，一问三不知，让刘克服感觉自己确实搞错了，人家老婆根本没有回来。哪会想到几分钟前他们夫妻还一起躺在被窝里。

姚育玲一回家就生气，骂她自己的丈夫。

“不知道给领导泡杯茶？”她说。

她丈夫说茶有，没开水。姚育玲要去烧开水，刘克服劝她算了。

“赶快换件衣服走吧。”他说，“天快亮了，别耽误时间。”

姚育玲说：“我在家给领导泡茶。其他地方不去。”

刘克服让她看大家的鞋子：“不去好意思吗?”

当晚到来的十几个人，从乡党委书记刘克服到村干部，人人都是一双泥鞋。王毅梅最狼狈，她眼睛不好，在路上摔过跤，衣服裤子上全是泥，脸上还给石块划伤了。

姚育玲不听，当众抹起眼泪。刘克服让她丈夫劝劝，她丈夫倒好说话，指着老婆说哭啥呢，领导这么辛苦，算了吧。姚育玲冲自己丈夫骂：“你最没用!”

王毅梅劝说：“半夜三更，还下雨，刘书记带这么多人亲自来请，够大面子了。”

姚育玲还是不走：“你们要绑我吗?”

刘克服说如今上级有规定，计生要抓，不准乱来。姚育玲读过高中，当过小学校代课老师，不比其他人懂道理，该比其他人懂利害。今天这么多乡领导村干部一起来了，大家见上面了，说明有办法也有决心，总归要完成任务。不去肯定是过不去的。

“我就是不去呢?”

刘克服说姚育玲的情况大家清楚，她自己更清楚。这样不行，对大家不公平，对她丈夫不公平，对她自己也不见得好。

她不说话。

劝告了一个多小时，最终说通，姚育玲坐上面包车，与刘克服一行一起离开村庄。

她在卫生院里做了人流。

两星期后，事情闹大了。

那天刘克服不在乡里，在县城参加乡镇书记乡长会议，他在会场上接到了乡办公室打来的一个告急电话：几分钟前，岭兜水泥厂开出一辆大卡车，载了一整车的人，离开厂区开上公路，朝乡集这边奔来。车上人主要是厂区保安队，都穿制服。还有一些外来民工，都穿工作服，戴安全帽。其中有些人身上藏了家伙，都是棍棒。

消息是乡办主任的侄儿提供的，那人在水泥厂当杂工，这几天临时充当卧底。刘克服要求乡办密切注视水泥厂动态，有情况及时报告，乡办主任布置了几条眼线，包括他自己的侄儿。这年轻人比较机灵，发现了情况，偷偷打了电话。

刘克服不觉手心出汗。

“知道他们要干什么吗？”他问。

办公室主任道：“说是要讨账，不能让人欺负了。”

“讨什么账？”

厂里有人声称被欺负了。前些时候岭兜水泥厂有一个司机出车到乡上，与他人的车碰撞受伤。对方在乡政府里有人，警察审理不公，偏袒对方，厂里员工非常不服。

“这是借口。”刘克服说。

刘克服断定这一车人来者不善。这时候能怎么办？

当时有一个副书记在乡里。刘克服打电话，命他马上安排与水泥厂联系，搞清情况，同时要他本人立刻赶到林业检查站那里，如果水泥厂那车人到，让检查站把他们拦下来，了解他们要干什么，劝告他们回去。有事可以商量，不得聚众胡闹。乡里这边也要做好准备。

“要不要告诉派出所？”副书记问。

“要的，让他们提防。”

副书记按刘克服布置给水泥厂方面打了电话。对方装傻，称厂里没有派车，也没有员工集体出厂活动。副书记心知有诈，不敢拖延，骑个摩托车立刻赶到林业检查站，时间刚巧，没等喝一口水，那车人到了。果然很不一般，成排的安全帽，样式很特别，看上去就像钢盔，人员中有的穿制服，有的穿工作服，每人还有一副墨镜，一个口罩，威风凛凛，看起来很不寻常。车被拦下来后，问他们上哪里？车上人不讲什么受欺负讨账，只说去赶集，兜风，逛商场买东西。逛商场干吗这种穿戴？人家不说，反问哪条规定禁止戴钢盔赶集兜风？副书记无话，看着那一卡车人往集里去。

他立刻把情报告诉了乡派出所，还给刘克服挂了电话。

“所里眼下没几个警察，怕是对付不了这么一卡车。”他说。

刘克服急了：“让警察小心，掌握局势，不要失控，不能硬干。”

“我知道。”副书记猜测，“一车家伙会不会就是兜一兜，发发威？”

“不管干什么，不得不防。”刘克服说。

刘克服在会场上坐立不安。两分钟后，他跑到外头，直接往乡办公室挂了电话，下达一个紧急命令，让乡政府值班人员立刻通知全体在家人员，关门闭窗，全部撤离办公室，集中到乡政府外边广场上，以防万一。

事后证明这一条很及时。乡干部刚集中到外边，那一车人到了。卡车到乡集后哪里都没停，不去赶集，也没上派出所，开足马力直奔乡政府，一直开进乡政府大院，停在办公楼边。而后车上人一窝蜂跳下来，四散开去，发一声喊，办公楼上下顿时乒乒乓乓响成一片。只一会儿工夫，警察闻讯赶到，那些人已经全部回到卡车上，卡车开出乡政府大门，扬长而去。

此时乡政府里已经一片狼藉，大楼下边两层所有办公室门窗全部被从外部敲毁，碎玻璃片遍地都是。一些办公室靠窗摆了沙发茶几，肇事者敲破窗玻璃，把他们的棍棒从破窗伸进来，将茶几上的茶壶茶杯捅到地上，开水瓶也没放过。但是肇事者只从外部扫荡，并不破门入室。各办公室内部设施及文书档案均未损毁。

由于刘克服事前打电话紧急交代过，警察和乡干部均按兵不动，不作激烈反应，没有阻止肇事者进入，也没有拦截其离开。双方未曾发生直接肢体冲突。除了一地破碎，人员均无损伤。

当天中午，县里会议结束，刘克服马上找县委书记方文章汇报。乡里出了这种事，不报告当然不行。这时方文章已经听到了一点风声。

“怎么搞的！”他很不高兴，“到底是什么缘故？”

刘克服说情况正在调查。所传闹事原因是车祸处置不当，偏袒一方，欺负水泥厂驾驶员，可以肯定不是这回事，如果只是那个，不该闹到乡政府。以他推测，事情起因不会是别的，就是姚育玲流产。那天晚上动员姚育玲去做手术后，他已经估计对方会有反应，也作了防备安排。但是没估计到他们敢搞得这么大。

方文章看着刘克服，眼神很吃惊：“你小刘名堂大了。”

确实有些名堂。原来姚育玲很复杂，不是一个山庄小村的普通计生“对象”。那天晚间跟她躺在一个被窝里的山庄农夫是她的合法丈夫，除了这个男子，她还是所谓“陆老板的人”，为外商陆金华的特别雇员。

陆金华到本县投资办的第一个厂子在岭兜乡，是早年他一家落难下乡之地。岭兜有石灰石矿，有一家县办水泥厂，因经营不善面临破产，被陆金华买走，投了大笔钱作技术改造，扩大生产，起死回生。当年企业刚起步，需要料理的事多，陆老板经常出没于岭兜乡间。有一天黄昏，他的车开进水泥厂厂区，厂区道路迎面走来一群女工，是刚从工地下来的，个个蓬头垢脸，头上身上白花花全是灰。有一个年轻女工独自走在后头，一边走一边拍打身上的灰土，蓬蓬蓬拍起一团灰土雾；女工整个人罩在灰土尘里。陆金华见了，叫声停，轿车停在那女工的身旁。

陆老板把车门打开，问了一句：“哪个班的？”

女工回答，她在三工组二班。

陆金华也不多说，让女工上他的车。女工吃了一惊，告诉陆老板她刚下工，身上一身灰呢。陆金华却不计较，还叫人家上车。

“就看你这一身灰。”他说。

年轻女工乖乖上了车。陆老板把她拉到厂区自己的房间，让她洗澡，给她吃饭，当晚上床把她办了。

这女工就是姚育玲。姚育玲是岭兜当地人，读过中学，毕业后回乡务农，嫁到邻村，丈夫是她中学同学，在村里当会计，她婚后当过一年多小学代课老师。后来其夫因为账目有问题被免了职，她本人也因为生了一对双胞胎，养孩子累人，没办法再代课，只能辞了，回家顾孩子。陆金华的水泥厂扩产招工时，姚育玲让丈夫去应聘打工，赚几个工资，免得没钱给两个儿子买奶粉。她这丈夫却不是能吃苦的，到厂里一看，发觉这里的活又累又脏，还很拘束，真不是人干的。家有两亩地可种，为什么要来做这个？于是掉头走开。姚育玲很生气，把孩子丢给婆婆管，自己跑来应聘，被录用到生产线上。几个月之后，居然又被陆老板录用到了床铺上。

陆老板人届中年，有钱，吃得好，营养足，正是生猛一族。这个老板好色，人比较花，除了喜欢钱，就是喜欢女人。陆老板一家原居香港，后来投资移民加拿大，搬到大洋彼岸去了，那以后陆老板说港商也是，说加拿大商也算。他太太带着儿女常年居住于多伦多，他自己经常于太平洋上空飞来飞去，毕竟远水不解近渴，必须就近挖掘，解决口渴。陆老板的公司总部设在香港，他在广东有企业，在本县投资办厂，在市区他老家也办有厂子。他在自己办厂的各个地方分别挖井，以供解渴。这就是说，他在不同地方各自录用了类似姚育玲这样的年轻女人，供其非法使用。陆老板虽出自资本世家，早年经历却比较坎坷，起于草根，所以颇具杂食性，在录用女人方面并不特别挑剔特别苛刻。他身边的女人很多样，太太留过洋，眼下带着孩子还在留洋，太太之外的其他女人中有大学生，有歌厅小姐，也有刚从水田里洗脚上岸，身上能拍出几两灰土的操作女工姚育玲。陆老板眼睛很毒，那么多蓬头垢脸的女工中，他不要别个，一眼看中了姚育玲，当时姚育玲跟前边灰头土脸一群女工看不出有什么本质区别，谁能想到后来她穿上职业套装，烫出一头卷发，吃得好睡得多加上不做粗活，忽然就变得细皮嫩肉，唇红齿白，姿色可人。坐在办公室打电话，哪里还有半点乡下婆操作工的影子，完全变了一个人。

陆老板录用姚育玲的故事在本乡广为人知，早已成为街谈巷议的公共话题。陆老板并不在意，带着姚育玲四处走，出入各公开场合，周旋于县乡官员之间，从不感觉尴尬。对外商的个人私生活事项，眼下各级官员只好睁一只眼闭一只眼，不宜多管。假设陆金华只是一个普通男子，即使掌握有他与有夫之妇通奸的确凿证据，女方及其家人不告，司法部门也不好发话，何况这家伙不普通，港商兼加商，有钱人，在本地投资办厂，为各级领导所看重。

但是姚育玲不一样，无论她变成什么人，跟陆老板有何瓜葛，她还是她，户籍在岭兜乡，是本乡某村民法律承认的妻子，刘克服必须加以关注的“对象”。

一个多月前，有一天乡领导开会，研究计划生育工作。分管副乡长王毅梅报告说，乡计生办接到电话举报，姚育玲已经有两个男孩，现在又怀上了。姚育玲的丈夫做过绝育手术，几年里他们没再有孩子，明摆的手术没问题，术后并未复通。眼下肚子鼓了，肯定跟丈夫无关，是野种。姚育玲在岭兜名声大了，她可以生野种，其他夫妻正经自家种还不能生吗？全乡百姓特别是育龄妇女都在看乡里怎么处理。

乡领导们面面相觑。

“情况准吗？”刘克服问。

王毅梅说，她让人悄悄查过，可能是真的。

“大家说说，怎么办？”刘克服问。

在场乡领导个个摇头，都说这他妈的，陆老板搞的吧？这事咱们能管吗？

“不管可以吗？”刘克服反问。

刘克服让乡计生部门抓紧了解，把情况搞准，然后再考虑措施。由于可能牵涉陆老板，比较敏感，不要太声张，悄悄来。计生部门按照刘克服意见，多方了解，得知姚育玲不久前曾到县医院妇产科看过医生，他们赶到县医院，掌握了确切情况，姚育玲果然怀了孩子。计生人员给姚育玲打了电话，约她谈谈。姚育玲说自己住在厂里，让计生人员到厂里找她。第二天那些人专程前往水泥厂，姚育玲却没有露面，从此手机不通，音信全无，销声匿迹了。

刘克服断定她不会跑远，最大可能还是藏在水泥厂里。水泥厂是外资企业，没有企业老板同意，乡里不好进厂找人。但是姚育玲不可能寸步不离只呆在厂里，她毕竟是本地人，山沟里还有一处旧农宅，住着她的合法丈夫，以及两个孩子。尽管傍上老板有了新欢，女人毕竟还是女人，她可以不在乎原配，却不会不记挂自己的儿子。

事情让刘克服料准了。姚育玲偷偷跑回家看孩子，让自己的合法丈夫顺便温暖一回，以为神不知鬼不觉，却让刘克服找着请走，计划生育了。那一段时间陆金华老板远在加拿大，鞭长莫及，一时够不着。刘克服估计待到陆老板够得着时，一定有气要发，刘克服作了不少准备，除了准备跟陆老板讲理，还特别关照注意水泥厂动态。他却没想到对方的反应会如此激烈。

方文章听了刘克服汇报，有些难以置信。

“你干什么？自己带队上山？”他问。

刘克服承认。那天晚上天下小雨，半夜三更，他带着乡村十几个干部上山找“对象”，说服了姚育玲。别的对象不需要乡书记亲自找，这个人不一样。都知道她是陆老板的人，乡党委书记不敢去，谁还敢去？

“你没想过后果？”

都考虑了。刘克服知道陆老板肯定恼火不已，但是不能因此就放任姚育玲。那样的话乡里还怎么去做计生？对别的“对象”太不公平了。

“蠢话！”方文章立刻训斥，“没这么简单！”

他批刘克服脑子发热，行事太急，走了极端。这种事本来可以用其他办法解决，不只是硬碰硬一条路。陆金华毕竟不是一般人，闹成这样怎么收拾？乡政府玻璃全让人砸了，这还像话，得怎么回敬？开一车武警上去，封厂抓人？由刘克服带队去够不够，是不是要他方书记亲自带队？

刘克服不服："陆老板太不讲理了！"

方文章眼睛一瞪："嘴硬！是你没用！"

方文章风格硬朗，情况一问，立刻着手处置。当着刘克服的面，他直接给陆金华打了电话，居然把刘克服的话直接搬了过去。

"陆老板你讲不讲理？"他问对方。

陆金华声称自己在广州，不知道方书记要讲什么理。方文章冷笑。

"陆老板可以不在现场，不可以不讲理。"他说。

他告诉陆金华事情很严重，无论有多少气要讨什么账，冲击乡镇政府机关都是不能允许的。陆老板应当知道这是什么地方，并不是有钱就可以为所欲为。这件事需要严肃处理，首先看陆老板讲不讲理。主张讲理的话，他派一个人去跟陆老板讲。要是不打算讲理，陆老板尽管把这个人赶出门，大家走着瞧。这个人现在就站在他面前，跟陆老板是老交情，陆老板知道他。左手，牛筋，不怕死，陆老板可以跟他试试。

不等陆金华回话，方文章把手机关了。

"去找他。"他对刘克服下令，"给我搞清楚。"

方文章这个电话很要紧。陆金华财大气粗，在本地投资办厂，饱受追捧，已经有些忘乎所以，胆大妄为。刘克服一个小小乡书记惹他，他敢强力回敬，是料定上边领导眼热他的钱和项目，不至于因为乡政府的几块玻璃跟他翻脸。刘克服去跟他讲理，他不会太当回事。县委书记就不一样了，方文章直接打电话，态度强硬，陆老板不能不掂量掂量，不敢太逞意气，毕竟商人要赚钱，还得拜土地爷。

两天后刘克服带人去广州，找到了陆金华。他给陆金华带了份见面礼，是一盒录像带：陆老板手下到乡政府肇事时，乡干部已经全部撤出，却有乡广播站一个年轻人奉刘书记之命，冒着危险藏在楼下仓库里，拿一架家用录像机从窗洞里拍下了那一车人肇事的全部过程。刘克服请陆老板欣赏录像带里的场面，他还提供事后拍下的照片，满地狼藉，触目惊心。

“你拿这想干啥？”陆金华问，“当证据告我？”

刘克服说：“老话说，解铃还要系铃人。”

“哪个先找事？”陆金华说：“姚育玲就是你去抓的。”

果然不错。什么车祸处理欺负人不服气全是借口，让陆金华气不过的就是“他的人”姚育玲，可能还包括被流掉的孩子。

刘克服告诉陆金华，没有谁抓人，也没有谁被抓。那天晚间乡领导村干部完全按照政策，经过耐心说服，姚育玲听从了劝告。姚的丈夫也支持妻子去做计划生育。

“不知道她是谁的人吗？”陆金华大骂：“那小子哪里还能做种？他拿我的钱，什么都不是。”

“现在我们只认陆老板是姚育玲的雇主。”刘克服说，“人家是她合法丈夫。”

陆金华一时语塞。

刘克服跟陆金华早就打过交道，陆金华到岭兜买厂起步时，刘克服刚到岭兜乡任职，当科技副乡长，因为水泥厂项目和后来的移民村搬迁，几番狭路相逢，合作中不乏相争，彼此秉性特点非常了解。陆金华钱多气盛，却知道刘克服跟人不一样，左撇子，吃软不吃硬，刘克服后边还有方文章，陆金华再横，此刻也不敢不讲理。他能如方文章电话里推荐的那样，干脆把刘克服赶出门去，大家走着瞧吗？哪里可以。这个时候继续僵持或者听任事态发展，对双方都不好，所以还得讲理。

那天讲完理，刘克服告辞。陆金华问了一句话：“刘书记你到底是为什么？”

他耿耿于怀的还是那件事，“他的人”被刘克服送去流产。

刘克服告诉他，计划生育是基本国策，这件事关系全乡计生能不能搞下去，也关系对其他人是否公平。

陆金华问刘克服是装假，还是真不明白？如今世界上有两种人，一种人有钱，一种人没有钱。没有钱就不公平，有钱才公平，所以钱就是公平。当官的不一定有钱，却有势，势也是钱，没钱没势不公平，有钱有势就是公平。

刘克服不认：“那不是道理，两回事。”

为什么是两回事？以刘克服的见解，这个世界除了钱和势，应当还有另外一些需求，例如公平。类似需求不应当被漠视和伤害。

陆老板说：“刘书记这么聪明的人，跟我装傻？”

刘克服称自己没装傻。

“你没搞明白。”陆老板摇头，“这个都搞不明白，还当什么书记？”

刘克服回答：“陆老板知道，我是左手。”

事情终究得到解决，陆老板赔偿了乡政府的损失，宣布开除几个为首肇事人员。这个纯属姿态，被开除的几个人另由陆老板安排到他的另一家工厂，位于市区，得到了离山进城的褒奖。当时恰逢国庆节将临，为表示诚意，陆老板派他公司的副总经理专程到岭兜接洽，又从厂区开出一车人，依旧钢盔制服整齐划一，轰轰烈烈直奔乡政府。这回不带棍棒，他们敲锣打鼓到岭兜乡，给乡政府干部职工抬去一头宰好净毛的大猪以示慰问，还送了一面锦旗，锦旗上写有几个大字：“外资企业的贴心人。”

两个月后，刘克服被免去乡党委书记职务，调任县外经局局长。

刘克服感到非常突然，极其意外。外经局长跟乡书记是同级，却不是一回事。乡书记有如一方诸侯，脚下一块区域，手中有些权力。外经局长只顶一个幕僚，没有处置权，管不了什么事。乡书记干得好有望上升，外经局长就难存奢望。

这时他才感觉到，陆金华在广州不是随口讥讽。“这个都搞不明白，还当什么书记？”人家早料定刘克服干不长，也许人家还亲自出马讨账，促成了刘书记的消失，刘局长的问世？陆老板不是一般人物，不需要戴顶钢盔式安全帽，拿根木棍去敲哪家的玻璃，他有实力采用其他方式施加各种影响。欠账要还，姚育玲这笔账人家终究是要讨的。

刘克服去找了方文章。方文章问：“你不服吗?”

刘克服承认非常不服。他还想在基层干，他一直很努力，也没犯大错。

“所以才得到重用，当了局长。”方文章问，“这么说可以服气吗?”

刘克服不吭声。

方文章警告，刘克服可以不服，不许消极。有时候有些事是不得已而为，这个不必多讲，碰上了就必须经得住。

“学学你老婆小苏。”他说。

一周后县里研定，刘克服的妻子苏心慧被任命为县供销社副主任。

苏心慧比刘克服大两岁，婚前曾是县政府办最年轻的领导，刘克服的顶头上司，后来因事受处分，以严重失职为由一撤到底，调供销社茶叶门市部工作。当年处理她的就是方文章。现在方文章又把她重新起用，并树为其夫刘克服学习的最佳楷模。

苏心慧在医院里听到了自己的任职消息，没表现出特别惊喜。她对刘克服说：“留心这个瓶子，到底前赶紧喊护士。”

讲的是病床上打点滴的瓶子。他们的儿子感冒发烧，在县医院儿科病房住院挂瓶。苏心慧在病房里陪了儿子一整天，晚间刘克服去医院替她，让她回家吃饭休息。

这时来了一个女子，却是数月前那个深山雨夜的“对象”，姚育玲。

她奉陆金华之命，以公司特派人员身份，代表陆老板专程前来，对离开岭兜到外经局履新的刘克服表示慰问，也探望刘局长生病住院的儿子。

走之前，她往苏心慧的书包里塞了厚厚的一个信封。

隔天在家里，苏心慧告诉丈夫，信封里是钱，人民币，四万。

那时苏心慧心情不错，不是因为复职升官，是因为儿子挂瓶一夜之后，烧已经退尽，情况向好。她跟刘克服开玩笑，从后背推他，再把他揪过来，以示摇撼。

“咱们小刘是什么？”她笑，“摇钱树嘛。”

刘克服没心思开玩笑，他看着那钱。

“按陆老板的看法，这个世界无所谓公平，有的话就是这个。”他说。

把一个乡党委书记挤走，拿四万元加以慰问，这就是公平？

## 三

现在刘局长陆老板又有机会继续切磋，为了打造黄金圈，这件事很棘手。

大半年前，有一天上班，刘克服步行从家里到县政府大楼，在大门处被一群人挡了，止步不前。县政府大门前人群聚集不是什么新鲜事，多半是群众集体上访，当下时有发生，县里负责处理群众上访的部门是信访局，刘克服的外经局管不着，所以碰上政府大门外的上访人群，刘克服一向绕着走，穿边门入大院进办公室，该干吗干吗。那天比较特别，他停了脚，在大门外上访群众旁边站了会儿，东张西望。

这一批人比较特殊，四五十个，一式残疾人。十来架轮椅，七八支拐棍，哑巴打着手语，瞎子戴着墨镜，驼背歪着脑袋，个个与众不同。残疾人做事比健全人认真，哪怕上访，人家一丝不苟，全部穿戴整齐，脸上身上收拾得很干净，像是国庆长假期间集体游园一般。这些人有统一服装，是工作服，工作服后边都印着单位名称，为本县民政纸箱厂。

不像通常群体上访队伍那么嘈杂，这群人没有什么声音，可能因为其中有不少聋哑人。他们也没阻拦政府大楼门前的交通，人家很规矩，聚在大门一侧，留下另一侧，容院内政府机关部门的车辆照常通行，避免妨碍人员车辆进出。但是县政府大院的往来还是受到影响，可能因为特别没声特别规矩，这一群上访者格外受注意，有不少过往无关者停下来驻足围观，包括刘克服。

林渠也在现场，指挥民政局和纸箱厂一帮人，配合县信访局人员劝说上访群众离开。他看见了刘克服。

“小刘别躲着一边，过来过来，用得着你刘局长。”林渠说。

他们俩熟悉。林渠资格老，刘克服进政府办当干事时，人家已经是信访局长了。后来林渠当过岭兜乡党委书记，是刘克服的顶头上司。两人各自有些起落，过往相处中有过一些情况，那都过去了，眼下都是一局之长，自当求同存异，和谐互助。今天在县政府门外见面，林渠招呼刘克服帮忙，却是开玩笑，民政纸箱厂残疾员工上访，聚集于县政府大门，这种事外经局哪里有资格插手。

林渠是主管局领导，属下群众上访却不着急。他在一旁指挥，让手下人去跟上访人员接触，自己并不往前靠。他当过信访局长，办这种事是老手。

“咱们好手好脚，有时候也还想到哪里去喊一喊。”他对刘克服说，“人家哑巴有话要说，让他们在那边站一会儿，没什么了不起。”

刘克服问他民政纸箱厂怎么了？他告诉刘克服，有客商要改造苍蝇巷，建工业加工区，厂要关了，房要拆了，一地破烂要变成标准厂房，这些残疾员工都得买断工龄，自谋生计，他们不愿意。

“别看短胳膊缺腿，人家宁愿干活，不愿领救济。”林渠说。

刘克服问：“不能给个厂房，让人家继续生产吗？”

林渠问刘克服标准厂房可以拿来干什么？糊黄表纸印纸钱？只怕照明费都付不起。民政纸箱厂早就入不敷出，没有效益，靠财政补助政策扶持勉强生存，不说工厂撑不住，主管局也撑不住。市场经济了，不可能再这么办工厂，那么多国营企业，多少下岗工人，时候到了，大家都得走，有什么办法？

“残疾人再就业可没那么容易。”刘克服摇头。

“所以不能光民政局吃不消，得全社会来献爱心，特别是你小刘局长。”

刘克服不解："林局长这话奇怪了，我怎么还有资格特别？"

林渠笑，指着对面上访人群，让刘克服注意看。

"左手边，第三个，女的，看到没有？"他说。

刘克服细瞧，那人果然有些眼熟，再一看，不觉大吃一惊。

是大美，李美英。早年间本县城一位年轻美女，因恋爱挫折患精神失常，俗称花痴。刘克服当年很不起眼，在中学里当老师，有同事担心他找不到老婆，曾打算把大美和他拉成一对，安排他们在公园里相过一次亲，让刘克服很感耻辱。后来他借调到县政府办，大美则发生意外，未婚先孕，她脑子不清楚，讲不出男方是谁。大美的父亲是小学老师，到政府办大闹一场，想把女儿赖给刘克服。闹到后来，苏心慧出面才化解了。多少年过去了，这个大美身形依旧，模样大变，肤色显黑，脸色憔悴，只是表情依然天真。她上身也穿工作服，下身却是条绿裤子，把自己收拾得有如半根绿葱，摇摇摆摆树于县政府大门口。在这种地方猛一重见故人，刘克服很觉突然。

刘克服跟大美的故事是当年县机关一大笑谈，尽人皆知，林渠很清楚，所以今天拿来跟他开玩笑。林渠说纸箱厂不改造没事，人家吱呀吱呀，老水车一般照常运转。一改造就来事了，需要安置残疾员工。这些人全部摊给一家哪里吃得消，必须依靠全社会各单位都来献爱心，大家分一分，各家抱走一个，这就没问题了。外经局抱哪一个？就大美吧，刘局长的老相识，叫什么？初恋情人？

刘克服不跟他开玩笑，追问道："她怎么也在纸箱厂？"

林渠说那个厂也收一些智障及轻度精神病患者。不发病的时候，大美这种人应当比其他员工好用，胳膊腿齐全。

"她孩子怎么样了？"

林渠摇头。大局长没管那么多。

这时刘克服手机响，局里有人找。他匆匆走开。

刘克服记住了站在县政府大门外的那一群残疾上访人员，特别是其中脸色憔悴，表情天真的大美。这位病女眼下有一份赖以糊口的工作，现在面临威胁。她不太可能得到太多补偿，一旦失去工作，她得到的补偿也许能帮助她维持几年，山穷水尽之后，她和她的孩子将如何度日？

在陆金华插手之前，刘克服哪里可以够着这些事情？

陆老板决意化苍蝇巷为黄金圈，与其录用姚育玲上床一样，属第三者插足行为。县有关方面与拟在该地块开发标准厂房的客商已经谈得差不多了，如果不是民政纸箱厂员工上访，要求安置等事项尚未摆平，恐怕早就签下协议，正式开工了。苍蝇巷的破厂房分属县经济局和民政局辖下单位，其招商改造事项以往都由两个主管局与相关客商洽谈，由分管县领导掌握，外经局并未介入。所以早些时候刘克服在香港与陆金华见面，陆老板抱怨县里要黄表纸不要黄金圈，刘克服一再强调印制纸钱的鬼银行不是他开的，他管外经局，不是民政局。现在刘克服随同陆老板一起成为第三者，与鬼银行勾搭上了，其缘由是方书记发了话，让刘克服去找林渠，参与协调。刘克服只是服从命令配合陆老板介入这件事吗？也不尽然，这里边还涉及一个信封计四万元的港币，以及站在县政府门口残疾员工人群里的大美。刘克服从香港回县后，向方文章报告情况时，主动请示能否让他与民政局林渠商量商量？他是情不自禁，已经有些充当第三者的迹象，所以才会让方文章批评他嫌麻烦少。也许如林渠所笑，刘克服真能帮上点忙，或者叫做献一点爱心，为他所谓的“初恋情人”，以及跟大美站在一起的那些人略作表示？

那一天刘克服去苍蝇巷，绕过堵住厂区大门的卡车，进了民政纸箱厂办公楼，在厂部会议室找到了林渠。

港商陆金华想要苍蝇巷，这件事在本县不是新闻，林渠早就知道。他态度很明确，不主张变，因为跟现有客商已经基本谈妥，虽然没有正式签约，毕竟双方都有口头承诺，不好翻脸不认。

“纸箱厂这些残疾人你摆得平吗？”刘克服问。

林渠说最终当然可以摆平。残疾人要闹，得允许人家闹。政府大门站了，工厂大门堵了，不要紧，随他们去。闹够了怎么办？还是得听政府的。说到底都一样，那么多下岗工人，哪个不想要工作？最后该下就下，还不是都摆平了？

“这种事我干多了。”他说。

他也表态，最终听领导的，如果领导决定换给陆金华，他们服从。

“陆老板也找过我，咱俩跟他都熟。如今陆老板比当初在岭兜办厂更了得，通天入地，财大气粗，本事见长。”林渠说，“但是我看他在苍蝇巷不一定弄得过去。”

刘克服说：“他想试一试。”

刘克服跟林渠谈过后，把陆老板的姚经理请到外经局，给她提了一个特别条件，让她去跟陆老板商量。刘克服提出，根据本地实际情况，如果陆老板确实有意开发改造苍蝇巷，需要满足的特别条件就是为纸箱厂的残疾人安排工作。承诺这一条，肯定有助于县里下决心把苍蝇巷交给陆老板。没有这一点，就不好推翻旧有安排。

“有了黄金圈，没了残疾人的活路，这不公平，说不过去。有这一条就不一样，我可以帮你们想办法。”刘克服说。

姚育玲反对：“不可能。陆老板不会接受。”

她的理由是不应当加码。县里给陆老板开的条件，不应当比给对方开的苛刻。

刘克服强调情况不一样：“苍蝇巷已经给别人了，你们想拿过来，当然要有足够理由，提供更有利条件。”

姚育玲说：“对方跟我们陆老板可以比吗？他们投资过什么？对咱们县有什么贡献？比陆老板跟刘局长的交情更深吗？”

这个姚育玲真是变了一个人。当年她是个“对象”时，半夜三更深山老林慌不择路，一头撞到王毅梅的手上，被带到刘克服眼前，眼泪很多，话却不多。如今不一样，一句对一句，都能讲到要害，真所谓巾帼不让须眉。此时姚育玲已经跟她的农夫原配离婚，搬出岭兜来到县城，成为陆金华的全天候雇员，为陆老板提供全方位服务。陆金华成立了一家新公司，负责筹建拟议中的运动健身器材基地，她被任命为副总经理。陆氏在县城打造黄金圈，她负责联络协调。陆金华在太平洋两岸来来去去，时而香港时而广东时而本市本县，真容难得一现，姚育玲是他常驻本地的全权代表。

姚经理不能接受刘克服提出的条件，因为谁都知道残疾人的事不好办。她的理由就是县里答应把苍蝇巷给别家盖厂房时，并没有要求安排残疾人就业，现在怎么能给他们提这个要求？刘克服则一再坚持主张，陆金华想从别人手里拿走地块，条件应当比别人更好。刘克服询问姚育玲，她的运动健身器材基地是不是也为残疾人制造轮椅，那东西算不算运动器材？姚育玲问刘克服什么意思，难道纸箱厂员工今天坐着轮椅印纸钱，明天就可以坐着轮椅去造轮椅？刘克服说他认为残疾人的钱要赚，他们的生计也应当管。姚育玲说政府管政府的事，企业管企业的事，陆老板打造黄金圈，愿意帮领导买点单，却不想给自己找麻烦。

刘克服说："如果这样，我帮不上什么忙了。"

"刘局长不能这样。"姚育玲说，"我们陆老板什么地方对不起你了？"

"话怎么说的？"刘克服问。

姚育玲告诉刘克服，苍蝇巷这件事，本来县里已经回绝，不打算给陆老板。为什么忽然又有些变化，答应再商量？因为陆老板找了人。陆老板认识上边很多大人物，他有办法。但是上边归上边，下边归下边，具体协商还是要刘局长帮忙。刘局长跟陆老板是老交情，刘局长用心多帮忙，陆老板会感激，上边领导也会高兴，大家都好。哪怕刘局长不能帮忙，也请千万不要添麻烦。

刘克服不由得想起自己在方文章办公室时，书记接到的那个电话。

他笑一笑，摆手送客。

"我知道你们有办法，尽管去找。"他说，"这件事最好别让我办，让我办就是这个主张。你去跟陆老板说。”

她回去后马上给陆金华打电话，而后给刘克服回了话，陆金华拒绝。

“老板说了，刘局长不能这样。”

刘克服说，大家不是一天两天的交情，他是什么样的人陆老板很清楚。

“请你告诉陆老板，建议他再权衡一下。安排一些残疾人，换来一个黄金圈，还能有个好名声，我觉得很值。”

姚育玲说：“刘局长这是哄小孩吗?”

“那就当我没说。”刘克服笑道，“事情不成，交情还在。还请姚经理转告陆老板，五一八招商会，县里非常盼望他能回来参加。”

姚育玲说：“刘局长这么不给面子，陆老板来干什么?”

“来谈嘛，不找我这种小局长，可以找大领导直接谈。”刘克服说。

就到这里，双方作罢。彼此都清楚，这种事没有几个回合哪里谈得下来。

几天之后，有一个晚间，刘克服在外边接待客人，饭还没吃完，老婆来了电话。

“还在吃吗?”苏心慧开玩笑，“外头的东西好吃?”

刘克服也开玩笑，夸奖今天这桌菜好吃，家里吃不到的。

“快吃光了，”他说，“还剩几口。”

苏心慧让他尽管慢慢吃，吃足了再回家，别吃亏了。

“家里有事吗?”刘克服问。

“来客了。没关系，等你吃。”

“哪来的?”

“回家再说吧。”

刘克服擦嘴，匆匆告辞。回家一见，是两位年轻女子，打扮得很入时，坐在厅里跟苏心慧聊天，谈得很客气。这两个都是陌生人，刘克服从未谋面，其中为主的一位给了刘克服一张名片，原来姓王，是公关经理，供职于东盛建工集团，她们公司隶属于一家有名的上市公司，总部在省城。

王经理说，她们专程从省城赶到这里找刘克服，有些话在办公室不好多说，所以用晚间上门到家里坐坐。说起来也没什么大事，她们主要是来送一份请柬。她们知道后天省里开外经工作会，刘局长将与县长一起参会，她们老总打算在会议期间请县里领导吃个饭，让她们专程赶下来送请柬，以便县长和局长预作安排。她们已经去找过县长了，领导满口答应，到时候请刘克服一定赏光，陪县长到场。她们老总还请了省里一位老领导一起跟大家聚一聚。

刘克服问："你们准备谈什么项目吗？"

不是准备，是已经谈了。拟于苍蝇巷开发标准厂房的客商就是她们公司。两位来客知道有一位港商也想争这个地段，外经局长刘克服在处理这件事。所以老总想跟刘局长认识一下，谈一谈情况。

刘克服点头，表示明白了。他告诉两位来客，很高兴能陪同县领导去结识她们老总。她们了解的情况没错，他奉领导之命处理港商相关事项，这位港商是本县的老朋友，投资办厂多年，各级领导都很看重。那块地还没正式签约，不妨碍多作探讨。据他所知，港商对那个地块不是一般的兴趣，提出的条件也更符合县里的需要。

刘克服含糊其辞，哪想到这两人居然尽知内情。王经理知道刘局长提出需要给民政纸箱厂的残疾员工安排就业。港商并不接受。

刘克服不动声色："我想他最终会接受。"

他告诉两位客人，因为港商提出要求，领导才让外经局参与协调，以往他不了解情况，这一段有些接触，感觉到两位来宾有兴趣开发的苍蝇巷地块涉及的情况确实比较特殊。开发改造是好事，给哪一家应当看谁的条件更解决问题。他们外经局只处理港商这件事，牵涉其他客商就不好多嘴。以他个人想法，如果王经理的公司确实想要那块地，是不是也可以考虑加上这一条？谁能解决这些残疾人问题，谁肯定有优势。

她们答应把刘局长的建议转告老总，而后告辞。

“等着省里见。”王经理再次相邀。

刘克服满口答应。

“一定要来啊。”她又强调，“肯定让刘局长非常惊喜。”

“谢谢。”刘克服说，“已经让王经理说得很惊喜了，特别期待。”

送走客人，苏心慧抓着刘克服的胳膊摇了摇：“怎么惊喜？这回咱们这棵摇钱树能摇出多少？”

刘克服也笑：“不会有四万美元吧？”

苏心慧让刘克服小心。她跟两位女子聊了半个多小时，感觉不太一般。听起来这家公司背景相当复杂，跟省、市上层交道很多。

刘克服告诉她，陆金华也一样，结交了不少大人物，否则不可能柳暗花明，让方文章改变原议，为他开了个口子。刚走的这两个女子当然也不一般，林渠曾经说过，陆金华财大气粗，本事见长，但是在苍蝇巷不一定弄得过去。显然人家跟陆老板可以一比。如今很多商家都弄这个，电话号码簿里都有各级领导。你找这个我找那个，彼此相争，往往要看背后谁大谁小。这些事最后总是大领导说了算，咱们小局长搞不明白，也管不着，试着能怎么做就怎么做吧。

第二天刘克服找方文章汇报情况，也报告了两位女士的到访。

方文章说：“现在知道了吧？什么苍蝇巷黄金圈，一团一团全是麻烦。电话一个个来，哪个都躲不过，你说我怎么定？”

刘克服建议盯住残疾人安排这一条，谁答应就给谁，这比较好说。

“傻。”方文章即批，“有你那么简单吗？”

只隔一天，刘克服接到了方文章的电话指令。

“明天你跟林渠一起，去纸箱厂跟职工代表谈。”他说，“要尽快谈出结果。”

刘克服很吃惊，因为通常外经局只负协调之职，与具体企业员工谈判事项是主管局的事情，怎么会让他也去介入呢？

“你们介入可以减少环节，现在要快刀斩乱麻。”方文章解释，“不能再拖，拖下去只怕更复杂了。”

“可是这件事很难快。”刘克服表达顾虑，“那些残疾人很执着，要求很强烈。”

方表态：“不要紧，你们可以承诺。”

刘克服大惊：“方书记意思是同意安排就业？”

方文章明确表态，是这个意思。他要求说得艺术点，由县里提供政策支持，要投资商共同努力，安排纸箱厂残疾员工再就业。

“具体的你跟林渠商量。”方文章说，“我已经交代他了。”

方文章让刘克服安排副局长随县长去省里开会，东盛建工集团那边由他们去抵挡，让他们惊喜去。刘克服自己跟纸箱厂职工代表谈好之后，也要赶到省城去一趟，到那边机场接人，陆金华将于大后天由加拿大赶到本县。

刘克服清楚了，方文章已经作出最后决定，也已经跟陆金华敲定了要点。方文章为什么决定跟陆金华合作？他又是怎么说服陆金华接受条件的？刘克服不得而知，他也不必了解太具体，知道结果是什么，这就够了。

刘克服去了苍蝇巷，与林渠再次会合于纸箱厂。情况突然生变，林渠很有感慨，他开了句笑话：“这他妈就像押宝。小刘局长会押宝吧？”

刘克服不太在行，但是知道押宝是赌博行为。林渠即加以注解，指押宝必须作出选择，不押这一边，就押那一边，其结果有两种，或输或赢。宝押对了通吃，押错了就要吃亏，严重的话可能血本无归。

刘克服问：“林大局长估计输赢如何？”

他嘿嘿：“那是大人的事情，咱们是小孩。大人张嘴，小孩跑腿。”

刘克服称自己不管谁输谁赢，感觉结果不错。林大局长知道，他不是天生左手，他的右胳膊早年受伤，后来不得劲，抬不高，所以不得不倚仗左手。如果不是有幸考上大学得到一份工作，没准他会去申请一张残疾证书，成为民政纸箱厂员工，在这里听任林大局长宰割。因此以己度人，希望苍蝇巷变成黄金圈，老板好，领导好，局长好，其他人也好。大家都好才算公平。

他们在纸箱厂谈得很顺利，残疾人职工代表得知自己有望重新安排工作，一时面面相觑，难以置信。刘克服强调他是外经局长，以前跟苍蝇巷改造没有牵扯，今天领导让他跟林局长一起来见大家，表态承诺，说明情况有新的变化，领导为妥善安置残疾员工作了最大努力，不惜改变已有安排，付出很多代价。

双方谈定了几条原则意见，商定形成纪要正式确认。

刘克服离开纸箱厂前心血来潮，想去看看生产现场。以往只知道这里大量生产黄表纸，同时开了一家阎罗王的银行，为地下众生印制纸钱，票面额巨大，数以亿计，却不知道这家金融机构如何运行，今天有时间，想参观一下。

林渠让纸箱厂厂长带刘局长去车间转一转。林大局长开玩笑，说刘小局长当年招工差点给招进这家厂子，所以有兴趣，可以让刘局长去亲身体验一下印纸钱劳动。刘克服自嘲，承认是这个道理。万一血本无归下了岗，还得申请到这里再就业。

他们进了车间，车间在一个破旧的大工棚里，有数架老式印刷机咔嚓咔嚓在工棚里运行，声响震耳欲聋。车间里弥漫着油漆和灰尘的呛人气味，光线不好，摆在各个角落的旧式大风扇机咕嘟咕嘟慢吞吞吹着风，左右摇晃。

让刘克服感到惊讶的是，除了这里设施的简陋，还有这里仍在生产。穿着员工制服的残疾人员面临捉摸不定的前景，一边要去县政府上访，表达诉求，一边也没忘记坐在工作台上，或者忙碌于机台通道之间，用他们尚且健全的肢体进行简单的操作，为了一点微薄的薪水。

他在一架机台前看到了大美，不禁止步。大美耳朵没坏，她听到动静，抬眼看了一下，对刘克服笑了一笑。

“厂长来了?”她说。

原来没认出刘克服，人家只认得刘克服身边的厂长。

没待刘克服跟大美打招呼，他的胸脯就被撞了一下，一个男子从一旁挤过来，肩膀往刘克服当胸一顶，把刘克服顶到一旁。

厂长大喝：“大勇！干什么！”

那男子不吭声，头也不回，挤过去走到大美身边，抱起机台上一纸箱产品，转身走往车间过道，那儿停着一辆运货小卡车。

“他妈的愣，二百五。”厂长骂，“回头收拾他。”

刘克服感觉到胸脯疼痛。那家伙力气挺大，这一肩膀不是一般推顶，是有意使了劲。刘克服抬手揉胸口，问厂长这男子是哑巴吗？厂长告称不是，是好人。这里所谓“好人”指非残疾。厂里也不全是残疾人，有些工种残疾人比较困难，得用好人。这男子叫大勇，姓周，进这个厂有些特殊缘故，他是县民政福利院长大的孤儿，成年后由民政局送去学驾驶，安排到纸箱厂开车，已经干了十几年。

刘克服想起来了。是这个人，前些时候他第一次到纸箱厂找林渠时，这人用卡车堵着大门，不让林渠的轿车出去。刘克服带着局里小陈从大门口经过时，这人把一支还在抽的香烟从车窗里朝他丢过来，他闪开了，香烟打在小陈身上。

这个大勇看上去有三十五六，中等个，胡子拉碴，表情冷淡。他在机台间穿行，把装着制成品的纸箱往卡车上搬，不停地走动。这个人却是大美的丈夫。厂长告诉刘克服，纸箱厂里有不少对残疾夫妇，他们这一对算起来最完整，大勇是好人，大美虽然脑子有毛病，身体没问题，看起来也像好人。

刘克服问，“他们有个女孩?”

是的。女孩快上中学了。

刘克服离开纸箱厂回办公室去了。

两天后，他去省城把陆金华接回县里。

经过两天谈判，双方达成合作意向。谈判由分管副县长亲自掌握，林渠刘克服等相关部门人员参与，对方由陆老板为首，出动了陆氏企业几员大将，包括姚经理。双方谈出结果后，县领导专题开会研究，最终拍板，决定立刻草签意向，一个月后，于五一八招商会上正式签约，并举行动工仪式。

苍蝇巷归属敲定，黄金圈遥遥在望。

## 四

五月十八日，吾要发，签约仪式如期于全市招商大会上举行。当天下午，民政纸箱厂的员工们穿着他们的厂服，借助轮椅、拐棒或称义腿、墨镜以及各种手势，聚集在他们的旧工厂前，参加了拆毁旧厂房建设黄金圈的开工典礼，亲身参与并感受彼此生活的一次重大变化。刘克服在人群中看到了大美，她又穿了条绿裤子，把自己收拾得很干净，脸上笑着，很天真，表现出由衷的喜悦。

刘克服没有看到大勇。

仪式基本顺利，未受意外干扰，没有谁再把卡车堵在哪一个道口处。但是仪式最后出了一个小差错，当时主持人宣布请领导和贵宾为开工剪彩，礼仪小姐牵出一条红绸，剪彩嘉宾一起上前几步，从小姐手捧的托盘里取剪操作，礼炮轰然响起，打出满天彩纸。也许因为安装比较粗糙，加上礼炮太响，震动过大，挂在彩台上的一个红色喜庆大灯笼突然从挂钩上脱落，于半空中掉落下来。那天彩台上一共挂了四个大灯笼，分别粘有“开工庆典”四个字。不幸脱落的是“庆”字灯笼，该灯笼位置居中偏右，恰悬在当天特邀前来主剪的本市副市长与港商陆金华两人间的上空。还好两位当时都往前走两步去剪红绸，否则必有一位被掉落的灯笼当头击中。该灯笼虽大，重量很轻，砸人脑袋不致造成重大伤害，但是如果真砸了其中一位，那还了得。

事后林渠挨了方文章一顿狠训。因为开工典礼是民政局帮助港商筹划组织的，差点搞出恐怖主义事件，他有责任。刘克服没有挨骂。在成功参与协调，完成此项引进外资工作后，他的外经局已经退居幕后，不再有资格直接处理事情。由于对启动黄金圈所作的重要贡献，刘克服也得到了一朵胸花，以嘉宾身份应邀参加当天的动工仪式，亲历了“庆”字灯笼从半空中落下的刺激场面，忍不住要为自己不必挨骂而雀跃。

当晚刘克服出席了县里的招待酒会，作为外经局长，这个场面免不了有他。位置当然比较靠后，坐不上主桌，比当年被他在深更雨夜开导过的“对象”姚育玲不如。今天姚育玲经理作为陆老板派驻本县的代表，俨然已成座上要客，周旋于她的老板与市、县大领导们之间，为开工圆满热烈庆祝，衷心感谢。

刘克服依例去主桌敬了酒。港商陆金华表现很热情，拉着刘克服向坐在一旁的副市长介绍，说这位刘局长跟他是老交情，提供了不少帮助。刘局长官衔不高，工资也低，不多拿钱，不少办事，这种人最好，领导应该重用，不然就不公平。

刘克服也开玩笑，称这屋子里物美价廉的很多，他数其中之一。陆老板比较稀罕，不只钱多，还知道公平，特别难得。

姚育玲找刘克服碰杯，表示感谢。刘克服问她听说过本地一句土话吗？叫做“皇帝不耍乞丐”？姚育玲点头。

“有的人耍一耍不要紧，比如我。有的可不能耍，比如那些残疾人。”他说，“哪怕是皇帝，耍弄不该耍的也有麻烦，这个意思知道吧？”

姚育玲问：“是谁给谁耍了？”

刘克服提到开工庆典的“庆”字灯笼，看来它让人耍了，所以从天上掉下来。虽然没砸到大领导，也不算好兆头。今天大家很高兴，姚经理到处敬酒，笑得像一朵花似的，姚经理应当一直这样笑，不要再哭得像个泪人儿一样。

刘克服借着酒，真真假假开玩笑，却不料一语成谶。

时过一年，姚育玲在他面前痛哭流涕，有如他们初见那回，在深山沟她的家里。

他们把不该要的人要了。

出事那天上午，刘克服在办公室里接到了林渠的电话，林渠在路上，正在赶往苍蝇巷工地。

“小刘局长快过来。”林渠说，“着火了。”

“打 119！”

“什么屁 119，就咱们俩！”

这件事确实没法请消防队出火警，只靠他们俩。当天出什么事呢？民政纸箱厂几十个残疾人聚集到苍蝇巷工地闹事，把陆老板的代表姚育玲等两人扣于临时工房。残疾人闹工地涉及一年多前安置就业的承诺，姚育玲声称该承诺是政府作的，应当由政府来解释，于是牵扯到当初出面跟纸箱厂员工代表谈的林渠和刘克服。

“闹事员工要求咱们两个局长过去。”林渠说，“跟她一起谈。”

刘克服断然拒绝：“林局长你自己管吧，我不去。”

“小刘！事闹大了你也跑不了！”林渠叫道。

“早跟林大局长说过了。闹大活该。”刘克服回答。

他把电话一丢，回头立刻叫车，登车离去。

几分钟后手机铃响，是方文章书记的电话。书记去市里开会，不在县城。

“跟我说，现在躲在哪里？”书记口气极凶。

刘克服报告，他在车上，已经走到半路，大约五分钟后到达苍蝇巷工地。

方文章缓下气来：“为什么林渠说你不去？”

刘克服说：“是我故意顶他。”

方文章批评，不许刘克服闹意气。他要刘克服和林渠立刻控制住局势，必须确保外商人员人身安全，防止事态恶性发展。

“李副书记马上赶到现场指挥，你们向他汇报。”方文章交代。

刘克服到了工地，围墙外聚了大批人员，有工作人员，有看热闹的，人群边停着几辆警车，警察已经赶过来维持秩序。围墙外有一处简易库房，林渠和几位手下干部呆在库房里，应急处理事务。工地围墙的铁门已经给锁上了，有两个残疾人坐着轮椅守在铁门里边。姚育玲等人被扣在工地指挥部，指挥部的位置在围墙内临时工房里。

林渠见了刘克服就讥讽：“刘小局长到底没有跑掉。”

刘克服回敬说，他是来看热闹，学习林大局长怎么收拾手下残疾员工。

一会儿工夫，李副书记赶到了。李副兼县委政法委书记，他坐镇现场，警力迅速集中过来，苍蝇巷现场顿时显得紧张。

“你们两个熟悉情况，说，现在怎么办?”他问林渠和刘克服。

两个局长观点非常一致，主张稳妥处置。根据了解，工地里大约有二三十个残疾人，两个坐轮椅的把住铁门，其他的都在工棚那边，若干残疾人手中持有拐杖，其余未见携有武器，除轮椅外，基本属手无寸铁。以现有情况，派几个人翻墙而入，或者破铁门进场，制服敢抵抗者，冲入工房解救出被扣人员，行动起来不困难，很容易，几乎没有危险。但是不能干，因为里边是残疾人，走极端怕有严重后果。

“得有人进去跟他们谈。”刘克服说，“我和林局长，至少进去一个。”

林渠表态，纸箱厂是民政所属单位，该厂员工闹事，他身为局长，此刻义不容辞。有个情况他需要向领导报告一下：这些员工目前对他意见很大，有较深的成见。这个节骨眼上，进去让人家揍一顿是小事，只怕不容易说服。

李副书记问刘克服：“是这个情况吧?”

刘克服说：“应该是。”

“你去怎么样?”

“领导定。”刘克服说。

于是决定，刘克服进去。比较起来，刘克服积怨略少，可能更有利做工作。林渠拍刘克服的肩膀表示歉意，说不是他算计小刘局长，此时此刻，确实没有更好的办法。刘克服笑笑，说得了，来的时候他就明白，他是左手，就这个命。

“林大局长让我跟他们怎么说?”他问林渠，“咱俩当初说的就顶一个屁?”

林渠道：“你别问我。”

刘克服朝大铁门走去，心里格外感叹。此地开工典礼已经过一年了，典礼那天从半空中突然下坠的“庆”字大红灯笼可能已经烂在某个垃圾堆里，它留下的预兆却还在这里悄然酝酿。

这一年里有一些意外的发展。

当年这里隆重开工，之后短短一周时间，苍蝇巷的所有旧建筑就被尽数扫荡。处理旧厂房破作坊，以及若干售卖黄表纸之类丧葬用品的杂货店，对现有机械设备来说，几乎有如扫掉一地落叶。拆除阶段没有出现意外，进展很快。而后场地得到平整，搭建起临时工房，砌起了施工围墙，安装了铁门，工房油漆一新，围墙也用白灰刷得一片亮堂，宣示黄金圈就此打造。

但是工地随即进入停工期，一个月又一个月，陆老板按兵不动，直到临时工房表面的油漆因风吹日晒剥落殆尽，围墙也因风雨侵蚀垮掉数段，再行修补起来。黄金圈在人们热切目光里依旧一块苍蝇，根本没有黄金起来。

这种情况奇怪吗?眼下也属常见。投资商拿下一个地块，迅速拆平圈起，做出立刻上马盖厂房的样子，这很有必要，否则方方面面都不好交代。实际上这只是做个姿态，并非真干，真干没那么简单，有些事项还需要报批，有些关系还要理顺，工程设计环节很多，多有变动，总得有个过程。所以黄金圈开工一年，拆平的土地上遍地杂草，在阳光雨露的慷慨照料下尽情疯长，传说中的厂房和黄金连个影子都不见，这个并不奇怪，别的地方别的项目也一样，不是陆老板的创意发明。

如此过去了差不多一年。这段时间里陆老板并没有闲着，他活动频繁，在太平洋上空飞来飞去，带着他的人时而出现在省城，时而出现在市区，也在县里屡屡露面。终于有一天大事告定，他的施工队伍迅速开进苍蝇巷，工地机械一片轰鸣。

这时情况已经大变。拟议中的运动健身器械生产基地忽然消失了，苍蝇巷这里将盖起数座高楼，为商住楼，楼面为商业区域，其上为住宅。项目完成之后，旧日的苍蝇巷将形成一个人气旺盛的新商圈，这才是真正的黄金圈。

陆老板果然有眼光。直到这个时候，人们才明白其所谓的运动健身器械基地纯属虚晃一枪，从一开始就不是真的。陆老板不编造一个影子基地，当时就没法插足苍蝇巷，因为该地块原规划为工业区域。等到成功得手，影子基地就得丢进垃圾箱，因为相比起来，在苍蝇巷搞房地产开发更能圈钱。把一片原定盖工厂的区域变成搞房地产，涉及到改变土地用途，牵涉到规划调整，绝非容易，一般客商办不下来。陆老板上下活动，多方运作，动用了他的强大关系，居然就做成了。待到黄金圈正式开工打造，手续已经一应俱全。

刘克服是外经局长，有责任跟踪外商投资项目进展。陆老板拿下苍蝇巷后按兵不动，他心知其中必有缘故。经过一番云山雾罩，终于真相大白，刘克服这才搞明白陆老板所谓黄金圈的内涵是什么。陆金华手眼通天，左右逢源，有本事化腐朽为神奇，刘克服管不着，却很怕出麻烦。别的事他不怕，只怕纸箱厂残疾员工的善后安排因之生变。这件事原本归民政局局长林渠考虑，与刘克服无关，只因为涉及外商投资，刘克服跟林渠一起对人家作了承诺，所以就有了牵连。

然后刘克服的担心变成了现实。陆老板的项目计划变更之后，纸箱厂员工安置成为问题。港商以房地产开发与工业开发情况不同为由，建议重新商议，县里指定主管局民政局与港商具体商谈，双方经过几轮谈判形成新的安置办法，报县里研究后正式确定。新办法回到了当初民政局与拟建标准厂房的东盛建工商议的方案，由开发商出一笔钱，政府主管部门具体操作，以买断工龄方式解决该厂员工的安置问题，补偿标准则比当初略有提高。

刘克服没有参加这一轮商谈，因为人员安置是主管局的事情，他无权过问。出于个人的担心，他给林渠提过意见，问林大局长如何解释以前的承诺？怎么摆得平？林渠称自己当局长也不愿背包袱，最希望别人替他把残疾员工安排清楚。但是外商有困难，领导决定了，只好自己收拾。想点办法，总能办下来。

“这样公平吗？”刘克服问。

“你小刘又来了。”林渠装傻，“林大局长笨，搞不明白，刘小局长多指教。公平是个啥？这个世界有那东西吗？”

刘克服说：“是没有了。让陆老板和林大局长联手谋害了。”

林渠是老手，他办法很多。那一段时间他动员手下全部力量，采取分别包干，个别说服，分而化之的策略，根据不同情况，对需要安置对象逐一排队，一个对象一个对策，千方百计，说服动员，与他们讲清情况变化，提出新的安置办法，请大家体谅政府困难，服从大局需要，先接受安排。林渠开了口子，允许残疾对象提出各自要求，能解决的马上解决，一时解决不了的，以后还会逐步想办法解决，民政部门保证今后加强关心扶助。为了帮助解决困难，林渠要求陆金华提供一笔特别经费，对接受条件服从安排的员工，于规定安置数额之外，用一次性困难补助为名，增发补偿，以资鼓励。数管齐下，难题被他突破。

此刻与当初情况已经有所不同，纸箱厂早被拆平，员工四散，各自回家，不再集中上班。人散了就不容易再聚，大家每月领取主管局下发的生活费，数额尚可，不比他们工作时低多少，可维持基本生活，一些身体情况较好的员工还自己另找一份临时工作，补充收入，所以一年里他们很平静，没再聚集闹事。情况一朝生变，大家手足失措。由于林渠等人思想工作及时细致深入，加上办手续即有一笔现钱，大部分员工在不满、不服之后，最终认定胳膊扭不过大腿，身有残疾，以后还得依靠民政部门帮助，现在还是听从吧，于是勉强接受，纷纷签字拿钱。

但是总还有一些人死活不愿放弃。眼看日益无望，他们铤而走险，这一天突然聚集到苍蝇巷工地，封锁大门，把恰在现场监督施工的姚育玲等人扣在工房，一时沸沸扬扬，全县惊动。林渠和刘克服首当其冲，这个时候无可逃遁。

根据领导安排，刘克服上。他硬着头皮从围墙外简易库房走向工地围墙大铁门，满心忐忑。前方藏着杀机，里边那些人如果不是急红了眼，不会这么激烈行事。由于以往那些故事，没法指望他们对他客气，此刻除了几句空话，没有谁授权他给他们什么，他能指望他们听他的吗?

他进大门时没有受到阻拦。两位把守铁门的轮椅员工打开门锁，放他入场。刘克服走向临时工房时，他的手机响了。

竟是陆老板。他在香港，姚育玲向他告了急，他也知道刘克服正要去跟对方谈判。他在电话里大骂，说这他妈的什么投资环境?无法无天，这么弄谁还敢去扔钱?他的人要是掉一根毫毛，他要闹到天上去，到时候看吧。

“陆老板骂谁呢?”刘克服问。

“不骂你，你够朋友。我骂林渠那帮子，钱没少拿，事不多干。”他叫。

刘克服告诉陆金华，他现在到处打电话只会添乱。别叫了，事后再联系。

“我的人刘局长要顾啊。”陆老板还不放心，“咱们有交情的。”

刘克服冷笑：“知道陆老板心里疼。你的人我顾，我的人谁管?”

“谁是你的人?”

“除了你的，剩下算给谁?”

他把电话关了。

刘克服进入临时工房，姚育玲一见他到，顿时放声大哭。

这是她的工地办公室。此刻办公室里聚了七八个人，外边场地上还有十几个人，都是原民政纸箱厂员工。与当年聚集闹事情形已有不同，这些人不再着整齐工作服，有几个穿的，其他的尽着便服，团体气氛大为减弱，激烈氛围却要浓烈十倍。

他们居然把姚育玲绑在靠背椅上。当天在场的陆氏人员有两个，一个姚育玲，还有一个五十来岁戴眼镜男子，是陆金华聘请的工程管理人员，这人没给绑，缩在工房角落里。姚育玲因为跟残疾人员吵架，还想夺路逃出工房，被他们临时拽了一段电线，捆绑于她自己的办公桌边。如今的姚经理可不是当初山沟里那个“对象”，作为陆老板的人，到处都是座上宾，见的人物都有身份，她哪里受得了这个，免不了委屈不尽，一见刘克服就涕泪泗流，大声号啕。

她立刻挨了一拐棍，是一个瘸子打的，没直接打人，打在绑人的椅背上。两件木质器具撞击，“砰”的一响，颇惊心动魄。瘸子穿纸箱厂工作服，立在办公桌一侧，举着他的拐杖，随时准备猛烈痛击。

刘克服喊：“别动手，有话好说。”

他被门边一个男子抓住了肩膀。男子手劲很大，刘克服只觉肩膀发麻，这时有人喝：“大勇放开。”

抓他肩膀的果然是大勇，大美的丈夫，“好人”。吆喝大勇放手的是残疾人，坐轮椅，是个四十来岁男子，这人应当是领头的。

刘克服被放开了。他把姚育玲先丢一旁，没理会她的叫唤，忙着先示沟通，这就是发烟。他带了烟，他自己不抽烟，这个时候却得用上。他给现场人员发烟，有人接了，有人拒绝，有人犹豫，不知接还是不接。

大勇接了烟。

刘克服告诉他们，民政局林渠局长有事没法到，所以他一个人赶过来跟大家谈。这屋子有原民政纸箱厂的员工，有他，政府局长，还有两位是港商企业的代表，三方面人员都在，各自的情况和要求可以交流沟通。但是把人绑起来不行，不是谈话沟通的合适方式。如果大家想解决问题，应当先把人放开。

那些人都喊不行。他们说这女的最坏，不能放过她。姚育玲又大哭，吐口水，撒泼，骂拐子打人，绑人，犯法，警察要抓去关的。刘克服即喝，让姚不要乱叫。

“这是女人。”他对坐轮椅的头头说，“再怎么样，不能这样对待女人。”

他提出两个处置方式，让那些人考虑。一个是把姚育玲放了，让她和她的工程管理人员离开工地。他们两个都只是港商雇用人员，不是老板，不可以发话决定事情，只能把大家的意见向老板反映，大家有什么意见他们已经很清楚了，回去马上就会报告，这就够了，把他们留在这里没什么意义。放他们走，余下的问题由他来谈，他会一直呆在这里，直到跟大家一起离开。这个方案如果不能接受，还有意见要直接跟港商这两个人反映，非有他们在场不可，那么也行，留下来一块儿谈，没什么不可以，但是不能绑人，赶紧放开。

“是她自己讨绑的!”那些人嚷，“这女的最不讲理!”

姚育玲叫：“你们才不讲理!”

刘克服让姚育玲不要再叫，双方最好都听他的。他认为双方可能互相有些误会，残疾人一方可能误以为姚育玲仗着有钱有势，还仗着胳膊好腿好，坐轮椅支拐棍的跑不过，所以不听他们反映意见，见面就跑。姚育玲一方不知道对方只是要反映意见，害怕受到伤害，所以想一跑了之。现在他在这里，代表政府主持公道，大家都可以放心。残疾人可以放了姚经理，姚经理不会再想跑，也不会再计较。刚才她说让警察抓拐子关，那是气话，不是有意侮辱残疾人。现在放了她，互相都不要再计较了。

“咱们就这样说好?”刘克服问。

那些人不吭声。刘克服问大家是不是还准备反映意见，谈正经事?姚育玲适时配合，再次放声大哭，其状凄惨无比。

刘克服的劝说终于奏效，那些人解开绳子，放了姚育玲。刘克服指着缩在工房角落的中年男子，让他找一条湿毛巾，帮姚经理擦擦脸。大勇拿了从姚育玲身上解下的电线，眼冒寒光看着刘克服，似乎反要绑他。坐轮椅的那个头再次把大勇喊住。

“大家跟领导说。”那人指挥。

他们把姚育玲丢在一边，团团围住刘克服，大着嗓子对他喊叫，怒气冲冲，满腹不平，抱怨政府主管部门让他们走投无路。他们的要求其实很低，没让政府为他们做什么，只求保住原有的一份工作，维持自己一条活路。去年领导答应了，写了纪要，签了字，为什么说了不算，一转眼就变卦了？政府可以这样耍老百姓吗？可以这样耍残疾人吗？按照现在的安置办法，他们只有几年日子能过，待给的钱花光了，他们怎么办？他们的工厂变成大楼，别的人有房住有钱拿，他们和家人却要去当乞丐，去喝西北风，这样做公平吗？

刘克服一声不吭，听他们说。其中几个人越说越激动，手舞足蹈，挥着拳头拐杖，恨不得痛打刘克服一般。刘克服没有躲闪，让他们嚷，最终他们没有动手。刘克服注意到大勇阴着脸抱着胳膊在一旁看，什么都没说。

坐轮椅的头头招呼大家：“行了，让领导讲。”

刘克服表了态，他一定会把大家的意见向领导报告，一定会帮大家说话。

这话他们不听，他们要刘克服表态，按照上回商量的，还那么办。

刘克服告诉他们，上次那个办法是他提出来的，他认为应当那样才公平，当时领导也是支持的。后来发生了变化，是因为一些特殊的情况。大家不满意，有要求，他保证帮大家反映上去，为大家争取。解决问题需要一个过程，要一些时间。

他们认为这是哄人，让刘克服马上打电话。谁能解决得了，让谁来。如果要书记县长才能解决，那么就让书记县长来。他们在这里等，哪怕等个十年八年。

刘克服劝大家离开，另找地方商谈。他说，哪怕书记县长赶到这里，他们个人也没法表态。这种事都得研究商量，才能拍板决定。他可以保证领导会注意他们的意见，会根据新的情况和他们的要求，尽快研究商量。希望大家能听他的，先离开这里，哪怕一起到民政局，到信访局去谈，不能封锁工地，扣押人员，扩大事态。大家的要求是合理的，表达要求也要合理，事情才好解决。如果闹出大事，可能反倒不利，对大家更不好。

大勇说："快饿死了还怕你吓唬？"

刘克服平静道："我不吓唬谁，我是为大家好。"

从上午十点到过午，刘克服和姚育玲一直被困在工房里。进入工地之前已经约好，警察和其他干部只在外边保持控制，除非发生意外，不要硬来。刘克服在工地里边谈判期间，外头隔一会儿打一个电话进来，刘克服始终一句话："正在谈，没事。"

苏心慧听到消息，急了。她赶到苍蝇巷，那时已是下午一点。

"小刘我在外头等你。"她打电话，"你千万冷静，别蛮撞。"

刘克服让她回家管儿子，他在里边很好，没事。

她细心，听出刘克服嗓音嘶哑，忙问要不要往里送水？刘克服说工房这里有矿泉水，够用，只是忙着说话，顾不着喝。

"都还没吃吗？"她问。

刘克服说："顾不着。"

她责备，说刘克服自己不吃可以，得让人家吃啊。

于是叫来了二十几份快餐。

居然是这些快餐解决了问题。县供销社苏副主任主动请缨，在现场帮民政局林局长具体安排，为自己丈夫和其他人叫吃的，菜要好，必须有鱼有肉，都要新鲜。时已过午，不能送冷饭，要加热后再送，还要加一份排骨热汤。快餐送进工地后，闹事人员开始动摇。吃完饭他们商量一下，有的说话，有的打手语，最后统一意见，认为一时半会儿不可能有结果，拖久了大家身体吃不消，既然已经表达了大家的意思，领导也有诚意，答应考虑，还给送了热饭，那就走着瞧吧。今天可以暂停，不行以后再闹。

坐轮椅的头头对刘克服说："我们听你的。我们认你，还会找你。"

刘克服把自己的右胳膊举起来让他们看，他的胳膊没法举高。他告诉他们，他没去申请证书，但是肢体也不完全健全，跟在场残疾人比起来当然算轻的，但是因为这个，他比较理解他们的心情，希望他们能得到公平对待。他一定会为他们想办法，上边领导也一定会帮助他们。

事情就此告一段落。

当晚方文章赶回县城，刘克服、林渠和李副书记等人一起去了他的办公室。书记表扬小刘，批评老林，命令妥善处理后事。

刘克服建议县领导尽量考虑残疾人的要求，否则哪怕黄金圈成了，也不太平。

方文章下令："林渠，你是主管局长，你给我考虑清楚。"

不到一周，出了大事。

那天是星期六，儿子想去公园划船，苏心慧拉上刘克服，一家人一起去。本县县城只有一个公园，在城南低洼地带，有大片水面，可以划船，离刘克服家住的地方不远。他们一家子走着过去，儿子一手拉爸爸，一手拉妈妈，很兴奋。小县城可让孩子和家长一起玩的地方不多，这公园算最好去处。当天是星期六，公园湖面上都是船，不时船头船尾相剐，拥挤不堪，却让小孩格外快活。中午在外头吃饭，玩够了，下午四点左右，一家人步行返回。

接近他们住的小区时，一辆小卡车突然从身后蹿出，朝他们直冲过来。当时刘克服顾着跟儿子说话，没在意后头，苏心慧比较敏感发觉了异常，猝不及防间，她用力把儿子和丈夫推向路边，自己被小卡车一头撞飞。

开车的是大勇。他把路边的另一个行人也一同撞飞。

事后他在监狱里承认自己是故意撞人，他要撞的不是苏心慧，是刘克服。他知道当年大美和刘克服相过亲，知道他岳父为大美的孩子跟刘克服闹过，那些事县城里谁都听说过。他和大美是在纸箱厂认识的，以后成家，没再生孩子，他们女儿的亲生父亲是谁，至今无人知晓，包括大美自己。他并不认为刘克服就是那个家伙，但是讨厌刘克服在他们一家人面前晃来晃去，神气活现。他认为刘克服使坏，欺骗他们，纸箱厂关门，他们夫妻俩一起失业，一家人没有活路，刘克服是一大罪人。

但是那一天他打定主意真正要撞的也不是刘克服，而是林渠。此前一天是十五日，星期五，民政纸箱厂职工发生活补助的日子。他去厂里留守处领自己和大美的补助金，没领到。出纳告诉他，民政局扣了他们的钱，让他去谈话，谈完了才叫发。那天去工地闹事，把姚育玲绑在椅子上的二十几个人都先扣着，要谈过话看态度后才发。大勇去民政局，跟一个科长吵了一架，几乎开打，没领到钱，被保安拖出门去。隔天他把帮人运货的小卡车开出来，去局长家楼下等着，准备跟林渠理论，不行就撞死他。不料左等右等不见，找管门的打听，才知道局长到省里开会去了。大勇悻悻然离开，开车返回，恰好看到刘克服一家从路上走过，那时脑子一热，一踩油门就冲了上去。

苏心慧倒在血泊里，刘克服头上的天空顿时坍毁。

## 五

刘克服被任命为县委办主任，不久提任县委常委。

他没感觉到喜悦。苏心慧丧生之后，已经没有什么事能让他感觉喜悦。如果一切可以重来，他愿意什么都不要，只要妻子还能给他打电话，问他外边的饭是不是比家里好吃？他宁愿把所有一切都交出去，只要还能让她抓着肩膀摇撼，管他叫咱们家的摇钱树。苏心慧出殡那天，他嘴里已经没有声音，眼中已经没有泪水，整个儿全是软的，外经局两个年轻人一边一个撑着把他架进殡仪馆。仪式没完，他就昏倒在现场。

然后他得到提拔。方文章告诉他："你明白的，有点破格。"

他无言以对。

这次履新于他无疑非常意外。以级别而言并无破格，以身份看却较出奇。如果他还在乡里当书记，这次上升不会让人觉得太特别，一个县直部门局长，尤其不掌管强力实权大局的局长，这么上通常很难。刘克服出自下层，上层资源匮乏，加上他本人是所谓的“左手”，与人有别，虽然有心进步，却不擅长表现炒作，不会结交运作，不容易让上级注意。能获提升，进入县里的决策层，确实很意外。

因此他更为妻子的早逝痛切。上级肯定不会因为其妻惨遭横祸，深表同情，就把他提拔了。但是苏心慧这件事足够强烈，无疑为他引来了领导更多的注意。一个原本无声无臭的小局长因此忽然变得令人注目了，他在工作中的表现，包括他不惧危险，独自进入工房与闹事残疾人谈判，承担起困难职责，自己险遭灭顶，妻子不幸罹难的事迹为上级所注意，这便成就了他的意外。

履新之后，刘克服让自己沉陷事务。每天一早到办公室，至深夜回家。县委办主任是一县管家，事无巨细都要参与，各种文件都要处理，是一个适宜在忙碌中转移痛楚的位子。要没有那么多琐细事务，他不知道自己怎么能熬过那一段时日。

只过半年，有一天市里开办公室主任会议，他离县两天。会议结束，打点行装准备上车返县时，有两个人在宾馆客房把他拦住，请他留下来，跟他们去一个地方，有事要他配合调查。他感觉非常惊讶。

两人中有一位他认识，是本市纪委副书记，另一位他不认识，经介绍来自省纪委。

刘克服问他们：“这是什么意思？”

他们反问：“你不知道吗？”

明白了，不必多说。刘克服要求打一个电话，老婆去世了，孩子放在岳母那里，得跟他们说一声。

他们没让他打电话，但是答应帮助转告。

刘克服卷进了黄金圈腐败案里。

这个案子是从省里传染下来的。省国土厅一位手握大权的副厅长因介入一宗违规批地事项，收受大额贿赂案发，被查处。调查之中，副厅长不知案发具体方向，交代出大量其他案情，其中包括收受外商陆金华二十万元，帮助其批准改变土地用途事项。这一情况立刻引起重视，被立案调查。

陆金华所开发的苍蝇巷地块是动用了许多上层关系，从其他客商手中夺得的，对方不免反弹强烈。人家也不是一般企业，也有自己强大的关系网络，他们通过各个途径散发出对这一开发项目的质疑。苍蝇巷土地用途改变后，省有关部门屡接举报，称这起投资案存有政商勾结黑幕。根据现行政策，工业用地费用较低，商业和住宅用地费要高出数倍，外商陆金华以工业用地的价格拿下土地，设法改变土地用途，拿去搞商住楼，做房地产开发，无形中获得巨大利益。这些举报引起了相关部门的警觉，副厅长贿赂案成了一个导火线，黄金圈案随之轰然爆发。

陆金华是外商，他很敏感，国土厅副厅长一出事，他感觉风声不对，三十六计走为上，立刻远遁到加拿大。办案人员根据涉案副厅长的交代，从陆金华派的送款亲信入手追查，突破了案件。这个送款亲信就是姚育玲。姚育玲入案后交代了黄金圈运作过程中的各种情况，仅她参与并了解的部分，已经涉及众多，刘克服也在其中。

刘克服收受了陆金华两笔钱，一笔为四万人民币，是他从乡镇书记调县里任外经局局长时收的，由姚育玲亲自送到医院。另一笔是四万港币，为黄金圈运作之初，陆金华在香港亲手交给刘克服的。姚育玲没有目睹这笔钱交接，但是听陆金华提起过。陆金华告诉她，刘克服这回不帮忙不行，他拿钱了。

这两笔钱让刘克服在指定地点呆了两天，两天后他被允许离开，即返回县里。

他怎么能够如此轻易脱身？因为早就作了安排。

这两笔钱在收受之后，都在第一时间里上交，但是没人知道，因为采取的是匿名上交方式，通过中国人民邮政的汇款单，把钱直接寄给了县纪委。

办案人员难以置信，立刻派人到县里取证，果然从县纪委的相关记录里找到了这两笔钱，与刘克服交代的数额和时间相符。两笔都是人民币，一笔完整四万，一笔竟有零头，一直到元角分。刘克服解释，当时担心通过邮政汇外币可能比较复杂，就按当天公布的汇率，把港币折算为人民币。计到元角分，小数点之后的数据就不考虑了。

“我上过大学，”他自嘲，“读理科，数学是基础。如今本行忘得差不多，换算一下汇率也还够用，不出大错。”

据办案人员了解，县纪委当时曾试图追查来历，认为有可能是案件线索。他们一直追到省城寄发汇单的邮局，却没查出究竟，受理汇款的邮政工作人员勉强记得汇款者是位女性，其他一概不知。

现在对上号了。刘克服承认，汇款是由其妻苏心慧去办的，为避免被找出来加以表彰，她跑到省城去处理。相关单据也由她妥为收存以备查。

“是不是觉得这两笔钱不安全，所以不敢拿？”办案人员询问。

刘克服承认。两笔钱表面看都足够安全，属于“天知地知你知我知”类型，除了送钱的拿钱的，没有第三者在场。这种钱万一出问题，你说有我说没有，坚决咬死不松口，不找到准确证据，办案人员很难认定。但是苏心慧还是认为不安全，四万港币是在电梯上给的，电梯上可能安有探头。四万人民币是在病房给的，县医院经费比较困难，病房不可能安探头，但是谁能担保姚育玲手上包里没有针孔，或者录音机？

“如果钱是安全的，你们就不会退了？”办案人员追问。

按照刘克服已故妻子的观点，这样的钱尚且不安全，其他的就更不用说。类似款项没有一个是安全的，所以都不能要。

“你老婆这么高明？”

刘克服不否认。当年他的职务是外经局长，一个小领导身边有这么一位老婆很重要，可以平稳过日子，基本不出大事。老婆总跟他炫耀，说一个外经局长，一个供销社副主任，一对夫妻都是中层干部，在一个县里也不算多，很风光，比上不足，比下有余。他们俩负担不重，拿的工资管一家生活，顾儿子上学，还能有所节余。就大家都关心的仕途而言，以他们的基础和水平，干到中层已算幸运，不错了，想再升不容易，可以梦想，不必太用心，拿钱送礼铺路买官，恐怕只能有去无回，亏本经营，不合算的，何必呢？所以他们没必要去贪。

办案人员有疑问。既然不想贪钱，为什么要绕这么大一个弯，跑到省城通过邮局匿名上交赃款，为什么不能直接退还本人，或者直接拿到纪委上交？刘克服说，他在外经局长任上，不只接触陆金华一个港商，不只受理这两笔横财。凡是可以直接退还本人的，他都直接退了，不好直接退的才这样处理。陆金华的钱为什么不好直接退？因为情况比较特殊。四万人民币是他从乡里刚调外经局时拿的，此前因陆的员工砸毁乡政府大楼玻璃，他跟陆有过一场冲突，陆送钱表示和解。考虑到陆是今后外经局必须特别联络的重点客商，直接把钱退回去，彼此可能翻脸，所以曲线处理。四万港币则牵涉到其他人，陆运作黄金圈用钱铺路，拿四万给他小小局长，其他有权的会给更多。他不好直接退还，公开上交则必须说明情况，可能牵扯他人。无论退还或者公开上交，都可能遭遇猜忌和打击。以自保考虑，不事声张上交更安全，别人怎么办他管不着，自己不拿就是了。

“我知道这种思想境界不高。”他说，“可能不对，也没办法。”

他告诉办案人员，除了这两笔钱，他妻子还帮他往县纪委另寄过两笔钱，数额小一点。涉及另外客商，不是陆金华，情况也一样，不便直接退还，也不便公开上交，所以那般处理。所有汇款的单据都在，可以提供佐证。

经查实，刘克服没有说谎，得以全身解脱。

他回到县里，县机关已经闹开了地震。几个月后地震渐渐平息，余波落尽之际，到处面目全非。

陆金华的黄金圈案砸倒了从上到下十几个官员。涉案除省里的副厅长外，还有本市一位副市长，若干部门官员。本县两位副县长落马，包括齐成，他们收受陆金华钱物，利用职权为其提供帮助，如今尽成阶下囚。县里有多位中层官员涉案，其中有林渠，陆老板请林局长帮助摆平纸箱厂员工，重赏十万，把他弄进了监狱。

方文章被宣布免职，调离，暂未安排工作，继续接受调查。他的情况比较特殊，县里发生腐败要案，他负领导责任。查案中除了一些违规事项，并没有掌握他本人收受港商钱物的准确证据，因为他从不跟陆金华的下属打交道，有事都要陆金华直接找，陆金华案发后一直躲在境外，方文章牵涉多深眼下无法认定。

他在调离时跟刘克服发了句感慨："阴沟里翻船，真是没法说。"

刘克服听得出方文章语音里的懊恼。方文章是老资格领导，在本县干了八年多书记，早都炉火纯青，只待机会一到，往上一升，荣耀离任，却不料弄成这样。早先林渠有句名言："这就像押宝。"说的是苍蝇巷相争双方都有来头，背后都有人，给一方就得罪另一方，该选项有风险。方文章选择陆老板，其中重要原因，当是其时陆背后的人更为强势。结果却变了。

但是也不能尽怪押宝。刘克服同样有幸让陆金华拖进了苍蝇巷，牺牲了老婆，卷进了案子，最终并没有与林渠等各位领导一起，被套死在黄金圈里。可见情势弄人，各自也还小有空间，可容表现。

方文章走后，刘克服安排人员整理了书记办公室，换上新办公桌，摆上新沙发，重新粉刷墙壁，连窗帘都换上新的，把方文章留下的痕迹仔细清除一空。刘克服亲自检查整理，他是县委办主任，大管家，这是他的业务。检查后，刘克服吩咐管理科买来几架顶天立地的大书柜，靠墙一溜排好，做成了一堵书柜墙。

管理科长不解："要这么多书柜做什么？"

"只怕还不够。"刘克服说。

几天后，新任县委书记到达本县。

是应远，本县老县长，刘克服及其亡妻的老上司。

所谓三十年河东三十年河西，应远和方文章当年在本县搭档，一个书记一个县长，两人个性抵触，彼此不和。后来因为一起涉农案件，应远背个处分，黯然调离，去了市交通局。数年过去了，在黄金圈案发，方文章下台，县机关遍地狼藉，倒了一批大小官员之际，他因为熟悉本县情况，被派回来收拾摊子，重整旗鼓。

新书记到任之后，与班子成员一一个别谈话，也找了刘克服。应书记表扬小刘头脑清醒，身陷泥塘却未没顶。他对新办公室的布置也比较满意，特别是那堵书柜墙。

刘克服说：“我记得当年应县长办公室有一面书柜。”

刘克服向新任书记提出一个要求，他不想再当办公室主任，想去干点别的，特别希望能分工去管民政。

应书记很惊讶：“为什么？”

刘克服怆然：“替小苏还点愿吧。”

应远无语。

苏心慧是当年应县长最看中的年轻干部，如今只存骨灰。提起她，他们都很沉重。

几个月后县班子作了调整，根据应远建议，市委把刘克服调为常务副县长。

刘克服把林渠的继任者，新任民政局局长找来，着手过问相关后事，即其所谓的替苏心慧还愿。他过问的就是民政纸箱厂的遗留问题。

此刻苍蝇巷已经再也见不到旧日福利工厂的一丝踪迹，该厂旧日员工各自散去，另谋生路，曾经让领导们非常棘手的残疾员工已经偃旗息鼓，不再聚众而闹。事情的转机与苏心慧死亡相关：苏心慧车祸身亡后，肇事者大勇对其撞死二位无辜者的事实供认不讳，被法院判处死刑。民政局局长林渠在说服纸箱厂闹事员工时，以苏心慧死亡大勇伏法为例，强调闹事对抗没有好结果，最终还得听政府的。经林渠软硬兼施，劝告动员，纸箱厂大多数员工终于接受安置方案。之后大家死心了，除个别人零星上访，再未沸沸扬扬。

但是还有遗留问题。纸箱厂员工李美英的丈夫周大勇驱车伤人，林渠把她剔出来搁置一旁，以“今后研究处理”为名，不安排，生活费也予停发，以示惩戒。另有十一二位残疾员工非常固执，死活不愿签字领钱走人，与大美一起成为遗留问题。直到林渠自己丢官入狱，事情还没了结，留在监牢之外听候处理。

刘克服让民政局提出一个遗留问题处理方案，要点是安排就业。刘克服强调说，企事业单位承担残疾人就业或者支付相关资金，上级有过明文规定，以往执行不力，应当改变。纸箱厂属民政局，主管局应当带头。他的意见，就安排大美李美英到局里就业，能干什么干什么，让她有钱拿，生活有保障。

局长大惊，张嘴结舌，一时说不出话来。刘克服让他不要紧张，没那么可怕。他知道局长怕什么，大美一个人好办，这十一二个人的遗留问题也好解决，怕只怕这些人一解决，其他已经签过字领过钱的反悔了，一起找过来，要求重新安置。会不会这样呢？很可能。但是不要紧，他来帮助想办法，总是可以解决的。本来就是打算这么做，现在为什么不能做？做了才算公平。

局长道："这个大美，这个。"

刘克服要他照办。这个大美谁都知道，她丈夫大勇开车撞死两个人，其中一个叫苏心慧，县供销社副主任，他刘副县长的妻子。大勇自己也完了。发生的都是不该发生的，此刻无论怎么都无法弥补。

"你们安排大美吧。"他说，"也算告慰三位死者。"

他还说，这一两年里围绕这件事发生了很多事情，死的死、关的关、跑的跑、走的走，回顾起来让他感慨无尽。他妻子不幸去世时，他感觉这个世界太不公平。今天自己到了这个位子，由他来了结这件事，终于才想通了：这里发生的所有事情，无论活的死的升的落的都不是无缘无故。这个世界不只存在着财富和权势，依然还有一种需求叫做公平。

那时苍蝇巷工地已经恢复施工。黄金圈案发后，此间工程一度停顿，留下一片烂尾楼。陆金华手下姚经理涉案很深，最终却全身而出，因为她不是法人，把知道的说完就了事了。陆金华惧于追究，一直躲在外头不回来，耐心等待风声过去。陆老板毕竟是商人，躲在外头也没闲着，经过反复权衡，多轮讨价还价，他忍痛割舍，把项目盘给了另一位客商，黄金圈易主后迅速生长。